Müge

İsim, Şehir, Bitki

DOĞAN KİTAP TARAFINDAN YAYIMLANAN DİĞER KİTABI

İsim, Şehir, Hayvan

İSİM, ŞEHİR, BİTKİ

Yazan: Yılmaz Özdil

1. baskı / Mayıs 2012 / ISBN 978-605-09-0683-7
Sertifika no: 11940

Kapak tasarımı: Yavuz Korkut
Kapak fotoğrafı: Mehmet Turgut
Baskı: Ayhan Matbaa Basım Sanayi ve Tic. Ltd. Şti.
Mahmutbey Mah. Deve Kaldırım Cad. Gelincik Sok.
No: 6 Kat: 3-4 / Bağcılar - İSTANBUL
Tel. (212) 445 32 38
Sertifika no: 22728

Doğan Egmont Yayıncılık ve Yapımcılık Tic. A.Ş.
19 Mayıs Cad. Golden Plaza No. 1 Kat 10, 34360 Şişli - İSTANBUL
Tel. (212) 373 77 00 / Faks (212) 355 83 16
www.dogankitap.com.tr / editor@dogankitap.com.tr / satis@dogankitap.com.tr

İsim, Şehir, Bitki

Yılmaz Özdil

DK DOĞAN KİTAP

İsim | Şehir | Vatan

Cumhuriyet dediğin nevresim takımı değildir, gazeteden biriktirdiğin kuponlarla vermezler...

19 Mayıs

– Vapur hazır mı arkadaşlar?
– İyisi mi ertele Kemal abi...
– Nasıl yani?
– Güzel abim, yarın öbür gün çoluk çocuk üşür 19 Mayıs'ta... Başka mevsimde kurtar memleketi.
– Ağustos'u mu beklesek?
– Çok sıcak olur be... Vıcık vıcık ter, üstüne soğuk gazoz mazoz, maazallah bademcikleri şişer.
– Temmuz'da gidelim bari.
– Canım abim, milli eğitim falan kurucan, okul filan, kışın ders, yazın tatil, Haziran'da karneyi kapan anında vınn, yazın olmaz bu iş yani.
– Sömestrde gitsek...
– Umre var, oraya gitçekler.
– Aralık'a çekelim...
– Kar yağar.
– Ocak da soğuk...
– Buz, buzz.
– Mart?
– Nevruz'dan haberin yok galiba, bakanlar valiler ateşten atlıycak, senle mi uğraşcaklar.
– Nisan'a alalım...
– Play-off var, statlar dolu, kutlama yapıcaz diye boşaltamayız, Lozan Antlaşması'na uysa bile, Dijitürk sözleşmesine aykırı olur, uefa'yla papaz oluruz valla.
– Eylül'de gelsek...
– Yağmur yağar, ayaz da var, zatürree mi etçen çocukları.
– Ekim hiç olmazsa...

– O hiç olmaz... Padişah efendimizi anıcaz, ayıp olur şimdi o tarihte burnunu sokup araya girmen.
– Kasım?
– Ölücen zaten, onu kutluycaz.
– E gitmeyeyim o zaman...
– E gitme tabii, otur oturduğun yerde, salla başını al maaşını, sen mi kurtarıcan memleketi.

29 Ekim

Kendi Everest'inize Tırmanın.
Nasuh Mahruki'nin kitabı bu.
"Herkes Everest'e tırmanamayabilir ama... Herkesin tırmanabileceği bir Everest'i vardır" diyor.

Cumhuriyet dediğin...
Nasuh'tur.

Sadece "bir kişi"nin "her şeyi" değiştirebileceğinin kanıtıdır o... Mustafa Kemal'in "Ey Türk gençliği" diye başladığı hitabeyi anlayan, kavrayan, gerçekleştirendir. Teslim olmayandır.

Hatırlayın...
Marmara depreminde sadece o ve bi avuç cesur arkadaşı vardı. Memleket acz içinde ağıt yakarken, adeta uzaylı gibi indiler hayatımıza, sakin, bilgili, mütevazı.

Van'da gördük, binlerce olmuşlar. Sahte vicdanlar oturduğu yerde dizini dövüyormuş rolü yaparken, elini değil, hayatını taşın altına sokup, gitti sanılan 187 can'ı geri getirdiler.

Basiretsizler coğrafyasının mantığını değiştirdi çünkü Nasuh... Kabiliyetsizler ülkesinin, sırf kabiliyetsizlerden ibaret olmadığını gösterdi. Yüreklendirdi. "Demek ki yapabiliriz"e model oldu. Belediyelerin, itfaiyelerin, hatta silahlı kuvvetlerin bakış açısını değiştirdi.

Ulusal bilinç geliştirdi.

(99'da annesi vefat ettiğinde, Gölcük'te felaket bölgesindeydi, cenazeye gidemedi. Çünkü, oğlum şu anda insan kurtarıyor, bireysel acımızı haber verip dikkatini dağıtmayayım diye düşünen muhteşem bi babanın oğlu o.)

(Osmanlı'da deniz kuvvetleri komutanlığı yapan, sancak gemisinde vuruşurken yanarak şehit düşen, Nasuh oğlu Kaptan-ı Derya Ali Paşa'nın torunu... "Yanarak ölen" anlamına gelen Mahruki soyadını, şeref mirası olarak taşıyan sülalenin evladı.)

(Dünyaya Everest'in zirvesinden baktıktan sonra, gelip İzmir'den kız alması, damadımız olması, biz İzmirliler için hiç de şaşırtıcı değildir, orası ayrı.)

"Maldan mülkten, paradan puldan, candan canandan geçilir, vatandan geçilmez. Vatan lafla sevilmez, eylemle sevilir" diyor. "Vatan sevgisi, sorumluluk almaktır. Dürüst, namuslu yurttaşlar olarak, korkmadan, kaçmadan elini taşın altına koymaktır" diyor.

"Türkiye'yi Türkiye'nin kendisinden başkası iyileştiremez" diyor.

Sevgili analar, babalar...
19 Mayıs
23 Nisan
9 Eylül
29 Ekim dediğin...
Bu ruhtur.
Nasuh'lar yetiştirin.

Kız, erkek, değerli gençler...
Davranın kardeşim.
Adım atın.
Everest'inize tırmanın.

23 Nis☺n

Değerli çocuklar...

Minik bi kız, kendisi gibi minicik iki kedi yavrusunu sepetten yuvaya oturtmuş, hem güneş alsınlar, hem de mahalledeki arkadaşları da sevsin diye apartmanın bahçesine çıkarmış... Tesadüf bu ya, yalaka bi gazteci komşuymuş... İşe giderken, bi de bakmış, mahallenin bütün çocukları bi sepetin başında toplanmış, cıvıl cıvıl gülücük saçıyorlar. Merak etmiş. Yanaşmış... Ki, yanaşmayı iyi bilirler. A-aaa, iki minicik kedi yavrusu... Araştırmacı gazteci olduğu için "kaç yaşında bunlar" diye sormuş. Minik kız "görmüyor musun, henüz çok minikler, gözleri bile açılmadı" demiş. Gazteci hafiften morarmış ama, hiç bozuntuya vermeyip, "isimleri ne bunların peki" diye sormuş. Minik kız, pat diye, "AKP" cevabını vermiş. Gaztecinin gözleri faltaşı gibi açılmış... Acaba yanlış mı duydum diye, tekrar sormuş, zamane çocuklarının boku ters oluyor malum, "sağır mısın, AKP işte" cevabını almış.

E bu fırsat kaçmaz tabii... Koşmuş hemen gazteci gaztesine, kaldırmış telefonu, AKP'yi aramış, vermiş gazı, vaziyet böyle böyle, "biçilmez kaftan" demiş. Hemen organizasyon ayarlanmış, kameralar mameralar mahalleye hücum, Başbakan'ın güzergâhı değiştirilmiş, 23 Nisan sabahı tesadüfen oradan geçiyormuş gibi yapılıp, zınk, minik kızın önünde durmuş makam aracı... İnmiş başbakan. Bagajdan oyuncak dağıtımının ardından, "a-aa bunlar ne böyle" demiş, minik kıza yaklaşarak, "günaydın güzel yavrum, bu minik kedilerin ismi ne bakayım" diye sormuş. Minik kız, haşırt diye, "birinin adı CHP, birinin adı MHP" demiş iyi mi! Resmi heyetin gözüne biber gazı sıkılmış gibi olmuş... Üç-beş saniye sessizlikten sonra, bizim yalaka gazteci öne atılmış, "e hani AKP diyordun" diye hesap sormuş. Dedim ya, zamane çocukları aksi oluyor biraz, "o eskidendi" demiş... "Büyüdüler artık, gözleri açıldı!"

Anne-babalarınızın siyaset miyaset diye saatlerce konuştuğu mevzular, bu tür komikliklerden ibarettir, ufak ufak ayağınız alışsın diye yazıyorum.

Biliyorum, büyüklerinizi dinleyip dinleyip, endişeleniyorsunuz.
Sakın...

Öcü, kahkahadan korkar.
Hayata hep gülümseyerek bakın.

30 Ağustos

"Sarışın bir kurda benziyordu... Ve mavi gözleri çakmak çakmaktı. Yürüdü uçurumun başına kadar, eğildi, durdu. Bıraksalar, ince uzun bacakları üzerinde yaylanarak ve karanlıkla akan bir yıldız gibi kayarak, Kocatepe'den Afyon Ovası'na atlayacaktı" filan...

Sonra?

Afyon Çimento Fransız'a satıldı.
Ama biz satmadık...
Biz zaten İtalyan'a satmıştık.
İtalyan da, Fransız'a sattı.

Batıya ilerledik ardından...
Mustafa Kemal'i Uşak'a getiren treni, kiloyla hurdacıya sattık!

Denizli'ye gelince...
Tekstil firmalarını Alman'a, madenleri İspanyol'a, beyaz eşya fabrikasıyla kâğıt fabrikasını İtalyan'a verdik... Mısırlı bastı parayı, elektrik santralini söküp, Irak'a götürdü.

Ve Manisa kurtuldu...
Pamuklu Mensucat'ın güzelim arsasını Hollandalı'ya sattık.
İşsizlerin umudu olan Manisa Et Tavuk'un önce makinelerini söktük, sonra arsasını elden çıkardık.

E hadi...
Gözünüz Aydın!

Kuşadası Limanı'nı İsrailli'ye vermiştik...
5 bin 413 emlakı da İngilizlere verdik.

9 Eylül'ü ve İzmir'i uzun uzun anlatmayayım...
Yunan bankası malum.

Aslına bakarsanız, tam 30 Ağustos'ta yazacaktım bu yazıyı ama... "Cumhuriyet Ekspresi"miz, İnönü muharebelerinin cereyan ettiği Bozüyük'te iş makinesine toslayınca, beklemeyeyim gari dedim... Cümleten görkemli kutlamalar dilerim!

10 Kasım

Gazeteler yazdı...
Türkiye Büyük Millet Meclisi, tarihinde ilk kez bir padişah için, Sultan 1'inci Abdülmecid'in ölümünün 150'nci yıldönümü vesilesiyle anma töreni düzenliyor. Padişah tuğralı davetiyeler, milletvekillerine gönderildi. Anma töreni 17 Kasım'da Dolmabahçe Sarayı'nda yapılacak.

Kendini Atatürkçü zanneden gaz'teciler derhal gaza geldi haliyle... Vay efendim, Cumhuriyet'in yaş gününü kutlamıyorlarmış da, Abdülmecid'in ölüm yıldönümüne tören yapıyorlarmış filan.

Padişah Abdülmecid denilen o arkadaş...
Öleli kaç sene oldu?
Evet, 150 sene oldu.

Peki, hangi gün öldü?
26 Haziran.
Hangi gün doğdu?
25 Nisan.
Tahta hangi gün çıktı?
1 Temmuz.

E hani 17 Kasım?

Hep söylerim, yurtsever'in salağı hain'den fazla zarar verir yurda... Güya cumhuriyetçi tipler Abdülmecid ismine sazan gibi atladı ama "17 Kasım"ın Abdülmecit'le falan alakası yoktur.

17 Kasım...
Mustafa Kemal için idam fermanı yazan Vahdettin'in Türkiye'den defolup gittiği gündür!

"Dersaadet işgal orduları başkumandanı General Harrington cenaplarına... İstanbul'da hayatımı tehlikede gördüğümden, İngiltere devlet-i fahimanesine (yüce devletine) iltica ve bir an evvel naklimi taleb ederim efendim" diye dilekçe yazıp, hiç utanmadan, "halife-i müslimin" diye imzalayan Vahdettin'in, İngiliz işgal zırhlısının ambarına fare gibi saklanarak kaçtığı gündür!

Alenen...
Vahdettin'i anıyorlar.

Hazır, alayınız Dolmabahçe Sarayı'nda toplaşmışken... Mustafa Kemal'in son nefesini verdiği odada yapın bari töreninizi de, tam olsun.

Anıtkabir

Orgeneral Necdet Özel'e iletilmesi ricasıyla, Genelkurmay Başkanlığı, Çankaya, Ankara.

Necdet bey...
Bu sene mesela, kaç subay hapse girdi?
Biliyoruz.
Adalet Bakanlığı açıklıyor.

Ülkeye kaç dolar girdi?

Cent cent...
Merkez Bankası duyuruyor.

Memlekete kaç turist girdi?
Sor, Turizm Bakanlığı'na...
Söylesin.
İstatistiği tutuluyor.

Kaç kişi işe girdi?
Kaç kişi ev taksidine girdi?
Kaç kişi üniversiteye girdi?
Kaç kişi sinemaya girdi?
Kaç kişi maça girdi?
Hepsini biliyoruz.

Kümese kaç tavuk girdi?
Ağıla kaç koyun girdi?
Ahıra kaç eşek girdi?
Tek tek sayılıyor.

Kaç kişi gerdeğe girdi?
Onu bile biliyoruz.
Tüik'in sitesinde yazıyor.

Anıtkabir'e kaç kişi girdi?
Bilmiyoruz!

Niye bilmiyoruz kardeşim?

Genelkurmay'ın resmi internet sitesindeki "Anıtkabir ziyaretçi sayısı"nı neden kaldırdınız? Anıtkabir'e giren yurttaş sayısı, Türkkiye'ye giren Angus sayısından önemsiz midir?

Emir mi aldınız?
Sizin emriniz mi?
Bilmek istiyoruz.

(Konuyla ilgili olarak Milli Savunma Bakanı'na soru önergesi verildi. Lütfedilip cevap verilmedi. Gerçeği öğrenebilmek için senelerce Wikileaks belgelerinin açıklanmasını mı bekleyeceğiz?)

En son gittiğinizde, Anıtkabir Özel Defteri'ne "Atatürkçü düşünce sisteminin ışığı altında, bize verilen bütün görevleri yerine getirmeye hazırız" yazmıştınız. Anıtkabir kanunen size bağlı... Görevinizi yerine getirin.

Atatürkçülüğü saymak...
Sizin işiniz.
Sayın Necdet bey...
Sayın.

Sevgilerimle olmasa da...
Say'gılarımla.
Yılmaz

Anafartalar

Çanakkale'deyim.
Alışverişte...

Top mermisi aldım bu sene.
Kovan aslında.
120 milimetre çapında.
İngiliz malı.
50 lira istedi köylü.
10 liradan açtım kapıyı.
5 can mı aldı patladığında?
15 mi acaba?
30 liraya bağladık işi.

3 parça da şarapnel ikram etti.
Ayağımız alışsın... Avanta.

Kültür ve Tabiat Varlıklarını Koruma Kanunu'na göre, Çanakkale'deki savaş malzemeleri tarihi eser niteliği taşıdığı için, satılması yasak güya... Karışan eden yok.
Alenen, gırla.

Mermi çekirdeği aldım mesela.
İki tane.
Sarılmışlar birbirlerine...
Biri Anzak.
Biri Türk.
Havada çarpışıp, kaynamışlar.
"40 lira" dedi.
"Oha" dedim.
20'ye bıraktı.

Metrekareye altı bin mermi düşmüş, iki merminin çarpışma ihtimalinin 600 milyonda bir olduğu belirtiliyor. E bu orana bu fiyat, kelepir bi nevi... Sar dedim. Sardı gazete kâğıdına.

"Kafatası var mı?" dedim.
"Buluruz" dedi.
Bulmasına biz de buluruz.
Tarlalarda gani.
Ama bununki vernikli.

Pürüzsüz kafatası, 75 lira.
Mermi delikli, 150 lira.

Gidiş-dönüş benzin hariç, 200 liraya patladı bu seneki Çanakkale Zaferi bana...

Devlet erkânı burada.
Başbakan, bakanlar.
"Milli-manevi" filan, anlatıyorlar.
"Yaşşaaaa" diye bağırdım.

Deniz kenarına gittim sonra...
Bıraktım hepsini suya.
Fatiha'yla.
Din-iman, vatan-millet ayaklarıyla güzel güzel pazarlıyorlar memleketi ama, şükür ki, dua hâlâ bedava.

Kıbrıs

Filmlerdeki kahraman...
Uzun boylu.
Kalıplı.
Atletik yapılı.
Üçgen vücutlu filandır.
Sert mizaçlı.
Haşin bakışlı.

Bu sahici kahraman ise...
Göbekli iyi mi!
Hatta obez.
Bodur.
Üstüne kel.
Kıkır kıkır da gülümsüyor.

Halbuki...
Beşparmak Dağları orası, yeraltı lideri, kod adı Toros, kan gövdeyi götürürken çekilmiş siyah-beyaz bi fotoğraf karesi, belinde kemer gibi sarılmış mermi şeritleri, elinde hafif makineli.

Henüz genç.
Ama, göbiş aynı göbiş.

Rahmetli Denktaş'ın en ilgimi çeken tarafı, buydu...
Sıradan insanların kahraman olabileceği gerçeği.

Maalesef, savaş veya casus filmlerinde arıyoruz, o tornadan çıkmış çakma kahramanları... Gel gör ki, atlayan zıplayan, uçan kaçanla yazılmıyor harbi destanlar... Yürekle yazılıyor.

Ve sanırım, kalıbından utanması gereken zavallı tipler, kendi gölgesini heybet zannederken... O koskoca yüreğini taşıyabilmek için, o kadar genişti o küçücük gövdesi.

Korkma sönmez

Fransız Senatosu önünde biriken Ermeniler, Fransız milli marşını okuyup, kendi kendilerini alkışladılar. Caddenin karşı tarafındaki Türkler İstiklal Marşı'nı okuyunca da, yuhaladılar.

Gel gör ki...

"Tarlalarımızı saf olmayan düşman kanıyla sulayalım" diyen Fransız milli marşının, her dizesi yabancı nefreti fışkırıp, ırkçı sözlerden oluşurken... Islıklayıp, yuhaladıkları İstiklal Marşımızın orkestrasyonunu yapan kişi, Ermeni.

Edgar Manas.
1875, İstanbul'da doğdu.
1964, İstanbul'da vefat etti.
İtalya'da eğitim aldığı halde, Türkiye'ye döndü. "Tehcir" sırasında... Sonradan adı İstanbul Belediye Konservatuvarı olan Darü'l Elhan'da piyano dersi veriyordu. 1923'te Cumhuriyet kurulur kurulmaz, Türkiye'nin ilk Kadınlar Korosu'nu kurdu, yönetmenliğini yaptı. 1933'e kadar Konservatuvar'da piyano, armoni hocalığına devam etti, Ermenice ve Türkçe eserlerini yazmaya kalksam, buraya sığmaz, en önemli ve en değerli imzasını İstiklal Marşımıza attı.

Fransızların mantığına göre...
Herhalde, sülale sülale soykırarken, unutmuşuz Edgar'ı!

Madem kese kese kuruttuk...
"Hani soykırım a vicdansız" diye sormanın en büyük kanıtı değil midir, bizzat Mustafa Kemal tarafından İstiklal Marşımızın emanet edildiği Edgar?

Diaspora'nın ne kadar sahtekâr, Sarkozy'nin ne kadar denyo olduğunun kanıtı değil midir?

Ve aynı zamanda...

İstiklal Marşı gibi örnek dururken; "ne mutlu Türküm diyene" diyebilen Edgar varken... Taaa Cezayir'de şahit aramanın ne kadar anlamsız olduğunun kanıtı değil midir?

Gençliğe hitabe

Gençliğe hitabe ayet midir?
Haşa...
Ama, Allah'ın ilk emri ne?
Oku!

Okumak lazım.

Birinci vazifen "bağımsızlığı korumak" diyor. Çünkü, varlığın "bağımsızlığına bağlı" diyor. Manevi "hazine"ndir,"güven kaynağı"ndır diyor. İlerki yıllarda, seni bu hazineden yoksun bırakmak isteyecek "kötü"ler olacak... Bu kötüler, dışarda da olacak, "içerde" de olacak diyor. Geleceğine kıymak isteyen bu tipler "eşi benzeri görülmemiş galibiyetlerin" temsilcisi olabilir... Sakın ola şartlar elverişsiz diye düşünme, elini taşın altına koymaktan çekinme, savun diyor.

Cebren ve hile'yle, yani, "zorla" ve "kandırarak" vatanın bütün kalelerini zaptedebilirler, bütün tersanelerine girebilirler diyor. "Ordu"su dağıtılabilir diyor. Yurdun her köşesi "işgal" edilebilir diyor. Bunlardan daha acı ve daha korkunç... Memleketi idare edenler, aymaz ve sapkın olabilir, hatta "ihanet" edebilirler. Genç arkadaşım... Bunlar, kişisel çıkarlarını, memleketin orasına burasına yerleşen dış güçlerin siyasi amaçlarıyla birleştirebilir diyor.

(Öngörüye bak.)

Ulus, yoksulluktan bitkin düşebilir, tepkisiz kalabilir, "sen uyanık ol" diyor. "Korkma" demeye getiriyor... "Korkma" diye başlayan dünyadaki tek milli marşı hatırlatırcasına.

E okuyunca...
Kaldırılsın kardeşim!
Durduğu kabahat.

Nutuk

Bunların Genelkurmay Başkanı'nın harbi teröriste "terörist demeyelim" dediği ülkede... Terörle mücadele eden Genelkurmay Başkanı'nın "terörist" diye tutuklanması normaldir.

İlker Başbuğ, terörist.
Öbürleri, teröre işko.

Terörist babasının, TBMM'de "gerilla şehit kabul edilsin, ailesine tazminat ödensin" dediği dakikalarda... Hapisteki milletvekili, efsane komutan Engin Alan'ın eşi hakkında mahkemeye hakaretten suç duyurusunda bulunulması kadar normaldir.

Hizbullah bırakılırken, profesörlerin, gazetecilerin içeri tıkılması... Kurdukları iddia edilen silahlı terör örgütünün henüz kimseyi yaraladığı bile görülmemişken, Kuddusi Okkır'ın, Türkan Saylan'ın, İlhan Selçuk'un, Uçkun Geray'ın, Erhan Göksel'in, Kaşif Kozinoğlu'nun vefat etmesi, Yarbay Ali Tatar'ın, Albay Berk Erden'in, terörist kurşunuyla tekerlekli sandalyeye mahkum olan, devlet övünç madalyalı Albay Abdülkerim Kırca'nın kendi canına kıyması, kalanların çoğunun kahırdan kanser olması, anormal midir?

Döneceğiz bu mevzuya...
Ama önce "Başkomutan" tarafından Atatürk Tarih Kurumu'na atanan ve "Atatürkçülüğü hakaret sayarım" diyen arkadaşın istifasını yazalım.

Geldikleri gibi giderler!

Ne geldi diye küçülür.

Ne de gitti diye yücelir.
Sahibi halk'tır...
Kuruma ihtiyaç yoktur.
Kurumunu da al git.

Kurum'sa mesele...
YÖK'ü al, ÖSYM'yi al, rektörleri, dekanları al, yardımcı doçentlere kadar in, komple yerleş... Yumurta şemsiyesi açmadan girebiliyor musun üniversitelere?

Giremezsin...
Çünkü, tepeden indi dediğin Mustafa Kemal, yüreğinden girdi bu millete.

Bakın... Mustafa Kemal, Bandırma vapuruna binerken, memleketin nüfusu 10 milyon civarındaydı. O gün, ideallerine inanan insan sayısı, eminim 10 bin kişiyi geçmezdi. Alt tarafı binde 1'di yani... Bugün ise, minimum nüfusun yarısıdır, fazlasıdır. Devrim başarılmıştır.

Girizgahta normal'leri saydık ya... *Nutuk*'u okumak yerine, palavradan miting nutuklarını dinleyenlerin olması da normaldir. Bazılarını her zaman kandırabilirsin, herkesi her zaman kandıramazsın. Demokratik olarak, eğrisi doğrusuna denk gelecektir.

Atatürk ilkeleri arasında saymazlar ama en önemli ilkesi, moral'dir... Bozma moralini.

İsim | Siyaset | Bitki

Laiklik kontorlü değildir...
Biterse dolduramazsın.

Kovalisyon

"Söz veriyoruz, bedelini ağır ödeyecekler, AKP'den hesap soracak ve tarihe gömeceğiz" diyen CHP Genel Başkan Yardımcısı Gürsel Tekin, "AKP'yle koalisyon yapabiliriz" dedi!

İyi olur...
Ak CHP Hükümeti.

Kılıçdaroğlu için "cibilliyetsiz, yüz karası, seviyesiz, istismarcı, İsrail'in avukatı, umut simsarı, dik duramayan, çapsız, sığ, ufuksuz, vizyonsuz, geri vitese takan, çark eden, Ergenekon'un avukatı, oy bile kullanamayan, iftiracı, karikatür muhalefeti, sen ne diyorsun be, amatör şeyhülislam, dürüst ol dürüst, kıvırıyor" diyen Başbakan, başbakan olarak kalır...

Başbakan için "zalim, çalmayacaksın, ikiyüzlü, omurgasız, saygısız, ahlak yok mu sende, vicdan yok mu, soruyorum, yetim hakkı yiyen senin milletvekilin değil mi, memleketi peşkeş çekmekten bıkmadın mı, çağdışı despot, at gözlüğü takmış, nankör, gözü dönmüş, aymaz, tipik bir vaka, küstah, rüşvet haberini görmezden gelen adaletsiz, yatacak yeri yok, insanda biraz utanma olur, kıvırma olur da 180 derecelik kıvırmayı bunda gördüm, Recep Bey'den inciler diye kitap yazacağım, çok kalın olursa adına Receplarousse diyeceğim, senin maskeni indireceğim, Yüce Divan'a göndereceğim" diyen Kemal Kılıçdaroğlu, başbakan yardımcısı olur.

Recep Bey ile...
Kaynak Kemal Efendi.

CHP için "yalan rüzgârı, yolsuzluk arıyorsa nitelikli dolandırıcılıktan yargılanan arkadaşlarına baksın" diyen Hüseyin Çelik... AKP için "takunyalı faşizm, alavere dalavere, ölülere seçmen kâğıdı çıkardılar" diyen Kemal Anadol... "Gandi oldu Dandi, havuzlu villa dedi, 7 tane evi çıktı, ne bu böyle aşk gemisi gibi" diyen Bülent Arınç... Ve Bülent Arınç'a "kaba, hoyrat, boş işlerin bakanı, tetikçi" diyen Hakkı Süha Okay, devlet bakanı olsunlar.

"Atatürk sağ olsaydı, bunları pencereden atardı" diyen Ertuğrul Günay, gene CHP'ye dönsün, genel sekreter olsun... Ertuğrul Günay için "Anadolu toprakları 3 bin 290 yıl önce yapılan Kadeş Anlaşması'ndan beri böyle dönek görmedi" diyen Muharrem İnce, kültür bakanı olsun.

Hatta birleşsinler...
Cumhuriyet AK Partisi olsun.

İki partili sistem

Başbakanımız açıkladı:
"İki partili sistem istiyorum."

"En az üç" istiyordu...
"En fazla iki" diyor şimdi.

İyi olur aslında...
"Hacivat-Karagöz" demokrasisi.

Severiz çünkü biz ikili sistemi...
"Şıracı" iktidar.
"Bozacı" muhalefet.

Ruh ikizi bi nevi...
Muhalefetteyken, Doktor Jekyll.
İktidardayken, Mister Hyde.

"Kavuklu" sağcı.
"Pişekâr" solcu.
"Al" gülüm.
"Ver" gülüm.
Geçinir giderler.

"Edi" anlatır.
"Büdü" dinler.

"Tencere" yasar.
"Kapak" yürütür.

E boylarına bakınca...
"Yavru" ile "Kâtip" zaten.

Sanırsın...
Tom kovalar, Jerry kaçar.
Fred yer, Barni bakar.
Lorel tırsar, Hardi fırçalar.
Gel gör ki...
Neticede kankadırlar.
Arçil ortalar...
Şota takar.

Don Kişot beygire biner.
Sanço eşekle idare eder.
Seçimi kaybeden...
En fazla attan inip eşeğe biner.

Siz bakmayın onların "İtilmiş"le "Kakılmış" pozlarına filan... Aşuk ile Maşuk'turlar.

Kerem ile Aslı.
Ferhat ile Şirin.
Leyla ile Mecnun'durlar.

Biri olmazsa, öbürü olmaz... Ama sanırım bizim için en güzeli "Adem" ile "Havva" demokrasisidir.

Ahaliye cuk oturur.
Üstte yok, başta yok, kıç açıkta, ama...
Kendilerini cennette zannediyorlar!

Mebus yemini

Osmanlı döneminde Meclis-i Mebusan üyeleri "zat-ı hazret-i padişahiye ve vatana sadakat" üzerine yemin ediyordu.

Hem vatanı sattılar.
Hem zat-ı hazret-i.

Mustafa Kemal bu tür müsamerelerle ilgilenmedi, 23 Nisan 1920'de yemin edilmedi... 1921'de çıkarılan ve ilk anayasamız kabul edilen Teşkilatı Esasiye'de de yemin filan yoktu.

1924'te Bilecik mebusu Fikret Bey "illa yemin etmemiz lazım azizim" dedi, öneri sundu, "haklısın muhterem" deyip, alkışladılar. Böylece, 1924 Anayasası'na yemin monte edildi: "Vatan ve milletin saadet ve selametine ve milletin bila kaydüşart hâkimiyetine mugayir gaye takip etmeyeceğime ve Cumhuriyet esaslarına sadakattan ayrılmayacağıma vallahi."

1928'de "vallahi" çıkarıldı.
"Namusum üzerine söz veririm"e dönüştürüldü...
1961 Anayasası'nda yemin uzadı.
"Bağımsızlık, bütünlük, laiklik" üzerine namus sözü verildi.

1982 Anayasası'nda yemin biraz daha uzadı, "hukuk, Atatürk devrimleri, Anayasa'ya sadakat" üzerine, namus sözü yetmedi, "namus ve şeref" üzerine "and" içildi...

Üstelik, daha önce sanki Japon milletine yemin ediliyormuş gibi, "Türk milleti önünde" kelimeleri ilave edildi.

Görüldüğü gibi, her şey, Bilecik mebusu Fikret Bey'in başının altından çıktı...

Peki, kimdir Fikret Bey?

Memleketin üç tarafı denizlerle çevrili olduğu için, 1924'te Denizcilik Bakanlığı kuruldu. Başbakan Fethi Bey, Osmaniye mebusu İhsan Bey'i Denizcilik Bakanı yaptı. İhsan Bey, ilk icraat olarak, Yavuz zırhlısının onarım ihalesini Fransız şirketine verdi. Bilahare... Denizcilik Bakanı İhsan Bey'le "vallahi diye yemin etmemiz lazım" diyen Bilecik mebusu Fikret Bey'in çaktırmadan ortak şirket kurup, ihaleyi verdikleri Fransız şirketinden "avanta" aldıkları ortaya çıktı!

Meclis soruşturması açıldı, Fikret Bey indiragandi'yi itiraf etti. Yüce Divan'da yargılandılar. Dokunulmazlıkları kaldırıldı. İhsan Bey'e 2 sene, Fikret Bey'e 4 ay hapis cezası verildi.

Yani?
"Vallahi diye yemin etmemiz lazım" diyerek, bu yemin işini memleketin başına saran Fikret Bey... Cumhuriyet tarihimizde "yeminini çiğnediği için" yüce divan'da mahkûm olan ilk mebustur azizim!

Dolayısıyla, cümleten hayırlı yeminler diliyorum... Ve ilk Anayasa değişikliğinde bi daha değiştirilip, "yemin etsem başım ağrımaz" haline getirilmesini öneriyorum.

Nefer

– Beyfendi, hayırlı uğurlu olsun, partiden sızan kulislere göre adaylığınız kabul edilmiş...
– Genel başkanımın teveccühünü emir telakki ederim. Beklenti içinde değildim. Aday olmasaydım da, canla başla çalışırdım. İster cephede, ister nöbette, partimin neferiyim. Mevzubahis partimse, gerisi teferruattır. Bana ihtiyaç varsa, demokrasi için, millet için varım.

– Beyefendi, kulis dedikoduymuş, twitter'a düşen bilgilere göre, adaylığınız kabul edilmemiş...
– Dağdan gelip bağdakini kovuyorlar kardeşim. Çeteleşme var. Ne üdüğü belirsiz üç günlük adamlar, partiyi ele geçirdi. Sen kim, parti kim be! Bu kafayla seçim kazanmaları

imkânsız. Yıllarımı verdim ben bu partiye, vefasızlar, haram olsun. Bu çatı altında bi saniye bile durmam artık.

– Beyfendi, twitter mesajı çakmaymış, feysbuk'a yazılanlara göre adaylığınız kabul edilmiş...
– Yapma yav! Liyakata önem veren, sözünün eri genel başkanıma inancım tamdı, mert liderime şükranlarımı sunarım. Makamlar gelip geçici, partim bakidir. Birlik zamanı, el ele gönül gönüle verme zamanı. Aday olamayan arkadaşlar kırılmasın, küskünlüğe yer yok. İbadetimiz milletimiz. Şu andan itibaren hepimize düşen, uykuları kazaya bırakıp, gece gündüz demeden çalışmaktır.

– Beyfendi, feysbuk sahte çıktı, entivi canlı yayında verdi, galiba isminizin üstü çizilmiş...
– Çizmezlerse hatırım kalır. Bırak bunlarla aynı listede bulunmayı, bunlara selam vermeyi bile zül addederim. Zibidilerin aday olmak için kimlerin poposunu öptüklerini gayet iyi biliyoruz biz. Utanmaz herifler mahvettiler partiyi. Aha şuraya yazıyorum, barajı bile geçemez bunlar. Kadir kıymet bilmeyen bu millete de müstahak zaten. Beter olsunlar.

– Beyfendi, entivi yanılmış, siyenen son dakka verdi, adaylığınız tamam, hem de birinci sıraymış...
– Deme! Öbür partiye bağlılıklarımı sunduğum yolundaki iftiralara gülüp geçiyorum. Kirli ayak oyunlarında bulunmadık, bulunmayacağız. İkbal beklentim asla olmadı, makam mevki derdim yok. Gökkubbe yarılsa, burdayım. Aday olamayan arkadaşların partimiz aleyhine atıp tuttuklarını üzülerek müşahede ediyorum. Gün, birlik günü. Biz bir aileyiz, gayemiz milletimiz. Gelin, dirayetli genel başkanımızın şefkatli kanatları altında partimizi yüceltelim. Temsil görevi bana bahşedilen milletimin yanındayım, sorulmadık hatır, girilmedik gönül bırakmayacağım, saygılar sunarım.

– Beyefendi, yüksek seçim kuruluna verilen listede bulunmadığınız anlaşıldı...
– Bunların alayının...

Geriden ileri demokrasi...

"Ahh benim milletim, ahh... Bu milletin 70'li 80'li yıllarını heba etmiş Demirel, gelmiş 87 yaşına, hâlâ ortalığı karıştırıyor, çete kardeşliği yapıyor. Aaahh ahh, ne dolaplar dönüyor."

"Ahh benim milletim ahh... 1940'larda kitapları plakları yasaklayan kimdi biliyorsunuz değil mi? İsmet İnönü... Şimdi ne oldu da bunların hepsi bir araya geldi, edep yahu, karanlık ittifaklar var, kirli tezgahlar var, aaahh ahh, benim milletimden neler gizleniyor."

Demokrasimiz "ileri"den...
Örnekler hep "geri"den.

İleri-geri demokrasi yani.
Mehter takımı bi nevi.

"Bunların zihniyeti boğaz köprüsüne karşıyken, Abdülmecit dedemiz proje çiziyordu"yu öğrenmiştiniz... Şimdi çıkıp "ahhh şu Alaeddin Keykubat yok mu, Alaeddin Keykubat, neler çektirdi benim milletime" derse, şaşırmayın.

Ya da ne bileyim...
"Harzemşahlar döneminde il başkanları bunların valisi değil miydi? Gaznelilerin yolsuzluklarını unuttuk mu? Gençler siz yetişmediniz o günlere, Gıyasettin Keyhüsrev'in iktidarında ekmeği karneyle alıyorduk, tüp yoktu, tüp... Hatırlayın, Alp Er Tunga öldüğünde, acun ıssız kalmadı mı? Kaldı... Bakın, Acun bugün Nihat Doğan'la nerelerde, hayaldi gerçek oldu, kalkınma budur. Ahh benim milletim ahh, Ergenekoncu Göktürklerin neler yaptığını görüyorsunuz, şimdi ne oldu da cehapelisi mehapelisi aynı tezgahta buluştu? Biz bunların cemaziyülevvellerini biliriz... Hele o Mete yok mu, ne hinoğlu hin'di, hâlâ utanmadan hun'du diyorlar, edep yahu, onun yüzünden Çin'e duvar ördüler, ithalat yapamıyorduk be" filan.

Kendi payıma, Germiyanoğulları'na mı oy vereyim, yoksa Dulkadiroğulları'na mı diye tereddütte kalmıştım, galiba Karesioğulları'nda karar kılacağım.

Papatya gibisin beyaz ve ince...

Salonu işgal ettiler.
Gireni dövdüler.
Gırtlak sıktılar.
Tekmelediler.
Gazetecileri dışarı attılar.
Oylama yaptılar.
"Kaldırın elleri" diye bağırdılar.
Eller yukarı yani...
27 dakkada, 20 madde.
Madde başına 81 saniye.
Geçirdiler.
İmam hatibi ilkokula indirdiler.
Alkışladılar.

50'li yıllar...
Demokrat Parti iktidar.
Bursa'nın ünlü Çelik Palas Oteli'nde cumartesi geceleri orkestra eşliğinde keyifli anlar yaşanıyor, zarif hanımlar beyler, dans ediliyor. Yemekle başlayan müzik, yasa gereği, makul bi saatte sona eriyor. İşte gene böyle bi gecenin finalinde, solist kapanış selamını veriyor, teşekkür ederek, enstrümanları toplatmaya başlıyor, ki... O ne? Arka masalardan tehditkâr bi ses yükseliyor, devam edinn! Herkes dönüp, bakıyor, yarma bi arkadaş... Tatsızlık çıkmasın diye, orkestra tekrar yerine oturuyor, yarma'ya tangoyla sesleniyor: Papatya gibisin, beyaz ve ince!

Tango bitiyor, çile bitmiyor... Elini devaaam devaamm manasında sallayan yarma, orkestrayı esir almaya kararlı görünüyor, devam edin dedim, duymadınız mı diye bağırıyor.

Orkestra soliste bakıyor, solist zoraki bi ses tonuyla "son tango"yu tekrarlamaya başlıyor: Nedir bu çektiğim senin elinden, yalvarırım sana gel üzme beni!

Yarma aniden yerinden fırlıyor, sahneye yürüyor, ağzından köpükler saça saça, yasak masak anlamam, çalacaksın, coşkulu çalacaksın diye gürleyerek, solisti ıskalıyor, mikrofona tokadı basıyor. Orkestra donup kalıyor, az önce neşeli kahkahaların yükseldiği salona ölüm sessizliği hâkim oluyor, herkes suspus... Otel yetkilisi vaziyete müdahale etmek zorunda hissediyor, bi tanıdık çağırıp işi tatlıya bağlamak için, gayet nazik şekilde soruyor: Beyefendi, siz kimsiniz?

Yarma kendini tanıtıyor:
Ben demokrasiyim ulan!

Sonra da, salona dönüp, nara atıyor:
Memlekette artık demokrasi var ulan...
Var mı itirazı olan!

Oy pusu'lası

Oy'lum oy'lum...
Oy'acaklardı az daha.

Oy pusulası bastılar güya.
13 trilyona.
Bi numaralar döndü.
İniverdi bi trilyona.

Hayatımız numara çünkü...
Hayatımız numara.

Nüfus cüzdanımız mesela.
Numaralı.
Ehliyetimizde var.
Kredi kartımızda var.
Telefonumuz numaralı.
Bilgisayarımız da.
Farz edelim, sahte isimle e-mail gönder, ufak bi inceleme neticesinde, aslında kimin bilgisayarından gönderildiği kabak gibi ortaya çıkıyor. Maganda ateş etsin, kaçsın, nafile, mermi çekirdeğini veya kovanı buldun mu, tabancayı da bulabiliyorsun. Elledin diyelim, parmak izlerimiz doğuştan seri numaralı... İlacın,

tişörtün, yoğurdun, aklına gelen gelmeyen, hepsinin numarası var, nerede, ne zaman, kim üretti, görebiliyorsun. Çek-senet numaralı. Fatura-makbuz numaralı.

Seçmensin...
Kütük numaran var.
Adresin numaralı.
Şu numaralı okulda...
Şu numaralı sandıkta...
Şu numaralı vatandaşsın.
Sandık şeffaf.

Şimdi gelelim, hiç sorulmayan soruya...
O şeffaf sandığa attığımız oy pusulası niye meçhul?

Hayatımızın her saniyesinde, her adımında numara varken, oy pusulasında niye numara yok?

Her işimizde "numara" dönerken, "numarasız" oylarımızda "numara" dönmeyeceğinin garantisi nedir? Üniversite sınavına giren çocuklarımıza "tek tek" soru kitapçığı hazırlamayı bilen yetkililerimiz... Oy pusulalarını niye "tek tek" değil de "topluca" basıyor?

"Her oy pusulasına numara verirsek, kimin ne oy attığı belli olur, vatandaşın demokratik tercihi fişlenmiş olur" diyebilirsiniz...
E tabii, ben de onu demiyorum zaten... Benim dediğim şu:
Niye sandık sandık dağıtılan oy pusulalarına, sandık numarası konulmuyor? Her seçimden sonra çöplükten toplanan oyların hangi sandıktan çöpe gittiği tespit edilmesin diye mi?

Bakın... Toprağa gömülü lav silahları bulundu, lav silahlarında seri numarası olmadığı için, sahibi gösterilemedi, dolayısıyla, silahlı kuvvetler komple darbeci-terörist ilan edildi... Lav silahlarına numara çevirmek için numara konmadığını iddia eden yalaka arkadaşlar, neden, aynı mantıkla, numara konmayan oy pusulalarına hiç ses çıkarmıyor? Şaibeli oy, şaibeli lav silahından daha mı az tehlikeli demokrasimiz için?

Yok efendim tek tek sayılıyormuş da...
Parti temsilcileri takip ediyormuş filan.

Bırak şimdi sen laga lugayı...
Hayatımızın her saniyesinde, her adımında numara varken, oy pusulasında niye yok?

Dün dündür...

2002'de seçimi kazanır kazanmaz, Demirel'e koşup, "engin tecrübelerinizden faydalanmak, danışmak, tavsiyelerinize göre hareket etmek istiyoruz" diyen "çırak" kimdir?
a) Pargalı İbrahim
b) Marcus Merk
c) Lady Gaga
d) Tayyip Erdoğan

327 imam hatip lisesini tek başına açarak, erişilmesi imkânsız rekora imza atan "usta" kimdir?
a) Hüsnü Mübarek
b) Nihat Doğan
c) Usain Bolt
d) Süleyman Demirel

"Herkes korkmadan gitsin diye, Başbakanlık arabasıyla cuma namazına giden ilk adam benim" diyen mütedeyyin isyankâr kimdir?
a) Felipe Massa
b) Behzat Ç.
c) Paris Hilton
d) Süleyman Demirel

"Bir demokrasi ülkesinde din ve vicdan hürriyeti, temel hak ve hürriyettir. Hâkim kılınacak olan şeyler, İslam'ın ana kaideleridir, sünneti seniyyedir" diyen hürriyet abidesi kimdir?
a) Sünnetçi Kemal Özkan
b) Haydar Dümen
c) Kanlı Nigar
d) Süleyman Demirel

"İrtica diye bi suç yoktur, insanların lisanında vardır" diyen mütercim tercüman kimdir?
a) Pascal Nouma
b) İsmail YK
c) Victoria Secret
d) Süleyman Demirel

"İmam hatip liseleri, imam yetiştirsin diye açılmadı, dinini bilen doktorlar, avukatlar, mühendisler yetişsin diye açıldı" diyen toplum mühendisi kimdir?
a) Bill Gates
b) Mark Zuckerberg
c) Albert Einstein
d) Süleyman Demirel

"1924 Anayasası'nda Türk Devleti'nin dini İslam'dır denildiğine göre, devlet de İslam Cumhuriyeti'dir. Atatürk'ün kurduğu devlet laik değildir" diyen ordinaryüs ulema kimdir?
a) Nasreddin Hoca
b) Kont Drakula
c) Prenses Kate Middleton
d) Süleyman Demirel

"Hâkim kılınacak olan Kuran hükümleridir. 1930'ların laiklik uygulaması, Marksizmin ateist ideolojisinden esinlenmiştir" diyen kravatlı şeyhülislam kimdir?
a) Zuhurat Baba
b) Telli Baba
c) Noel Baba
d) Sade Baba

"Bunlar koyun bile güdemez, CHP iktidara gelirse ineklerin sütü kurur" diyen çoban kimdir?
a) Balık Ayhan
b) Dana Ferhat
c) Panter Emel
d) Süleyman Demirel

"Ayakkabının yerini çarık alacak... CHP demek, çarık demektir" diyen kunduracı kimdir?
a) Tory Burch

b) Mario Prada
c) Salvatore Ferragamo
d) Süleyman Demirel

Bi taraftan akıl hocası'nın adamlarını transfer edip, hatta, akıl hocası'nın bakanını TBMM Başkanı yapan... Öbür taraftan "o zat şimdi CHP'nin akıl hocası" diyen unutkan zat kimdir?
a) Recep İvedik
b) Patrik Bartholomeos
c) Guus Hiddink
d) Tayyip Erdoğan

Dün "rejim düşmanlarının elebaşı CHP'dir, devlete silah çeken eşkıyanın koruyucusudur" deyip, rejim muhafızlığı rollerine bürünen... Bugün ise, "CHP'deki çetenin elebaşı" olmakla suçlanıp, "the godfather" muamelesi gören holivut aktörü kimdir?
a) Vahi Öz
b) Fred Çakmaktaş
c) Kevın Kostnır
d) Süleyman Demirel

Rahmetli Ecevit için "zavallı, fiziken çökmüş, bitmiş bir insan, her tarafı kırılıp dökülmeye başladı, çelik korselerle ayakta duruyor" deyip... Ecevit'in Zonguldak'ında "insan biraz sıkılır yahu, Ecevit'in kemikleri sızlamaz mı?" diye soran ortopedi mütehassısı kimdir?
a) Profesör Mehmet Öz
b) Profesör Gazi Yaşargil
c) Profesör Zihni Sinir
d) Fahri Doktor Tayyip Erdoğan

Yaşlılar Haftası'nda "daima hürmet edeceğiz, zira onlar bugünlerimizin mimarı, dün ile bugün arasındaki köprü, geleceğimize ışık tutan en değerli varlıklarımızdır" deyip... Sonra da "Baba"ya "87 yaşına gelmiş, hâlâ elini eteğini çekmemiş" diyen hayırlı evlat kimdir?
a) Havuç
b) Santiago Bernabeu
c) Kötü kedi Şerafettin
d) Tayyip Erdoğan

Merhum Başbakan Adnan Menderes'in evli ve çocuklu sopranoyla dillere destan aşk yaşadığı cümle alem tarafından bilinip, özel hayattır kimseyi ilgilendirmez diye saygı duyulurken... Bi yandan "Menderes'in devamıyız" deyip, beri yandan "özel hayat filan olmaz, evlilik dışı ilişki yaşayanlar yüce meclis çatısı altında barınmamalı" diyen ahlak zabıtası kimdir?
a) Ali Kaptan
b) Luciano Pavarotti
c) Hüsnü Şenlendirici
d) Tayyip Erdoğan

Türkiye'de şu anda takunyalılar cirit attığına göre, takunyalılardan şikâyet edecek en son kişi kimdir?
a) Cüppeli Ahmet
b) Merkez Efendi
c) Kaşgarlı Mahmud
d) Süleyman Demirel

Milli Şef'i Hitler'e benzetip... Demirel'e "ikinci milli şef" diyen Nazi dedektörü kimdir?
a) Şimon Peres
b) Ehud Barak
c) Golda Meir
d) Tayyip Erdoğan

Yollarını açtığı, şefkatla kolladığı takunyalılar tarafından Hitler'e benzetilince, "oturduğum yerde tecavüze maruz kaldım" diyen tecavüz mağduru, nerede otururken tecavüze maruz kalmıştır?
a) Güniz Sokak'ta
b) Isparta halısında
c) ÖSYM sınavında
d) Bor'un pazarında...

12 Eylül...

Dean Martin.
Robert Mitchum.

Siyah-beyaz filmdiler.
Seneler evvel öldüler.

Kenan Evren'le yaşıttılar.
1917'de doğmuşlardı.

Susan Hayward.
38 sene oldu rahmetli olalı.
Kenan Evren'le yaşıttı.

Gregory Peck.
Glenn Ford.
Ay farkıyla büyük.
Rita Hayword...
Bir yaş küçüktü.

Nat King Cole, 2 yaş.
Yul Brynner, 3 yaş.
Deborah Kerr, 4 yaş.
Ava Gardner, 5 yaş küçüktü.
Alayı sizlere ömür.

Marilyn Monroe, 36'sında gitti.
Kenan Evren'den 10 yaş küçüktü abi.

E insan merak ediyor tabii, çocukların yaşını büyütüp darağacına gönderen Kenan Evren, 95 yaşına kadar nasıl "turp gibi" gelebildi?

Her sabah...
7'de kalkar.
1 saat sahilde yürür.
Duş filan, 9'da kahvaltıya oturur.
5 adet zeytin.
Siyah-yeşil karışık.
1 dilim ekmek.
Kızarmış, kepekli.
Yağsız peynir.
3-4 çeşit reçel.
Çok az bal.
Evine tereyağı girmez.

1 salatalık, 1 domates.
1 bardak çay, şekersiz.
Üstüne, 3 kayısı.
Günkurusu olacak.
6 badem, 6 fındık.
3 adet de ceviz.
Saat tam 12'de...
Öğle yemeği.
Titizdir.
1 dakka şaşmaz.
Sadece beyaz et.
Balık veya tavuk.
Kırmızı et?
Kırk yılda bir.
Zeytinyağlı sebze.
Ve, salata.
Bol su.
Yemek bitince...
Öğle uykusu.
En az 1 saat kestirir.
Kalkar... Meyve.
Mevsimine göre.
Veya, tatlı.
Hamur değil ama.
İlla sütlü tatlı.
Dondurma da olabilir.
Fakat çikolatasız.
16.00... Çay saati.
2 adet ev kurabiyesi.
Akşam yemeği?
Kışın, tam 18.30'da.
Yazın, tam 19.30'da.
Önce çorba.
Bazen börek.
Kesin, zeytinyağlı sebze.
Ardından ana yemek.
Balık veya tavuk.
En son, meyve.
Alkol yok.
Sigara yok.
Bol su.

Bunları anlattığında... Henüz 85'indeydi.

Karatay diyeti filan... Hikâye yani.

"Kilom hep aynı, sabit tutacaksın, 12 Eylül 1980'de 74-75 kiloydum, şimdi de 74-75 kiloyum, o nedenle 20 sene evvelki elbiselerimi bile giyebiliyorum" demişti.

Ha bi de şunu demişti...

"İhtilal yaptığımda, ahali elimi öpmek için otomobilimin önüne yatıyordu, Allah sana uzun ömür versin, benim ömründen sana versin diye dua ediyordu, sağlığımı onlara borçluyum."

Hukuk	Şehir	Bitki

Guguk...

Anayasa

AKP'liler "yargı milli iradeyi yok sayamaz, hangi demokraside atanmışlar seçilmişlerin önüne geçebilir, milletin iradesini mahkemelik yapmak anca CHP'ye yakışır, hâkimler siyaset yapmak istiyorsa cüppesini çıkarsın siyasete atılsın, yargıçlar hangi hakla kendisini yasamayla eşit görüyor, hangi cüretle TBMM'ye hiza vermeye çalışıyorsunuz, hangi vasfınızla milletten daha iyi biliyorsunuz, millet yanılıyor da yargıçlar mı en doğruyu biliyor, milletin vasisi misiniz, milletin temsil makamına yönelik hazımsızlık ve tahammülsüzlük hiç bu kadar ileri gitmemişti, bu millet kendi kaderini belirleme hakkını sadece milletvekiline vermiştir, buradan milletimize bir kez daha ifade etmek istiyoruz ki, Türkiye yargıçlar devleti değil, demokratik hukuk devletidir" derken...

CHP'liler ne diyordu?
"Hukuka müdahale edilmesin."

CHP'liler "yargı milli iradeyi yok sayamaz, hangi demokraside atanmışlar seçilmişlerin önüne geçebilir, milletin iradesini mahkemelik yapmak anca AKP'ye yakışır, hâkimler siyaset yapmak istiyorsa cüppesini çıkarsın siyasete atılsın, yargıçlar hangi hakla kendisini yasamayla eşit görüyor, hangi cüretle TBMM'ye hiza vermeye çalışıyorsunuz, hangi vasfınızla milletten daha iyi biliyorsunuz, millet yanılıyor da yargıçlar mı en doğruyu biliyor, milletin vasisi misiniz, milletin temsil makamına yönelik hazımsızlık ve tahammülsüzlük hiç bu kadar ileri gitmemişti, bu millet kendi kaderini belirleme hakkını sadece milletvekiline vermiştir, buradan milletimize bir kez daha ifade etmek istiyoruz ki, Türkiye yargıçlar devleti değil, demokratik hukuk devletidir" derken...

AKP'liler ne diyor?
"Hukuka müdahale edilmesin."

"İzafiyet teorisi ispatlanırsa, Almanya benim Alman olduğumu iddia edecek, Fransa ise dünya vatandaşı olduğumu açıklayacaktır. Yok eğer, izafiyet teorisi ispatlanamazsa, Fransa derhal Alman olduğumu söyleyecek, Almanya ise Yahudi olduğumu açıklayacaktır" demişti Einstein.

Alman'ı Fransız'ı bilmem...
Einstein olsa olsa Türk'tür.

Hatta, eşi Elsa da Türk'tür.
"Kocamın izafiyet teorisini anlamıyorum" demişti ama...
Ölene kadar onunla yattı kadıncağız.

TÜSİAD anayasası

Başbakanlık lağvedilecek.
Yerine siyo atanacak.

Kışlık başkent Davos...
Yazlık başkent Göcek olacak.

Çankaya Köşkü Nakkaştepe'ye taşınacak, müze yapılacak, Oya Eczacıbaşı'na bağlanacak. Antika değeri taşıyan 29 Ekim, 23 Nisan gibi nostaljik mesajları Raffi Portakal verecek.

Anayasa toplam iki maddeden oluşacak. Madde bir, burası cumhuriyettir, madde iki, parayı veren düdüğü çalar... Herkese esemes'le Turkcell'den gönderilecek.

Demokrasiye ürün çeşitliliği getirilecek.
Vakko hükümeti...

Yeni Karamürsel hükümeti...
Outlet hükümeti kurulacak.
Gelirine göre...
İşsizsen, sana işporta hükümeti bakacak.

Milletvekilleri komple işten çıkarılacak, ki en beğendiğim reform bu... Yasama, yürütme, yargı, fazla masraflı, sadece yürütülecek. Düzen değişse bile, düzülenin aynı kalmasına özen gösterilecek.

Maliye, ekonomi, hazine gibi bakanlıklar kapatılacak, bu işlerle pazarlama müdürü ilgilenecek. Valiler zaten buzdolabı, çamaşır makinesi, kömür, bulgur filan dağıttığı için, içişleri bakanlığı perakende departmanına dönüştürülecek. Dışişleri bakanlığı feshedilecek, firençayzing'e geçilecek, yurtdışına bayilikler verilecek.

Sponsorluk teşvik edilecek. Fiyapı Bayındırlık Bakanlığı, Ülker Tarım Bakanlığı, Medikal Park Sağlık Bakanlığı, Türk Telekom Ulaştırma Bakanlığı olacak.

Toplam kalite yönetimine geçilecek. Kabine toplantıları, Rahmi Bey'in Nazenin'inde yapılacak. Rahmi Bey'in Galapagos'ta olduğu durumlarda, Papermoon'da idare edilecek.

Milli eğitim, Lionslara...
YÖK, Rotary'e bağlanacak.

Silahlanma giderleri frenlenecek. Patronlarda F16 filosundan fazla jet var. Sırf Cem Boyner'de kara kuvvetleri envanterinden fazla av tüfeği bulunuyor. Yatlar desen, firkateynden uzun... NATO müteahhitleri sırayla kuvvet komutanı olacak. Aziz Yıldırım –çıkınca– genelkurmay başkanı olacak. Milli Güvenlik Kurulu Samandıra'da toplanacak.

Pegasus benim patroniçenin eşine ait, o mevzuya girmeyeyim... THY, Hamdi Akın'a verilecek. Belediyeler ise, direkt Ali Ağaoğlu'na bağlanacak.

TRT kapatılacak.
Siienbisie devlet televizyonu yapılacak.
Resmi dil İngilizce olacak.

Böylece, yok efendim Kürtçe konuşucam, Lazca isterim filan, bitecek. Dolara geçilecek.

İnsan haklarına riayet edilecek. Herkes günde 8 saatten, haftada 40 saat sigortalı TC vatandaşı olacak. Mesai bitiminde, cumartesi, pazar serbestsin, istersen Amerikan vatandaşı ol, istersen Kürdistan vatandaşı, kimse karışmayacak. Yok ben illa hafta sonunda da TC vatandaşı olmak istiyorum diyene, fazla mesai ödenmeyecek. Ancak, Garanti Bankası'ndan garanti vatandaş sigortası yaptırabilirsin. Primini öde, istersen 365 gün vatandaş ol... 5 yıl garanti vatandaş olana, 1 yıl bonus vatandaşlık hediye edilecek. Dileyen, bonuslarını alışverişte kullanabilecek.

Nüfus kâğıtları iptal edilecek.
Herkese advantage kart verilecek.
Son ödeme gününü geçiren derhal vatandaşlıktan çıkarılacak, asgari ödemeyi yapmayan, tazminatsız olarak sınır dışı edilecek.

Emeklilik yaşı 138'e çıkarılacak. İshak Alaton mesela, 85 yaşında, hâlâ çalışıyor. Sen de çalışacaksın. Bir koyup üç alma hevesinden vazgeçilecek. Rahmetli Sakıp Sabancı'nın üçün biri politikası benimsenerek, sosyal adalet sağlanacak. Herkes eşit olarak üçün birini alacak.

Lan'gır lungur

"Bir günlük adalet...
60 yıllık ibadetten faziletlidir"
(Hazreti Muhammed).

"Bir kişiye yapılan haksızlık, tüm topluma yapılan tehdittir" (Montesquieu)... "Adalet kutup yıldızı gibi yerinde durur, geriye kalan her şey onun etrafında döner" (Konfüçyus)... "Adalet devletten gelmeli" (Aristo)... "Adalet olmadan düzen olmaz" (Camus)... "Adaletsizliği işleyen, çekenden sefildir" (Eflatun)...

"Hükümdar köylüden haksız yere yumurta alırsa, adamları bütün tavukları alır" (Sadi)... "Yasama yürütme yargı iç içe geçmişse, anayasa yok demektir" (Rousseau)... "Adalet ortadan kalkarsa, insana değer verecek hiçbir şey kalmaz" (Kant)... "Adaletsiz güç, zalimdir" (Pascal)... "Özgürlüğün tek yolu hukuktur" (Çiçero)... "İşkencenin en kötüsü, yasayla yapılanıdır" (Bacon)... "Haksızlık yapıp, herkesle birlikte olmaktansa, adaletli davranıp, tek başına kalmak daha iyidir" (Gandhi)... "Demokrasi, kamu makamlarının hukuka uymak yükümlülüğünü ve adaletin yansız şekilde dağıtılmasını zorunlu kılar" (Paris Şartı)... "Hukuk, ancak kaybettiğimizi anladığımız zaman değerinin farkına vardığımız sağlık gibidir" (Calamanderi)... "Adalet mülkün temelidir" (Nizamülmülk)... "Kral olmasına kralım, bundan kuşku yok ama, her aklıma geleni yapamam ya" (2'nci Ferdinand)... "Medeniyetin ilk şartı adalettir" (Freud)... "Adalet kanunlarla sağlanamaz, adalet insan ruhundadır" (Whitman)... "Adaleti geciktirmeyeceğiz" (Magna Carta)... "Yargıçların nihai hakem olduğunu düşünmek, tehlikeli bir doktrindir, despotizme götürür" (Thomas Jefferson)... "Adalet bütün ahlaki görevlerin toplamıdır" (William Godwin)... "İnsanın, adil yasalara itaat etme gibi yasal ve ahlaki sorumluluğu vardır, aynı şekilde, adil olmayan yasalara itaat etmeme gibi sorumluluğu da olmalıdır" (Martin Luther King)... "Adaletsizliği engelleyecek gücünüzün olmadığı zamanlar olabilir, fakat, itiraz etmeyi beceremediğiniz bir zaman asla olmamalı" (Elie Wiesel)

"Bana ne lan, git savcıya söyle, atsın içeri!"
Burhan Kuzu.

Şuppiluliuma

Genelkurmay Başkanı'nın tutuklanmasına "tarihte ilk" filan deniyor ama... "Hitit Kralı" şüpheli şahıs birader!

Esprileriyle ünlü gazeteci Musa Ağacık, değerli arkadaşım Nedim Şener'le telefonda konuşurken, kendisini Hitit Kralı

Şuppiluliuma'nın torunu Musaluliuma olarak tanıtıyor ve hukukun gukuk olduğunu anlatırken, Hitit Yasaları'ndan bahsediyor. Konuşma kaydediliyor, iddianameye konuyor iyi mi... Böylece, Hitit Kralı 3 bin 350 sene sonra delil oluyor.

Ki, Zeus...
Deyus olmuştu.
Aynı iddianamede.

Benzer ciddiyet, İzmir'de yaşanıyor...
CHP'li belediyeleri basıyorlar ya, orda.

Alaçatı Belediye Başkanı, zart diye tutuklanıyor, 185 sene hapsi isteniyor. Başkan "niye?" diye soruyor. Telefon konuşmalarını delil olarak gösteriyorlar. Okuyor... "Ne oldu bizim beleşten 145 bin lira" demiş, tutanaklarda öyle yazıyor. "Kardeşim ne beleşi... Ne oldu bizim Beldes'ten 145 bin lira diye sordum, yanlış dinlemişsiniz" diye itiraz ediyor. İnceleniyor. Hakikaten öyle, Beldes'ten yani, belde belediyelerini destekleme fonu'ndan beklenen 145 bin lira var. Kayıtlar tekrar dinleniyor. Beldes demiş, beleş yazılmış. Başkan görevine dönüyor.

Büyükşehir operasyonunda Hüseyin Ercan'ı gözaltına alacaklar, polis gidiyor, Hüseyin Mercan'ı yakalıyor! Hüseyin Mercan, çiftçi... "Banka borcum bile yok, borcum olsa ineğime haciz gelir" diye yalvarıyor, "bırak bu ayakları" diyorlar. Sonradan Hüseyin Ercan'ın haberi oluyor, polise gidiyor, Hüseyin Ercan'ı gözaltına alıp, Hüseyin Mercan'ı bırakıyorlar.

Eshot'tan emekli Rafet Bayram'ı alacaklar, gidip, adaşı Rafet Bayram'ı alıyorlar. Alınan Rafet Bayram da emekli ama, Eshot'tan değil, albay emeklisi, hiç itiraz etmiyor, kuzu kuzu geliyor... Savcı kimliğine bakıyor, "sen niye geldin?" diye soruyor. Emekli albay "bilmiyorum, herhalde Ergenekon'dan veya Balyoz'dan aldılar diye düşündüm" diyor. Savcı, albayı kovuyor. Orijinal Rafet Bayram'ın haberi oluyor, bakıyor ki kimse gelmiyor, Eshot otobüsüne binip, Emniyet'e gidiyor, "nerdesin bu saate kadar" diye fırçalanıyor.

Büyükşehir, emek şenliği yapıyor, Şevval Sam konser veriyor. Müfettişler, konseri organize eden müdüre "neden ihale yapmadın, tek teklif aldın?" diye soruyor... Müdür ne desin, "abi beş tane yok ki, memlekette bir tane Şevval Sam var, neyin ihalesini yapayım?"

Haysiyet celladı gazteciler "Büyükşehir Belediye Başkanı, parke taşlarını oğlunun şirketinden satın aldı" diye manşet yapıyor. İnceleniyor. Başkan'ın oğlu sadece ihracat yapıyor. Kamuya, belediyelere sattığı tek kuruşluk mal olmadığı gibi, koskoca İzmir'de, rica üzerine sadece bir kişinin evi için maliyetine parke taş verdiği ortaya çıkıyor, o kişi de AKP mebusu.

Hani şu meşhur fıkradaki gibi, bizim bakan İsviçre Denizcilik Bakanı'yla tanışıp "sizde deniz yok ki" deyince, İsviçreli "sizde de adalet bakanlığı var" demiş filan... Öyle oluyor.

Halay çeke çeke bıraktılar... Galiba kaçtı diyorlar!

Hizbullah koalisyondan kaçtı.
Lübnan'da hükümet düştü.
Bizim Hizbullahçılar kaçtı.
Hükümet koç gibi duruyor.

Sanırım bu nedenle, Lübnan Başbakanı koşa koşa Ankara'ya geldi, ki akıl danışsın!

Bakın, kaçtı maçtı deyince, aklıma geldi... Adamın biri, bisikletle Türkiye'den İran'a geçiyormuş, selesinde kocaman bir torba... Gümrük görevlisi şüphelenmiş haliyle, "aç torbayı" demiş, açmış, kum çıkmış... İki gün sonra, aynı adam ıslık çala çala gelmiş sınır kapısına, çıkış yapacak, selesinde gene torba... "Aç" demişler, açmış, gene kum.

İki gün sonra, aynı adam pedal çevire çevire gelmiş sınır kapısına, selede gene torba... Bu sefer, polis çağırmışlar, narkotikçi gözüyle incelemişler, nafile, bildiğin kum... Delirecekler.

Bir, üç, beş, hep aynı manzara... Adam geliyor geze geze, termal kamerayla bakıyorlar, tahlil yapıyorlar, köpeklere koklatıyorlar, uyduyla takip ediyorlar, hikaye... Hep kum çıkıyor.

Aradan yıllar geçiyor. Gümrük görevlisi çarşıda rastlıyor o adama... "İçim içimi yiyor" diyor, "bu saatten sonra bi şey yapamam sana, Allah aşkına söyle, ne kaçırıyordun o torbayla?"

"Bisiklet" diyor!

Profesörleri yakalıyor, gazetecileri yakalıyor.
Subayları yakalıyor, savcıları yakalıyor.
Yıllardır eşeliyor...
Kum çıkıyor, çıka çıka.

Hizbullah vınn bu arada...
Gözümüzün içine baka baka.

Domuz bağından yırtsan bile...
Gülmekten ölürsün bu ülkede.

Adalet ve kalkınma

Gülşen Hanım, Ankara'da devlet bankasında şube müdürü... Hafta içi Ankara'da, hafta sonu İstanbul'da... Çünkü, Albay Dursun Çiçek'in eşi o... 16 aydır iki şehir arasında mekik dokuyor. Manevi olarak zaten darmadağın, maddi olarak da yıkılıyor. Genel müdürlüğe dilekçe yazıyor, eş durumundan tayinini istiyor, ki, hiç olmazsa eşinin hapis yattığı şehirde olsun. Devlet bankası anlayış gösteriyor, hay hay diyor, Gülşen Hanım'ı İstanbul'a 1.428 kilometre uzağa, Ardahan'ın Hanak İlçesi'ne tayin ediyor! Otobüsle 22 saat... Cuma akşamı iş çıkışı bin, cumartesi akşamı İstanbul'dasın, hiç inmeden geri bin, pazar akşamı Ardahan'dasın, ki, sabah mesai var... Ya Ardahan'a git, ya da bankadan defol git deniyor.

"Adalet" bu.

Bir başka devlet bankası, Denizli Valisi'ne dilekçeyle başvuruyor, "emrinize tahsis edilen milletin parasını bize yatırın, biz de size avanta Mercedes verelim, biner gezerseniz" diyor.

(Gülşen Hanım'ı eş durumundan infaz eden devlet bankası da yapıyor bu işi... Valilere dilekçe yazıp, "kasanıza konulan milletin parasını bizim kasaya koyun, biz de sizin altınıza promosyon adı altında Mercedes koyalım" diyorlar. Normalde "bilgisayar verin okullara dağıtalım, burs verin gariban okutalım" cevabı verilmesi gerekirken... "S350 olsun" deniyor.)

(Böylece, devletin bankası, milletin parasıyla, devletin valisine avanta Mercedes hediye ediyor, sonra dönüyor, o Mercedes'in parasını çıkarmak için, zart masrafı zurt masrafı diye, millete geçiriyor. Kıçında don olmayan ahali, valinin Mercedesini iki defa satın almış oluyor.)

Neyse... Devlet bankası, Denizli Valisi'ne "milletin parasını bize yatır, biz de sana avanta Mercedes verelim" diyor. Vali'nin Mercedes'i var aslında... Olsun. Milletin parası, devletin bankasına transfer oluyor, gıcır gıcır S350 kapıya geliyor, 450 milyar liracık.

Gel zaman git zaman, İzmir Gümrüğü'nde kaçakçılık operasyonu başlatılıyor, yurtdışından kullanılmış ikinci el Mercedes'ler getirildiği, kilometresi orası burası makyajlanıp, sıfırmış gibi kakalandığı tespit ediliyor. Bunlardan biri de, Denizli Valisi'nin bindiği Mercedes!

Böylece, devletin bankasının, milletin parası karşılığında, devletin valisine, avanta yoluyla, kaçak Mercedes verdiği ortaya çıkıyor. Vali'nin Mercedes'ine el konuyor.

Bitmiyor... Devletin valisi sinirleniyor, devletin bankasına dilekçe yazıyor, "milletin parasını size yatırdım, bana verdiğiniz Mercedes ayıplı mal çıktı, derhal yenisini gönderin" diyor!

Devletin bankası yeni bi S350 alacak şimdi, devletin valisine verecek... Ve, milletin parasıyla üç kez satın alınan Mercedes olarak tarihe geçecek. 1 trilyon 350 milyarcığa gelmiş olacak.

"Kalkınma" da bu.

Milletin hayrına çalışan devlet bankalarımızı tebrik ediyorum.

Dursun Çiçek'in eşine ise, hiç itiraz etmeden Ardahan'a gitmesini tavsiye ediyorum. Çünkü, mırın kırın ederse, "kaçak Mercedes ithalatını Dursun Çiçek'in eşi yaptı" bile diyebilirler.

Sayın sapık

Sapık yakalandı.
İtiraf etti.
Türkan'a tecavüz etmiş.
Türkan henüz bebe.
Bıçaklaya bıçaklaya öldürmüş.
8 yaşındaki Ahmet'i boğmuş.
6 yaşındaki Dilruba'yı da.
Dilburacık çok çırpınmış.
Öyle anlatıyor.

Adı ne bu sapığın?
U.V.G.

U'ğursuz
V'icdansız
G'eberesice sanırım.

Kodlayarak veriyoruz.
Ki, rencide olmasın.
Toplum içindeki saygınlığı zedelenmesin, aman diim...
Ele güne mahçup olmasın.

"Sayın" çünkü sapık.

Dilruba'yı Dilruba diye yazıyoruz.
Türkan'ı T. diye kodlamıyoruz.
Annesini-babasını...
Adıyla soyadıyla yazıyoruz.
Evlerinden canlı yayın yapıyoruz.
Duyduk duymadık demeyin...
Aha işte burda oturuyorlar!

Sapığı kolluyoruz bu arada.
Ki, insan hakları var sapığın.

Ha denebilir ki, sapığın sapık olduğu anca mahkeme kararından sonra sabit olur...

Peki o halde niye, şöyle tecavüz etti, böyle bıçakladı, şu şekilde bavula koydu, buraya gömdü diyoruz? Hani mahkeme kararı?

Madem, açık açık itiraf eden sapık bile mahkeme kararıyla mahkûm ilan edilmeden suçsuzdur... Niye o zaman, iddianamesi bile olmayan gazetecilerin evini basarken kamera çağırıyoruz? Şeref madalyalı subayların, uluslararası ödüllü profesörlerin, suçlu olup olmadıkları belirsizken... Neden "terörist, darbeci, vatan haini" diye manşetlere asıyoruz?

Hukuki haklarından faydalanmak için illa sapık mı olmaları gerekiyor?

Gidişat

Diyanet tarafından kurayla hacca gönderilen talihli hacıların, kurayı şifreleme yöntemiyle kazandıkları ortaya çıktı sayın seyirciler... Tombalacı usulü çift torba yöntemini tetkik eden cumhurbaşkanı, "ben tatmin oldum" dedi. Üst üste 29'uncu kez kurayı kazanmayı başardığı için "biz kaçın kurasıyız" diyen Rizeli hacı, ermiş ilan edildi. Ancak 35 senedir kuyrukta bekleyen Konyalı hacı adayı, bu seneki hacılıkların iptali için Danıştay'a başvurdu. Konyalı adayın davayı geri çekmesi için, hükümet tarafından avanta umreye gönderileceği açıklandı.

Milli Piyango çekilişinin 9'unda tarikatçıların, 19'unda cemaatçilerin, 29'unda liboşların kazandığı ortaya çıktı sayın seyirciler... "Acemiliğimize geldi" diyen piyango müdürü, ayın 39'unda yetmez ama evet'çiler için özel çekiliş yapılacağını duyurdu. "10 senedir amorti tutturamadık kardeşim" diyen İstanbul Barosu avukatları, savcılığa suç duyurusunda bulundu. Soruşturmanın selameti için, Sayısal Loto ve Şans Topu'nun soruşturmayı yürüten polislere ayrıldığı ifade edildi. Emniyet'ten yapılan yazılı açıklamada "biz tatmin olduk" denildi.

Gazi Koşusu'ndaki şifreleme, normalde sonuncu olması gereken "mod medyan" isimli İngiliz tayının "ben dümen yapmam abi" diyerek, hodri meydan çekmesi ve açık ara birinci gelmesiyle skandala dönüştü sayın seyirciler... "İnsanlar kolay da, beygirleri ikna etmek zor" diyen Jokey Kulübü, bundan böyle sadece jokeylerin koşturulacağını duyurdu. Son ayakta altılısı yatan YÖK Başkanı "bilimsel olarak tatmin edici buldum" dedi.

Devlet hastanelerinden şifreleme yöntemiyle ameliyat tarihi alındığı ortaya çıktı sayın seyirciler... Kanser hastalarına 18 sene sonraya gün verilirken, takunyalı polikliniklerden "hamili badem yakinimdir" şifresini öğrenenlerin, popoda kıl dönmesi ameliyatına bile 18 saniye sonra girdiği tespit edildi. "Obez demeyelim, şişko diyelim" teziyle Nobel'e aday gösterilmesi beklenen Sağlık Bakanı "bunların hepsi iftira, pantolon paçasını çoraba sokan herkese kapımız açık" dedi. TÜBİTAK ise, tatmin edici bulmakla beraber, beyaz çorabın, öbür renk çoraplara oranla daha çabuk netice verdiğini duyurdu.

Da Vinci Şifresi'ni Dan Brown'ın değil, ÖSYM Başkanı'nın yazdığı ortaya çıktı sayın seyirciler... Kitapları basan Meteksan'ın genel müdürü, işgüzar arkadaşların basına verilen kopyalarda daha entel dantel görünsün diye sehven Dan Brown'ın adını yazdıklarını açıkladı. "Ben tatmin oldum" diyen Orhan Pamuk, Pamukkale Üniversitesi rektörü yapıldı.

Tivi dizilerinde şifreleme yöntemi ortaya çıktı sayın seyirciler... "Sülüman" diyeceği yerde, aklında tutamayıp "aali" diyen

Alman kızının, mecburen Hollandalı Karolin rolüne kaydırıldığı, Türkçeye biraz daha hâkim olan Türk asıllı Alman vatandaşı kızımızın Hürrem rolünü kaptığı belirlendi. Dört haftada iki çocuk peydahlamayı başaran Kanuni "ben tatmin oldum" dedi. Pargalı ise "iki bölüm daha sabredin, en az üç" müjdesi verdi.

Mastırşef'te şifreleme yöntemiyle torpil yapıldığı ortaya çıktı sayın seyirciler... Psikopat Batuhan'ın aslında psikopat olmadığı, suratına tuz çarptığı yarışmacılara, çaktırmadan "biraz soğan koy" demek istediği anlaşıldı. "Anayasa'da domatesle patates birlikte olmazsa, lezzet olmaz" diyen TBMM Başkanımız "ben tatmin oldum" dedi. Vedat Milor'un konuğu olan Genelkurmay eski Başkanımız ise "kasaptaki ete soğan doğramam" ısrarını sürdürdü.

Türkiye Kupası fikstürlerinde şifreleme yapıldığı, Fenerbahçe'nin "o kadar para verdik, oynayın ulan ruhsuzlar" şifresini ezberleyemediği için 30 senedir kupayı alamadığı ortaya çıktı sayın seyirciler... Futbol Federasyonu Başkanı, öbür sene de olmazsa, bu mağduriyeti gidermek için Kupa'yı lağvedeceklerini açıkladı. Aziz Yıldırım "ben tatmin oldum" dedi.

Milletvekili aday adaylığında "ters şifre" yöntemine başvurulduğu ortaya çıktı sayın seyirciler... Başvuru kılavuzlarında "a şıkkı dede, b şıkkı torun, c şıkkı baba, d şıkkı kardeş, e şıkkı nine" seçenekleri verilip "hangisi devlettir?" sorusu soruldu. Şıkları küçükten büyüğe sıralayıp, üst üste denk geldiği için "baba" şıkkını işaretleyen aday adaylarının, doğru söyleyeni dokuz köyden kovarlar hesabı, babayı buldukları için adaylığı bulamayacakları açıklandı. Vatandaşlar "biz devamlı tatmin halindeyiz" dedi.

NOT:
Üniversite sınavındaki şifre rezaletini günlerdir manşet yapan *Hürriyet*'te, mod medyan şifresinin kullanıldığı ortaya çıktı sayın seyirciler... Yazılı bir açıklama yapan Genel Yayın Müdürü Enis Berberoğlu, yazarların küçükten büyüğe sıralanması neticesinde Yılmaz'ın tesadüfen 3'üncü sayfaya denk geldiğini açıkladı. İlave açıklama yapan Yayın Koordinatörü Fikret Ercan, bu Yılmaz'ın çakma Yılmaz olduğunu, üstelik, orijinal Yılmaz'ın reşit olmadığı için cezai ehliyetinin bulunmadığını ifade etti. Çalışıyormuş ayaklarıyla Foça'da kalamarla biralama yaparken ulaştığımız Yılmaz Özdil "ben tatmin oldum" dedi.

İsim	Din	Bitki

Toki yanı... İmara açık, tarla vasfında, cennette arsa

Mustafa Kemal camiyi ahır yaptı, öyle mi?

Başbakan açıkladı:
"Camiyi ahır yaptılar."

Nerede?
İzmir Seferihisar'da.
Ne zaman?
1936'da.
Atatürk zamanında mı?
Atatürk zamanında.
Kanıt?
Belge gösterdi.
20 Nisan 1936 tarihli.
Cumhuriyet gazetesi.
"Bu ne insafsızlık, Seferihisar'da tarihi cami ahır yapılmış" başlıklı haberin kupürü.

O caminin bulunduğu köyün ismi, Düzce... Küçücük, yemyeşil, şirin bi köydür. Eski adı, Hereke'ydi. Heraklia antik kentinin üzerine kurulduğu rivayet edilir, ismi ordan gelirdi. Osmanlı döneminde nüfusunun yüzde 60'ı 70'i Rum'du. İşgal sırasında neredeyse hiç Türk kalmadı. Sene 1922, hoş gelişler ola, Yunan denize döküldü, Seferihisar kurtuldu. Ufak ufak göç ettik, yeniden yerleşmeye başladık. Harabeydi. Galiba 60'lı yıllarda, adını Düzce yaptık. Sit alanıdır.

Şimdiiii... Gelelim belgeye.

20 Nisan 1936 tarihli, *Cumhuriyet* gazetesinde "Bu ne insafsızlık, Seferihisar'da tarihi cami ahır yapılmış" başlıklı haber var mı?

Var.
Peki haberin içinde ne yazıyor?
Şu yazıyor...

"Seferihisar'ın Hereke Köyü'nde bir cami tahrip edilmiş ve ahır haline getirilmiştir. Müze müdürü, tahkikat yapmıştır. Verdiği malumata göre, kütüphane ve medresesi vardır. Kütüphanesinden eser kalmamıştır. Evren oğullarından Kasım tarafından inşa ettirilmiştir. Üstündeki Arapça yazıya göre, 641 yıllık olduğu anlaşılmıştır. Osmanlı-Türk stilindedir. Tahribata rağmen, geriye kalan kısmı muhafaza edilirse, kıymettir."

Yani?
Camiyi ahır haline getiren, CHP değil, işgal sırasındaki vandallıktı. Türk nüfusun seneler süren yokluğunda, caminin insafsızca ahır haline getirildiğini tespit eden ve bu bilgiyi *Cumhuriyet* gazetesine veren, bizzat, CHP'nin İzmir Müze Müdürü'ydü.

(Antik bölge olduğu için, Müze Müdürü tarafından tespit edildi... Cami ibadete açık olsaydı, 1936'da ahır yapılsaydı, teee 1924'te kurulan Diyanet İşleri Başkanlığı tarafından tespit edilirdi. Diyanet'in haberi bile yoktu, çünkü, senelerdir cami olarak kullanılmıyordu, ibadete kapalıydı. O nedenle, arkeolojik sayım yapan Müze Müdürü tarafından bulundu.)

(Kaldı ki, İzmir'de camiyi ahır yaptılar dedikleri dönemde... Diyanet İşleri Başkanı olan, Börekçizade Mehmet Rifat Efendi "İzmir paye-i mücerridi" unvanını taşıyordu.)

Bu sonuca nereden varıyorsun derseniz... 1936'da CHP tarafından ahır haline getirildiği iddia edilen o köydeki camiyi, 1936'da, bizzat CHP cami yaptı da, oradan varıyorum!

Kasım Çelebi Camii...
Metruk halde bulundu. Sadece antik ören yerlerinden araklanarak monte edilen sütun duvarı ayaktaydı. Revakları temizlendi. Minaresi onarıldı. İbadete açıldı. İnanmayan, zahmet edip Düzce Köyü'ne gitsin namaz kılsın, öyküsünü ahaliye sorsun.

Üstelik.

Kupürün başlığını gösterip, içinde ne yazdığını anlatmayan iktidarlar, Menderes'ten Demirel'den beri "İzmir'de tarihi camiyi ahır yaptılar" sakızını çiğniyor ama...
İzmir Seferihisar'daki o tarihi caminin tarihi medresesini yeniden açmak da CHP'ye nasip oluyor!

Seçimi ezici üstünlükle kazanan CHP'li Belediye Başkanı Tunç Soyer, CHP tarafından ibadete açılmasına rağmen, CHP tarafından ahır yaptırıldı denilen Kasım Çelebi Camii'nin medresesini restore ettiriyor. Proje hazırlandı, Anıtlar Kurulu'na sunuldu, kabul edildi, kaynak tahsis edilmesi için İl Özel İdaresi'ne başvuruldu, bugün yarın inşaatına başlanacak.

Dolayısıyla...
Söz konusu kupürün sadece "bu ne insafsızlık" tarafı doğrudur.

Mustafa Kemal Atatürk'ü camiyi ahır yaptıran kişi olarak göstermek...
Hakikaten insafsızlıktır.

Kutsal

Kastamonu mitingi...
"Camiye tesettüre hakaret ettiler. CHP adayı Allah'ın ayetine sinir bozucu diyor. Allah-u Teala'ya dil uzattı. Diyor ki, statükocuların Allah'ı Ankara'dadır. Haşa diyorum, Sübhanallah diyorum. Allah mekândan ve zamandan münezzihtir diyorum. Rabbimin mağfiretine sığınıyorum. Yaratan'a saygısızlıktır, benzetmesini bile yapamazsın. Müslümanlardan özür dilesin. Sizi bir aile efradı yaratmış Yaratan. Hamd olsun."

Amasya mitingi...
"İtikadımıza ters konuşuyor. Hata yapmaktan Allah'a sığınırım. Ne diyor biliyor musunuz, statükonun Allah'ı Ankara'da oturuyor diyor. Teşbihi bile mümkün değil. Kendisi Alevidir. Benim sevdiğim kadar Hacı Bektaş-ı Veli'yi sevemez, istismarını yapar. Bir zamanlar dedim ki, Alevilik Hazreti Ali'yi Kerremallahu

Veche sevmekse, ben Alevilerden daha çok Aleviyim. Allah'a şirk anlamına gelen, Yaratan'ı böyle edepsizce ağzına alana susmam. Bizim erkânımız, ahlakı Muhammedi ve edebi Ali'dir. Bu ülkede ezan CHP sayesinde okunuyor diyor. Ezanı, Tanrı Uludur diye okutan bunlar yaaa... CHP'li belediye camiye hakaret içeren sergiye ev sahipliği yapıyor. Milletvekili adayı, güya bilim kadını, Allah'ın ayetine sinir bozucu diyor. Behey kadın, biraz izan sahibiysen, vasiyetnameni yaz, de ki, böyle böyle, utanç vericidir, ben böyle bir tabutla kalkmak istemiyorum de, dürüstsen bunu yap. Allah ıslah etsin. Güzel bir söz var, et tekrar-u ahsen velev kane yüz seksen, güzeli tekrarda 180 kere bile olsa fayda vardır. Şöyle ellerinizi göreyim, maşallah, maşallah."

Osmaniye mitingi...
"Bu canı veren Allah. Bu canın sahibi Allah. Demir ağlarla öreceğiz inşallah. Ayaklarımız yere basıyor evelallah. Dualarınızın himmetiyle güçlüyüz. Allah yar ve yardımcımız olsun. Bu millet Cumhuriyet'ten eskiyiz diyenleri niye iktidara getirmiyor, neden, çünkü benim milletim, hani güzel söz vardır ya, Müslüman bir sokulduğu delikten bir daha sokulmaz... İnşallah daha iyi olacak. Elhamdülillah."

Bırak demokrasiyi...
Vatikan'daki papa seçimlerinde bile "kutsal" bu kadar kürsüye taşınmaz.
Bi de şu var...
Halk arasında yaygın şekilde kullanılan "statükonun Allah'ı" gibi ifadelerin, elbette siyasiler tarafından miting meydanlarında kullanılması yanlıştır. Ancak, vazgeçtik siyasetten... "Bu statta Galatasaray'ın bir Allah kuruşu yok" lafını kim söyledi? Alex de Souza mı?

Dindar gençlik

Başbakan izah etti...
"Dindar gençlik yetiştirmeyelim de, tinerci mi olsunlar?" dedi.

Muğla'da müşteri kılığındaki polise "esrar" pazarlayan imam, enselendi.

Aydın Nazilli İmam Hatip Lisesi'nin 15 ve 16 yaşındaki iki öğrencisi, öbür liselerin kapısında satmaya çalışırken, 150 gram toz "esrar"la suçüstü yakalandı.

İstanbul Eyüp İmam Hatip Lisesi öğrencilerine "esrar" satıldığı yolunda ihbar alan polis, 30 metre uzaklıktaki büfeyi bastı, 71 tabaka ele geçirdi.

Diyarbakırlı imam, Bodrum'daki barlarda "kokain" satarken yakalandı. Üzerinden 100 gram kokain ve 200 "sentetik hap" çıkan imam, "mesleğimle alakası yok, senelik izindeyim" dedi.

Mersin'den İstanbul'a getirilen 50 kilo "eroin"i teslim almaya hazırlanan imam, telekulak takibine takıldı, Ankara Esenboğa Havalimanı'nda kelepçelendi.

Bolu Mengen'e bağlı Kuzgöl Köyü imamı, lojmanının bahçesinde "hint keneviri" yetiştirdiği için gözaltına alındı. İmam, "çok yanlış anlaşıldı, ekmek yapımında kullanacaktım" dedi.

Ankara Çubuk'ta İmam Hatip Yaptırma ve Yaşatma Derneği tarafından inşa edilip, Din Öğretimi Genel Müdürlüğü'ne devredilen okul binası, bürokratik engeller yüzünden bir türlü hizmete giremedi. Çubuk Atatürkçü Düşünce Derneği Başkanı, "yazık oluyor, imam yetiştirmesi gereken okul, sahipsizlikten tinercilerin balicilerin mekânı haline geldi" dedi.

Gebze'deki Cami Mahallesi, Cami Sokak, Eski Camii'nin imamı, yatsı namazı sonrası ayakkabılığa bırakılmış poşet görüp, polise haber verdi. Poşetten 4 kilo toz "esrar" çıktı.

Ki... Bursa'da 90 paket yeni nesil uyuşturucu "Bonzai" ve 700 adet "Ecstasy"yle yakalanan vatandaş, "çanta benim değil, öğle namazı için gittiğim camide buldum" dedi.

Zonguldak'taki uyuşturucu operasyonunda, 7 kilo "esrar", 250 adet "cinsel içerikli hap", çok sayıda tarihi eser ve 6 ruhsatsız tabanca ele geçirildi; 14 kişilik şebekenin biri imam.

Ankara Hacıbayram Camii'nin türbesinde "Ecstasy" ve "LSD" satan 12 kişi gözaltına alındı.

İstanbul narkotik şubesinin ekipleri, kimliği belirsiz kişilerin, Eyüp semtindeki Karyağdı Baba Türbesi'nin bahçesini "haşhaş" tarlasına çevirdiğini tespit etti.

Bilecik Bözüyük'teki Soğukpınar Camisi'nin 400 metrekarelik bahçesi de... Polise ifade veren imam ve Soğukpınar Cami Koruma ve Yaşatma Derneği yöneticileri, "çiçek sanmıştık" dedi.

İstanbul'da, 200 milyon adet "Captagon" üretmeye yetecek miktarda "amfetamin"le yakalanan uyuşturucu baronunun... Ataşehir'de TOKİ arazisine cami yaptırdığı ortaya çıktı.

"Altın vuruş camii" bi nevi.

Aman dikkat edin de...
Sakın olmasınlar tinerci.

Cennette arsa

"Ben Veysel Karani hazretleriyim" diyen bi uyanık... Aralarında hâkimlerin, avukatların, öğretmenlerin de bulunduğu kerizlere cennetten tapu satarak, 6 milyon lira tokatlamış.

Bence yanlış yapmış.
Eyüp Sultan'ım deseydi...
Rahat 16 milyon götürürdü.

Çünkü bu ülkede...
Başbakanlığa bağlı Vakıflar Genel Müdürlüğü, Bayındırlık Bakanlığı'na bağlı Tapu Kadastro Genel Müdürlüğü'ne resmi yazı gönderip, Hazreti İsa'nın tapu kayıtlarını istedi birader!

Nası yani dersen?

Sayın devletimiz, azınlık vakıflarına emlak beyannamesi gönderdi, azınlık vakıfları mülk sahibi hanesine "Hazreti İsa" yazdı, sayın devletimiz de tapuları Hazreti İsa adına tescil etti. Bilahare... Sayın hükümetimiz, bugünlerde çok popüler olan bi tarihte "28 Şubat"ta, ama, malum 28 Şubat'ta değil, 28 Şubat 2008'de AB'ye uyum ayaklarıyla, azınlık vakıflarına ait taşınmazların iadesini yasalaştırdı. E adamlar da mülklerini geri istedi. E adamlar mülklerini geri isteyince, sayın başbakanlığımız sayın bakanlığımıza resmi yazı yazıp, Hazreti İsa'nın "ikâmetgah adresi"ni istedi... Ki, Hazreti İsa gelsin, mirasçılarına devir işlemlerini yapsın.

Henüz bulamadılar.
Aranıyor Hazreti İsa.

Bu arada... Yüce mahkememiz, Beşiktaş'ta oturan Mariam binti Ovahim'in bulunması için, sayın Emniyet'e resmi yazı yazdı, derhal bulunmasını istedi. Sayın Emniyetimiz, aradı taradı, "şahsın bulunamadığını, adresinin tespit edilemediğini" bildirdi. Yüce mahkememiz de, sayın Emniyetimizden gelen cevap üzerine, "kayıp şahıs"a ait taşınmaza kayyum tayin etti... Halbuki, mahkeme celbi çıkarılan kayıp şahıs, halk arasındaki tabirle, bildiğin Meryem Ana'ydı!

Sayın devletimiz, Cebrail Aleyhisselam'ın da peşine düşmüş durumda... O da meçhul mülk zengini olarak aranıyor. Gabriel adıyla aradıkları için, bi türlü ensesine binemediler.

Netice itibariyle...
Bi ülkenin hükümeti, Hazreti İsa'nın tapusunu arıyorsa... O ülkenin ahalisine cennetin tapusunu kakalamak, suç filan değildir, sevaptır. Dubleks villa kakalanmaması günahtır.

Siz ölün... İmam kolay

"Dedim ki, bi adım atalım... Hayatı boyunca Mercedes kullanamayanların, hiç olmazsa şu cenazelerini Mercedes araçlarla taşıyalım dedim. Herkes bu imkânı yakalayamıyor, benim milletim yaşarken binemedi, bari cenazeleri binsin dedim."

Kim demişti bunu?
Başbakanımız.

MHP'den seçilip, tık diye AKP'ye geçen Beypazarı Belediye Başkanı ne dedi peki?

"Hükümetimiz hizmet için bizi kucakladı. Ankara Büyükşehir Belediyesi'nden dört cenazeyi birlikte alabilecek cenaze arabası temin edildi. Hibe tabutları, köylerimize gönderdik bile."

Güle güle kullanın.
İyi günlerde...
Cenaze arabası, çelik jant.
Full aksesuvar.
Deri döşeme, klimalı.
Aynalar elektrikli.
Üstelik, spor model değil.
Aile için, dört kişilik.
Dört kolluyu biliyorduk...
Arkayı dörtleyen cenaze arabasını ilk defa duyuyoruz. Ferah ferah demek ki.

Eşin, kaynanan, baban... Ananı da al bin.

180 basıyor... Doooğru cennete.

MHP'den AKP'ye tık diye geçtiği için, tık diye Mercedes bulunamadı maalesef.
Ford.
Olsun gari...
Alırsın Ford, olursun Lord.
Daha asil.

Tabut, 80 tane.
Ha yaşa be!

Başkan söylememiş ama, merak ettim, sordurdum, 2 bin 500 tane de kefen bezi hibe edilmiş.

Gıcır gıcır.

E bunca hizmeti görünce...
İnsanın ölesi geliyor birader.

Profesör Evliya

Manşet oldu...
Bi profesörümüz rüyasında ölü bi şeyh görmüş. Ölü şeyh, profesöre "bu YÖK acayip işler yapıyor, düzeltin muhterem" demiş. Profesör, şeyhin öbür dünyadan söylediklerini dilekçe haline getirip, Başbakan'a postalamış. Başbakanlık, dilekçeyi incelemiş, hayırlara vesile olması için, Milli Eğitim Bakanlığı'na havale etmiş. Milli Eğitim Bakanlığı da, yerinde bulmuş ki, gereğinin yapılması için YÖK'e havale etmiş. CHP bu durumu laikliğe aykırı bulmuş, Başbakan'ın cevaplaması için TBMM Başkanlığı'na önerge vermiş. "Bir vatandaş rüyasında Atatürk'ü görüp, dilekçe yazsa, onu da işleme koyar mısınız?" diye sormuş.

Üşenmedim, rüya tabirlerine baktım...

Bi ülkede bunların hepsini birden görürseniz, o ülkede, üç vakte kadar evin-damın yıkılacağına işaretmiş!

İftar tiwiti...

AKP'nin tek hayırlı tarafı şu...
Liboşlar mümin oldu.

Paparazzi kameralarını çağırıp poz vere vere umre'ye gitmişlerdi, şimdi oruç'a merak sardılar.

Bi sosyetik dergi mönü vermiş mesela...
İftarda, önce hurma, sonra fesleğen yağıyla tatlandırılmış minestrone çorba, roka yaprakları ve kurutulmuş domates püresinin yanında balsamik sirke ve limon soslu sızma zeytinyağı gezdirilmiş dana carpaccio, taze rozmarinle sarılmış ve karemelize edilmiş tavukgöğsü fırın, üstüne, nane ile dinlendirilmiş franbuaz soslu panna cotta... Sahurda, brokoli çorbası, zeytinyağlı Brüksel lahanası, sote mantar ve graten soslu küp patatesler yanında, marine edilmiş jülyen dana bonfile veya tercihan, iceberg yapraklı ızgara levrek fileto, bir çay bardağı light yoğurt, üstüne ananas kompostosu.

Peki ya pide?
Kepekli...
Kroton şeklinde.

Sanırsın, Buckhingham hidayete erdi, Prenses Keyt Midıltın oruç tutacak.

Suşi öneren bile var.

Tiviler de bi acayipleşti...
Kiminde dünya Kuran-ı Kerim okuma şampiyonu hafız, kiminde dünya ezan okuma şampiyonu müezzin, kiminde Avrupa şampiyonu finalisti imam filan.

Bu nedir arkadaş...
Alt tarafı nefsimizi sınamak için niyet edeceğiz, olimpiyata mı katılıyoruz?

Din adamlarına sorular desen...
Kan versem orucum bozulur mu?
İğne yaptırabilir miyim?
Kalp hapımı alabilir miyim?
Diyalize girsem orucum n'olur?
Eskidendi.

Şimdi artık...
Güneş kremi sürebilir miyim?
Niyetliyken ağda caiz mi?

Pedikür orucu sakatlar mı?
Sahurdan önce sevişebilir miyim?
Fransız öpücüğü orucu bozar mı?

Güzel kardeşim, kamasutra profesörü değil ki bunlar, ilahiyat profesörü... Ne desinler yani, partnerin dilini yutmazsa bozmaz mı desin? Yoksa hurma yerine viagra mı aldın, n'aaptın?

Şaka bir yana, bin yıllık geleneksel davul'u bile perküsyon'a çevirdiler. Geçen akşam maç seyrediyorum, devre arasında reklamlar girdi, Burhan Öçal'ı ramazan davulcusu yapmışlar iyi mi... Vadaaa'yla beraber ahaliyi sahura kaldırıyor! Bonus caiz midir bilmem ama, yakında Okay Temiz'i çıkarırlarsa, şaşma. Cazcı ayarlayıp, Kadir Gecesi mevlit de okutur bunlar.

Oldu olacak, iftar topunu da kendinize uydurun bari. Malum, özellikle gençlerimizin yanında değil dandik iftar topu, atom bombası bile patlatsan, ruhları duymaz. Tiwitır'dan yayınlayın.

(Tiwitır belediye başkanı Melih Gökçek'in hayırlara vesile bu makul önerimi dikkate alacağını tahmin ediyorum.)

Veya, feysbuk'a koyun.
Görelim ki, iftar vakti...
Allah kabul etsin.
Layk atalım.

Fetva

Şike iddianamesini satır satır okudum. En beğendiğim yer, Belediyesporlu İbrahim Akın'ın Erzurumlu imam'a şike fetvası sorduğu bölüm oldu. Telekulak diyalogları aynen şöyle...

– Hocam, bi şey sormam lazım, bizim hafta sonu Fener'le maçımız var, demişler ki, İbo gol atmasın, 100 bin dolar verelim.
– İyi... N'apacaksın?

– Sana sorayım dedim...
– Bu tür şeyler günümüzde futbol camiasında var diil mi?
– Var var ama, yani sana soruyorum kötü mü olur diye, para var işin ucunda.
– Efendim, onda bi şey yok ki, bu gönül rızasıyla olan bi şey, gol atmayacaksın, yerine para verecekler, bunda bi sakınca yok ki canım, niye olsun, başkaları duymasın önemli değil, benim köyde baba türbesi var ya, orda çok fakirler var, yaparsın bi kurban, keseriz yedirirsin.
– Doğru hocam, tamam.

Bilahare... İbrahim, menajerini arıyor, "okey abi, 100 bin dolar değil, 100 bin Euro, yoksa kabul etmiyorum" diyor. Menajer de "daha hayırlı, bol bol hayır yaparsın" diyor.

Bu diyaloglar neticesinde tutuklanan İbrahim Akın, savcıya şu ifadeyi veriyor: "İlkin sıcak bakmadım, dini duygularım kuvvetlidir, Erzurum'da imamlık yapan Ahmet isimli şahsı aradım, günah olup olmadığını sordum, dinen sakıncası olmadığını söyledi, maçta gol atmadım ama, psikolojikman rahatsız oldum, bir hafta sonra menajerimle buluştum, poşetle para getirmişti, sonradan saydım, 100 bin dolar demesine rağmen, 50 bin dolar getirdiğini gördüm, parayı harcamadım, 10 bin dolarını kurban kesip dağıtması için Erzurum'daki hocaya gönderdim, geriye kalanı fakir fukaraya dağıttım, parayı aldığım için rahatsız oldum, kesinlikle iddia edildiği gibi şike olayına karışmadım."

Şimdi size bi soru...

Başka isim kalmamış gibi, Şeyhülislam Veliefendi'yi hipodrom yaparsanız... Ulema'ya fetva danışan mütedeyyin şikeci ne yapar?

Beygir ister.

Ki... Beşiktaş'la ilgili bölümde, Kupa maçını satması karşılığında yarış atı istiyor İbrahim.

İşin matrak tarafı... "Soder One" isimli "Arap" atını istiyor. O isimde Jokey Kulübü'ne kayıtlı bi at olmadığı gibi, ismini karıştırdığı at, aslında İngiliz tayı.

İşin ekstra matrak tarafı...
İddianamede bahsi geçen herkesin stada girmesi yasaklanırken, İbrahim'in istediği beygir, hipodroma girdi, yarıştı, banko favoriydi, anca sekizinci olabildi.

Talihsiz bi topçu şu İbrahim... Sevap yapmak için 100 bin Euro'ya anlaşıyor, vere vere 50 bin dolar veriliyor, rüzgârın oğlunu istiyor, eşek çıkıyor. Tahliyesini talep ediyorum.

Müftü

TBMM'nin resmi internet sitesine girin...
Tek tek kontrol edin lütfen.

Hakan Şükür.
Futbolcu milletvekili.
Kanun teklifi...
Sıfır.
Sözlü soru önergesi...
Sıfır.
Yazılı soru önergesi...
Sıfır.
Araştırma önergesi...
Sıfır.
Görüşme önergesi...
Sıfır.
(Şu ana kadar üç tane siyasi demeci var... İlki, ben bilmem, büyüklerim bilir. Öbürü, beyefendiye sordum, beyefendi onay verdi. Sonuncusu, mahkemeye veririm.)

İhsan Özkes.
Müftü milletvekili.
Kanun teklifi...
14 tane.
Sözlü soru önergesi...
29 tane.

Yazılı soru önergesi...
16 tane.
Araştırma önergesi...
73 tane.

Futbolcu vekil: 0
Müftü vekil: 132

Neymiş demek ki...
"Ben sporcunun zeki, çevik ve dindarını severim" demekle olmuyormuş.

Noel Baba

Keşan müftüsü "Noel Baba düzgün biri olsa, kapıdan girerdi, niye bacadan giriyor?" dedi.

Fıkra'yı müftü yazdığına göre...
Kıssadan hisse'sini biz yazalım.

Aslında...
Dolaptan girdi.
Buzdolabından!

Hıristiyan diyorlar ama, Papa dahil, kimsenin umurunda değildi. Taaa ki, 1930'a kadar... Amerikan zekâsı Coca Cola, günde 9 milyon şişe satıyor, ne yapsak da daha fazla satsak diye kafa yoruyordu. Şirin bi reklam figürü yaratıp, çocukların ilgisini çekmeye karar verdiler.

Dönemin en yetenekli illüstratörü Haddon Sundblom'la anlaştılar. Amerikan Sanat Akademisi mezunu Sundblom, göçmen bi ailenin çocuğuydu, babası Finlandiyalı, annesi İsveçli'ydi.

Popüler kültürde yeri olmayan, o güne kadar sadece 1863 senesinde, o da sadece bir kez, siyah-beyaz resmedilen hayali kişilik Aziz Nikolas'ı aldı, ak saçlı, aksakallı, koca göbekli, tonton dedeye çevirdi. Dini tınıdan kurtulmak için, Aziz'i, yani Saint'i attı, kulağa daha arkadaşça geliyor diyerek, Santa dedi, Santa Claus yaptı. Dünya çapında en çok reklam yatırımı yapılan renklere, Coca Cola'nın kırmızı-beyaz-siyah renklerine boyadı, bilekleri beyaz tüylü kırmızı cüppe, beyaz ponponlu kırmızı kukuleta, siyah kemer ve siyah çizme giydirdi. Kendisi İskandinav kökenli ya... Geyikleri ilave etti, çocuksu düşleri gıdıklamak için, bindirdi kızağa, uçurdu.

Coca Cola da satışta uçtu... Gazeteler, dergiler, duvarlar, panolar, el ilanları, her taraf bu sevimli reklam figürüyle donatıldı. Hollywood üstüne atladı, aynı tip'le filmler çevrildi. Ardından icat edilen televizyon derken, popüler kültürün ayrılmaz parçası haline geldi.

Kıssadan hisse'ye gelince...
Noel Baba, kırmızı-beyaz, Coca Cola gibi, aynı zamanda Türk bayrağı renkleri.

Ve bugün, günde 1 milyar 700 milyon şişe satan Amerikan zekâsı Coca Cola'nın zirvesinde, bir Türk evladı... Zekâsıyla, Amerika'da Amerikalıların önüne geçen Muhtar Kent oturuyor.

Müftü hâlâ kapıda.
Bacayı kolluyor.
Ki, yılbaşı gecesi ev ev dolaşmak için sesten 3 bin kat hızla uçması gereken şerefsiz içeri sızmasın.

Heybeliada ruhban...

"Biz Heybeli'de heer geceee" desem, istisnasız 70 milyonun tamamı "mehtaba çıkardıık" diye devamını getirir... Başını sonunu ezbere bilir.

"Heybeliada Ruhban Okulu" desem, nakaratın devamını getirebilen pek çıkmaz maalesef; başı sonu bilinmez. Oysa, "AB korosu"nun dilinden düşürmediği pek meşhur bi şarkıdır bu.

Bugünlerde hit oldu gene.

Ve habire soruyorlar:
"Bu iş nasıl hallolur, çözümün ne?"

Birinci çözüm önerim şu:
Müslüman olun.

Boş verin ruhban sınıfını.
Sokmayın Allah'la aranıza.
Ne siz papaz olun...
Ne de bizimle papaz olun.

Yok, biz memnunuz dinimizden diyorsanız, teklif var, ısrar yok.

İkinci önerim şu...
Kin kapısını açın!

(Fener Rum Patrikhanesi'nin ana giriş kapısı, 188 senedir kapalı... Kordon çekilmiş vaziyette, giriş-çıkış yan kapıdan yapılıyor... Çünkü, 1821'de Mora İsyanı patlamış, padişah II. Mahmud, isyanı bastırmak için, o zamanki Fener Rum Patriği Grigoryus'tan destek istemişti. Ancak, Patrik'in bırakın destek vermesini, aksine, Rus Çarı'na mektup yazarak isyanı fıştıkladığı ortaya çıktı. E nahoş bi durum tabii... Patrik'i aldılar, o kapıya astılar.)

(Bizim padişahların öz kardeşlerini bile boğdurup, Boğaz'a attıklarını düşünürsek, o kadar da abartılacak bir durum değildi bu... Ama Patrikhane mesele haline getirdi... Kapattı o kapıyı, kilidi vurdu, Patrik Grigoryus'un intikamı alınana kadar da, açmama kararı verdi.)

E merak ediyor insan...
188 senedir neyin kini güdülüyor?
Hangi intikam alınacak?
Nasıl alınacak?
Kim asılınca açılacak?

Açın kin kapısını kardeşim...
Okulu sonra düşünürüz.

Güvenlik	Şehir	Bitki

Ensesi kalınsa...
Canı sağolsun.
Garibansa...
Vatan sağolsun.

Orduevi

"Genç" bi gazeteci...
Köşesinde yazdı.

"Arabayla Boğaz'da ilerliyorduk, Kalender Orduevi'nin orada trafik kilitlendi. Ben de, fırsat bu fırsat, Kalender Orduevi'nin bahçesinde yemek yiyen insanları izledim. İfadelerini... Çok tuhaftı. Hepsinin yüzünde sert, snob, her an haddini bildirmeye, hizaya sokmaya hazır bir ifade vardı. Sanki vazife başındaydılar, hazıroldaydılar. Sanki bir örnek maskelerden takmışlardı ve de kaş kavisleri, dudak çizgileri, memnuniyetsizliklerinden başka bir de hep o üstten, ayrıcalıklı, kıymeti, kudreti, kerameti kendinden menkul hali vurguluyordu. Hemen diplerinden denize atlayan gençlerden de, kaldırımda sevgilisiyle el ele yürüyen pardösülü kızdan da tiksiniyorlardı herhalde... Olsa bir sopa ellerinde, hepsini nasıl da hizaya sokarlardı. O ifadeler öylesine değil... Masum değil. Orduevi misafirleri, akrabası bulunanlar bile yukarıda görüyor kendini bizden ha? Vay be! O ifadeler aslında pek çok şeyi anlatıyor... Taraf'ta yayımlanan son korkunç programları bile."

Suçüstü yapmış yani.

"Kininizin davacısı olun" dedikleri bu olsa gerek... İfadelerini almış. Tutanak tutmuş.

Bana kalırsa, Genelkurmay'ın bu yazıyı çerçeveletip, orduevlerinin kapısına yapıştırması lazım... Ki, artık sadece üniformalılar değildir hedef; eşleri, çocukları, akrabaları.

Tatbikat

Ege Denizi'nde yapılması planlanan tatbikat, güney deniz saha komutanının içerde olduğunun belirlenmesi üzerine, Karadeniz'e kaydırılmak istendi. Ancak, kuzey deniz saha komutanının da içerde olduğunun tespit edilmesi üzerine, Van Gölü'nde yapılmasına karar verildi.

Kamyoncular odasının yardımıyla gemilerin karadan taşınması planlanıyordu ki, tatbik edecek sayıda kamyon bulunduğu, tatbikat yapacak sayıda gemi bulunmadığı ortaya çıktı. Firkateynlerin Somali'ye korsan kovalamaya, hücumbotların Libya'ya çipura avlamaya gönderildiği rapor edildi. Bari denizaltı götürelim dendi ama, bu sefer de, denizaltı filo komutanın içerde olduğu hatırlandı.

Tam o sırada, The Taraf gazetesi, denizaltıların Marmaris'ten dalıp Van Gölü'ne gidiyorum ayaklarıyla Mogan Gölü'nden çıkarak, darbe yapacağını iddia etti. TRT'deki "Tatbikatın içinden" programına katılan gazeteciler, denizaltı torpidolarıyla Etiler'de patlayan bombanın seri numarasının aynı olduğuna dikkat çekti. Tanzanya'dan servis edilen internet kasedinde ise, Tunalı'daki Kuğulu Park'a demirleyen çıkarma gemilerinde fuhuş yapıldığı öne sürüldü.

Emrindeki subaylar kendisine suikast yapacak diye içeri tıkıldığı için, deniz kuvvetleri komutanı, amiral gemisinde dımdızlak kalmıştı. E tek başına zor tabii... Telsize mi bakayım, dümeni mi tutayım, radar hangisiydi filan derken, emir-komuta zinciri koptu.

Eşlerine iftira atılan albaylar kafasına sıktığı için, bataryalar sahipsiz kaldı, karadan topçu desteği sekteye uğradı. Hapisteki hava kuvvetleri komutanına geçmiş olsun ziyaretine giden pilotlar gözaltına alındığı için, hava desteği de verilemedi. Helikopterler desen, zaten seçim mitinglerine tahsis edilmişti. Tatbikat yapıcaz diye Girit açıklarına bırakılan ve müşterek fiili atış desteğinden yoksun kalan SAT komandoları, ayvayı yediklerini anlayınca, yüze yüze Ayvalık'ta balıkçı barınağına sığındı... Ki, balıkçı barınağı polis tarafından basıldı. SAT'lar kaçak Sri Lankalı oldukları gerekçesiyle tutuklandı. Operasyona "fok badem" adı verildi. Milli Savunma Bakanı, operasyonu yürüten polislere üstün hizmet madalyası takdim etti.

Genelkurmay karargahındaki durum değerlendirmesinde, tatbikatı yapamadık, bari "seçkin gözlemci"ler için Marmara'da iki tane balıkçı teknesi dolaştıralım diye düşünüldü. Ancak, ondan da vazgeçildi... Seçkin gözlemciler böcek kameralar vasıtasıyla zaten donumuza kadar her şeyi gözlemlendiği için, dürbüne periskopa gerek olmadığı belirlendi.

İçtima

Kadınlarımızın dramıdır.
Adam bi sene askerlik yapar.
Elli sene anlatır.

Tam teçhizatlı 80 kilometre koşardık, kaplumbağa yedim, çıngıraklı engereği sote yaptım, çarşı iznine tankla çıktım, 220 bastım, Aksaz'dan atlayıp Rodos'a yüzdüm, denizaltıya mayın yapıştırdım, 33 gün uyumadığım zamanlar oldu, pilot yolda bayıldı mecburen F16'yı ben indirdim, devre arkadaşımın paraşütü açılmadı, diklemesine süzülüp havada yakaladım filan.

Eskidendi tabii bunlar.

Şimdi artık şöyle olacak anılar...

Bi gün nöbetçi çavuşum, aylardan gene böyle bi ağustos, belime kadar kar var, baktım, tuğgeneral ağacın dibine çökmüş, düşünceli düşünceli oturuyor, efendi çocuktur, beni görünce fırladı ayağa, tekmil verdi, hayrola koçum dedim, üzgünsün, meğer terfisini yemişler iyi mi... Aradım hemen AKP ilçe başkanını, sen dedim doldur bi form, faksla, sonra kaldırdım telefonu genel merkeze, halledin şu işi dedim, mesai bitmeden tümgeneral oldu kerata...

Bi gün bastırmışım parayı, babam sağ olsun tugayında bedelliyim, ki, sağ olsun mebustur babam... Saat 11 gibi uyanıp geldim brança, garson 18 aylıklar esas duruşta ama, sofra hazır değil, kan beynime sıçradı, vurdum tekmeyi daldım alay komutanının odasına, yarbaylar binbaşılar toplanmış patates soyuyorlar, vay efendim 3-5 nöbeti tutmuşlar da, yetiştirememişler falan, çektim albayı kenara, dedim bak ararım pederi, yakarım askerliğinizi...

Bi gün onbaşıyım, imam hatipli asteğmenlerle sabah namazından geliyorum, kurmay subaylar mıntıka temizliği yapıyor... Artist bi yüzbaşı vardı, madalyalı mıymış neymiş, iki lafından biri Atatürk Matatürk, gıcığım herife, açığını kolluyorum, baktım şapkası yok kafasında, yatırdım alayını yere, istikamet Anıtkabir, sürünnn! Üstüne 250 şınav... Çağırdım sonra astsubayı, git bana bu tugaydan sorumlu olan nöbetçi AKP'li belediye başkanını bul dedim, öğle namazına müteakip geldi başkan, zabıtaya söyleyin, bunlara iki ay çarşı izni yok dedim.

Bi gün sahur, içtima yapıyoruz, baktım üsteğmen gelmemiş... Nerde bu densiz? Sanki başka vakit kalmamış gibi gece atışlı tatbikata çıkarmış bölüğü, belli ki inadına yapıyor. Aradım Emniyet Müdürü'nü, ki, ilahiyattan devre arkadaşımdır, çok sinirlendi, rica etti özel yetkili savcıdan, bi tutanak, inzibatlar anında enseledi bunu eğitim alanında, doooğru diskoya... E ders oldu tabii, akşam ne görsem beğenirsin, kor'lar or'lar hepsi paşa paşa iftarda.

Bi gün Karpuzkaldıran'dayım, şafak yedi, nöbetten düşmüşüm, şezlonga uzanmış tadını çıkarıyorum, büyük devlet adamımız Egemen Bağış'ın söylediği gibi, karpuzun göbeğini yiyorum... Malum, mevzubahis karpuzsa, gerisi teferruattır... Baktım elinde havlu Genelkurmay Başkanı geçiyor, Necdeeet diye bağırdım, koştu geldi, topuk selamı verdi, şurdan eli yumuşak iki teğmen ayarla da Bali masajı yapsınlar dedim...

ALINGANLIĞA KARŞI NOT:
Yazıda adı geçen kişi ve kurumların gerçekle alakası yoktur...
Karpuz hariç.

Komando

Bi fotoğraf...
Komando.
Kamuflaj kıyafeti giymiş.
Alnında, ay-yıldızlı bandana. Gözaltları siyaha boyanmış. Sert ifadelerle bakıyor. Elinde ağır makineli tüfek. Göğsünde şarjörleri asılı. Belinde tabanca, baldırında 30 santim tırtıllı bıçak, ayak bileğinde el bombası bağlı. Sahilde. Zodyak botla çıkmış. Arkada, ufukta muhrip duruyor, havada kobra helikopteri uçuyor.

10 lira.

Çünkü...
Harekâtın yaşandığı yer, denize kıyısı olmayan, Burdur.
Fotoğraf stüdyosu. Kahramanımız, 21 günlük bedelli asker.
Çarşı izni hatırası... Tüfek tahta. Tabanca plastik. Bıçak maket.
Bomba oyuncak. Sahil ve muhrip, duvara yapıştırılmış poster.
Helikopter, bilgisayar montajı.

(Nüfusa oranla en fazla fotoğraf stüdyosu bulunan şehrimiz, Burdur... Alt tarafı 70 bin nüfus var ama, bedelli'ler 170 bin kişilik fotoğraf çektiriyor. Dışardakiler yetmiyormuş gibi, zahmet edip yorulmasınlar diye, tugay'ın içine fotoğraf stüdyosu kuruldu. Her sene ihale ediliyor. Bu seneki ihaleyi kazanan fotoğraf stüdyosu, bir sene için kaç para ödüyor biliyor musunuz? 550 bin lira! Üstelik... Parasıyla askerlik yaptıran askeriyemiz, fotoğraflardan komisyon alıyor.)

(Tugay, tatil köyü gibi... Butik var, hediyelik eşya dükkânı var. Karavana yok. Ankaralı bi firma, her öğün hazır yemek getiriyor. Kantinlerde meze, ezme, çiğköfte bile bulunuyor. Hamburger, sosisli, ne istersen... Canın çekerse, dışardan pizza bile söyleyebiliyorsun.)

(Pazartesi teslim oldun, şafak 21, cuma sabahı yemin ediyorsun, cuma akşamı evci olarak otele çıkıyorsun. İki hafta sonu, cumartesi-pazar dışardasın, üçüncü hafta sonu zaten tezkere alıyorsun. Otobüs ayarlayıp, Antalya'ya günübirlik gezmeye götürüyorlar. Mevsim müsaitse, yüzüyorsun, olmadı, kapalı havuz gari... Arada vakit ayırıp fotoğraf stüdyosuna giriyorsun, teçhizat hazır, Rambo pozu verip, 10 lira ödüyorsun, feysbuk'una koyuyorsun. Altına da, şehitler ölmez filan, döşeniyorsun. Plaj pozuna, Cudi eteklerindeyken diye yazan var!)

Hal böyleyken...
Geçen ay.
24 şehit verdik.
Kara Kuvvetleri Komutanlığı, rahmetlilerin vesikalık'larından oluşan başsağlığı ilanı verdi. Hani şu, birliğine teslim olduğunda dandik makinelerle çekilenler var ya, siyah-beyaz, kafa kel, onlar.

Hürriyet'in taşra baskısı döndü. Takip, detay ve titizlik'te Türkiye'nin en başarılı gazetecilerinden olan, yazıişleri müdürümüz Necdet Doğan, gazeteyi görür görmez, telefona sarıldı, Ankara temsilcimiz Metehan Demir'i aradı.

"Şehit ilanındaki fotoğrafların kalitesi berbat, çamur gibi çıkmış, çocukların yüzleri gözleri görünmüyor, ayıptır. Halbuki, ailelerinden aldığımız ve sayfalarımızda yayınladığımız çok temiz fotoğrafları var. Söyleyiver de, ilandaki fotoğrafları elimizde olanlarla değiştirelim. Hiç olmazsa, çocukların hatırası arşivlerde güzel fotoğraflarıyla kalsın."

Metehan derhal devreye girdi.
İlgili komutanlara ulaşmaya çalıştı.
Saatler hızla ilerliyor, şehir baskısının vakti geliyor, Necdet ilanın bulunduğu sayfayı ısrarla tutuyor, bekletiyordu.

Gece yarısına doğru cevap geldi...

Hürriyet'teki fotoğrafların değiştirilmesine izin verirsek, öbür gazetelerdeki ilanlarda kötü fotoğraflar çıkacak... "Eşitsizlik" olur denildi!

T$K

Nasıl başladılar?
Analar ağlamasın'la.
Ufak ufak nereye bağladılar?
Kaçanın anası ağlamaz'a.

Vicdani ret budur.

Hani şu meşhur "bıçak kemiğe dayandı, bedelini ödeteceğiz" var ya... "Bedel"li de odur.

Anlamadığım ise, şudur.
Sırayla değil paraylaysa...
Niye "er" oluyoruz?

Belki ben vatan borcu'mu korgeneral olarak ödemek istiyorum... Parasıyla diil mi şekerim? Vicdan da benim, cüzdan da, ister kurmay olurum, ister amiral... Keyfimin komutanı mısın?

"Benim oyumla çobanın oyu bir mi" diyeni mahkemeye verip, "benim paramla çobanın parası bir mi" diyene tezkere verdiğine göre... Sen rütbenin fiyatını söyle, gerisinden sana ne?

Bi tekmil mesela şöyle...
Babam sağolsun tümeni
Sadrazamın sol kaşığı tugayı
Popomda boncuk var alayı
Mekanize Porşe taburu
Reina bölüğü
Mareşal Er Doğan Teğet

Yetmez ama evet!

2 al 1 öde kampanyası yapılsın, 2 biraderin 1'i bedavaya gelsin. En az 3 gönderen, 3'ün 1'ini peşin ödesin, 3'ün 1'ini taksitle versin. Tek çekim'de ödeyen F16'yla uçuş mili kazansın, dileyen, millerini koğuş nöbeti yerine kullansın. Parola sorulmasın, pin kodu sorulsun. Alabros tıraş yapılmasın, hepsi bonus kafa olsun. Vatani görevini yaz tatilinde yapmak isteyen devre arkadaşlarına,

devremülk olarak muhrip kiralansın. Genelkurmay'da loca satılsın. Her Türk asker doğar; bedelli yaşı anasının rahmine indirilsin. Durumu iyi olan kombine alsın, kendi gitmesin, oğlu da gitmesin. Elden, tiko para getirene şeref madalyası takdim edilsin. Mıntıka temizliği feysbuk'ta yapılsın. İçtimaya tivitır'dan katılınsın. G3 yerine 3G'li ayfon verilsin. Çarşı izninde İstinye Park'a çıkılsın. Aç'ılım yapılsın, aç aç'a Victoria Secret'ın kızları getirilsin. "Parası olan askerlikten kurtulacak, parası olmayan gidecek, benim vatandaşım bu işe sıcak bakmıyor, ben şahsen böyle bir sorumluluğun altına girmem, referandum yaparım" diyen başbakanımız "karavana" attığına göre... Karavana çıkmasın, su'yu çıktığına göre, suşi çıksın. Peygamber ocağı orası, faiz günah, helal kredi verilsin. Terörle mücadele yerine, terörle mübadele yapılsın, dolar'la ödeyen İncirlik'te military police olsun... Olmadı, kamu hizmetini tercih edip, ABD Büyükelçiliği'nde garson olsun.

Ensesi kalınsa...
Canı sağolsun.
Garibansa...
Vatan sağolsun.

Berdelli

Bedelli bekliyorduk.
Berdelli çıktı iyi mi.
Al Ayşe'yi, Ver Hatice'yi.
Al papeli, Ver Mehmet'i.

Win win yani.

Sırtına binip Sırat köprüsünden geçmek için kurban satın alıyorduk, bundan böyle sırtına binip Fırat köprüsünden geçmek için şehit satın alabileceğiz... E hayırlara vesile bi nevi.

Ancak, siz siz olun...

Porşe'ye binin.
Fiyat'a binmeyin!

Çünkü, yerli berdelliden şehit alırsan, fiyat'ı 30 bin lira, yurtdışından ithal berdelli alırsan, 10 bin Euro, 25 bin lira bile değil... Haybeden 5 bin fazla ödemeyin.

(Eskiden askerlik yapmayana kız vermezlerdi, şimdi, askerlik yapana kız vermeyecekler, çulsuz bu diye... İstemeye gittiğinizde ibraz edersiniz, makbuzu atmayın, saklayın.)

(İnsanın babasını seçme şansı yok ama, kayınpederini seçme şansı var. Uyanık olun, sponsor bulun. Pederli asker olamıyorsanız... Kayınpederli askerlikten faydalanın.)

Can 30 bin liraysa...
Bi bacak kaç para?
Çıkışmayan... Anca 15 bin lira denkleştirenler için, gazi'lere ödeme yaparak yırtma imkânı getirilsin.

Sakat olmasın.
Takas olsun.

Ve, şehit düşmek için yaş sınırı olmadığına göre... Henüz 30'undan gün almamış olanların günahı ne? Kapsam genişletilsin. Beşik kertmesi de olsun.

Savunma Bakanı

(Meclis tutanaklarından aktarıyorum...
Muhalefet milletvekilleri sordu.
Milli Savunma Bakanı cevapladı.)

Milletvekili çocukları arasında bedelliden faydalanacak olan var mı? "İnsaf... Biz milletvekillerine sorduk mu, evladınız kaç yaşında diye? Bu soru, parlamentonun değerini düşürür. Sorsaydık, ayıp olurdu yani... Milletvekili oğlu da faydalanır."

(Demek ki neymiş... İnsan bu edepsiz soruyu sorarken, demokratik olarak biraz utanırmış.)

21 gün temel eğitim niye kaldırıldı? "Biliyorsunuz, okullarda sekiz yıllık temel eğitim var. Dört yıllık lise var, etti 12 yıl... Üstüne üniversite var. Entegrasyonu lisede sağlayamamışız, üniversitede sağlayamamışız da, kalkıp 21 günde mi sağlayacağız?"

(Anlaşılan, yakında, ver parayı, hiç gitmeden al diplomayı yasası da geliyor.)

Yurtdışındakilere de mi bu sebeple 21 günlük eğitimi kaldırdınız? "Yurtdışında parlamenter olanlar var. Bakanlık yapanlar var. Askerlik için kendi bakanlar kurulundan izin istemek zorunda kalıyorlar. Kendi vatandaşımızı, bir başka bakanlar kurulundan izin isteme durumuna düşürmeyelim diye."

(Hüseyin Obama mesela... Adam Burdur'da askerlik yapmak istiyor, Beyaz Saray'dan bi türlü izin alamıyor!)

Anayasa'nın eşitlik ilkesine aykırı değil mi? "Anayasamız, vatan hizmetinin her Türk'ün ödevi olduğunu belirtmiş. Askerlik hizmeti eşitlikse, bayanların da askere gitmesi gerekirdi. Her Türk'ün ödeviyse, hanımların da gitmesi gerekirdi."

(Allah'tan bunlar kadınlara "kadın" demeye utanıyor... Bayanlar ve hanımlar yandı. Kadınlar ve kızlar yırttı.)

Şehitlerin kemikleri, şehit ailelerinin vicdanı sızlamayacak mı? "Şehit ailelerini sık sık ziyaret ediyorum, benim oğlum son olsun, bir daha ölüm olmasın diyorlar. Hiçbir şehit ailesi, benim oğlum şehit oldu, başkası da şehit olsun demiyor."

(Bilip bilmeden konuşmayın yani... Hiç kimse askere gitmezse, kimse şehit olmaz.)

En muhteşemi de şu... Parası olan uyanık da, parası olmayan keriz mi? "Şunu çok net belirtmek isterim, 1'inci madde kabul edildikten sonra, 2'nci ve 3'üncü madde 1'inci maddenin ayrılmaz unsuru, 2'nci ve 3'üncü maddeler üzerinde önerge vermek haktır ancak, 1'inci madde kabul edildikten sonra 2'nci ve 3'üncü madde üzerinde görüşme kesinlikle doğru hareket değildir, suiistimaldir, 1'inci maddedeki itirazı anlarım ama, 2'nci madde, 3'üncü madde doğal sonucudur, 1'inci madde kabul edildikten sonra 2'nci ve 3'üncü madde işlevsiz hale geliyor, 1'inci maddeyle çelişki olur, Meclis çelişkiyle uğraşmaz, tenakuzla uğraşmaz, mantıklı sonuçtur, söylediğim budur, bunu milletimiz de görüyor."

(Gayet net di mi?)

Netice...
Oylarınıza sunuyorum.
Kabul edenler?
Kabul etmeyenler?
Kabul edilmiştir.
(Alkışlar...)

Yüksek Askeri Şura

Yapıcı olmak lazım...
Yüksek Askeri Şura'ya tavsiye mahiyetinde komutan adaylarımı açıklıyorum...

Kara Kuvvetleri'ne...
Liman Von Sanders Paşa.
Kurmay Başkanı...
Weber Paşa.
Birinci Ordu'nun başına...
Von der Goltz Paşa.
Genelkurmay İkinci Başkanı...
Bronsart Paşa.
Kolordular için...
Kannegiesser Paşa.
Albay Sodenstern Efendi.
Yarbay Wilmer Bey.
Askeri İstihbarat...
Thauvenay Paşa.
Donanma boşta kalmasın...
Souchon Paşa.

Padişahım çok YAŞ'a.

Bando mızıkanın başına da Giuseppe Donizetti Paşa'yı getirdin miydi, tamamdır bu iş.

Diyeceksin ki... Olur mu?
Daha önce oldurmadın mı?

Ayrıca...
Anayasamıza göre, Cumhurbaşkanı başkomutan.
İbrahim Tatlıses'e göre, Başbakan da mareşal.
Daha ne komutan arıyorsun?

Çok sıkışırsan, hazır antin kuntin meseleler olurken, Hilmi Özkök'e de sefertası görev emri çıkarıp, kantin komutanlığına atarsın, biter gider.

Polis

Memleketin birinde...
Kayıt kuyut hak getiredir, dingonun ahırıdır, herkes kafasına göre vergisiz algısız ticaret yapmaktadır.
Mesela, gözlükçü'nün biri aynı zamanda oto alım satımıyla uğraşmaktadır.

Bi gün emekli bi polis memuru gelir gözlükçü'ye, otomobil alır, ruhsatı kendi üstüne değil, kızının üstüne yapar. Sonra da gözlükçü'den aldığı otomobilin fotoğraflarını internete koyar, satılığa çıkarır... Ki, belki daha iyi fiyata gider, arada yolumu bulurum diye düşünür.

Gel zaman git zaman... Biri telefon eder, talip olur, tiko para, emekli polis'in gözlükçü'den alıp, kızının üstüne yaptığı otomobili satın alır. Ancak, hem sahte kimlik kullanır, hem de ruhsatı kendi üstüne yapmadan alır. Kime ne birader? Dedim ya, sanırsın dingonun ahırıdır.

Bombayı bagaja koyar, götürür patlatır.
Derhal soruşturma açılır...
Son sahibi bulunur, ki, eyvah!

Emekli subay olsa, şahanedir...
"Bombalı aracı teröriste satan kişi, şu isimli emekli subay çıktı sayın seyirciler" demesi pek lezzetlidir. "Söz konusu subay, şu şu şehirlerde görev yapmıştı, oralardaki terör olaylarının altında da bu subay varmış meğer" açıklaması tadından yenmez.

Gel gör ki... Polistir.

Ve, o emekli polisin başına gelen, aslında herkesin başına gelebilir. Üç kuruş çorba kapayım derken, hiç günahı olmadığı halde, berbat bi hadisenin içine düşmüştür.
Çünkü, hiçbir terör örgütü, arkasında kabak gibi iz bırakacak birinden otomobil satın almaz. Tesadüfen seçer. Kabak, tesadüfen seçilen kişinin başına patlar. Bu emekli polisin başına gelen de budur.

Üstelik, böyle bi hadiseye emekli polisin karıştığının açıklanması, yanlış anlaşılmalara, kurcalamalara, öküzün altında buzağı aranmasına sebep olabilir. Dolayısıyla açıklanmaz, gizlenir.

Ayrıca... Otomobilin son sahibinin ismi de verilmez, kodlanır, ki, doğrusu da zaten budur. Günahsız insanları, sırf tesadüfen ismi karıştı diye teşhir etmek, hem hukuka aykırıdır, hem ayıptır. İsmi kodlanan kişi, otomobili galeriye satmış, galeri de teröriste satmış denir, geçilir.

(Gazeteciliğin temel kuralı, güya 5N1K'dır... Hiçbir gazeteci çıkıp da, kodlanan isimdeki "N" nedir, "K" kimdir, sormaz. Galeri hangi galeri, nerde, var mıdır öyle bi galeri, merak bile etmez.)

Az biraz geçer... Patlamanın yaşandığı bölgedeki dükkân kameraları incelenir, şüpheli bi şahıs tespit edilir, aranır taranır, bi başka şehirde enselenir. Gazetecilerin kulağına üflenir, gazeteciler de balıklama atlayıp, kulağına üflendiği şekilde anlatır: Şüpheli şahıs "komutanlık ve orduevi"nin bulunduğu bölgede enselendi, tadından yenmiyor sayın seyirciler!

(Gerçi, üç buçuk saniye sonra, bizzat vali tarafından limon sıkılarak, komutanlık etrafında enselenen şahsın, o şahıs olmadığı, kendi halinde turizmci olduğu açıklanır ama, olsun gari... Gazetecilerden daha iyi bilcek değildir herhalde vali... Enselendiğine göre, enselenmiştir.)

Ve, yukarıdaki satırlar tamamen hayal mahsulüdür... Yaşansa yaşansa, anca angutların gazetecilik yaptığı memleketin biri'nde yaşanabilir. Bizim memleketimizde asla böyle şeyler yaşanmaz!

İstihbarat

Obama geldiğinde, sayın ahalimiz yalakalık yarışına girmiş; kimisi kurban kestirmiş, kimisi baston, kemençe, seccade hediye etmiş, Beyşehirli balıkçılar da, Beyaz Saray'da buğulama yapsın diye, air force one uçağına 6.5 kilo "sazan" göndermişti... İyi, güzel de, balıklar yolda kokmaz mı sorusuna, bi şeycik olmaz, "strafor kutularda buzladık" cevabını vermişlerdi.

E bakıyoruz bugün...

Strafor fikri pek beğenilmiş olsa gerek ki... Gölge CIA olarak bilinen küresel istihbarat örgütü "Stratfor" kutulamış kutulamış göndermiş bizim "sazan"ları!

WikiLeaks bi yayınladı.
Buzları çözülüverdi.

Kimisi "asabi şahsiyetin danışmanını ayarladım, aman deşifre olmasın, ne istersek yapıyor" diyor. Kimisi "bülbülüm genel başkan yardımcısı oldu, şahane ötüyor" diyor.

Kimisi "sarı basın kartlı" gazteci yemlemiş, köşesinden olta atıyor. Kimisi tek tek uğraşmamış, komple gazte bağlamış, "raporu gönderdim, yarın aynen basacaklar" diyor.

Kimisi gönüllü olmuş, sevabına satıyor... Mesela, Genelkurmay'da görevli bi subayla öğle yemeği yemişler, daha tatlıya bile geçmeden, "memnuniyetle istihbarat veririm" demiş.

Kimisi de parayla satıyor...
"Muhafazakâr" kimliğiyle tanınan, "güvenlik" konusunda uzman bi profesörümüze 1666 dolar ödenmiş. Tahminim, 1670 verip, 4 dolar para üstü aldılar şerefsizden... Olsun gari. Taş atmış da kolu mu yorulmuş, memleketin "muhafaza"sını satıp, neticede "kâr" etmiş!

Ne kamu kuruluşu kalmış sızmadıkları, ne de bakanlıklar... "Ben satarım, ben daha iyi satarım, ben ucuza satarım, ben bedavaya satarım" diye kuyruğa girmiş arkadaşlar.

Hatta...
Harcıraha bile gerek kalmıyormuş artık. Göze girip, Amerikan ajanlığına kabul edilmek için, şoför ve makam otomobili ayarlayanlar bile oluyormuş. Havalimanında karşılıyorlarmış.

Bakmışlar ki, ihtiyaç fazlası vatan haini var... Stratfor'un en tepesindeki adam, Türkiye için özel genelge yayınlamak zorunda kalmış... "Kaynakları koordine edin" diyor. "Birbirinizin ineğini sağmayın, herkes kendi ineğini sağsın, sütü az inekle vakit kaybetmeyin" diyor.

Etraf hain kaynıyor...
Haincikleri boşverin demek istiyor.

Sonra bi genelge daha yayınlamış... "Acil durum yoksa, temas kurmayın" diyor. Belli ki, zırt pırt, olur olmaz saatlerle arayıp, tırışkadan mevzularla lüzumsuz rahatsızlık veriliyor.

Uzun lafın kısası...
Hani, amele pazarları vardır ya, bi kamyonet yanaşır, üçe beşe bakılmaz, balıklama atlanır.

İş o hale gelmiş kardeşim.
Çek kamyoneti Ankara'ya...
Atlasınlar kasaya.

İsim	Şehir	Terör

Roketatar'ı biliyorduk...
Rekatatar'ı ilk defa görüyoruz.

Ne sayaçmış be kardeşim...

Ömür Gezdiren... Ömrünün en güzel günlerini terörist peşinde gezdiriyordu.

Mayın patladı. Şakağına şarapnel saplandı. Suratı darmadağın oldu. Aylarca komada kaldı. Kefeni yırttı ama... Kör olmuştu. Beyninde hasar oluştuğu için, parkinson'a yakalandı. Konuşmakta güçlük çekiyor, vücudu zangır zangır titriyordu. Baba yok. Kardeş yok. Hayattaki tek varlığı, annesinin yanına yerleşti. Üç kuruş maaş, kiralar ha bire zamlanır, mecburen pahalıdan ucuza taşına taşına hayata tutunmaya çalışıyorlardı. Yeni bi eve geçtiler, Ayedaş'a gittiler, gazi'lere tanınan indirimden faydalanmak istediklerini anlatmaya çalıştılar. Görmüyor, heceleye heceleye konuşuyor, üstelik titriyor, banko memuru sıkıldı! Evrakların eksik diye, kestirip attı. Tartışma çıktı. Güvenlik görevlisi üstlerine yürüdü. Anne çığlık attı. Gazi panikledi, koruma içgüdüsüyle hamle yaptı, zaten sinir sistemi haşat, eline koluna da hâkim olamıyor, bankoda duran elektronik sayaç düştü, kırıldı. İtiş kakış, bayıldı. Ambulansla hastaneye götürüldü. Bedensel çaresizliğinden asabı oynamış, krize girmişti, bayılma sebebi buydu. Ertesi gün taburcu oldu, evine gitti. İki gün sonra, kapı çalındı, Ayedaş'tan gelmişlerdi, evrak mevrak istemeden indirimi uyguladılar. Buna şükür deyip, tatsız hadiseyi unuttular. Yedi ay sonra, gene kapı çalındı, postacı... Ellerine tutuşturulan zarfı açtılar, anne okudu, gazi dinledi, mahkeme celbiydi, kamu malına zarar vermekten dava açılmış, hapsi isteniyordu. Ahali sıcacık evinde esneye esneye poposunu kaşısın diye, Hakkari dağlarında gözünü, beynini, hayatının geriye kalan kısmını bırakan gazi, devlete zarar vermişti yani.

Hatırladınız di mi?

Hatırladığınızdan eminim. Çünkü, 100 binin üzerinde elektronik posta göndermiştiniz, maddi manevi destek için gazi'nin adresini, telefonunu istiyordunuz. Benzer mesajları Ayedaş'a da göndermiştiniz. Kiminiz "sayacın parasını şu şu numaralı kredi kartımdan çekin" demişti, kiminiz "hesap numarası verin, kaç paraysa yatırayım" demişti. Ayedaş, şikâyetini geri çekti.

Vatanı milleti için canını ortaya koyan her gazi gibi, onuruna düşkün bi kahraman olan Ömür, kendisini acındırıyormuş durumuna düşmek istemiyordu. O nedenle, adresini, telefonunu kimseye vermedim. Buna rağmen, buldunuz... Para yağdı. Kiminiz, mahalleye yetecek kadar gıda kolisi gönderdi, kiminiz, gel benim evimde kal teklifinde bulundu.
Sadece 1450 lira maaş alan gazi, yalvarıyordu, abi gözünü seveyim yaz, göndermesinler... Yazmadım. Hayırsever işadamı Zeynel Abidin Erdem, avukatları aracılığıyla iz sürdü, gazi'nin en büyük hayalinin Akçay'da yaşamak olduğunu öğrendi, arattı tarattı, bahçe katı beğendi, hem gaziye uygun, düzayak, hem yeşillikler içinde... Aldı. Tapusunu, gazi'nin adına yaptırdı. Buzdolabı, çamaşır makinesi, televizyon, halı, dayadı döşedi. "Sana minnettarız, güle güle otur evladım" dedi.

Tahminim...
Bunu da hatırladınız.

E şunu da unutmayın bari.

Ayedaş'ın şikâyetini geri çekmesine rağmen... Kamu davası devam etti. Sayacı kırarak, devlet malına zarar veren gazi, 10 ay hapse çarptırıldı. Cezası ertelendi. Beş sene içinde, tekrar kamu malına zarar verirse, içeri tıkılacak. Annesi de unutulmadı... Annesi de, güvenlik görevlisine hakaretten 1 sene 2 ay yedi. Beş sene içinde gene hakaret ederse, dooğru oğlunun yanına.

Van'trilok

Van yıkıldı...
Dikkat dağıtacak bi şey lazımdı.
Oyalayacak bi şey.
Şırrak!

22 tabur, 12 bin askerle Irak'a girdiğimiz açıklandı. Son dakka diye verdi gözlüklü şişko, tanklarımız sınırı geçti dedi. Zap suyunun üstüne portatif köprüler kurulmuş, bordo berelilerimiz Haftanin kampına girmişti. 10 değil, 100 değil, 1400 terörist öldürüldü diye üfürdü biri... Hem vallahi, hem billahi, Kandil'e doğru kaçıyorlar dedi. Haftanin'le Kandil arası 80 kilometre filan... Kimse çıkıp, birader bu teröristler maratoncu mu demedi. Otoriteler bağlandı canlı yayınlara, haritalar dev ekranlarda, çizgi filmden F16'lar vıjjj diye uçuruldu. Erbil'den ekrana çıktı muhabir, 1200 paraşütçünün Haftanin kampına indiğini söyledi.

Ki, zaten başbakanımız da, gerek havadan gerek karadan başlatılan harekâtın, netice almanın adı olduğunu açıklamış, hatta, Allah yolunuzu açık etsin, yar ve yardımcımız olsun demişti.

Gitmeyen tanklarla
geçilmeyen sınırlarla
atlamayan paraşütçülerle
imha edilmeyen teröristlerle
çok başarılı bi harekât oldu.

Tek pürüz var.

Van gene yıkıldı...
Haftanin yerli yerinde.

Vefat ve teşekkür

Günlerdir bekliyorum.
Galiba paraları bitti.

Şehit ailelerine, silahlı kuvvetlere, polis teşkilatına... Başsağlığı ilanı veren bi tane firma yok!

Sırf yalakalık olsun diye, kenarları kalın siyah çerçeveli sayfa sayfa ilanlar verip "derin üzüntüyle öğrenmiş bulunuyoruz, kederli ailenize, muhterem evladına" diyen arkadaşlar... Nerede?

Canını ortaya koyan çocuklarda... Menfaat olmadığı için mi? "Ölü yatırım" oldukları için mi?

Kedisinin vefatı üzerine, kedisine hitaben, gazetelere teşekkür ilanı vermişti biri... Dandik şarkısına klip yapan plakçıya ilanla teşekkür eden şarkıcı var. İşkembeciyi hizmete açan bakana ilanla teşekkür etti işkembeci... Kavşak yaptıran belediye başkanına, mağazasının kurdelesini kesen valiye, ameliyatını yapan doktora, taraftarına ilanla teşekkür eden spor kulübü var.

Biz bunaklaşana kadar yaşayalım diye henüz 20'sinde toprağa girenler... Bari tek sütun teşekkür ilanını hak etmiyor mu?

Ramazanda, kandil'lerde... Ne kadar da dini bütün olduğunu göstermek için cepten mesajlar atıp "nurlu gecelerde üstünüze ışıklar yağsın, rahmet yağmurlarında ıslanalım, melekler avucunuza gül koysun" filan gibi, maneviyat dolu satırlar fışkırtanlar... Kontörünüz mü bitti?

Gavur askeri midir bunlar...
Ona buna mevlit okutanlar nerede?

Saçılım

26 şehit daha.
22 gazi daha.
Yazacağız elbette.
Ama...
Önce düne gidelim hele.

Yazmazsak dünü... Bugüne nasıl geldiğimizi anlamak imkânsız çünkü.

Beş polis şehit edildi.
Yanında, bir bebek, iki sivil.
Gazeteler haberi şöyle verdi...

Güroymak'ta hain pusu
Güroymak'ta sekiz şehit
Güroymak'ta kahpe mayın
Güroymak'ta hain saldırı

Yok öyle!

Cumhurbaşkanı, orasını "Norşin" ilan etmemiş miydi kardeşim?

Ayakta alkışlamamış mıydınız? "Norşin müjdesi" manşetlerini atan Uganda basını mıydı? "İstanbul'a Konstantinapolis mi diyeceksiniz?" diye soranlara "iki cihanda lekeli" damgası yapıştıran siz değil miydiniz? Aslında Ermenice olmasına rağmen, Kürtçe zanneden BDP'li belediye, anında meclis kararı çıkartıp, Güroymak'ı resmen Norşin yapmamış mıydı?

E hani Norşin şimdi?

Açılım yaparken...
Norşin.
Açılım patlayınca...
Güroymak.
Öyle mi?

Yoksa, Çukurca'ya Kürtçe isim vermediğimiz için mi verdik acaba 26 şehidi?

Bijitürk

Israrla soruyorsunuz...
Tunceli'de halı sahada futbol oynarken baskına uğrayan polislerimizi niye yazmadın?

Yazmadım.
Elim varmadı.

Çünkü...
3 sene önce
8 Nisan, Salı
Chelsea-Fenerbahçe maçı.

Dokuzkaya ile Kutuderesi'nde yuvalanan teröristlerin telsiz kodlarına giren askeri istihbarat, enteresan diyaloglara şahit oluyor, kulaklarına inanamıyordu. Küçük gruplar halinde dolaşan ve dinlendiklerinden haberi olmayan futbolsever teröristler, 21.45'te başlayacak olan Şampiyonlar Ligi maçını birlikte seyretmek için randevulaşıyordu! Buluşma yeri olarak da o güne kadar varlığı tespit edilmemiş, Zağge mevkiindeki bi mağarayı adres gösteriyorlardı.

Londra'da Stamford Bridge'de düdük çaldı, maç başladı, bismillah, henüz dakika 4, Ballack taktı, 1-0.

Ekran karşısındaki teröristler, erken gelen gole sevinçle çak yaparken... Subay astsubaylardan oluşan seçkin tim, mağaraya yarım saat mesafeye helikopterle iniyordu. İlk yarı böyle bitti.

İkinci yarıya baskılı başladık. 56'ncı dakikada soldan serbest vuruş kullanacağız, Alex topun başında, ceza sahası karışık, Lugano kafayla mı atacak filan derken... Özel tim içeri daldı!

Bitiş düdüğü çaldığında, Lampard ikinciyi atmış, Fenerbahçe elenmiş, bir futbol takımı kadar, 11 terörist öldürülmüş, yedek kulübesi kadar terörist de yaralı ele geçirilmişti.

(PKK'nın tribüne çevirdiği mağarada, jeneratör, çanak anten, televizyon ve ciddi miktarda patlayıcı madde bulundu.)

Nerde oldu bu?
Tunceli'de!

3 sene sonra...
N'ooldu Tunceli'de?

Elbette elimde bilgi-belge yok ama... Dinlendiğinden haberi olmadan maça gidip baskın yiyenlerin, dinlendiğinden haberi olmadan maça gidenleri bastığından adım gibi eminim.

Top'arlarsak...
İşte o nedenle yazmadım.
Yazsaydım...
Maalesef "rövanş" derdim.

İşsizlik azaldı

10 şehit var.
11 yaralı ilave.
Santral kilitlendi haliyle.
Asker aileleri arıyor.
"Kimlikleri belli mi?" diye...

Bi saat sonra arayın diyoruz.
Bi saate belli olur.
Kimine müjde vereceğiz.
Kimine kara haber.

Saniye saniye Anadolu Ajansı'nı takip ediyorum, ki, devletin haber ajansıdır... Bilirse o bilir.

Saat 14.39...
"Müjde" geldi.

Türkiye'nin ağıt yaktığı dakikalarda, Anadolu Ajansı'ndan Türkiye'ye servis edilen haber aynen şöyle: "Bakan X, Sivas Ticaret Odası Başkanı'nı makamında ziyaret ettikten sonra, Meclis salonunda üyelere hitaben konuştu, işsizlik oranının yüzde 9.4'e düştüğünü söyledi. Türkiye'nin eskisinden çok daha iyi yerde olduğunu belirten Bakan X, 'İspanya'dan iyiyiz, İngiltere'den iyiyiz, İtalya'yla kıyaslarsak, çok daha iyiyiz' dedi. İşsizliği azalttıklarını, Avrupa Birliği'nden çok daha iyi durumda

olduğumuzu, hatta tersine göç yaşandığını, Avrupa ülkelerinden Türkiye'ye çalışmaya gelenler olduğunu ifade eden Bakan X, Elbistanlı Ali Akbaş'ın 'Göç' isimli şiirini okudu.
Sivas Ticaret Odası üyelerinin 'bedelli askerlik Sivas'ta yapılabilir mi?' sorusuna ise, şu karşılığı verdi... 20 günlük bedelli askerlik Burdur'da devam ediyor. Biliyorsunuz, sözleşmeli er alacağız. Sivas, bu sözleşmeli erlerin eğitim yapacağı şehirlerden biri olarak değerlendirme içinde... Bu olursa sıkıntı olmaz inşallah."

Sizce kimdir...
"X" diye kodladığım bakan?

a) maliye bakanı
b) ekonomi bakanı
c) ticaret bakanı
d) çalışma bakanı
e) kalkınma bakanı
f) sanayi bakanı
g) aile bakanı
h) gençlik ve spor bakanı
ı) ab bakanı
i) turizm bakanı
j) hayvancılık bakanı

X'e kadar yazsam bulamazsınız.

Çünkü kardeşim...
Milli Savunma Bakanı o!

"Açılım" Bakanı Beşir Atalay desen... Dün basın toplantısı yaptı, televizyonlar anında canlı yayına girdi, son dakka... 17 Ağustos depremini anlattı iyi mi!

Hadi hep bir ağızdan...
Aynı dağın yeliyiz biz.
Şehitler ölmez filan.

Reina kapısında promil üfletmeye benzemez

Açılım nerede açıldı?
Polis Akademisi'nde.
Kapatma'ya kimi gönderdiler?
Polis Akademisi'ni.

Önce ne dediler?
"Askerlikten yırttınız..."
Şimdi ne diyorlar?
"Dooğru askerin yerine!"

Bilmediklerimi ayağımın altına koysaydım, başım göğe ererdi demiş... İmam-ı Azam.

Cahillik demeye dilim varmıyor ama askerin yerine polisi koymaya kalkışmak, böyle bi durumdur.

Hürriyet'in manşetinde vardı, atış poligonunda tabancayla poz vermişler... Adam mayını döşüyor, 10 metre çukur açılıyor, üstüne roketi yapıştırıyor, hangi tabancadan bahsediyorsun?

Güneş gözlüğüyle nöbet tutmak iyi de... Kışı var. Eksi 40 derece olur o dağlar, gözyaşların bile donar, tüfeğin dipçiğini yakarsın, kütük gibi donmuş ayak parmaklarını kurtarmak için.

Dağ dedim, aklıma geldi. Röportajı veren polis amiri "yılan yemediklerini" belirterek, hayatı idame kursu alan subay-astsubaylarla hafif yollu kafa bulup, "Cudi ve Gabar'ın bitki örtüsü çok zengin, mantarı batıdan farklı, yenilebilir otları öğreniyoruz" diyor mesela...

Karayılan, 57 yaşında.
Dağdaki bitkileri öğrenmeye çalışan polislerimiz henüz doğmadan, çöreklenmişti o dağlarda.

Ve, deniyor ki...
"Beş ay eğitim verildi."

Bakın, ben size bi eğitim vereyim: Hukuk fakültesi mezunu, işletme mastırı yaptı, İngilizce, Arapça, Rusça, Kürtçe bilir, kara kuşak karateci, hem de üçüncü dan mertebesinde, yüksek irtifa paraşütçüsü, 15 bin feet'ten 3.500 defa, 30 bin feet'ten 30 defa serbest atlayış yaptı, bröveli derin su dalgıcı, uluslararası özel kuvvetler şampiyonasında üç defa dünya şampiyonu oldu, sıkı durun, 1.500'e yakın sıcak çatışmaya girdi, Zap kampı basılırken sadece 18 gün içinde 54 defa namlu namluya vuruştu, 3 tane üstün cesaret madalyası var... Bir albay bu.

Zurna değildir...
Beş ayda anca kereviz yetişir.

O nedenle... Van'da polise telefon ettiler, burda hırsızlık vakası var diye, polis ekibi ihbar edilen adrese koştu, çapraz ateşe düştü, takır takır tarandılar, ihbarcılar buhar.

Beş ayda bu kadar.

Karşındaki, dünyanın en vahşi terör örgütü. Saygı duymayacaksın ama... Ciddiye alacaksın.

Silahla olmaz.
Yok illa silahla diyorsan...
Polisle hiç olmaz.
Kırsalı yuva belleyip, kendine "gerilla" diyenle mücadeleyi, silahlı kuvvetler dışında hiçbir kuvvet yapamaz.

(Elbette üzmek, rencide etmek değil derdim. Hatta, goygoycuk yapıp, aslan polisim, kaplan polisim de diyebilirdim. Ancak, yayınlanması yasak olan karakol baskınlarını videodan seyretmiş biri olarak yazıyorum bu satırları... Allah kimseye seyrettirmesin.)

Ramazan

3 şehit daha...
Bu sefer Van.

Coşkun, Serkan, Ramazan.

Şöyle okudu haberi spiker...
Ramazan, ramazanda şehit düştü.

Öbürleri "paskalyada şehit" çünkü!

4 sene önce de olmuştu aynı kepazelik, Ramazan ile Ali şehit olmuştu, Ali'yi boş verip, "Ramazan, ramazanda şehit oldu" diye duyurmuşlardı. Sanırsın, Ali "Noel'de şehit"ti.

Tıpkı.
"Cuma" Şahin
"Mevlüt" Tekiroğlu
"Hacı" Aydıncı
"Bayram" Alkış
"Muhammed" Özbek
"Mümin" Mutlu
Kerim "Oruç"
"İmam" Tan
"Mücahit" Okur
"İsrafil" Dere
"Miraç" Yıldırım
"Kadir" Altınöz
Mustafa "Dindar" gibi.

Hep haybeye şehit bi nevi.

Abuk sabuk günlerde şehit olup, "günün mana ve önemi"ne denk getiremedikleri için, çarçur ettiler şehitliklerini... Cuma mesela, tuttu salı günü şehit oldu. Bayram desen, mesai gününde.

"Recep" Savaş
"Şaban" Üke
"Ramazan" Erdem de öyle.

Üç aylarda gittiler ama...
Ayrı ayrı gidip, birlikte gitmedikleri için senkronize haber olamadılar.

Demem o ki...

Şehidin enteresan şehit olabilmesi için, illa "Ramazanda Ramazan, yarın doğum günüydü, baba olduğu dakikalarda, Sevgililer Günü'nde, Fener'in şampiyonluğunu göremedi" filan gibi, enteresanlık gerekiyor artık... Yoksa, rutin oluyor, cazip değil, en fazla tek sütunda kalıyor.

Dolayısıyla...
PKK'nın yeteri kadar yalaka gaztecisi var ama, bi de, yalaka gaztecilere avanta verip manşet yaptırtan halkla ilişkiler şirketi bulmasında fayda var. Çünkü, olur olmaz günlerde dan dun vuruyor, günün mana ve önemine uymuyor, yazık ediyor çocuklarımıza... 30 bin kişinin kanına girdiler, toplasan 30 defa manşete giremediler bu kafayla.

Allah sizi bildiği gibi yapsın e mi

Canhıraş bi telefon...
– Emi Vaynhağus ölmüş abi.
– Norveçli manyak mı vurmuş?
– Yok, ovırdozdan rahmetli.

Açtım haber tivilerini.
Yas ilan edilmiş e mi.

Spikerlerimizin gözleri nemli.
Sanırsın anası vefat etti.

Meğer...
27'ler kulübüne girmiş kızcağız.
Dı Doorz'un solisti Cim Morisın
Nirvana'ya ulaşan Kört Kobeyn
Gitarcı Cimi Hendiriks
Şarkıcı Cenis Coplin
Roling Sıtonz'dan Bırayn Cons
27'sinde sizlere ömür hepsi.

Ciğerimiz yanıyo bi nevi.

E oturayım da ben de bi ağıt yazayım bari diyordum ki, internetten mesaj yağıyor... Vay efendim dört şehit daha varmış da, onları kimse yazmıyormuş, bu ne utanmazlıkmış filan.

Güzel kardeşim...
Şehit her gün geliyor.
Emi bi kere ölüyor.

Senden mi öğreneceğiz...
Hangi habere vereceğimiz ön'emi?

Bak mesela, eroin'i, kokain'i, ecstasy'i, ketamin'i kokteyl yapıp, viskiyle yuvarlamış... Ne kadar enteresan di mi?

Buna mukabil... Londra'daki malikânede damara altın vuruş yapılan dakikalarda, Şemdinli'nin Tekeli Köyü dağlarında vuruş'uyordu, teğmen Süleyman... Yola mayın döşeyen iki teröriste denk geldi, dur dedi, ateşle karşılık verilince, ikisini de indirdi, bu arada bacağına Kalaşnikof mermisini yedi. Atardamara... 25 ünite kan verdiler, kurtarılamadı.

Bu rutin hadisenin nesini yazayım şimdi ben? Hükümetimiz bile asker bu işe karışmasın diyor, Süleyman hâlâ terörist peşinde koşuyor... Su testisi su yolunda kırılmış mı diyeyim?

Üstelik...
26 şehit var seçimden beri.
Henüz 27 olmadıkları için...
27'ler kulübüne giremiyorlar.
Girdikleri tabutla idare etsinler gari.

Rekatatar

Roketatar'ı biliyorduk.
Rekatatar'ı ilk defa görüyoruz.

Göstericiler camiye kaçtı...
Polis ha'rekat düzenledi.

– Öğle namazı kaç rekat?
– Dört.
– Allah kabul etsin.
– Gözaltına alın bu arkadaşı.

Halbuki, çocuk Şafii.
Üstelik, Hanefi de olsa, dört.
Gerisi sünnet.

Suratında gaz maskesi olan bi polis de, komserini tasdikleyerek, arkadan bağırıyordu: "Dört rekat olur mu yaa, iki rekat!"

Crime scene investigation CSI Miami mübarek... Özel ha'rekat timinden.

Peki, bu komedi nerden çıktı diye merak ederseniz... Behzat Ç, sorgu odasında zanlıyı sıkıştırırken "cinayet saatinde nerdeydin" diyor, "maç seyrediyordum" deyince, "golleri kim attı" diye soruyor, e cevap veremiyor tabii hıyar, tepesine biniyorlar... Belli ki, ordan.

Behzat, Dijitürk polisi.
Bunlar, Biji Türk polisi.

Hazır, Hakan Şükür AKP'den mebus adayı olmuşken, aynı taktikle izah edeyim bari... Öğle namazı 4-4-2 kılınır, Şafiiler sadece defansta saf tutar, orta saha ve forvetle ilgilenmez.

Bu ne biçim imamın ordusu kardeşim?
Mod medyan'la mı girdiniz teşkilata?

(İnsanları oturma odasına gömen Hizbullah'ı sokağa salıyorlar, güya kendileri ulemaymış gibi, ahaliyi cami kapısında din dersi sınavına sokuyorlar. Sonra da, Selahattin Demirtaş "bunların imamlarının arkasında namaz kılmayın" deyince, kızıyorlar.)

İşin ekstra hazin tarafı... Sağ eline gümüş yüzük takarak Müslüman olduğunu zanneden polislerimizin tekmeleye

tekmeleye burnunu kırdığı üniversitelinin ismi "Miraç"tı, "kandil"de doğmuştu... Bismil'de öldürülen gencin ismi de, İbrahim "Oruç" maalesef.

Ha, polise ateş açanların hiç mi suçu yok derseniz... Onu bize sormayacaksınız.

"PKK açılımı"nın memleketi bu hale getireceğini en başından söyledik... Dünya'dan haberleri yok. Öbür dünya'dan haberleri yok. İki cihanda lekeli ilan edenlere sorun.

Şüpheli şehit!

Değerli ağabeyim Uğur Dündar'la sevgili arkadaşım Nedim'in telefon görüşmeleri "şüpheli" bulunmuş... Sanırsın, biri Pekin'de oturuyor, öbürü Stockholm'de yaşıyor, mecburen telefonlaşıyorlar, şifreli mesajlaşıyorlar. Halbuki... Aynı binadayız birader.

50'li yıllar...
Tekirdağ Emniyet Müdürlüğü siyasi şube şefi, üstün hizmet ödüllerinin yanı sıra, Scotland Yard'tan dedektiflik sertifikası bulunan, Sarı Osman... Kapı komşusu var, beyefendi bi adam, kamu kurumunda müdür, ailece görüşüyorlar. Gel zaman git zaman, Sarı Osman öğreniyor ki, komşusu olan beyefendi "azılı komünistler" listesinde yer alıyor! Gölge gibi izleniyor, kimlerle görüştü, nerelere girdi çıktı, fotoğrafları çekiliyor, nefes alışı bile kayda geçiriliyor. "Allah Allah?" diyor Sarı Osman... İşinde gücünde, çevresine saygılı, pırıl pırıl aileye sahip, karıncayı incitmeyen adam, nasıl olur da, azılı ve tehlikeli olabilir? Hatta, nasıl olur da, bunca yıllık tecrübesi bulunan Sarı Osman'ı bile kuşkulandırmadan böylesine alengirli işler çevirebilir? Takıyor kafaya... Dosyasını inceliyor. Anlaşılıyor ki... İstanbul'da "mimli" birinin evi basılmış, o evde bir kitap bulunmuş, o kitabın içinden bir gazete kupürü çıkmış, o kupürde evi basılan "mimli" adamla birlikte, 15 kişinin ismi var. Komşunun ismi, o

15 kişinin arasında... "Şüpheli şahıs" yani... O nedenle ruh gibi takip ediliyor. Daha fena merak ediyor Sarı Osman... Nedir bu gazete kupürü? Niye o 15 kişinin ismi o listede yer alıyor? Gazete arşivlerine giriyor, inceliyor, şunu buluyor: Söz konusu gazete, ödüllü bulmaca yarışması düzenlemiş, 15 kişi kazanmış, gelip ödülü alsınlar diye liste halinde yayınlamış iyi mi!

Sarı Osman kim derseniz...
Uğur Dündar'ın babası.

Aslına bakarsanız, sadece "şüpheli şahıs" olduğu için, gene de şanslıdır Uğur ağabey...

Milli İstihbarat Teşkilatı'nın İstanbul Bölge Müdürlüğü'nü de yapmış olan, ünlü istihbaratçılardan Osman Nuri Gündeş var. "İhtilallerin ve Anarşinin Yakın Tanığı" ismiyle kitap yazdı. O kitapta, şehit edilen diplomatlarımızı anlatıyor. Ve 329'uncu sayfasında, suikastla öldürülen diplomatlardan birinin fotoğrafı var... Hangisinin biliyor musunuz?

Benim!

Ünlü MİT'çi, hadiselerin o kadar yakından tanığı ki, beni hem diplomat, hem rahmetli ilan etmiş... Herkes "şüpheli şahıs" olmaktan şikâyetçiyken, biz olmuşuz sana "şüpheli şehit..."

İsim	Basın	Bitki

Sarı'msaklasak da mı tutuklasak...
Sarı'msaklamasak da mı tutuklasak...

Uğur Dündar

Pişmiş kelle gibi sırıtarak ekrana çıkan tiplerin, insan içine çıkamadığı bi dönemde... Değerli ağabeyim Uğur Dündar'a, Beşiktaş Kent Konseyi tarafından "Onurlu Yaşam Ödülü" verildi.

Hepinize selamı var.

"İlkelerin olacak
Seni satın alamayacaklar
Aptalların uydurduğu...
Atasözlerine inanmayacaksın.
Paranın satın alamayacağı şey yoktur...
Herkesin fiyatı vardır gibi sözlere kanmayacaksın.
Onurunla...
Kimliğinle...
Ve beyninle...
Akıllı yaşayacaksın."

Müjdat Gezen'in, Uğur Dündar için yazdığı bu şiirle başladı tören.

Ve, aynı zamanda, kendi kendime mırıldandığım "Allah sonumuzu hayır etsin" temennimle başladı... Çünkü, Müjdat Gezen'in yanı sıra Levent Kırca da oradaydı. Dördümüzün en son bir araya geldiği gün, hakkımızda dört yüz tane filan dava açılmıştı!

Ki, Levent ağabey de işin hakkını verdi, en az üç dava çıkabilecek "Hitler fıkrası" anlattı.

Duayen Halit Kıvanç, namus denince akla ilk gelen siyasetçilerden Sadettin Tantan, hayatımız boyunca örnek aldığımız ve layık olmaya çalıştığımız rahmetli Çetin Emeç'in eşi Bilge Emeç, doktordan ziyade sihirbaz olduğunu düşündüğüm Eser Alptekin, Atatürkçü Düşünce Derneği, Çağdaş Yaşamı Destekleme Derneği, liseliler, üniversiteliler...
Ev sahipliğini Beşiktaş Belediye Başkanı İsmail Ünal'ın, sunuculuğunu ise, büyük usta Altan Erkekli'nin yaptığı gecede, Akatlar Kültür Merkezi güzel insanlarla hınca hınç doldurulmuştu.

İlerde...
Şu an yaşadığımız dönemi anlatacak "tarihi" gecelerden biriydi.

Çünkü...
Çalışandan çok, çalışmayana veriliyor artık onur ödülleri! Çalışıyormuş gibi rol yapanlara değil, çalışmasa bile, duruşuyla, varlığıyla gazeteciliği onurlandıranlara veriliyor.

Değerli ağabeyim bahsedilmesinden utanır, neredeyse yirmi metrelik duvarı boydan boya kaplayan ödülleri var ama... Ekranı bıraktıktan sonra, ödüller durmadı, hızlandı.

Şu bi kaç aylık kısa sürede, 20'den fazla üniversiteden, 30'dan fazla liseden, 50'den fazla sivil toplum kuruluşundan, ödül aldı. Bursa'dan Manisa'ya, Ankara'dan Gaziantep'e konferanslara yetişemiyor. Ekrana çıkanları değil, çıkmayanı görmek, çıkmayanı dinlemek istiyor insanlar.

(Bu satırları yazarken, ODTÜ'den telefonla aradılar, ODTÜ'den de onur ödülü almış.)

Türk televizyonculuk tarihinde, futbol maçından bile fazla izlenme oranı yakalayabilen tek haberci, Uğur Dündar... Bunu da başardı.

Nedim Şener

28 Kasım.
Değerli arkadaşım...
Nedim'in doğum günü.

1966'da işçi ailesinin evladı olarak gurbette, Almanya'da dünyaya geldi. Bolu Mengen'de, anadan-babadan uzak, anneannesinin yanında büyüdü, okumak için İstanbul'a teyzesinin yanına geldi. Hep tek başınaydı. Taa ki Vecide'yle tanışana kadar... Evlendi, baba oldu.

Kızına, eşinin ismini koymak istedi. Vecide ise, ender görülen, söylemesi hayli güç isminden çok çekmişti; Vecihe, Macide gibi isimlerle karıştırılıyordu, kızımızın ismini Defne koyalım dedi. Nedim öyle düşünmüyordu... Hayatını anlamlı kılan Vecide sayısını artırmak istiyordu. Eşinin de gönlünü kırmadı, kızına Vecide Defne ismini koydu.

Dünya bi yana...
Vecideler bi yanaydı.
İşiyle evi arasındaki raylarda yaşayan, tren gibi adamdı...
Tek istasyonu yuvasıydı. Kendi çocukluğunda hasret yaşayan, kendi çocuğuna asla hasret yaşatmak istemeyen bi babaydı.

Gel gör ki, 19 Eylül.
Kızının doğum günü.
İlk kez ayrıydı.

Anne Vecide, her gün olduğu gibi, okula gitti, minik Vecide'yi aldı, evine döndü ki, sürpriz... Nedimciğim, kendisini ziyarete gelen arkadaşlarıyla çoktan doğum günü partisi organize etmişti. Çikolatalı pasta, üstünde not, "seni seviyorum kızım, nice senelere..."

Dilek tuttu Vecide.
Üfledi mumlarını.
İlk kez yanında olamayan babasının hediyesi bebeğe sarılarak uyuyor her gece.

10 Ekim...
Evlilik yıldönümü.
Gene ilk kez ayrıydılar.
Eşi Vecide açık görüşe gitti, karşılıklı oturdular, merhaba'dan bile önce, Nedim elini cebine attı, kırmızı bi kutucuk çıkardı, ki, sürpriz... "Nice senelere aşkım" dedi, minicik tek taş yüzüktü.

Çünkü...
Avukatlarından rica etmiş, avukatlar Vecide'ye sezdirmeden enişteye telefon etmiş, enişte siparişi almış, Vecide'ye çaktırmadan babasına vermiş, kayınpeder o günkü açık görüşe katılmak için illa ısrarcı olmuş, kızıyla beraber Silivri'ye gelmiş, beklerlerken, kayınpeder bi ara gözden kaybolup, cezaevi görevlileriyle konuşmuş, kutucuğu aktarmış, vicdan sahibi görevliler de açık görüşe çıkmadan önce emaneti Nedim'e teslim etmişti.

Kızına, eşine, sevgili...
Organize suç işlemişti!

Ve dün, 28 Kasım'dı.
Gene ilk'ti, gene ilk kez ayrıydılar.

İşe geliyorum, Radyo D açık, Hakan Gündüz'ü dinliyorum. Pat diye minik bi kız aradı, ben Vecide dedi, babamın doğum günü, şarkı göndermek istiyorum. Hangisi? Nedim'in dinleme imkânı oldu mu bilmiyorum ama, Sezen Aksu'dan şunu hediye etti 8 yaşındaki Vecide...

Oooo yandık desene
Tam topun ağzına...
Durduk desene

Limon sosunda hıyar

"Basın" ödülleri dağıtıldı.
"Basın Özgürlüğü" ödülleri.
Nerde?
Mütevazı bi yerde.

Dolmabahçe Sarayı'nda.
Boğaz'a sıfır.
Hasbahçe'de.

1.500 gazteci katıldı.
Fonda ince müzik.
Kokteylle başladı.
Önce biraz fındık, fıstık, badem, kuruyemiş atıştırıldı, sonra kiraz, muz, karpuz, kavundan oluşan meyve barın başına doluşuldu, rakı-viski tokuşturuldu, limon sosunda hıyar servis edildi. Ki, hıyarsız olmazdı, bu manzaraya hıyar yakışırdı... Ardından, yemeğe geçildi. Döner, tavuk, beğendi, hangisini beğenirsen gari... Yanında, şakşuka, zeytinyağlı dolma, yoğurtlu semizotu, haydari filan, 12 çeşit. Bilahare, tatlı tabii, profiterol, baklava, tulumba, kazandibi, bi ara ödüller verildi. Üstüne kahve-soda, Allah içinize sindirsin, güzel bi geceydi.

Değerli arkadaşım Nedim de almıştı bu özgürlük ödülünden... Merak ettim, acaba o ne yedi?

Patlıcan çıkmış.
Yanında bulgur.

Bulgur idare eder de, patlıcandan nefret eder. Ağzına sürmemiş. Konserve pilakiyi bidonda süzmüş, taneleri ayıklayıp, soğan doğramış, piyaz türevi bi şey icat etmiş. Ekmek, üstüne su.

Diyeceksiniz ki, bidonda süzmüş ne demek? O da Nedim'in icadı... Süzgeç yasak. Plastik bidonda beş litrelik su alıyor, bitince, atmıyor, çatalla dibini deliyor, süzgeç haline getiriyor.

Her öğün başka yemek çıkıyor aslında, devlet yeterli bütçeyi ayırıyor ama, Dolmabahçe Sarayı değil neticede, kışla karavanası gibi, ister kabak, ister ıspanak, hepsinin tadı aynı... İki gün yiyince, gına geliyor. İnsanın canı "evindeki" yemekleri arıyor. Mecburen konserveye sarılıyor. Haftada bir gün talep kâğıdı dolduruyor, kantine veriyor. Dana carpaccio, tatlı ekşi soslu ördek isteyecek hali yok... Hepi topu pilaki var. Bazen tonbalığı. Yumurta yasak mesela... Tutkal yapılıyormuş yumurtadan, zamanında nasıl becerdilerse firar için kullanılmış galiba, tehlikeli madde, yasaklanmış. Metal çatal-bıçak da yasak. Plastik kullanıyorlar. Kaşarlı tosta bayılır Nedim.

Adeta aşeriyor.
O da yasak.

O yüzden duruşma günlerini iple çekiyor. Tahliye umuduyla değil... Tost yiyebilme umuduyla... Eşi, arkadaşları getiriyor, elden verilmesi yasak ama, nezaret eden askerler de insan evladı, çaktırmadan göz yumuluyor, mahkemeye girip çıkarken kaşla göz arasında iki lokma ısırıyor Nedim... Son duruşma ziyafetti, tek dilim baklava sokuşturdular ağzına.

Kola da getirmişlerdi. Ona vakit yetmedi.

Neyse, konuyu dağıtmayalım.
Biri, değerli arkadaşım Nedim...
Onlarca yurtsever gazeteci içerde.

Telekulaktan hepsi.

"Özgürlük" ödülleri dağıtılan, Dolmabahçe Sarayı Hasbahçe'deki gazteciler gecesinin sponsoru kimdi? İngiliz telefon şirketi!

Şık'ır şık'ır demokrasi

Daha önce Nutuk'u gözaltına almışlardı. En azından biliyordunuz Nutuk'un içinde ne yazdığını... Şimdi, gazeteci Ahmet Şık'ın henüz basılmamış olan "İmamın Ordusu" isimli kitabını tutukladılar. E haliyle merak ediyorsunuz... Ne yazıyordu acaba o kitapta?

Bu yazıyordu!

Aman acilen silin hafızanızdan okuduklarınızı da, terör örgütüne yardımdan içeri tıkılmayın ha.

NOT:
Sen, lacivert tişörtlü üniversiteli... Bak hâlâ okuduklarını düşünüyorsun, yakacan hepimizi!

O da...

Kasvetli bi hava var dışarda.
Tükürür gibi yağıyor.

Güya ampul yanıyor...
Oda'larda ışıksızım.

Şaşırtıcı değil aslında; kozmik oda'nın basıldığı, çalışma oda'larına kulak, yatak oda'larına gizli kamera yerleştirildiği, insanları domuz bağıyla öldürüp oturma oda'larına gömenlerin halay çeke çeke bırakıldığı, hemşirelerin hastane oda'sında gözaltına alındığı, laiklik karşıtı fiillerin oda'ğı tarafından yönetilen ülkede... Soner'in içeri tıkılması normaldir.

Basın odası vardı eskiden.
Basınç odası var artık.

Voyv'oda var çünkü!

iphone çağı öncesinde, bırak interneti, televizyonun bile olmadığı dönemde, kodaman kelimesinin sözlük anlamıydı Rockefeller... Çaresiz garibanlar gökdelenlerden aşağı atlarken, şahsi serveti 189 milyar dolardı. E gazeteleri oku oku, morali bozuluyor, tansiyonu çıkıyordu. Etrafını saran dalkavuklar, basın tarihinde görülmemiş bi yalakalık icat etti: Pembe Gazete...

İçinde tek kelime olumsuz haber barındırmayan, güllük gülistanlık.

Tek nüsha basılıyor, imparatorluğunu hasta yatağından yöneten Rockefeller'ın kahvaltı tepsisine bırakılıyordu... Ülkenin şahane gittiğini, ekonominin büyüdüğünü, borsanın devamlı yükseldiğini, yoksulluğun bittiğini, işsizliğin azaldığını yazıyordu gazete... Köşe yazarları, parayı bastıranın zevkine göre havlayan, yalamaktan dillerinde pütür kalmamış finolardan seçilmişti, vıcık vıcık yağ damlıyordu satırlarından... Dünyanın en zeki adamını, dünyadan bihaber hödüğe çevirmişlerdi... Okuyor, gerçek zannedip, hayata pembe gözlükle bakıyor, mutlu oluyordu.

Gazetecilik dediğin...
Böyle yapılır.

Kozmetik oda'yı örnek alıp...
Oda spreyi sıkmalıydı kokuşmuş ortama.

Yanlış yaptı.
O da.

Sarı'msaklasak da mı tutuklasak... Sarı'msaklamasak da mı tutuklasak...

Tutuklu gazeteciler gazeteci değil "tecavüzcü" dediler. Baktılar ki, okuma yazma bilmeyenler bile yemedi. Manşeti değiştirip, gazeteci sayılmazlar, çünkü "sarı basın kartları yok" dediler.

Bak orası doğru.

Şu arkadaş mesela.

Almanya'da taksi şoförüydü. Direksiyonu denize kırdı, gemicikleri koordine etmek için, Keriz Feneri işletmeye başladı. Allah'ın Kitap'ın adını verdi, hayırlara vesile olması için bağışları topladı, 17 tane taksi sahibi oldu, garibanlara filika gönderiyoruz ayaklarıyla, kendine filo kurdu. Kirada otururken, bir villa, beş daire aldı. Türk vatandaşlığından çıktı. Sonra vazgeçti,

Türk vatandaşlığına geri döndü. Dönmüşken, gözü döndü, iki ülke arasında "kanal" kurdu, tokatladığı paraları bu kanalda "yedi..." Eski günlerini unutmuştu ama, orasının Almanya olduğunu da unutmuştu. Enselendi. Dolandırıcılıktan içeri girdi. Malvarlığına el kondu. Türkiye'deki malvarlığının listesi istendi, ancak, burasının Türkiye olduğu unutulmuştu, malvarlığı listesi gönderilmedi! Türkiye'deki ortaklarını ortaya çıkarmaya çalışan namuslu savcılar derhal görevden alınıp, hapse tıkılmaları için sürüm sürüm süründürülürken... Şartlı tahliye oldu. Şu anda, tamirhanede çalışıyor görünüyor.

Sarı basın kartı aldı!

"Sarı basın kartı olmayan gazeteci değildir" diyen Başbakanımızın... Başbakanlık Basın Yayın Enformasyon Genel Müdürlüğü, bu arkadaşa sarı basın kartı verdi.

Hem de...
Sürekli sarı basın kartı.

Tecavüzcüler çomak sokmasaydı...
Başbakanlık uçağına da alırlardı.

İki gün sonra son dakka!

Sayın başbakanımızın ameliyat olduğunu bizim anca iki gün sonra öğrendiğimiz ortaya çıktı sayın seyirciler...

Aslına bakarsanız, kurcalamaya niyetimiz olmadığı gibi, sorup soruşturmaya da asla niyetimiz yoktu. Ancak, bizzat Başbakanlık tarafından taaa iki gün önce ameliyat olduğu açıklanınca, taaa iki gün sonra öğrendiğimizi "son dakka" diye ortaya çıkarmamız gerektiği ortaya çıktı sayın seyirciler...

Takdir edersiniz ki, çevreye rahatsızlık vermemek için, hangi rahatsızlık sebebiyle ameliyat olduğunu da ilke olarak merak etmeme kararımız vardı. Burnumuzu sokmamayı hazmetmeye çalışırken, sindirim sistemi ameliyatı olduğu belirtilince, içimize sindi yani sayın seyirciler...

Bilinmesi gereken miktarda bilgi verildiğine göre, daha fazlasını araştırmanın elbette âlemi yoktu. Gelin görün ki, başbakanlığa yakın televizyonlar Marmara Üniversitesi Araştırma Hastanesi'nde yapıldığını duyurunca, demek ki, araştırmacı ameliyatın İstanbul'da yapıldığı, en azından hastanenin adını vermemizde sakınca olmadığı anlaşıldı sayın seyirciler...

Resmi açıklamaya kelimesi kelimesine sadık kalarak, üniversitede ameliyat yapmaları yasaklanmasına rağmen, üniversitede ameliyat yapan profesörlerin kimler olduğunu bilmemize hiç gerek olmadığı gibi, laparoskopik yöntemle yapılmasına da hiç şaşmadık. Çünkü, alnını karışlarım, hangi çılgın neşter vuracakmış, şaşarım sayın seyirciler...

Kapıya iki metre boyunda, iki metre eninde iri kıyımları dikip, giriş-çıkışı yasaklamış bulunduklarına göre, ulusal güvenliğimiz açısından olmasa bile, kişisel güvenliğimiz açısından, hastanelik olmayıp, hastane önünden canlı yayın yapmamanın çok daha sağlıklı olacağını düşündük sayın seyirciler...

Netice itibariyle, sayın başbakanımızın istirahatının ardından çalışmalarına başlayacağı, kamuoyuna saygıyla duyuruldu. Acil şifalar dileyip, kamuoyuna kaygıyla duyururuz sayın seyirciler...

Basın'ç odası

"Bunlar PKK'yla masaya oturdu" denirken "külliyen yalan, iftira" diye savunmaya geçen gaztecilerin, şimdi çıkıp pişkin pişkin "gayet normal, ne var bunda" demesine şaşıyorsunuz... Ve, ha bire mesaj atarak "nasıl oluyor da böyle oluyor, anlamıyorum" diyorsunuz.

Seneler evvel.
Bi gazete patronu.
Zart diye kapıyı açar, gelip yazıişlerine oturur, birinci sayfa toplantısını yönetmeye başlar. Ne var haberlerde? Şunlar var bunlar var filan, sayarlar. O zamanlar dijital teknoloji yok, fotoğraflar dia halinde masada... Rastgele birini alır, şöyle ışığa doğru kaldırır, inceler, "bence enteresan kare, göbekte üç sütun olabilir, sen ne dersin?" diyerek, yanında oturana uzatır. Yandaki alır diayı, bakar, "hakikaten çok güzel, dört sütun bile olabilir" der. Sırayla elden ele gezer, kimi üç sütunun daha oturaklı duracağını söyler, kimi beş sütuna kadar çıkar.

Döner dolaşır...
Gene patrona gelir.
Bi daha bakar, inceler, "doğrusunu isterseniz, manşet bile olabilir, neden biraz daha büyük koymayalım ki?" diyerek, gene yanında oturana uzatır. Yandaki alır diayı, daha bi alıcı gözüyle bakar, "kesinlikle haklısınız, şahane kare, yedi sütun cuk oturur" der. Sırayla elden ele gezer, kimi dokuz sütuna kadar çıkar, kimi daha da uçar, sayfayı komple kapatmayı önerir.

Döner dolaşır...
Gene patrona gelir.
Çöpe atar!
Küfrederek, çıkıp gider.

Yaşanmış hadisedir.
Yalakalık böyle bi şeydir.

Dolayısıyla, eminim bugün yarın açıklık getirirler... Asla "şerefsizsiniz" demedik, yanlış anlaşıldı, "siz şerefsiniz" manasında "şeref sizsiniz" diyerek onore etmek istemiştikJ

Milli Duruş

Deniyor ki...
Medya milli duruş sergilemeli.

Benim anladığım şu:
Analar ağlamasın, milli...
Ağlayan şehit anasını göstermek, gayrimilli.

Şak diye sorayım mesela...
Apo hangi takımı tutuyor?
Şak diye biliyorsunuz di mi?

Bilmeniz normal... Fellik fellik Bekaa'ya koşturup, hangi takıma gönül verdiğini pek merak ediyormuşuz gibi detaylı detaylı anlatmışlardı. "Milli duruşturmacı gazetecilik" deniyor buna.

TBMM korumaları tarafından dövülen, kör gözüne gaz sıkılan, protez ayağına çelme takılan gazilerin... "Çekiştirmeyin, kolum çıkıyor" diye bağırmasını göstermek ise, gayrimilli.

Zorlayın hafızanızı... Bin Ladin'le röportaj yapan Amerikalı gazeteci var mıydı? Hamas'la görüşüp, mesajlarını manşetten duyuran İsrailli gazeteci gördünüz mü hiç? Çeçenler canımız ciğerimiz ama, empati ayağına yatıp "aslında onların da haklı olduğu taraflar var" diye makale döşenen Rus gazeteci okudunuz mu? Kitap yazıp, Apo'yu şut çekerken kapak yaptılar... Futbolun beşiği İngiltere'de gol atarken poz veren IRA militanı yayınlandı mı?

Sizi gidi milliler sizi!

Kandil'de Karayılan'la cankuş gibi sohbet edip, hatıra fotoğrafı çektirip, basın toplantısını naklen yayınlarsan, millisin... Teröristle masaya oturan MİT 'çilerden bahsedersen, gayrimilli.

Habur'da havai fişek atanları ekrana çıkarıp, bülbül gibi şakıtırsan, millisin... Silivri'de feryat eden subay eşlerini iki kelime konuşturursan, gayrimilli.

Bebek katillerine af istersen, şeref madalyalı kahramanları yalan haberlerle infaz edersen, millisin... "İnsan bu kadar haysiyetsiz olabilir mi?" diye sorarsan, gayrimilli.

Basın'ız sağ olsun

Gazeteci çocuklar öldü.
Basın'ız sağ olsun.

30'unda da 50'sinde de 70'inde de olsa, gazeteci çocuktur onlar... Nüfus kâğıtlarında ne yazarsa yazsın, egoları büyümez, heyecanları yaşlanmaz. Profesyonel serseri'dirler.

İlk günkü ruhla koşturur, ömrünü tükettiğinin farkına varmaz, varsa da zaten umurunda olmaz. Çünkü, haber yapamadığında ölür asıl... Bu virüs dolaşır damarlarında, kemirir için için, yer bitirir... O nedenle hayatını tehlikeye atar. Sen tapu biriktirirsin, onlar manşet biriktirir. Torunlarına banka cüzdanı gibi miras bırakacağı kupürleriyle yaşar.

Bunlarla evli olmak, çekilecek kahır değildir. "Gazetenin yanında metres'im" duygusuyla nikâhlıdır gazeteci eşleri... Karı-koca olamayacaklarını anlarlar zamanla... Veya, taaa en başından bilmek zorundadırlar. Arkadaş olur. Sevgili olur. Koca olmaz.

Kadın gazetecileri tenzih ediyorum; hakikaten "en zor meslek"tir gazeteci eşi olmak... Okulu yoktur. Maceranın bizatihi kendisidir. Çocuğunun doğumuna bile yetişemez çoğu... Kendi düğününe geç kalanı biliyorum. Kayalara çarpa çarpa, fırtınalarda boğuşa boğuşa öğrenilir.

(Burak Ersemiz mesela... Hani şu, kameramanı Deniz Pirinççiler'le birlikte 5.6'lık depremden sonra çatır çatır çatlamış doğum hastanesine dalıp, etrafta doktor-hemşire olmadığı için, kuvözdeki bebeleri tek tek çıkaran Show Haber'deki gazeteci çocuk... Bir kızı var, bir de oğlu Burak'ın... Kızı 15, oğlu 5 yaşında henüz... "Benimkilere ne olur" diye düşünmedi, "bunlar ne olacak" diye düşünüp, hatta düşünmeyip, içeri daldı... Biz ekrandan seyredenler için, üç dakikalık haberdi alt tarafı... Ya eşi Serpil için?)

En baba gazetede çalışan gazeteci çocuklar, depreme mepreme gittiklerinde, kahvaltı, öğle, akşam yemeği, günlük 60 lira harcırah alır. Küçük tirajlı gazeteler, 30 lirayı öpsün başına koysun. E her yer, yerle bir... Fiş alamaz. Dönünce maaşından kesilir. Güya harcırah'tır, olur sana kişisel harcama! Anlatamazsın, hayatı plaza'lardan ibaret sanan muhasebe elemanına.

Tecrübeli olanlar, sırt çantalarını bisküvi, çikolata ve su'yla doldurur giderken... Restoran mestoran bulamazsın felaket bölgesinde... Çömez muhabirler, su'dan otlanır. Çikolatalar çadırdaki bebelere dağıtılır.

Değerli ağabeyim Uğur Dündar'la beraber Star'dan ayrılmadan, en son görev... Gözünü budaktan sakınmayan şövalyelerimiz Turgut Erat' la Mustafa Şap'ı göndermiştik Van'a... İlk beş gün bisküvi yediler. Ahali elinde tasla çorba beklerken, şirin görünmek için gazetecilere torpil yapan Kızılay'ın yemek sırasına girmeye utanırlar. İstisnasız, hepsi böyledir.

Beş gün sonra, işler biraz rayına girince, girdiler anca Kızılay kuyruğuna... İlk yemek, imamın aptes suyu kıvamında mercimek çorbasıydı. Ve, nihayet ekmek... Çökmüş binanın önünde, sekiz olmuş kaldırım taşında kaşıkladılar. İstanbul'dan telefon tam o sırada geldi... Televizyon kanalımız satılmış, Mustafa Şap işinden atılmıştı. Bilmiyorum gari, işsiz kaldığına mı üzüleyim, işine devam edip Bayram Oteli'nin enkazının altında kalmadığına mı sevineyim.

Neyse, büyük gazetelerin ekipleri otomobil kiralar. Bi yerden bi yere gitmek için filan değil, sığınıp, uyumak için... Küçük gazetelerin ekipleri, ya birleşip ortak kiralar, ya da mecburen kriz merkezinin çadırında, sandalyede uyuklar.

Bi gece idare edersin de, bi hafta otomobilde uyumak, Ramses gibi mumyalanıp, tabuta konmak gibidir. Her tarafın tutulur. Dizlerin uyuşur. Gözkapakların kurşun gibi ağırlaşıp, başın öne düştüğünde, enkazdan çıkan bir kol rüyana girer, suratına dokunur adeta... Veya kopuk bi bacak dürter, hoplarsın. Sen hoplayınca, otomobil sallanır, bu sefer kameraman hoplar, deprem oluyor diye... İrkilirsin. Uyku sersemi, yanındaki ceset dirildi sanırsın.

Gece buz. Kulağını keser adamın. Eşofman giyersin içine... Üstüne de, THY battaniyesi örtersin. Sırt çantasına sığmadığı için, yolda gelirken araklarsın uçağın battaniyesini...

Zehirlenmeyi göze alıp, otomobili sürekli çalışır vaziyette tutarsın ki, kalorifer ısıtsın. İstanbul'a döndüğünde "az kilometre yapmışsın ama, fazla benzin fişi almışsın, bizi mi kazıklıyorsun" diye, dolandırıcı muamelesi görürsün. Dedim ya... Anlatamazsın.

Üşütüp hastalanmaya karşı, leblebi gibi vitamin yutarsın, cebinde taşıdığın ilaçların parasını kendi cebinden ödersin. Para önemli değil de, hastalanırsan, geri çekerler, haber yapamazsın, o fena... Haber yapamadıktan sonra, turp gibi olsan ne yazar... Ateşin 40'a bile çıksa, telefonda eşine, annene söylemezsin ki, müdürü arayıp hastalandığını ispiyonlamasın.

Ölüm siner üstüne... Leş gibi kokarsın. Yıkanmak zaten yok da... Tuvalet yok asıl... Erkek muhabirsen, dağa bayıra gidersin. Kadın muhabirsen, hayatında felaket bölgesinde görev yapmadığı için, felaket bölgesine kadın muhabir gönderen, tepeden inme kazma yöneticilerin kurbanı olursun. (Yürekli kızlardır ama... Ha yıkıldı ha yıkılacak diye titreyerek, tavanlara baka baka, hasarlı binaların tuvaletlerine girmek zorunda kalırlar.)

Dünyanın en kısa ömürlü ürünüdür gazete... Piyasaya çıkar, yarım saat sonra bayatlar. Hemen yenisini bulmak zorundasındır. Haber müdürleri ise, dünyanın en iştahlı insanlarıdır. En lezzetli haberi bul, biraz sonra arar, "başka ne var?" diye sorar. İki dakka gecik, fırça yersin. Bu arada, depremzededen de dayak yersin... Kadının biri çıktı mesela, abuk sabuk laflar söyledi ekrandan, o televizyonun muhabirinin burnunu kırdılar. Kırık burunla çalıştı.

Ve, insanüstü çalışırlar ama, neticede insandırlar. Sokaklarda yatmaktan dirençleri düşer. Sağlam denilen ilk otele kapağı atarlar. Otel çöker. Müdür arar. Ulaşamaz. Nerde bu diye hayıflanır. Halbuki, haber'dedir gazeteci çocuk... Haberin tam içindedir. Basın'ız sağ olsun.

Maskeli balo

Vay efendim neymiş, Sarkozy denilen arkadaş Kaddafi'ye kırmızı halı sermişmiş de, Elysee Sarayı'nın bahçesine çadır kurdurup, deve bağlatmışmış... Silvio da, Kaddafi'ye manken kızlar göndermiş de, onuruna parti verip, elini öpmüşmüş... Bu ne ikiyüzlülükmüş filan.

Evren'in postalını şapur şupur öpen, evinde ince sazlı parti veren, devran döndükten sonra da utanmadan Evren'in diktatör olduğunu yazan bukalemunlar... *Le Monde*'da mı çalışıyor?

12 Eylül'ü Roma dondurması gibi yalayan, "darbe değildir, meşru müdafaadır, hayırlı uğurlu olsun" diye methiyeler düzüp, öbür 12 Eylül'de mağdur rolü kesenler... Sophia Loren midir?

28 Şubat sürecinde kasket partisine yılışan dönek, takke'den milletvekili adayı olmuyor mu?

Özal varken papatya olan... Ayak bileğinde dövme, göbek deliğinde piercing bulunan botokslular, purolu kocaları takunyalı belediyeden ihale kapsın diye umre yolunu tutmuyor mu?

"Gelene ağam, gidene paşam" Fransız özdeyişi midir? "Düşenin dostu olmaz" İtalyan atasözü müdür? "Bana dokunmayan yılan bin yıl yaşasın"ı hangi millet tekrarlar papağan gibi?

İnek gibi sağmışlar da, uçak satıp, petrolünü almışlar falan... Bizim müteahhitler niye gidiyor peki Libya'ya? Kızılay yardımı için mi? Yağlı müşterinin petrodolarlarını almıyoruz da, çöl kumu mu alıyoruz? "Üzümünü ye, bağını sorma" zihniyeti, Amerikalıların mıdır?

Makyavel güya Floransalıdır ama...
Bizimkiler her yol mubahçı Makyavel'i suya götürüp susuz getirmez mi?

Bi yandan cemaat kahvaltısında namaz kılıp faizsiz bankacılıktan kredi cukkalayan, beri yandan laik düşünce derneğine bağışta bulunup muhafız alayı ihalesini tokatlayanlar Marsilyalı işadamı mıdır? Kandilde viskiyi devirip, sanki oruçluymuş gibi iftar çadırında ezan pozu verenler Venedik taciri midir?

Bi tarafa gidip "köprüyü geçene kadar ayıya dayı demek zorundayım şekerim" diye zırıl zırıl ağlayan da sensin... Öbür tarafa gidip "bunlar köprüye bile karşı çıkıyor muhterem" diye fısır fısır ispiyonlayan da!

Sarko'yla Silvio kendi halkının çıkarı için, Arap'ı sömürüyor, Arap'ı dövüyor... Sen kişisel çıkarın için, memleketi Arap'a satıp, Mustafa Kemal'i sırtından hançerlemiyor musun?

Mübarek'i istemediği için sokağa dökülenler "demokrasi isteyen halk" ise, Cumhuriyet mitinglerine katılanlara niye "ruh hastası vatan haini" dedin o zaman? Tunus'taki muhaliflerin sesine kulak vermek gerekiyorsa, muhaliflerin niye hapiste? Kaddafi'nin eline silah alıp sokağa çıkanların üstüne tank sürmesi Birleşmiş Milletler bombardımanını gerektiriyorsa eğer, sen yıllardır nerelere tank-panzer sürüyorsun, Fizan'a mı? Onlar halk, bunlar kelaynak mı?

Adamlar hiç olmazsa ikiyüzlü...
Sen binbir surat değil misin?

İdris bey...

İşbu dilekçenin İçişleri Bakanı İdris Naim Şahin'e iletilmesi ricasıyla, Bakanlıklar, Ankara.

İdris bey...
İzmir Gazeteciler Cemiyeti'nin 65 yıllık tarihi boyunca "ilk kez" İçişleri Bakanlığı müfettişleri tarafından incelenmiş olduğunu öğrenmiş bulunmaktayım. 22 gün titizlikle sürdürülen incelemelerde, İzmir'de yaşamadığım tespit edilmiş! İzmir'de yaşayıp yaşamadığımı kanıtlamak için bakkallara bile sorulmuş... Netice itibariyle, İzmir'de yaşamadığım gerekçesiyle, İzmir Gazeteciler Cemiyeti üyeliğinden atılmam istenmiş.

Bravo.

Ancak, küçük bi pürüz var.

Teee yıllar önce, 20'li yaşlarda, *Yeni Asır*'ın yazı işleri müdürüyüm. Bayramlarda gazeteler çıkmıyordu o zamanlar... Gazeteci cemiyetlerinin bayram gazetesi çıkıyordu. Adı gazeteydi ama, tırışkadan... Konserve haberlerle yapılır, hatta, arife gününden üç günlük basılırdı. Şeker bayramında külah yapılıyordu, kurban bayramında ise, et sarmaya yarıyordu.

Ahalinin kesekâğıdı muamelesi yaptığı bayram gazetelerinin, gazetecilere faydası çoktu. Niye diye merak edersen... Cemiyetlerin kasasında eşşek yüküyle istiflenmiş para vardı. İki tane dandik haber attırıyordun, karşılığında, neredeyse bir aylık maaş alıyordun. Üstüne, matah iş yapmışsın gibi, avanta hediye sepeti veriyorlardı, içinde çikolata, viski filan.

Hangi yıldı, unuttum... Asil Nadir batmıştı. Sahibi olduğu *Günaydın* gazetesinin çalışanları aylardır maaş alamıyordu. Cemiyetteki bayram hazırlığı toplantısına *Yeni Asır*'ı temsilen gönderilmiştim. "Bu sene kimse çalışmasın, sadece maaş alamayanlar çalışsın, ödenecek toplam parayı onlar paylaşsın" dedim. Sanırsın, küfür ettim. Öyle bi hava esti masada.

Gerçi, haksız değillerdi. Cemiyet üyelerinin nüfuzunu kullanarak arazi kapatıp, kendilerine yazlık inşa ettirdiğini manşet yapmıştım. Yazı işleri müdürü olarak, bismillah, ilk manşetlerimden biriydi. Haliyle, pek severlerdi beni! Bayram önerim, bardağı taşıran damla oldu. Önerim derhal reddedildi. Cemiyet üyeliğinden atılmam oy birliğiyle kabul edildi.

☺

Bi daha ne üye oldum, ne aidat ödedim, ne de oy verdim. Cemiyetin adresini bile bilmem.

Dolayısıyla, 22 gün titizlikle inceleme yapan İçişleri Bakanlığı müfettişlerini en kalbi duygularımla tebrik ederim ama... Benim İzmir Gazeteciler Cemiyeti'nden kovulmamı talep etmek, diyanet işleri başkanımızın Vatikan tarafından aforoz edilmesini istemek gibi bi şey!

İstanbul Gazeteciler Cemiyeti'ne de üye değilim. Basın Konseyi'ne de... Spor kulübü dahil, üye olduğum herhangi bi cemiyet yok. "Aidiyet"i önemserim ben... Üyeliği değil.

Üstelik, İstanbul'da yaşarım, İzmir'e üye olurum, kime ne? Siz mesela, Ordulu'sunuz ama, iki defa İstanbul mebusu seçildiniz. Karıştık mı size, ne işin var İstanbul'da diye?

İleri zekâlının biri, sarı basın kartımın iptal edilmesi gerektiğini yazmıştı geçenlerde... Halbuki, sarı basın kartım da yok. Kullanmadım. Asla. Gazetecilik yapmak için, Başbakanlık Basın Yayın Enformasyon Müdürlüğü'nün uydurmasyon icazetine ihtiyaç duymadım. Hiç.

Benim cemiyet üyeliğimi, sarı basın kartımı filan sorgulayacağınıza... Almanya'da tutuklanan Keriz Fenerci'ye sürekli basın kartını niye verdiniz, önce onu izah edin.

Zurnanın ekstra zırt dediği yere gelince... Bakkallara bile sorduk diyerek, sizi ayakta yemişler. Sorsalardı, haberim olurdu. Ben o şehrin öz be öz evladıyım. Çakma hemşerileri çıkar, o şehirde kaç tane ev varsa, o kadar yuvam var benim. Kaç tane anne varsa, o kadar annem, kaç tane baba varsa, o kadar babam var. İnanmıyorsan, git bakkallara sor!

Git sor Yılmaz burda mı diye... Yok mu diyecekler, yoksa, sana ne bilader mi?

Aidiyet'i üyelik'ten ibaret sanmanız normal... Zihniyet akrabalığını anlamanız imkânsız.

Ve, şeytan diyor...
Git, üye ol.
Kovsunlar da görelim.

Gelgelelim...
İlkelerimiz kalıcı bizim.
Geçici olan sizsiniz.
Kısmen saygılarımla...
Yılmaz

Eğitim	Şehir	Bitki

Erik arakla, güzel bi kıza ikram et, yürü git, kızsan eğer, tersleme, al o eriği, gözleme yapan teyzenin yanına otur, öp yanacığından, sokakta yatan deliyle sohbet et, tiramisu ısmarla ona...

Öğretmen

Hopa İlçesi
Kemalpaşa Beldesi
Köyün adı Dereiçi

Aylardan haziran.
Hoşgeldin bebek...
Çileye hazırlan.

Bembeyaz ekmeğini kapkara maden ocaklarından çıkaran babanın, ilk evladıydı. İlkokul köyde. Ortaokul beldede. Ya lise? O yok. Artvin'e gitmesi lazım. Ona da para yok. Henüz 13 yaşında gurbete çıktı. Taa Batman'a gitti. Amcasının yanına. Meslek lisesi okudu. Elektrik. Üniversite sınavına girdi. Zonguldak Maden Teknik Okulu'nu kazandı. Dört sene okusa maden mühendisi olacak... Dalga mı geçiyorsun? Nasıl kalacak orada, hangi parayla? Rize'ye gitti. Öğretmen Okulu'na yazıldı. Neden Rize? Kendinden sonra dünyaya gelen ikiz biraderleri Rize Ticaret Lisesi'ne gidecekti. Babaları maden ocağından emekli olmuş, ek gelir için balıkçılığa başlamıştı ama, yetişemiyordu. Ailenin en büyük oğlu olarak, masraflara omuz vermesi gerekiyordu. Çaykur'a girdi. Ev tuttu. Kardeşlerini yanına aldı. Bi yandan çalıştı, bi yandan okudu, bi yandan kardeşlerini okuttu. Öğretmen oldu. İlk görev yeri? Konya'nın Bozkır İlçesi'ne bağlı bi köy... Gitti. 1980. Haşırt, darbe oldu. Solcu dediler, tutuklandı. Yattı. Çıktı. Sürüldü. Sivas'ın Suşehri İlçesi'ne bağlı bi köye tayin oldu. Bunun burda ne işi var dediler. Gene sürüldü. Bu sefer, Sivas'ın Kangal İlçesi'ne bağlı bi köy... Soruşturma açıldı. Aklandı. Dava açıldı. Kazandı. Doğru bildiğini söylemekti tek suçu... Âşık oldu.

Evlendi. Eşi de öğretmendi. Rize'de. Eş durumundan Rize'nin Derepazarı İlçesi'ne tayin oldu. Soruşturmalar, davalar, boğuştu, hepsinden haklı, hepsinden tertemiz çıktı. Evladı oldu. Ulaş. Okuttu. İzmir'e, Ege Üniversitesi İşletme'ye gönderdi. Emekli oldu. Taksitle iki göz oda, ev aldı. Tapusunu eşinin üstüne yaptı. Hayatı boyunca parasızlık çekmiş, parayla hiç işi olmamıştı. Ödenmeyeceğini bile bile arkadaşlarına kefil olup, ödediği borçların haddi hesabı yoktu. Hiç otomobili olmadı mesela. Öğretmenliğini yaptığı çocuklardı onun serveti. Bi de Tukaş... Köpeği. Yavruyken getirmişlerdi. Tukaş salça kolisinde... Güldü, e adıyla beraber gelmiş, Tukaş olsun bunun adı dedi. Can yoldaşıydı. Avcıydı çünkü. Ama, avcılığı da bi acayipti. Vuran değil. Kurtaran. Yaralı geyik buldu, evine getirdi, tedavi etti, doğaya saldı, yaban hayatı koruma derneklerinden sayısız örnek avcı ödülleri kazandı. Atmaca beslerdi. Büyütür, bakar, günü gelince özgürlüğe uçururdu, hiçbir canlı tutsaklık yaşamamalı derdi. Çevreciydi. Artistlerinden değil. Aktiflerinden. Derelerin üzerinde santral kurulmasına karşıydı. Vatan topraklarının ona buna peşkeş çekilmesine itirazı vardı. Kahvede oturup dedikodu yapmak, aman bana dokunmayan yılan bin yaşasın demek, ona göre değildi. Tırsmaz, meydan okur, yüreğini ortaya koyardı. Gözüne gaz sıktılar. Yerli malı gaz. Gaz işi ince iştir, ayarını kaçırırsan öldürür dedik, anlatamadık. Öldürdüler. Öldü. Hayatı boyunca doğruları savundu, doğruları söyledi, ölümünün ardından, ölümüyle ilgili olarak bile "yalan" söylediler... Astımmış dediler. "Meğer astımmış ondan ölmüş" diye yazan gazetecilerden biri çıkıp da "hayatı boyunca doğada yaşamış bir insan, nasıl olur da astım olur, a be şerefsizler" demedi. Diyemedi. Çünkü, gazeteci diye ortalıkta dolaşan tiplerde, bu memleketin çocuklarına öğretmenlik yapan onurlu, namuslu, dürüst insanlara karşı, Tukaş kadar vefa yok... Öğretmen öldüğünden beri yemiyor içmiyor Tukaş, bugün yarın o da kahrından gidecek gibi görünüyor.

Hopa İlçesi
Kemalpaşa Beldesi
Köyün adı Dereiçi

Başladığı yerde, bitirdi.
Öğretmen toprağa verildi.

Gene öyle bi haziran...
Uğurlar ola adam gibi adam.

Sınav

Coğrafya: Öğretmenlerin Hanya'yı Konya'yı gördüğü ülke hangisidir?

Edebiyat: Failatün failatün failatün failün şeklinde... Yani, üç vurup bir sayılarak, aruz vezninde dövülen öğretmenlerin fail'i kimdir?

Din kültürü: Allah yarattı demeden, Yaradan'a sığınıp sopalandıklarına göre, öğretmenlerin dini nedir?

Tarih: Öğretmenlerin resmen haşat edildiği meydan savaşıyla, Mercidabık arasındaki benzerlikleri sıralayın.

Matematik: Havuz problemi... Çembere alınıp, etrafları sarılarak, Güven Park'taki havuza atıla atıla kaç öğretmen sığar?

Geometri: Kafasına tekme atılan öğretmen yamulup, sekiz olduysa... Neresine tekme atarsan kare olur?

Türkçe: Ben böyle memleketin taa......
Cümlesindeki noktalı yerleri doldurunuz.

Yabancı dil: Sayın Başbakanımız "bundan böyle hangi dilden anlıyorsanız, o dilden" dediğine göre... Laftan anlamadıkları için ağzı burnu kırılan öğretmenlerimiz, hangi dilden anlar?

Kimya: Gözüne biber gazı sıkılan öğretmen, gözüne ne sıkarak acısını hafifletir? (Maaşıyla geçinemediği için pazarda limon satmak zorunda kalan öğretmenler kopya vermesin lütfen.)

Biyoloji: Öğretmenin vurduğu yerde gül biterse, polisin vurduğu yerde ne biter?

Fizik: Eşşek sudan gelinceye kadar dövülen öğretmen, 100 metreyi yerlerde 10 saniyede sürükleniyorsa... Tazyikli suyla yerlerde sürüklenen öğretmen, aynı mesafeyi kaç saniyede kateder?

Beden: Panzer mi hızlıdır, Toma mı?

Resim: Dayak yiye yiye suratının "şakülü kayan" öğretmen, Pablo Picasso'nun hangi tablosunu andırır?

Müzik: Karakolda ayna var, ayna var, hicaz makamında... Öğretmenim canım benim, canım benim, ne makamındadır?

Mantık: Hükümetimizin milli eğitim sloganı "oku, düşün, uygula, neticelendir"ken... Yani, başharfleri "odun"ken... Öğretmenlerimiz niye odun'la değil de, lastik cop'la dövülür?

Yurttaşlık bilgisi: Evlatlarımızın geleceği için çırpınan öğretmenlerimizi öldüresiye döverlerken gıkınız çıkmıyorsa... Siz hangi yurdun yurttaşısınız?

Dindar gençlik

İmam hatip mevzuu alevlendi, "dindar gençlik yetiştirmek istiyoruz" filan deniyor.

İyi de...
"Dindar cumhurbaşkanı" denilen Cumhurbaşkanımız, bildiğin düz lise'den yetişti.

Cemil Çiçek.
Bülent Arınç.
Düz lise.
Dindar değiller mi?

Ali Babacan...
Kolej mezunu.
Ateist mi?

Patrik mesela, dindar...
Uyuyor mu kritere?

Gençlik Bakanımız...
19 Mayıs Lisesi mezunu!

Beşir Atalay, Egemen Bağış, Fatma Şahin, Zafer Çağlayan, Ertuğrul Günay, Cevdet Yılmaz, Mehdi Eker, Ahmet Davutoğlu... Mevcut kabinemiz neredeyse komple düz lise'den yetişti.

Dinsiz mi yetişmişler?

"Maliye Bakanımız mı, yoksa sakallı Enerji Bakanımız mı imam hatipli?" diye sorsak... Eminim, Enerji Bakanımız ağır basar. Gel gör ki, Mehmet Şimşek imam hatipli, Taner Yıldız düz liseden... Öbür sakallı bakanımız Nihat Ergün ise, endüstri meslek lisesi, torna tesviye.

AKP'den önceki sol'cu Adalet Bakanı Hikmet Sami Türk, hacı'ydı... Diploma mı lazım?

Rahmetli Erbakan'ın, hiç imam hatip'e gitmeyip, Cumhuriyet İlkokulu'nun ardından, İstanbul Erkek Lisesi mezunu olmasını nasıl tarif edeceğiz? "Biz onların devamıyız" denilen, rahmetli Turgut Özal'ın düz lise'den, rahmetli Adnan Menderes'in Amerikan Koleji'nden yetişmesini?

İmam hatip şartsa...
İmam hatip eğitimli Profesör Yaşar Nuri Öztürk'ün sözlerine niye ağız burun kıvırıyorsunuz?

"Mustafa Kemal, camide hutbe okuyan ilk ve tek cumhurbaşkanıydı" gerçeğine hiç girmeyeyim; Şubat 1923, Balıkesir Zağnos Camii... İnanmayan, Diyanet İşleri'ne danışsın.

Demem o ki... Nerede okuduğun değil, hayatı nasıl okuduğundur önemli olan.

Dolayısıyla, sanki din düşmanlığı yapılıyormuş gibi "ne istiyorlar şu imam hatiplerden" diye sorulurken... Aslında "ne istiyorlar şu düz liselerden" sorusunu sormanın vakti gelmiştir.

Erik arakla...

Üniversite sınavına girdin.
Aferin.
Eşeğe bin şimdi.
Çıplak yat.
Sprey boya al, duvara yazı yaz.
Cart renkli ayakkabı giy.
Küpe tak.
Kızsan, sutyen takma.
Aynayı rujla karala.
Sıkma kendini, küfür et.
At yarışı oyna.
Gece uyuma.
Yüz bi gece, kulaç at karanlığa...
Sokakta yatan deliyle sohbet et.
Tiramisu ısmarla ona.
Veya, suşi.
Ayaklarını masaya koy.
Erik arakla.
Güzel bir kıza ikram et, yürü git.
Kızsan, tersleme, al o eriği.
Kürek çek.
Bağır.
Film kötüyse, arayı bekleme, çık.
Seks dergisi oku.
Müziği sonuna kadar aç.
Zararlı şeyler ye.
İçkileri karıştır, sokağa kus.
Puro tat.
Önlük tak, bulaşık yıka.
Kızsan, suratına tıraş köpüğü sür.
Kafa at, burnun kanasın bi defa.
Balona su doldur, balkondan fırlat.
Karpuzu elinle ye.
Fesleğen okşa.
Kurbağayla konuş.
Ağaca tırman, adını kazı.
Fayton sür.
Elbiseyle duş al.

Gözleme yapan teyzenin yanına otur.
Öp yanacığından.
Gıcık olduğun birinin camını kır.
Hiç tanımadığın birinin fotoğrafını çek, cep telefonuna duvar resmi yap. Aşk-ı Memnu filan gibi çok seyredilen dizinin en kritik yerinde annene terlik fırlat. Babanı gıdıkla, uyurken burnuna tüy sürt, hediyelik eşya satan birine hediye al.
Bahçe duvarında yürü.
Gazoz şişesine işe.
Raylarda koş.

Yap bunları.
Ya da, içinden ne geliyorsa, onu.

Öğrettiler mi dershanede, bilmem...
70 yıl ortalaması var ömrün.
Alt tarafı 52 Haziran'ın kaldı.

Sık mesela çiğ yumurtayı avucunda, sık sık... Ha patladı ha patlayacak diye, bu basit korkudan bile ne kadar korkutulduğuna, inan kendin bile inanamayacaksın.

Kız'ma birader

Saçı uzun, aklı kısa
Eksik etek
Kızını dövmeyen, dizini döver
Avrat malı, kapı mandalı
Kız kocaya, oğlan hocaya
Elinin hamuruyla...

Netice?

YGS sonuçları açıklandı.
Kızlar erkeklerden başarılı.
Geçen sene de öyleydi.

Önceki sene de.
Hep öyle.

Dünyada da böyle.

"Kız"ların doğuştan avantajlı olduğunu kanıtlamak için, adeta poposunu yırttı bazı "erkek" bilim adamları... Beyin'lerinin ağırlığını tartan da oldu, nöron kablolarının kalınlığını ölçen de... Ne fizyolojik bi sebep bulabildiler, ne biyolojik, ne nörolojik ne de psikolojik.

Cevabı "kadın" sosyologlar buldu. Sosyo-kültürel kalıplar...
Eğitimde fırsat eşitliği sağlarsan, kadın erkeği geçiyor.
Hepsi bu.

Karnından sıpayı, sırtından sopayı eksik etmeyeceksin ki, geçmesin.

Dolayısıyla...
Onore ediyormuş ayaklarıyla "her başarılı erkeğin arkasında bir kadın vardır" lafı, hikâyedir.

Lafın doğrusu...
Her başarısız kadının önünde takoz gibi bi erkek vardır.

İsim	Sağlık	Bitki

AKP öksürürse...
Türkiye zatürree olur.
Ak'ciğer hastalığıdır.
Maazallah yani.

Teşhis

Bu ayın ilk şehidi Bekir'di.
Eşi hamileydi.

Bekir'le birlikte, Bahadır şehit düştü, teğmendi. Sonra sırasıyla... Cem şehit oldu, polisti, eşi Dilay şehit oldu, öğretmendi. Korucular Mustafa ve İbrahim şehit oldu. Polis Nadir kaçırıldı. Necdet, Tayyar, Resul ve 14 yaşındaki Osman düğüne giderken öldürüldü, polis Mustafa ve asker Serkan şehit oldu. Polis Yavuz şehit oldu, askerler Hasan Hüseyin ve Muhammed şehit oldu. Ankara'da bomba patladı, Orhan, Mustafa ve Dürdane öldü. Siirt'te Zeynep, Nergis, Kevser ve Nurcan öldürüldü, Nuran'la Gülcan yaralandı. Polis adayı Aslan şehit oldu. Asker Doğan'la korucular Bedri ve Sabri şehit oldu. Polisler Mehmet Emin'le Erman şehit oldu. Asker öğretmen Mehmet kaçırıldı. Milli Savunma Bakanımız, Gürün Belediyesi tarafından yaptırılan hayvan pazarının kurdelesini keserken... Astsubay Erdal, askerleri Önder, Adem, Halil İbrahim, Recep ve Ömer'le şehit oldu. Polis Adem, 3 yaşındaki Sultan'la şehit edildi.

Bu ayın son kurbanı Mizgin'di.
Hamileydi.

Heron'a Predator'a filan gerek yok.
Görmek isteyene...
Ultra'son yeter.

Mutluluk hastalığı

Türkiye Değerler Araştırması'na göre, ahalinin yüzde 77'si kendisini mutlu hissediyormuş... Hayata gülen gözlerle bakan vatandaş sayısı, her geçen gün biraz daha artıyormuş.

1605 kişiyle anket yapmışlar.
Sanırım 1'ini tanıyorum.

Büyük ihtimalle...
Murat Karabulut'tur.

Manisa Saruhanlı'da yaşıyor Murat... Aslında İzmir'de yaşıyor, yevmiyeyle taksi şoförlüğü yapıyordu. Akşama kadar çalış, üç kuruş para, geçim sıkıntısı çekiyor, evde hır çıkıyordu. Bi sabah, bıçak kemiğe dayandı, yenge bavulu topladı, dört yaşındaki kızlarını alıp, baba evine Foça'ya kaçtı. E Murat da peşinden tabii... Kayınpederin kapısına dayandı, kızın sende kalsın, kızımı bana ver dedi. Kayınpeder bi saniye dedi, içeri girdi, torunu getireceğine, tüfeği getirdi! Murat topukladı, kayınpeder tetiğe bastı, gravvv, tam kafaya denk getirdi iyi mi, ense kökүne 40 saçma isabet etti. Bir ay bitkisel hayatta kaldı, anca üç ay sonra gözünü açabildi.

Kefeni yırtmıştı ama... Beyninde hasar oluştuğu için gülme hastalığına yakalanmıştı Murat.

Öldürmeyen Allah... Güldürmüştü.

Sol bacağı ve sol kolunu kullanamıyor, katıla katıla gülüyordu, bu vaziyette iş bulması imkânsızdı, Manisa Saruhanlı'nın Taşdibi Köyü'ne baba ocağına sığındı. Arada kahveye çıkıyor, muhabbet etmeye çalışıyor, ancak, tarlalara icra, traktörlere haciz filan gibi hazin mevzular konuşulurken, krize giriyor, yerlere yatıyor, durumunu kavrayamayan köylülerden tekme tokat dayak yiyordu. 2008'de bardağı taşıran damla gerçekleşti... Hayattaki tek dayanağı, babası vefat etti. Cenaze namazında gene kendini tutamadı, gülmeye başladı. İnsanın bu çaresizliği yazarken bile ağlayası geliyor... Ne yapsam diye düşündü, elleriyle yüzünü kapattı, koştu musallaya, tabuta sarıldı, ki, görenler hıçkıra hıçkıra sarsıldığını sansın.

Dımdızlak kalmıştı Murat.
Köyde bi başına barınması mümkün değildi. İlçeye gitti, derdini kaymakama anlattı, gülerek... Özürlü maaşı bağlandı, siz de gülün isterseniz, üç ayda bir 650 lira... Günde iki kez hap içmek zorunda, içmezse, sabaha kadar kahkaha atıyor. Tek göz oda buldu, başını soktu ama, kira mira ödeyemiyor haliyle, üstelik, aylardır idare eden ev sahibi müteahhitle anlaştı, apartman dikilecek, bu ay da yırtacak ama, ramazanda ya çadırda, ya da parktaki bankta Murat.

(Rahmetli Kemal Sunal'ın filmi vardı böyle, Kartal Tibet çekmişti, *Gülen Adam*... Fakirlik, evsizlik, haksızlık, yolsuzluk, başına gelen her türlü drama, gülüyordu adam... Filmin sonuna doğru çocuğu dünyaya geliyor, hayatında ilk kez ağlıyordu... "Mutluluktan mı ağlıyorsun?" diye soruyordu doktorlar... "Onu bu dünyaya getirmeye hakkım var mıydı?" cevabını veriyordu.)

(Film gerçek olunca, Murat'ı da keşfetti televizyoncular... Şamata programlarına çıkarıp, kahkahayla anlattırıyorlar ki, güle güle seyredilsin diye.)

Dedim ya...
"Ahalinin ne kadar mutlu olduğunu" kanıtlamak için 1605 kişiyle anket yapmışlar, 1'i mutlaka Murat'tır. Geriye kalan 1604 kişiyi de araştırmacı gasteciler bulup ekrana çıkarsın artık.

Nan'kör

Engelliler Haftası...
Birleşmiş Milletlere üye tüm ülkelerde 10-16 Mayıs'ta kutlanır. Ahalinin bilinçlenmesi için, Sağlık Bakanlığı tarafından radyo ve televizyonlarda eğitici programlar yayınlanır.

Bizde de yayınlandı.
Çok eğiticiydi.

Bilinçsiz görme engelli "asgari ücret alıyoruz, iyileştirme istiyoruz" dedi. Sağlık Bakanımız bizzat bilinçlendirdi, "gözlerin görmediği halde sana iş vermişiz, daha ne istiyorsun" dedi.

E haketti...
Nan'kör yani.

Para'göz gazeteciler
Aç göz'lü işadamları
At göz'lüklü seçmenler
Gözleri var görmezler.

Bunun gözleri yok...
Utanmadan görüyor.

Daha ne istiyorsun?
Körolasıca...
Elinin kör'ünü mü?

Haddini bil.
A gözüdoymaz.
Bon'kör bakanımıza dua et.
Göz'altına alınmadığına şükret.

Bak, ne demiş atalarımız?
Kör ölür, badem gözlü olur kör görür, badem nokta nokta nokta...

Şimdi merak edip diyeceksin ki...
Ne demek bu nokta nokta nokta?

Görme engelliler alfabesi kabartma altı nokta değil mi kardeşim? Ben dilim döndüğünce üç nokta koydum. Bakar kör değilsen, gerisini sen koy olan bitenin sonuna, nokta nokta nokta...

Diyabet

Türkiye Diyabet Vakfı, ülkemizde 10 milyondan fazla kişiyi etkileyen diyabetle mücadele için "Diyabeti Durduralım" projesi başlattı. Tanıtım toplantısı, Çankaya Köşkü'nde yapıldı.

(Sunuculuğu üstlenen şovmen Beyaz, Köşk'teki değişimden övgüyle söz ederek "gerçekten bir hanım eli değmiş" dedi. Daha önceki cumhurbaşkanları bekârdı demek ki... Neyse.)

Projeyi himayesine alan Cumhurbaşkanımız, diyabetin "salgın" seviyesine ulaştığını belirterek, özellikle çocukların iyi eğitilmesi gerektiğini söyledi. Sonra da "çocukların beslenmesinde hanımların söz hakkı daha çok" diyerek, först leydimizi kürsüye davet etti.

Först leydimiz "Abdullah Bey'in de söylediği gibi, bu konuyla yakından ilgileniyorum. Çünkü, bırakın artık işlenmiş gıdaları, meyveyi, sebzeyi çocuklarımıza yedirirken bile, acaba hormonlu mu, genetiğiyle oynanmış mı diye endişe ediyoruz. Bizim neslimiz şanslıydı. Doğal ürünlerle büyüdük. Çocukluğunda o lezzetleri tadanların, şu an, ah nerede o mis kokulu sebzeler dediğini duyar gibi oluyorum. Maalesef artık tohumlarını bile yurdumuzda bulamıyoruz" dedi.

Altına imza atarım.

Ancak...
Först leydimizin oğlu, bu ülkenin başkentinde ne satıyordu?

Malezya'dan ithal.
GDO'lu mısır.
Bardakta.

Henüz 16 yaşındayken 20 bin dolar ödeyip, Armada ve Cepa alışveriş merkezlerinde stant açmıştı. Bayilik veren ithalatçı "18 yaşından küçük olduğu için bayilik alan şirketin ortağı görünmüyor, işleri çok iyi gidiyor, üçüncü standı almak için hazırlık yapıyorlar" demişti.

Gerçi, bu haber basına manşet olduktan sonra, först leydimizin oğlu "o stantlar benim değil, amcama yardım ediyorum" demişti... Ki, amcası da, först leydimizin kayınbiraderi.

Ve, aslına bakarsanız, o mis kokulu sebzeler dururken, GDO'lu ürünlerin memlekete girişine izin veren yasayı onaylayan da, först leydimizin eşi zaten.

Özetle...
Ahaliyi bilinçlendirelim.
Ki, diyabeti durduralım.

Profesör Haberal'ı sıkı tutun ha...

Neymiş efendim...
Ameliyat yapmışlar.
Yanlış bacağı kesmişler.

Kardeşim...
Hükümetimizi dinleyip "aile hekimi"ne gideceğine, el âlemin hekimine gidersen olacağı bu, tanıyamamıştır bacağı... Ben mesela her ihtimale karşı, işe gelirken uğradım aile hekimime, tembihledim, "bak arkadaş, bu sağ, bu sol, sonra karıştırdım filan anlamam, ona göre!"

(Bu tür haberler olduğunda, her nedense "kasap gibi doktor" başlıkları atılır. Halbuki, bonfile isteyene pirzola, biftek isteyene incik vereni görmedim bugüne kadar... Bunlara kasap demek, kasaplara hakaret.)

Böbrekçi Frankeştayn'ı serbest bıraktıkları gün, taksitle böbrek satan arkadaşları yakaladılar bu arada... Garibandan tiko para 5 bine alıyorlarmış, peşin fiyatına vade farksız 25'e satıyorlarmış.

E organ'izasyon taksitle olunca...
Ceset de bonus'lu oluyor haliyle.

Abisini morgdan alan vatandaş, son bir kez yüzünü görmek için kefeni araladı ki... Rahmetlinin yanına, bi tane kadın bacağı, bi de bebek cesedi koymuşlar. Meğer rahmetlinin bacağı daha önce diz altından kesilmiş... Onu kalçaya kadar tamamlamışlar, bebek ekstra.

DNA testi yapacaklarmış iyi mi...

Adama kadın bacağı takıp, bebek monte etmişler, hâlâ kromozomda molekül arıyorlar!

(Buna benzer hadise, Haydarpaşa Numune'de yaşanmıştı. Kadının biri vefat ediyor, hastabakıcıya veriyorlar, morga götür diye... Asansöre biniyor, peşinden sedyeyi çekiyor, en alt kattaki düğmeye basıyor. Bismillahirrahmanirrahim, kadın ayağa kalkmaya başlıyor. Hem de öyle böyle değil, tavana kadar dikiliyor... Meğer, rahmetlinin saçı asansörün kapısına sıkışmış... Hastabakıcı kafayı yedi tabii, rapor verip emekliye sevk ettiler, son gördüğümde kapıda ayakkabı boyacılığı yapıyordu. Sonra n'ooldu bilmiyorum.)

Neyse... Allah'tan Profesör Haberal'ın hastane odasını gece yarısı polisle bastılar da, memleketin sağlığını koruma altına almış oldular... Ki, maazallah bi fenalık yapmasın ordan.

İmam öksürürse...

İçişleri Bakanı sanıyorduk.
Meğer "Dahiliye" Bakanı'ymış.

"AKP öksürürse, Türkiye zatürree olur" dedi.

Ak'ciğer hastalığıdır.
Maazallah yani.

Bulaşıcıdır.
Dahiliyeci'ye kulak verin.
AKP'den uzak durun.
Bulaşmayın.
Erken teşhis önemlidir.
Söylemedi demeyin.
Sonradan pişman olmayın.
Uyuşukluk hissi verir.
Halsiz bırakır.

Anormal uyutur.
Ayakta uyumayın.
Görmenizi bile etkiler.
Gözünüzü açın.
Şiddetli baş ağrısı yapar.
Başbakanımız bağırırken...
Televizyonun sesini kısın.
Soyunun.
Uzanın şöyle... Yatak odanızdaki gizli kameraya verin arkanızı, röntgeninizi çektirin.
Kendinizi dinletin.
Nefes alıp verirken hırıltı varsa...
Sorun illa sizde olmayabilir.
Telefonu dinleyen arkadaşa sigarayı bırakmasını tavsiye edin.

O kadar önlem aldınız...
Baktınız ki, solunum yollarınızı koruyamadınız, zatürree oldunuz. Neticede çaresi var. Canınızı sıkmayın.
Siz yeter ki... "İdrak" yolları enfeksiyonuna yakalanmayın.

Doktor

1980...
Yurtsever Devrimci Gençlik Derneği üyesi Sinan Suner, Sovyetler'in Afganistan'ı işgalini protesto etmek için Ankara'nın Yukarı Ayrancı semtinde afişleme yapıyordu. Sağlık Bakanı Cengiz Gökçek'in koruması Süleyman Ezendemir oradan geçiyordu, çekti tabancasını, ateş etti, ODTÜ öğrencisi Sinan'ı öldürdü.

Gaziantep mebusu Cengiz Gökçek, hukukçuydu aslında, avukattı ama... Demirel, Erbakan, Türkeş hükümetinin koalisyon dengeleri gereği, Sağlık Bakanı yapılmıştı. Sinan'ı öldüren Süleyman Ezendemir, yargılanmayı bırak, gözaltına bile alınmadı, hatta, sonradan terfi etti.

Ertesi gün...
Sinan'ın öldürüldüğü yerde protesto gösterisi yapıldı. Polis geri durdu, gençlerin üstüne askerleri sürdüler. Arbede çıktı. Tek el silah sesi, drannn! Piyade er Zekeriya Önge düştü. Sırtından saplanan mermi, kalbini delmişti. 1979'a 2 tertip, Giresun doğumlu Zekeriya, henüz 20 yaşında... Kardeşin kardeşe kırdırıldığı "düşmansız savaş"ın şehidi olmuştu.

24 genci gözaltına aldılar.
Biri, Erdal Eren'di. Kadere bak... Şehit asker Zekeriya gibi, Giresunluydu. Henüz 17 yaşında, Ankara Yapı Meslek Lisesi öğrencisiydi. Tutuklandı. Jet hızıyla yargılandı. Bir ay içinde idama mahkûm edildi, utanç müzesi olan Ulucanlar'da asıldı.

Aslında, hem tıp, hem hukuk cinayeti işlenmişti. Adli Tıp raporu bilimsellikten uzaktı. "Kemik röntgenine baktık, yaşı 18'den büyük" dediler. Uzmanlar itiraz etti, nafile, astılar.

Üstelik...
Hadisenin yaşandığı sokakta oturan ve mahkemede ifadelerine başvurulmayan, biri kuaför iki "görgü tanığı" vatandaş, seneler sonra televizyon programında açık açık anlattı. Erdal'ın elinde tabanca vardı ama, sokağın öbür ucunda ve askerleri karşıdan, cepheden gören bir yerdeydi. Şehit Zekeriya ise, sırtından ve yakından vurulmuştu. Fizik kuralları açısından Erdal'ın Zekeriya'yı vurmuş olması imkânsızdı. Balistik ve otopsi, laga lugaya getirildi. Muhtemelen, arbedenin paniğiyle tetiğe dokunan bir asker arkadaşı tarafından yanlışlıkla vurulmuştu.

Kanıt mı?

Seneler geçti, internet icat oldu, Giresun Valiliği resmi internet sitesi kurdu. "Şehitlerimiz" bölümünde Zekeriya Önge'nin "silah kazası sonucu" öldüğü duyuruldu! Erdal'ın avukatları bunu öğrendi, "işte kanıt" diye basına açıklama yaptı. Skandal ortaya çıkınca, önce "teröristlerle çatışma" diye değiştirildi, sonra "iç güvenlik çatışması" diye değiştirildi. Gazeteler meseleyi deşmeye başlayınca, Giresun Valiliği Basın Halkla İlişkiler Müdürlüğü yazılı açıklama yaptı: Şahadet nedeni "sehven" silah kazası olarak yazılmıştır.

Sehven'di yani!

Oysa, sehven mehven değildi... Erdal'ın idam kararını iki kez bozan Yargıtay emekli hâkimi Albay Ahmet Turan, 28 sene sonra konuştu: "Erdal'ın Zekeriya'yı öldürdüğüne dair vicdani kanaatim yoktu. İdam kararını bozduk, sıkıyönetim mahkemesine geri gönderdik, tekrar idama mahkûm ettiler, tekrar bozduk, tekrar idama mahkûm ettiler, onamadık, dosya Daireler Kurulu'na gitti, onadılar. Zekeriya'dan çıkan mermi çekirdeği ile Erdal'ın tabancasının mermileri mukayese edilmedi. Erdal'ın yaşı 18 değildi. Çocuk her duruşmada 'ölümüne sebep olmuşsam, bundan büyük üzüntü duyuyorum' dedi, hafifletici sebep dikkate alınmadı. Haksız yere idam edildi. Yaş haddime 8 sene vardı, erken emeklilik istedim. Emirle hâkimlik olmaz. Atatürk'ün okullarında yetişmiş bir hukukçu olarak, kabul edemezdim."

Erdal'ın idamdan önceki "son bakış"ını Savaş Ay fotoğrafladı. Emin Çölaşan'la birlikte Erdal'ın hücresine giren Savaş ağabey, o anları şöyle anlattı: "Hücrenin kapısını açtılar, Erdal arkasını bize dönmüş, yüzü duvara doğruydu. Yanımızdaki komutan 'Erdal yüzümüze bakabilirsin' dedi. Bunu üç kere söyledi. Talimatlar böyleymiş. Yarın asılacak çocukla, yüz yüzeydik. Kahramanmaraş, Çorum, hatta, Afrika'da kabile savaşları bile gördüm, böyle bi tablo görmemiştim. 'Beni bitki haline getirmek istiyorlar, ailemle görüştürmüyorlar, savunmamı almadılar, yaşımı büyüttüler, ibreti alem için asacaklar ama, korkmuyorum' dedi. Gazeteye gittim. Odama kapanıp ağladım. Emin Çölaşan'ın 'Önce İnsanım, Sonra Gazeteci' kitabının adı, oradan çıkmadır."

Romanını yazdılar Erdal'ın, dizi film yaptılar, adına besteler yaptılar. Bir tanesi, müziği bıraktığını açıklayan Teoman'ındı. "İki Çocuk"tu şarkının adı!

Kalpte kurşun, ilmek boyunda, iki çocuk ölüm karşısında... Hep çocuk kalacaklar, büyümeden birer tabutta... Ama, yaşıyorlar, gülüyorlar, annelerinin rüyalarında.

Çünkü...
Hem idam edilen Erdal'la, hem şehit edilen Zekeriya'yla "akraba"ydı Teoman!

Şöyle anlattı, talihsiz çocuklarımızın "kan bağı"nı... "Erdal, akrabamdı. Garip bir rastlantı sonucu, sadece suç unsuru olarak bahsedilmesine içerlediğim Zekeriya'nın da akrabamız olduğunu öğrendim. İki Çocuk'u yazdım. Zekeriya ile Erdal, akrabaydı."

Offf, of.

2012...

Güya 12 Eylül'ü yargıladığımız ve Afganistan'ı işgal edenlere "koruma" hizmeti verdiğimiz şu günlerde... Koruması yüzünden, katmerli dramın taaa en başında adı geçen "Avukat Cengiz Gökçek Devlet Hastanesi"nde, koruma skandalı nedeniyle, günahsız bi doktoru öldürdüler.

"Hap" gibi anayasa yapılan ülkenin, hukukçu sağlık bakanının adını taşıyan hastanesinde, hukuksuzluktan tıp şehidi.

Hatırlayın, bi kaç sene evvel Profesör Göksel Kalaycı'yı öldürmüştü bi hasta yakını, bütün gazetelerde manşet olmuştu... Şimdi, Doktor Ersin Arslan'ı öldürdüler, anca üçüncü sayfaya haber olabildi. Rutin maalesef... Kurşunluyorlar, bıçaklıyorlar, yumrukluyorlar, sıradanlaştı.

Oysa...
Sırf doktor cinayeti değildir bu. Kardeşi kardeşe kırdırmaktan ders almayan Türkiye'nin, fazladan iki oy kapabilmek için, eğitimli'yi cahil'e kırdırmasıdır. Bilmeyen'i bilen'e, okumayan'ı okuyan'a düşman etmesinin... Ve suç işleyen cahil'i korumasının sonucudur.

Kanıt mı?

Katil, 17 yaşında.
Erdal'ı asmışlardı.
Bunun adını bile kodluyoruz...
Ki, aman diim çocuktur.
Toplum içinde rencide olmasın!

İsim	Şehir	₺

Velev ki simge...

₺

Dolar’ın simgesi $
Euro’nun simgesi €
Sterlin’in simgesi £
Yen’in simgesi ¥

Türk Lirası’nın ne?
TL.

E çok banal tabii.
O yüzden...
Merkez Bankamız yarışma açtı.
Paramıza simge arıyor.

Paramıza simge arayan Merkez Bankamızın kasasında ne var birader? Başbakanımız söyledi, eskiden 27 milyar “dolar” vardı, şimdi 95 milyar “dolar” var... TL olsaydı, onu da söylerdi.

Ulaştırma Bakanımız açıkladı, İzmit Körfez Köprüsü 1.1 milyar “dolar”a mal olacak, kadeve hariç 35 “dolar”a geçilecek. Sağlık Bakanımız 210 milyon “dolar”a aşı ihalesi açarken, Turizm Bakanımız 150 milyon “dolar”a mal olan otelin açılışını yaptı. Türkiye İstatistik Kurumu’nun verilerine göre, 11 milyon yurttaşımız günde 2 “dolar”la geçinirken... İşçi Bulma Kurumumuz, paritenin zıpladığını görünce, İşsizlik Sigortası Fonu’nda istiflediği 165 milyon “dolar”ı satarak, voliyi vurdu. İstanbul’un elektrik dağıtım işi 1.8 milyar “dolar”a alıcı bulurken... Göbek adı Türk olan Telekom 6.5 milyar “dolar”a satıldı. Süperlig'in naklen yayını 321 milyon "dolar"a giderken... TRT, ikinci lig maçlarına 40 milyon "dolar" verdi. Türkiye Ziraatçılar Derneğimiz, çiftçi başına ödenen 40 "dolar"lık desteğin yetersiz olduğunu belirtirken... Tarım Bakanımız, ahalinin refahı arttığı için normalden fazla et yediğini, ahalimiz normalden fazla et yediği için, etin kilosunun 19 "dolar"a çıktığını söyledi. Kültür Bakanımız, tanıtıma ayrılan 140 milyon "dolar"ın kendilerine yetmediğini ifade ederken... Enerji Bakanımız, 42 milyar "dolar"lık kömür rezervi bulduğumuzu müjdeledi. YÖK Başkanımız, kopya çetesinin KPSS sorularını 20 bin "dolar"a sattığını açıklarken... Diyanet İşleri Başkanlığımız, Hac kurban ücretinin 115 "dolar" olduğunu açıkladı. TOKİ'den kira öder gibi Ankara'da ev sahibi olan vatandaşlarımız, iki artı birlerden 74 "dolar", üç artı birlerden 96 "dolar" yakıt aidatı alındığını anlatırken... CHP soru önergesi verdi: Dışişleri Bakanı'nın oturduğu ev için aylık 20 bin "dolar" kira ödendiği doğru mu? Çorum konulu kompozisyon yarışmasını kazanan öğrencimize 500 "dolar" ödül verilirken... Antalya'da 5 bin "dolar" ödüllü, en temiz tuvalet yarışması düzenlendi.

Vaziyet böyleyken...
Merkez Bankamız itibarı artan paramıza simge arıyor ki, dünya baktığında şıp diye tanısın.

Velev ki simge

Para, Farsça.
Döviz, Fransızca.
Lira, İtalyanca.

TL'ye simge seçtiler...
Ermenice.

İtibar diye buna derim ben.
Soykırımı olmasa bile, para birimlerini...
"Ermeni dramı"nı tanımış olduk en azından!

Ayrıca.
Çince'ye benziyor ama...
Japonca.
"Ayrıca" demekmiş.

E ayrıca demişken...

6 sıfırı attığımız gün:
Ekmek 30 kuruş.
Cumhuriyet altını 128 liraydı.

Bu kitabın yazıldığı gün:
Ekmek 1 lira.
Cumhuriyet altını 656 lira.

"TL'nin simgesindeki yatay çizgiler yukarı doğru eğimli hale getirildi, çünkü, yükselen ekonomimizi gösteriyor" dedikleri de... Bu.

Porşe'ye binme!

Sigara içme.
İçki de içme.
Beyaz peynirle kavunun yanına 35'lik salkım aç... Tıksırıncaya kadar.

Porşe'ye binme.
Fiat'a bin.
Volkswagen'e bin.
Başka neye bin?
"Dedim ki, hiç olmazsa şu cenazelerini Mercedes'le taşıyalım dedim, benim milletim yaşarken binemedi, bari cenazeleri binsin dedim" demişti başbakanımız... Ona bin.

Şu an milli eğitim bakanı olan eski çalışma bakanımızın dediği gibi: Güzel öl.

Doğalgaz faturasını filan dert etme, Kadir Topbaş'ı dinle, çift kazak giy...

Sel basarsa, Melih Gökçek n'aapacağını söyledi zaten, üst kattaki komşuna çık.

Kar yağdığında caddelerin tuzlanmadığını düşünüyorsan, Melih Gökçek onu da söyledi, denemesi bedava, asfaltı yala.

Az ye.
Hatırlarsın, şeker hastası olduğunu belirtip, doktorun verdiği sağlıklı beslenme listesini bu maaşla nasıl alacağını soran emekliye, bu makul öneride bulunmuştu Sağlık Bakanımız... Az ye.

Baktın çok yiyor...
Obez deme, şişko de.

Zeytini lokma lokma ye mesela... Memurun maaşına zam görüşmeleri yapılırken, "zeytini bi lokmada yemesinler" demedi mi AKP mebusu? Öyle yap.

(Tıpkı, Tarım Bakanımızın izah ettiği gibi... Önce "pirinç pahalıysa, bulgur ye" demişti. Sonra da "vatandaşın refahı arttı, refahı arttığı için vatandaş bol bol koyun eti, inek eti yiyor, bol bol et yenince, etin fiyatı yükseliyor" demişti... E hem bulgur yiyeceğine pirzolaları hapır hupur götürüyorsun, hem de niye pahalı diye ağlıyorsun, a şuursuz!)

(Koyun deyince, aklıma geldi... Koyun güdemeyene sakın oy verme. Güdül.)

İşsizsen...
Her şeyi devletten bekleme.
Bol bol angus var.
Sucuk sat.
"Erzurum'dan Kars'tan karkas et getirip, sucuk yapmış adamım ben" diyen başbakanımız gibi.

Sucuk yapamıyorsan...
Bari, üç çocuk yap.

Ama, az seviş...
Haydar Dümen'i boşver.

Bülent Arınç'a kulak ver.
Hayat seksten ibaret değil.

Az seviş ama, çok evlen.
Rizeli'yi dinle, kuma al.

Domatesi ağzına bile sürme... YÖK Başkanımız "tohumuna öyle bi genetik mekanizma yerleştirirler, 20 sene içinde neslimiz bile kuruyabilir" dediğine göre... Maazallah.

Kene gelirse...
Pantolonu çoraba sok.
Ameliyat olacaksan...
Rabbime sor.

Nükleer santrale karşıysan...
Ya evine tüp bağlatma, ya da, Enerji Bakanımızın dediği gibi elektrik kullanma.

Feysbuk filan, bunlar çirkin, berbat...
Tıklama.

Eskiden 1 milyon liraydı, şimdi 1 lira be... Para şeeyediyorsun, bereket geldi memlekete.

(Kıymetini bilmiyorsunuz ama, Cumhurbaşkanımız söyledi, "böyle memleketi dünyada zor bulursunuz" dedi... Gerçi, bize demedi, Amerikalı işadamlarına dedi ama, olsun gari.)

Demem o ki...
Senin mutluluğun için güzel güzel tavsiyelerde bulunuyor devlet büyüklerimiz... Ya hepsine uy, ya da, git kanını tahlil ettir. AKP mebusu söylemişti, kanın bozuk olabilir!

Sütten çıkmış AK kaşık...

Türk maliyesinin asılacaksan İngiliz sicimiyle asıl bakanı...
Muaz'zam bi açıklama yaptı.

Bunlar zam değil dedi.
Güncelleme...

Kek değil kekstra bi nevi.

"AKP deme AK de" yani.

Mehmet Ali Birand, şarkı sözü gibi kafiyeli soru sordu, Bülent Arınç'a... Sigara, içki, cep telefonu, araba, mecbur musunuz bu kadar zam yapmaya? Arınç'ın cevabı hüz'zam makamındaydı, "74 milyonu ilgilendiren bi konu değil, sizin gibi birkaç kişiyi kapsıyor" dedi.

E hani aynı sazın teliydik biz?
Aynı bağın üzümü filan?

Gerçi, ÖTV denilen zam'azingo da, özel tüketim vergisi değildir zaten... Öpülesi Türk Vatandaşı'nın baş harfleridir. Ben de olsam ben de öperim böyle vatandaşı.

Ve, aslına bakarsanız buna da şükür... "Zamları hükümet yapmadı, devlet yaptı" da diyebilirlerdi... "Hükümetimizin zam yaptığını iddia edenler şerefsizdir" falan.

Nası diyoğ siz Turklear ih liibe dih

Değerli eşim Almanya doğumlu olduğu için, Almanya mevzularına normalden fazla ilgili olabilirim... Ancak, Almanya'yla hiç ilgisi olmasa bile, ortalama zekâya sahip her Türk vatandaşı şu soruyu sorabilir herhalde: Bu Almanlar bizim belediyelere niye para veriyor?

Çünkü hepimiz biliriz ki... Almanlar, bırak el âlemi, kendi evladına bile zırnık koklatmaz.

E bu durumda... Hans sabahın köründe kalkıp işe gidecek, Helga gece yarılarına kadar çalışacak, vergi ödeyecek, Alman devleti bu vergileri toplayacak, bize verecek, öyle mi?

Buna inanan sığır varsa...
Başka köşe yazısına geçsin.
İnanmayan, devam etsin.

İsmi lazım değil, bi şehrimize atık su arıtma tesisi yapıldı, krediyi Alman yatırım bankası KfW verdi, 9 milyon euro... İzmir'e tıpa tıp aynısı yapıldı, öz kaynaklarla, 3 milyon dolar.

Bi başka şehrimize atık su arıtma tesisi yapıldı, krediyi gene KfW verdi, 40 milyon euro... İzmir'e aynısı yapıldı, öz kaynaklarla, 3.5 milyon dolar.

(Euro-dolar paritesini hesap etmene gerek yok, bilezik gibi geçirdikleri açık... Nereye, ne geçirdiklerini merak eden, zahmet edip TMMOB'un Çevre Mühendisleri Odası'nı arayabilir.)

Üstelik...
Parayı veren düdüğü çalıyor, krediyi veren ülke, mühendislik hizmetinin yanı sıra, kullanılacak malzemenin kendi ülkesinden alınmasını şart koşuyor. Hatta, bizim belediyeler yorulmasın, armut pişsin ağzına düşsün diye, projenin fizibilitesini bile bedava yapıyorlar. Böylece, Türk mühendisler ayda 1000 liraya talim ederken, Alman mühendisler günde 1000 euro alıyor.

(Yukarda Allah var, haklarını yemeyelim, amele göndermiyorlar. Kanalizasyon çukurunu kazma onurunu sana bırakıyorlar.)

Özetle... Yardım mardım ettikleri yok. Sana yardım ediyorum ayaklarıyla, hem sana şirin görünüyorlar, hem de kendi ekonomilerini sana besletiyorlar.

Yardım ederken AKP, CHP, MHP, BDP ayrımı yapmamaları ondan... Keriz olman yeterli.

Kaya gibiyiz, kaya...

Ekonomi bakanımıza ekonomiyi sordular...
"Kaya gibiyiz" dedi.

Turp gibiyiz de diyebilirdi.
Veya, aslanlar gibi.

Öyle anlarız çünkü biz.
Ölçü birimlerimiz öyle.

Mesela, balık yakalarız...
Na böyle, kolum gibi!

– Koskoca ev almışın...
– Yok be, döt kadar.

"Nohut oda bakla sofa" demek istiyor aslında... Üstelik, şehir merkezinde değil "taaa anasının nikâhı"nda... Durağa "bi ton yol" yürüyorsun, "ebesi seriliyor" insanın!

Baktın anlamıyor, sorarız...
"Çaktın köfteyi?"

Tıpkı; iki "fiske" karabiber, bi "cimcik" tuz, "aldığı kadar" un koyup, "kulak memesi kıvamı"na getirmemiz gibi yani... "Göz kararı" su ilave eder... "Bi taşım" kaynatırız.

– N'aber?
– İç güveysinden hallice.

– Dersler nasıl?
– Nanay.

– Ne zaman geldin?
– Oho-ooo...

Şak diye anlarız.

(Farz edelim, memleketin borcu konuşuluyor, ahalinin anladığı biçimde benzetme yapmayacak, illa rakam vereceksek, "350-400 milyar filan" der geçeriz... Oysa "50 bin milyon"cuk "filan" var arada!)

Bi "dünya" iş birikir.
"Sittinsene" bitiremeyiz.
Kafamız "kazan" gibi olur.

Bazı kızlar "fıstık" gibidir. Bazıları ise "popoma kaş göz çizsem" ondan güzel olur. Ayak ayak değil "çocuk mezarı" şekerim... Bi koruz, isterse cüce olsun "iki seksen" uzanır "amele balgamı gibi" yere yapışır, "eşşek sudan gelene kadar" döveriz. Bavullarımız genellikle "gavur ölüsü" gibi ağırdır. Halı döşeriz duvardan duvara; kanepe yaptırırız, burdan kapıya kadar, bilemedin pencereye kadar... Serinleyelim dedik ama "imamın abdest suyu" gibi.

Van münüst desen...
Ecnebi süre sanır.
Halbuki, diplomasi.

(Kaya gibiyiz diyen ekonomi bakanımız Zafer Çağlayan, sanayi bakanıyken sanayimiz için şu sloganı bulmuştu: 1 artı 1 eşittir 11... O kadar başarılı hesaptı ki, sanayi bakanlığından alınıp, devlet bakanlığına getirildi. Devlet bakanıyken, Türkiye'ye gelen Kızılderili heyetini karşıladı, "biz sizi Tom Miks'ten tanıyoruz, hani nişanlısı var Suzi, yu nov Tom Miks?" diye sordu. Kızılderililer mal gibi baktı. Çünkü, mevzu Dakota'da geçiyor ama, Tom Miks İtalyan çizgi romanıydı... E görüldü ki, şahane benzetmeler yapıyor, ekonomiyi de benzetsin diye, ekonomi bakanlığına getirildi. E "durum kel"e benzetecek hali yok, kaya'ya benzetti.)

(Yazıya noktayı koyuyordum ki, Güney Koreli işadamlarıyla buluştu ekonomi bakanımız... Dünya devleri Samsung'un Hyundai'nin siyo'larına "küreselleşin" tavsiyesinde bulundu iyi mi! Kartvizitini dağıttı, "takıldığınız bir konu olursa, beni 24 saat arayabilirsiniz" dedi.)

Başta Kızılderililer, Allah Güney Korelilerin yardımcısı olsun gari.

İcra'atın içinden

Manşetler fotokopi gibi...
Sıkıldım.
İlanları okudum.

Ankara İcra Müdürlüğü'nden:
"Borçluya ait apartman..."
Eyüp İcra Müdürlüğü'nden:
"74 dükkânlı işhanı..."
Kocaeli İcra Müdürlüğü'nden:
"Fındık bahçesi..."
Balıkesir İcra Müdürlüğü'nden:
"Zeytinyağı üretim tesisi..."

Tuzla İcra'dan gemi var.
Amasya İcra'dan minibüs.

Antalya İcra Müdürlüğü'nden:
"Hacizli bulunan sera..."
Denizli İcra Müdürlüğü'nden:
"Diş hekimi muayenehanesi..."
Mersin İcra Müdürlüğü'nden:
"Pansiyona müsait müstakil..."

Sinop İcra Müdürlüğü'nden:
"Denize sıfır..."
Aydın İcra Müdürlüğü'nden:
"İncir ağaçlı tarım arazisi..."
Diyarbakır İcra Müdürlüğü'nden:
"Susuz tarla..."

Adana İcra'dan beygir var.
İzmir İcra'dan tavuk.
Mudanya İcra'dan inek.
Milas İcra'dan levrek.

Genelev var...

Kayseri İcra Müdürlüğü'nden:
"Sanayi sitesindeki..."
Burdur İcra Müdürlüğü'nden:
"Pazaryeri alanındaki..."
Bodrum İcra Müdürlüğü'nden:
"Bahçeli dubleks..."

Ekonomi sayfalarına geçtim sonra... Devlet Bakanımız Hayati Yazıcı, mağaza açılışı yapmış, "Tasfiye" İşletmeleri Genel

Müdürlüğü'ne ait mağaza... 20 liralık fincan takımını 5 liraya sattıklarını görünce fena sinirlenmiş haliyle, "siz bu kafayla bizi batırırsınız" demiş.

Gazeteler bitince, televizyonu açtım, spiker anlatıyor:
"Türkiye İstatistik Kurumu verilerine göre, Türkiye ekonomisi dünyanın en hızlı büyüyen ekonomisi oldu sayın seyirciler..."

Doğalgaz'ık

Dünyanın en uzun borusunu döşediler Türkiye'ye... 1200 kilometre. Yekpare. Karadeniz anca o kadar olduğu için, anca o kadar döşeyebilmişlerdi. Pasifik kadar olsaydı, Pasifik kadar döşeyeceklerdi.

Çünkü, yalvarıyorduk.
İlla döşeyin diye.

E baktılar ki, yalvarıyoruz, bu kadar döşeme yetmedi heralde diye düşündüler, bi tane Bulgaristan'dan, bi tane İran'dan döşediler. E baktık ki, fevkalade döşüyorlar, rica ettik, bi tane de Azerbaycan'dan döşettik.

Ancak... Memlekete boru döşeme rekorunu elinde bulunduran ANAP, küçük düşünmüş, kuzeyden güneye, diklemesine döşetmişti en uzun boruyu... Sen Türkiye'sin "büyük düşün" diyen AKP ise, enlemesine döşetmeye karar verdi. 2000 kilometre. Yekpare. Taaa doğu'muzdan soktu, batı'mızdan çıkardı. Hakikaten koltuklarımız kabardı.

Gerçi, Güneydoğu'dan girip Trakya'dan çıksaydı, yani hafif çapraz döşetseydi, 2200 kilometreye kadar yolu vardı ama, olsun gari, buna da şükürdü. İktidar partimiz, resmi internet sitesinden "bugüne kadar döşenenin iki misli boru döşedik" diye duyurdu. Gururla.

Böylece... Telaşa mahal olmadığı, bugüne kadar döşenenlerin, bundan sonra döşeneceklerin garantisi olduğu, herkese döşemeye yetecek miktarda boru bulunduğu anlaşıldı. Ahali rahatladı.

Sıra gelmişti, şehirlere döşemeye... Değişik uzunluklarda borular ithal edildi. Belediye başkanlarımız "en önce bize döşeyin" diye, devlet büyüklerimiz nezdinde kulis yaptı. Adamını bulan döşetti. "Sana bu sene döşeyemeyeceğiz, seneye döşeriz inşallah" denilenler, prestij kaybına uğradı. Bekle bekle, döşeme yapılmadığını gören seçmenler sinirlendi tabii, "herkese mis gibi döşüyorlar, sana o kadar oy verdik, bize bi boru döşetemedin" diye.

Boru döşenen torpilli şehirlerde bayram havası yaşanıyordu. Rize'de mesela, henüz boru döşenmeyen şehirlere nispet yaparcasına, Cumhuriyet Meydanı'nda, belediye başkanı, rektör ve garnizon komutanı kemençeyle horon tepti. Sakarya'da ise, Gar Meydanı'nda Doğalgaz Etkinlikleri Haftası düzenlendi. Sakarya Valisi tesisatçı firmaların stantlarını gezdi, boruları inceledi.

Bilahare... İrili ufaklı borular ithal edildi. Şanslı şehirlerden, talihli ilçelere döşendi. Aydın Nazilli'de, döşeme şerefine, mehter takımı eşliğinde, belediye başkanı, kaymakam, müftü ve garnizon komutanı tarafından lokma dağıtıldı. Tokat Erbaa'da, döşeme hatırası olarak, Kültür Park'ta tiyatro gösterisi yapılırken... İzmir Tire, pek romantikti, havanın kararması beklendi, ilçe protokolü meşale yaktı.

Kuyruk vardı.
Döşe döşe, başa çıkamıyorlardı.
Sırf komşu ülkelerin "karadan" döşemesiyle olacak gibi değildi. Teee Afrika'ya gidildi, Cezayir'den Nijerya'dan "denizden" getirildi, limanlara boru döşendi.

Küçük küçük borular ithal edildi, ballı mahallelere döşendi, minik minik borular ithal edildi, dört ayak üstüne düşen apartmanlara döşendi, pipet pipet borular ithal edildi, kısmetli banyolara döşendi, kılcal kılcal borular ithal edildi, bahtı açık mutfaklara döşendi.

Netice itibariyle... Elalemin borusu döşenmedik yer kaldı mı şekerim? Kalmadı.

Aferin.

Teşvik'iye

2004'te teşvik paketi açtılar.
"Bunlar öbürlerinden geri kalmış" dedikleri şehir sayısı kaçtı?
36.

2009'da teşvik paketi açtılar.
"Bunlar öbürlerinden geri kalmış" dedikleri şehir sayısı kaçtı?
49.

2012'de teşvik paketi açtılar.
"Bunlar öbürlerinden geri kalmış" dedikleri şehir sayısı kaç?
81!

Öyle şahane teşvik edildik ki...
Geri kalmayanlar da geri artık.

"Uzay" yatırımları mesela...
5'inci bölge kapsamındaki teşviklerden yararlanacakmış.

Bakıyoruz 5'inci bölgeye...
Erzurum orada.

"5"inci bölgenin baraj göletindeki arızalı elektrik direğini tamir etmek için deniz bisikletiyle gitmek zorunda kalan " 5" işçi alabora oldu, saatlerce bağıra bağıra, çırpına çırpına can çekiştiler, kıyıdakiler dövüne dövüne, çaresizce seyretti, hava karardı, biri boğularak, dördü donarak öldü... Güya uzay mekiğine teşvik verilecek ama, kayık yok Erzurum'da, kayık.

6'ncı bölgeyi düşün gari.

Ha şunu diyebilirsiniz tabii...
Hiç mi faydası olmadı?
Elbette oldu.
Teee 1854'te, Başbakanımızın "dedemiz" dediği, Abdülmecit tarafından açılmıştı ilk teşvik paketi...

Netice?
Teşvikiye Camii.

E hazır Teşvikiye'ye kadar gelmişken, rahmetli işçiler için gıyabi cenaze namazı kılalım bari.
– Teşviği nasıl bilirdiniz?
– İyi bilirdik.
– Gömün.

İsim	Şehir	Soyad

Esad, Esed oluverdi.
Kırk yıllık kani...
Olmuştu yani!

Keriman Halis

Türkiye'nin ilk Dünya Güzeli...
Keriman Halis Ece, vefat etti.

Aslına bakarsanız, bi önceki senenin, 1931'in Türkiye Güzeli Naşide Saffet hanım, Avrupa Güzel Göz Kraliçesi seçilmişti. Perşembenin çarşambadan gelişiydi bu... "İnsan" olma hakkını kazanan Türk kadınının güzelliği ortaya çıkmıştı. Mustafa Kemal, kuru-ruhsuz bi telgrafla yetinmedi, onuruna balo tertipledi, medeni bi erkek olarak, Dünya Güzeli'yle dans etti.

Dünya Güzelimiz için Taksim Meydanı'nda sahne kuruldu, törenle halka tanıtıldı. Çoğunluğu kadın-kız, on binlerce vatandaşımız koştu oraya... Kimse kimseye parmak atmadı!

Keriman Halis Ece'nin Dünya Güzeli seçildiği sene... Samsun'un simgesi olan Atatürk Anıtı açılmıştı. O zamanlar "19 Mayıs'ı niye kutluyoruz ki" filan denmiyordu.

Milletler Cemiyeti'ne girdik o sene...
Onlar davet etmişti.
TBMM görüştü, kabul etti.
Şimdi olduğu gibi, el âlemin cemiyetlerine girmek için popomuzu yırtmıyorduk...
Yalvarılıyorduk.

Aynı sene... Ramazanın 15'inci günü, Hafız Yaşar bey, İstanbul Yerebatan Camii'nde cuma namazını müteakip, "müşfik ve rahim olan Allah'ın adıyla" diye başlayarak, ilk kez, Türkçe Kuran okudu. Ardından... Hafız Burhan, Hafız Kemal, Hafız Zeki, Hafız Nuri, Hafız Rıza, Hafız Fahri, Hafız Rifat beyler, Sultanahmet Camii'nde Türkçe Kuran okudu. Cemaatin çok önemli bölümü, kadındı. Hafız Rifat bey, Fatih Camii'nde, ilk kez, Türkçe ezan okudu. İlk Türkçe hutbe, Süleymaniye Camii'nde okundu. Kadir Gecesi... Ayasofya'da 30 hafız, Türkçe Kuran okudu. 50 bin kişi geldi Ayasofya'ya... Radyodan naklen yayınlandı.

1'inci Türk Tarih Kongresi toplandı. En önemli kararı şuydu: "Türk tarihi Osmanlı'yla başlamadı, siyaset ve kültürde Osmanlılığı esas almak kesinlikle yanlıştır."

Türk Dil Kurumu kuruldu. "Türk dili sadeleşmeli, Arapça ve Farsçadan arındırılmalı" denildi.

Yoyo moda olmuştu.
Sevgili çocuklarımız "oyuncak" diye bir şeyin varlığından haberdar olmuştu.

Enflasyon "eksi" 6.
Büyüme hızı yüzde 11.
Ekmeğin kilosu, tanesi değil, kilosu sadece 8 kuruştu... Kilo diyorum, çünkü, dünyaya entegre olunmuş, uluslararası ölçü birimleri kabul edilmiş, kilogram, gram, metre, litre'ye geçilmişti.

Keriman Halis Ece'nin Dünya Güzeli seçildiği sene... Bölge tiyatroları kuruldu, Anadolu turneleri başladı. İlk kadın hâkimimiz Mürüvvet Hanım da, Adana'da görevine başladı.

"Boşverin canım, kolayı var... Uruguay'dan inek, ABD'den pamuk, Rusya'dan buğday, Fransa'dan arpa alırız" denmemiş... "Kendi kendimize yetelim" diye, 1'inci Ziraat Kongresi toplanmıştı. Tekel kurulmuştu.

İzmir Rıhtım Şirketi devlet tarafından satın alınmıştı...
Ki, limanlar komple satıldı.

Bugün bile milyonlarca insanın diş fırçasından haberi yokken, taaa o zamanlar mevzunun önemi kavranmış, 1'inci Diş Hekimliği Kongresi tertiplenmişti. Hâlâ Denizcilik Bakanlığımız yokken, Milli İktisat Cemiyeti "ey ahali, sağlık için balık ye" kampanyası başlatmıştı.

Türkiye'nin ilk otomobil yarışı, İstinye-Zincirlikuyu arasında yapılırken... Yüzme sporunun teşvik edilmesi için, Türkiye'nin ilk yüzme yarışları, Büyükdere sahilinde gerçekleştirilmişti.

Tayyareci Vecihi Bey, Vecihi Hürkuş, uçağıyla yurt gezisine çıktı... "Soykırımcı" denilen, dünyanın ilk kadın savaş pilotu Sabiha Gökçen'i o yetiştirdi.

İzmirli kadınlar Cumhuriyet'in nimetlerinden öylesine faydalanmaya başlamıştı ki, İzmir'de erkek haklarının savunuculuğunu yapmak üzere Erkekler Birliği adıyla dernek kurulmuştu!

İstanbul Milletvekili Ali Haydar Bey'in vekilliği, Meclis'e devamsızlığı nedeniyle düşürüldü. "Burda duracağıma, gideyim de tivi'de futbol yorumculuğu yapayım" denemiyordu o günlerde.

Mustafa Kemal'in Ankara'ya gelişi, ilk kez, törenle kutlanmıştı. Bu sene, ilk kez, kutlanmadı.

Bugün, vicdansızca ve utanmazca "diktatör" denilen Atatürk'ün Türkiyesi'nde, Keriman Halis Ece Dünya Güzeli seçilip, yukarda bazı örneklerini saydığım devrimler yaşanırken... Almanya'da seçim yapıldı. Dünya "demokrasi" zannediyordu, Hitler çoğunluğu elde etti.

Sonra neler oldu...
Herkes biliyor.

Ha bu arada...
Keriman Halis Ece'nin Dünya Güzeli seçildiği sene, Muhsin Ertuğrul'un "Bir Millet Uyanıyor" filmi gösterime girmişti. Bilmiyorum artık, uyanıyor mu, uyanamıyor mu!

Esed

Beyzbol şapkalı bi kemancı, Washington metro istasyonunda Bach'tan parçalar çalıyordu. Önünden 1097 kişi geçti, sadece yedi kişi durakladı, onlar da birer ikişer dakika dinleyip, gitti. 45 dakikalık konserin sonunda, bahşiş için yere açtığı mendili topladı, üç-beş sent'lerle biriken 32 doları cebine koydu, taksiye bindi, Washington'ın en ünlü konser salonuna gitti, sahneye çıktı, biletlerin en ucuzu 100 dolar'dı ama, tıklım tıklım doluydu. Çünkü o... Grammy ödüllü Joshua Bell'di. Kemanı da, 300 senelik, 3.5 milyon dolar değerindeki Stradivarius'tu.

"İmaj" böyle bi şeydir.

Ne olduğu değil.
Nasıl sunulduğu...
Nasıl göründüğüdür.

Bu kapsamda...
Hiç düşündünüz mü acaba, teee kırk yıllık "Esad" ne oldu da, oluverdi "Esed?"

Başbakanımızın kardeşiyken, kankamızken "Esad" değil miydi yahu? Bi sabah uyandık ki, a-aaa, başta Anadolu Ajansı ve TRT olmak üzere, yandaş medyada aniden "Esed" oluvermiş.

Çünkü...
Esad Esad'ken, mahallenin çocuğu, komşunun oğluydu, tanıdıktı, adeta bizden biriydi, hatta, tam Türk işi, Esat bile deniyordu. Rüzgâr bi döndü kardeşim, işin rengi bi değişti, imaj mühendisleri devreye girdi, kaşla göz arasında, Esad, Esed'leştirildi.

Kırk yıllık kani...
Olmuştu yani!

Bir harfle...
Dilimize, algımıza, duygularımıza yabancılaştı.
Ötekileşti.

Bir kelimeyle...
Obama'nın bu topraklarda Hüseyin'leşmesi gibi.

Yakında, Mahmud Ahmedinejad'a Manfred Ahmadinejack filan demeye başlarlarsa, sakın şaşmayın gari.

Can Bonomo

"İyi adam" o.
Can, bildiğin can.
Bonomo, Latince.
Anlamı, iyi adam.

Sefarad Musevisi. 540 sene evvel İspanya'dan göçüp, tarihi ilçemiz Bergama'ya yerleşen bi ailenin evladı. Dede, İzmir'e taşınmış, babası gibi, Can da Alsancak'ta dünyaya gelmiş.

Dolayısıyla... En çok bıdı bıdı yapılan mevzuyu kafadan sordum, "van münüt malum, bak biz İsrail'e gıcığız ama, Musevi vatandaşımızı Türkiye'yi temsil etsin diye Eurovision'a gönderiyoruz, işte böyle hoşgörülüyüz filan demek için seni seçmiş olabilirler mi?" dedim.

"Ben Türk'üm" dedi.
Nokta.

1987 doğumlu. İlkokulu Çakabey Koleji'nde okuyup, Avni Akyol Lisesi'nden diploma almış, Bilgi Üniversitesi sinema-televizyon'u kazanıp, 17 yaşında ver elini İstanbul... Nişantaşı'nda kuzenlerinin yanında kalmış, sonra Etiler'de, şimdi Cihangir'de kirada oturuyor. Tek başına.

"İzmir mi, İstanbul mu?" diye soruyorum. Hiç eğip bükmüyor.
"İyi ki İzmir'de doğmuşum,
iyi ki İstanbul'da yaşıyorum" diyor. Doğduğun yer, doyduğun yer meselesi... Gerçekçi.

"Kız arkadaşın?" diyorum.
Dedim ya, gerçekçi...
"O işe girmesek abi" diyor!

Bir de anneciğini konuşmak istemiyor. Kaybettiği anneciğini... 6 yaş büyük ablası var. "Müzikle alâkası var mı?" diyorum. Gülüyor. "Güzel müzik dinler" diyor. Ailede müzisyen, sadece, dede... İzmir TRT'de vokalistmiş. Ama, dedeye değil, komşunun gitar çalan oğluna özenmiş, öyle başlamış, 8 yaşındayken... Baba, kâğıt ticareti yapıyor. "İşyeri İzmir'de nerede?" diye soruyorum. Vaziyete o kadar hâkim ki, "bi saniye" diye izin isteyip, "babamın işyeri nerde?" diye anneannesine sordu iyi mi! Benimle telefonda konuşurken, anneannesinin evindeydi. Anneanne çok mutlu, eşin dostun tebriklerini kabul ediyor, gururla.

Hayatındaki en önemli insanlardan biri, "manevi kardeşim" dediği Can Saban... Yapımcısı, kliplerini o çekiyor. "Ertem Eğilmez'in torunu... Haliyle, kötü iş yapması yasak" diyor.

Samimi. Sıcak. Ancak, genç yaşına rağmen "mesafe ve temas"ı çok iyi ayarlıyor. Tartarak konuşuyor. Tek kelime argo kullanmıyor. Türkçesi pürüzsüz. Ses tonu, spiker kalibresinde.

"Meczup" albümüyle patladı...
"14-15 yaşındaydım, biriyle tanıştım, kolunda meczup yazan dövme vardı, sordum, Allah yolunda aklını kaybetmiş kimse dedi, etkilendim" diyor.

Peki albüm piyasaya nasıl çıktı? "İlk intiba" için kravat takanların iyi okumasını öneririm... "Altı şarkı hazırladım, cd'ye kaydettim, cd'yi koyacak kap bulamadım, o sıralarda Irvine Welsh'in *Porno* isimli romanını okuyordum, kitabın bir sayfasını yırttım, cd'yi sardım, Can Saban'a yolladım, yollama şeklim ilgisini çekince tanışmak istedi, gerisi geldi" diyor!

Kesinlikle doğal.
Kesinlikle yaratıcı.

Dövme hastası... 18 dövmesi var. İlkini 17 yaşında yaptırmış. Göğsünde güneş, içinde kalp, güneş anneciğinin ismi... En son, sol omzuna, anneciğinin fotoğrafını kazıttı. Sol kolunun içinde, Bonomo yazıyor. Sol kolunun dışında, ekibinin, team bonomo'nun logosu var. Sol dirseğinde, bir semazen'le iki robot duruyor, maneviyat'la teknoloji, yaptığı müziği sembolize ediyor. Dövmelerini kendisi tasarlıyor, çünkü, illüstrasyon eğitimi almış. Sol elinin üstünde, üç paralel çizgi var, pagan müzisyenleri enstrümanlarının üstüne çizermiş, ilham perilerine yakın olmak için... Sağ kolunun içinde, ırkçılık ve cinsiyet ayrımcılığına karşı mücadelesiyle tanınan, Amerikalı siyahi kadın şair Gwendolyn Brooks'un 8 satırlık "we real cool" şiiri var, İngilizce kazınmış, "harbi havalıyız, okulu bıraktık, gezip tozarız, şarkı söyleriz, içeriz, genç ölürüz" filan gibi bi şey... Sağ kolunun pazusunda, *The Nightmare Before Christmas* filminin başrolündeki Jack Skellington karakterini yansıtan, iskelet figürü var. Sağ bileğine doğru, *The Rat Pack* filminde Frank Sinatra'nın kullandığı dövme var. Sağ dirseğinde ise, Mevlevi şiiri...

Mazi verir acı, keder
Kimse kalmaz, hep gider
Nerede Havva'yla Adem
Dem bu demdir
Dem bu dem

Şarkıcı diye gönderiyoruz...
Filozof gibi adam.

Nazım Hikmet'in direnişçi ruhunu, Barış Manço'nun cesaretini ve yüreğini örnek alıyor.

"Peki ya şöhret?" diyorum.
Önce kıkırdıyor, "düne kadar kimse tanımıyordu, şimdi reklamlardan bile çok çıkıyorum televizyonlara" diyor, matrak buluyor bu durumu... Sonra ciddileşiyor, "şöhret hayalleri olan biri değilim, sadece yaptığım işi iyi yapmayı seviyorum, hepsi bu" diyor.

Umurunda bile değil.
En beğendiğim tarafı bu.

Kılık kıyafetini örnek aldığı kimse yok. Marka, moda, ilgilenmiyor. Şapka seviyor. Sporu sağlık için yapıyor. Futboldan anlamıyor. Takım tutmuyor. Yazlarını Çeşme'de geçiriyor.

Para kazanmıyor. İdare ediyor. Sıkıştığı zaman, babasından istiyor. Otomobili yok. Alamadığı için değil. Kullanamadığı için. "Beceremiyorum, bi defa aldım, her yerini oraya buraya vurdum, vazgeçtim" diyor. Motosiklet kullanıyor.

"Kaçıncı oluruz?" diyorum.
Hakikaten bayıldım bu çocuğa...
"Bilemem abi" diyor!

Halbuki, benim bir netice tahminim var. Dandik dundik tipleri sanatçı diye baş tacı eden Türkiye, bu değerli gencin adını bile duymadığına göre... "İyi adam"dır, iyi netice alır.

Depremzade Salih efendi

35 sene önce...
Van depremle yıkıldı. 3 bin 840 insanımız hayatını kaybetti. Türkiye seferber oldu. Ancak, yardımlar yerine ulaşmıyor, adeta buhar oluyordu. Kış bastırmıştı. Kar fırtınasının savurduğu buz tanecikleri suratlara ok gibi saplanıyor, kurtulanlar kurtulduğuna pişman oluyordu.

O zamanlar TRT'de çalışan değerli ağabeyim Uğur Dündar, bu vahim atmosferde Van'a indi, depremin merkez üssü Muradiye'nin Çaldıran bucağına gitti. Manzara hazindi. Kamyon kamyon yardımlardan eser yoktu. Tir tir titreyen çocuklar, ısınmak için koyunlara sarılıyordu.

Gözleri çukura kaçmış gençten biri yanaştı, selamünaleyküm, aleykümselam, kulağına fısıldadı... Yardımların nerde olduğunu bulmak istiyorsan, Van'a git, Hacı Dodo'yu sor!

Van'a gitti. Eliyle koymuş gibi buldu. Herkes tanıyordu. Müteahhitti. Gerçekten hacıydı. 60 küsur yaşında. Aksakallı. Bir değil, iki değil, altı defa gitmişti hacca... Hatta, otobüs almış, hacı adaylarını taşıyordu. Dönüşte, yükte hafif, pahada ağır ne kadar kaçak mal varsa, otobüse zulalıyor, yurda sokuyordu. Hacı'ydı ama, Dodo değildi. Lakabıydı bu... Asıl adı "Salih"ti.

Vaziyet anlaşılmıştı.
Bitirim muhitlerinde büyüyen bi haberci için, bu tipler hiç yabancı değildi. Gitti Hacı'ya... Kendisini Bitlisli müteahhit olarak tanıttı iyi mi! Uğur Dündar, Norveçli gibi adam, Türkçesi desen, pırıl pırıl... Ama, para hırsı işte böyle bi şeydi. Hacı zokayı yuttu. Çünkü, fıldır fıldır dönen gözleri, sözde Bitlisli müteahhidin masaya koyduğu balya gibi cüzdana kilitlenmişti.

Düş peşime, dedi. Çıkıp, az yürüdüler. Bir depoya vardılar. Açmadı depoyu. Arkasına dolandılar, karlar altında bi yığın... Eliyle temizledi Hacı Dodo, üstünde deprem damgası bulunan cillop gibi keresteler göründü. Tadımlık gösteriyordu... Afet İşleri Müdürlüğü'nün gönderdiği yardım malzemeleriydi. Kereste, demir, çimento, çivi, ne istersen, ne kadar istersen, sen paradan haber ver dedi. Peki ya depodakiler? Çadır dedi, battaniye, yiyecek filan.

35 sene sonra...
Van gene depremle yıkıldı.
534 insanımız hayatını kaybetti.
Türkiye seferber oldu.
Ancak, yardımlar yerine ulaşmıyor.
Kış bastırmak üzere, ki...
Bi başka "Salih" manşetlerde!

Bu da müteahhit... Erciş'te 20 cesedin çıkarıldığı Sevgi Apartmanı'nın müteahhidi... Kendisinin oturduğu dört dönüm, üç katlı, havuzlu, ultra lüks villada çatlak bile yok. Ama, can tatlı, villasına girmiyor. Çim bahçesine, Mercedes ve Audi cipinin yanına diktiği Kızılay çadırında oturuyor. Hem de bi tane kesmemiş, iki Kızılay çadırı kondurmuş!

Sevgi Apartmanı'nda 20 ceset daha çıkarılmayı bekliyor. O anda binada olmayıp kurtulanlar, çoluk çocuk asfaltta nöbet tutuyor, çadır kamyonunun yolunu gözlüyor. Bu arkadaş ise, cipinde uyuması veya parayı bastırıp herhangi bi marka çadır alması mümkünken... Kızılay'dan iki tane indirmiş bile!

Bana sorarsanız...
İki tanecikle çok ayıp edilmiş. Resmi devlet töreniyle en az 20 tane çadır vermeleri lazımdı Salih'e.

Çünkü, bu Salih...
Zurna değildir, Erciş Kaymakamı tarafından plaketle ödüllendirilmiş müteahhittir.

(Plaketi alan Salih'in tam adı Salih "Ölmez"ken... Plaketi veren kaymakamın Ramazan "Fani" olması, lüzumsuz bilgidir, mevzumuzla alakası yoktur. Plaket takdim törenine katılan

Erciş Belediye Başkanı'nın, şu anda AKP Van mebusu olması da, tamamen tesadüftür.)

(Salih'in apartmanından cesetleri çıkaran... Kolon bağlantıları yapılmamış, demirler incecik, kolonlar kalın görünsün diye çevresi briketle örülmüş, üstelik dere kumu kullanılmış, diyen Siemens Arama Kurtarma Ekibi ise, olsa olsa, müfteridir.)

Dolayısıyla, düşünüyorum da, Uğur Dündar'ın ekranları bırakması memleket için gayet iyi oldu... Uğur Dündar'lar olmasın ki, hayırlara vesile olsun, meydan Salih'lere kalsın.

Volkan Konak

Ve, üç yıl hapisle dava açtılar Volkan Konak'a.

Ha bu da madalya olsun...
Adam gibi adam'a.

Kıllanıyorlardı nicedir...
Ses yasağı yüzünden konserini yarıda kesmek zorunda kalınca, dellenip, "mekân benim olsa, denizden gelip ses ölçenleri denize atardım" demesini fırsat bildiler. Davayı yapıştırdılar.

"Sanatçık" olmadı çünkü o.
Sanatçı olmakta ısrar ediyor.

"Sanatla uğraşan insan, dalkavuk olmamalı" diyor. Kula kulluk edeni, ülkesinin işgal edilmesini umursamayanı, bağımsızlığın kıymetini bilmeyeni "sığır"a benzetiyor.

"Mustafa Kemal'i sevmeyenle ahbaplık etmem" diyor. "Neymiş, bazıları Anıtkabir'i ziyaret etmiyormuş, aman etmesinler, onlar girerse Anıtkabir'i dezenfekte etmek lazım" diyor.

"Türküleri gibi asil Anadolu insanını kullanan, ırkçı, dinci faşistler beni dinlemesin" diyor. "Yere tüküren, kadın döven, ambulans geçerken tüyleri diken diken olmayan, dinlemesin."

Saraylara yılışmıyor.
Mertçe söylüyor. Söylemediği sözleri, sanki söylemiş gibi yazıyor tetikçiler... İftira atıyorlar. Hedef haline getiriyorlar. Gülüyor... "Kayanın arkasına saklanıp ateş edercesine" diyor.

Pes etmek yok kitabında.
"Karamsar olmayın, çok kalabalığız, bu tipler çürüyen diş kadar kısa ömürlü" diyor.

Parayla satın alamıyorlar onu... "Al şu balyaları, reklamımızda oyna" dediler, "yürüyün anca gidersiniz" dedi. Yunus Emre'nin "paylaştığın senindir, biriktirdiğin değil" felsefesiyle yaşıyor. 50 yetim çocuğu okutuyor. "Babaları yoksa, amcaları olurum" diyor.

Sen kalem ol
ben de kâğıt
yaz beni yarim yarim
çiz beni yarim yarim
çöz beni yarim diyor
off diyor offf.

E hapis istenir tabii ona...
Ha bu dava da madalya olsun adam gibi adam'a.

Hayati

Kimliği belirsiz kişi veya kişiler, devlet bakanı hayatiyazici@bilmemne.com adresinden, üniversite yerleştirme merkezine mail atıp, yeğenim yerleşemiyor, asabı bozuldu, güzel bi yere yerleştirin, asabımı bozmayın demiş.

Hayati bi konu tabii.

İsyan etti başbakan...
"Feysbuk falan, yahu bunlar çirkin, berbat, herkes adına her türlü ahlaksızlık yapılabilir, mail göndermek nedir, biri çıkar senin adına da gönderir, iftira atmak bu kadar ucuz mu?" dedi.

Mail atıldı.
Komutanlar hapse atıldı.
Mail atıldı.
Profesörler tutuklandı.
Mail atıldı.
Gazeteciler içeri tıkıldı.
Mail atıldı.
Kozmik odaya girildi.
Mail atıldı.
Donanma basıldı.

Ihlamur ağacına sırtını ver, 30 adım yürü, kestane ağacı göreceksin, dön ordan, ver sırtını kestane ağacına, 30 adım yürü, ıhlamur ağacı göreceksin, kaz dibini... Aha mühimmat!

Mail atıldı.
Aşçı yakalandı.
(Kod adı, tencere. İhbarcı, mastırşef.)

Ankara'da elini sallasan beli silahlı adama çarpıyorsun, bunlar mail'le yakalaya yakalaya kepçeli er yakaladı. Yiyenler gürültü çıkarmasın diye kuru fasulyeye susturucu takmış filan.

(Ankara Emniyeti'ne mail atıldı, parti liderine suikast yapılacak... Alarm verildi, iz sürüldü, Kocaeli Gölcük'te internet kafe basıldı, internet kafeci gözaltına alındı, sorguya çekildi, internet kafeci "atsa atsa şu atmıştır" dedi, "şu"nun evi basıldı, çocuk çıktı, 13 yaşında, sorguya alındı, itiraf etti, "televizyonda seyrederken aklıma geldi, attım" dedi, bırakıldı.)

Mail atıldı.
Teğmenler suikastçi oldu.
Mail atıldı.
Yüzbaşılar eroinci oldu.
Mail atıldı.
Binbaşılar pornocu oldu.
Mail atıldı.
Generaller terörist oldu.
Mail atıldı.
Özel Kuvvetler Komutanlığı'nın resmi kayıtlı el bombalarını taşıyan ve kışladan kışlaya nakliyat yapan kamyona operasyon düzenlendi... Ki, saksı taşıması gerekiyordu herhalde.

Mail atıldı.
Subay eşlerine iftira atıldı.
Mail atıldı.
Subaylar kafasına sıktı.

İsyan ediyor başbakan...
"Çirkin" diyor.
"Bu kadar ucuz mu" diyor.

Mevzunun hayati olması için, muhatabın Hayati olması gerekiyormuş demek ki.

Zekeriya Beyaz

Televizyonu bi açtım kardeşim, başta Zekeriya Beyaz, ilahiyat profesörlerinin alayı ekranda... Hayırdır inşallah dedim. Benim bildiğim, ilahiyatçıların 11 ay telefonu bile çalmaz, senede bir ay pide gibi piyasaya sürülür. Seçime günler kala iftar çadırlarında oy toplamak için Ramazan'ı öne mi aldılar acaba?

Alır mı alır bunlar.

Dinledim tabii biraz, meğer, ilahiyat profesörleri ilahiyatla ilgili mevzular üzerine çalışıyormuş iyi mi... Bak sen şunlara! Allah bilir, arama neticesinde evlerinden Kuran-ı Kerim, İncil, Tevrat filan da çıkmıştır. Halbuki ilahiyatçı dediğin, Teksas Tommiksle ilgilenir.

Üstelik, ilahiyatla ilgilendiği yetmezmiş gibi, nükleer fizikle ilgilenmesi gerekirken, misyonerlikle de ilgilenmiş benim canım Zekeriya Beyaz... Olmuş sana Zekeriya White.

Sahte Haham'ı öttür...
Harbi İlahiyatçı'yı sustur.

Velhasılıkelam...

Yapılmamış darbenin
düşürülmemiş F16'nın
bombalanmamış caminin
varolmamış suikastın
teşebbüs edilmemiş planın
kurulmamış komplonun
tanışmamış insanların
buluşulmamış toplantının
bulunmamış delilin
yazılmamış haberin
basılmamış kitabın davasına...
Gazetecilik yaptığı için enselenen gazetecilerden sonra,
ilahiyatçılık yapan ilahiyatçılar da eklendi.

Sıra geldi...
Düşünülmemiş fikir'e.

Bilahare?
Sıradan vatandaş olduğu için henüz bi kulp bulunup içeri
tıkılamamış, bu yaşananlara rağmen hâlâ kahırdan geberememiş
Atatürkçülere.

Sabahattin

Boğaz'daki restoranlarda bi levreğe 500 lira ödeyip, sırtını Boğaz'a dönerek oturan öküzler var bu ülkede... O nedenle, üç tarafımız denizle çevrili olmasına rağmen, ahalinin çoğu yüzme bilmez. O nedenle, denizi olmayan ülkeler dünya yelken şampiyonu çıkarırken, dünyanın en güzel midye dolmasını denizi olmayan, benim canım Mardinlilerim yapar.

İşte bu nedenle, Erzurum'daki Üniversite Kış Oyunları'nı çok önemsiyorum. "Milat" olarak görüyorum. Çünkü, papağan gibi tekrar edilmesine rağmen, zannedildiği gibi "zengin sporu" filan değildir. Hatta, iddianın aksine, zenginlerin yapamadığı spordur!

Kanıt mı?

Açılış töreni yapıldı, ay-yıldızlı bayrağımızı Sabahattin Oğlağo taşıdı. Alaskalı eskimo gibi soyadı var ama, Muşlu o... Adını ilk defa duyanlar "afferin çocuğa şekerim" diyecek, eminim... Halbuki boru değil, 2002 Salt Lake City, 2006 Torino, 2010 Vancouver, üç olimpiyata katıldı. Çocuklarımızı spora yönlendiren Muş Valiliği'nin mucizesi, kayaklı koşuda rakipsiz Türkiye şampiyonu, Atatürk Üniversitesi Spor Akademisi öğrencisi o.

Atatürk Üniversitesi...
İkinci kanıtım.

Türkiye'de 156 üniversite var, milli takımda sadece 35 üniversiteden sporcu bulunuyor, 121 üniversitenin "üniversite oyunları"yla alakası yok maalesef... En çok katkı sağlayan ise, 23 sporcuyla, Atatürk Üniversitesi... Öğrencilerin gelir durumu, şehrin ekonomisi, üniversitenin imkânları bakımından sıralama yapsak, herhalde bu 156 üniversite arasında 100 küsuruncu sıralarda gelir. Ama "zengin sporu" zannedilen milli takımda, en başta.

Ha, denebilir ki, Erzurum'da dağ var, kar var, ondan... Kardeşim, karlı dağın kralı Kayseri'de var, şahane tesis var, biri Abdullah Gül adıyla, dört tane de üniversite var. Ama, milli takımda numunelik, bi sporcu bile yok ordan... Kayak bilmeyen Abdullah Gül, üçüncü kanıtım.

Tekirdağ'ın adı dağlı ama, doğru dürüst dağı mağı yok, en yüksek rakımlı yeri, Çankaya Köşkü'nden bile aşağıda... Buna rağmen, Namık Kemal Üniversitesi'nden hiç olmazsa bir tane milli sporcusu var, artistik patende, ismi Damla... Damlaya damlaya göl olur elbet.

Kocaeli Üniversitesi'ni kutlamak gerek, tek başına 17 sporcusu var milli takımda... En çok sporcu gönderen şehir, başkent; Hacettepe'den 10, Gazi'den 7, Ankara Üniversitesi'nden 6, Bilkent'ten 5, ODTÜ'den 4, Atılım'dan 1, Ufuk'tan 1, toplam 34... En çok üniversiteden sporcu gönderen şehir, İstanbul; Bilgi'den 12, Aydın ve İstanbul Üniversitesi'nden 2'şer, Boğaziçi, Galatasaray, Koç, Sabancı, Marmara, Okan, Haliç ve Doğuş'tan 1'er, 24 sporcu...

5 bin yıllık tarihi boyunca yapılabilmiş en büyük kardan adamı sadece 5 milimetre boyunda olan İzmirimi ayıplamıyorum haliyle... Hiç olmazsa, artistik patene bir sporcu göndermeyi başaran Dokuz Eylül Üniversitesi'ni tebrik ediyorum. Malum, biz çipurayız... Kış sporlarının daha çok, müzik eşliğinde sıcak şarap, sucuk-ekmek tarafıyla ilgileniyoruz. J

Eskişehir Anadolu'dan 9, Kars Kafkas'tan 7, Polis Akademisi, Uludağ, Açık Öğretim ve Niğde'den 3'er, Kastamonu'dan 2, Bolu İzzet Baysal, Sivas Cumhuriyet, Van 100'üncü Yıl, Kuzey Kıbrıs Doğu Akdeniz, Ağrı İbrahim Çeçen ve Aksaray Üniversitesi'nden 1'er...

Ayrıca, ABD'de okuyan 5, Kanada, İngiltere, Fransa ve Ukrayna'da okuyan 1'er sporcumuz var milli takımımızda.

Evet, mutlaka rezaletler yaşanacaktır organizasyonda... Elektrikler kesilecek, yarışmalar yarım kalacak, hakemler soyulacak, pistlere giren adamlar kayakçılarla çarpışacaktır, çığ bile düşmesi muhtemeldir... Dünyanın en iyisini yaptık ayaklarıyla dikilen tesislerde kaç paralık voli vurulduğu, hangi bademlerin köşeyi döndüğü elbette ortaya çıkacaktır.

Ancak, milattır.

Kış sporları, zengin sporu değildir.
Biraz merak, yeterlidir.
Başta futbol manyağı basınımız, tüm Türkiye'nin... Muşlu Sabahattin'in taşıdığı bayrağın peşinden gitmesini diliyorum.

Nadide

İzlediniz mutlaka.
"Üvey anne, 9 yaşındaki Fırat'ı bıçaklayarak öldürdü, minicik vücudunu parçalara ayırdı, kafasını kolunu çöp bidonlarına poşetlerle dağıtırken yakalandı. Üvey annenin, Fırat'ı okula

göndermediği, sürekli dövdüğü, işkence ettiği, aç bıraktığı ortaya çıktı sayın seyirciler..."

Okudunuz illa ki.
"Cani üvey anne."
"Üvey anne vahşeti."
"Vicdansız üvey anne."
"Üvey anne kurbanı."

Aslında, Anneler Günü'nde yazmayı düşünüyordum ama, annem aradı. Nadide... Siparişi o verdiği için, yazıya da onun ismini verdim. Çünkü "hemen" dedi, "bugün yaz."

"Cani öz anne" demediğimize göre, hangi vicdanla "cani üvey anne" diyebiliyoruz avaz avaz? Ağız burun kıvırma, zahmet edip kıyasla... Öz annesi tarafından öldürülen öz evlat sayısı mı fazladır, üvey annesi tarafından öldürülen üvey evlat sayısı mı?

Manyak, manyaktır.
Bıçaklayarak öldürüp, kafasını kesen Cem Garipoğlu, Münevver'in üvey annesi miydi?

Bakın, Türkiye İstatistik Kurumu açıkladı, son 5 yılda 604 bin çift boşandı. Herkes bi yastıkta kocamak niyetiyle imzayı basıyor ama, samanlık seyran olmayabiliyor. Hayatın gerçeği bu. Keşke olmasa... Ne çare ki, oluyor. Son 50 yıla oranlarsak, en az 5 milyon çiftin boşanmış ve yeniden evlenmiş olduğunu görürüz. Kabaca yarısının çocuklu boşanma ve çocuklu ikinci evlilik olduğunu varsayarsak, milyonlarca insanımız "üvey anne-üvey evlat"tır.

Ruh sağlığı bozuk bir kadının insanlık dışı cinayetini, hoyratça "üvey, üvey, üvey" vurgusuyla yazdığımızda... İkinci evliliğiyle edindiği çocuklarına şefkat gösteren kadınların ruhunda nasıl yaralar açıldığını merak eden var mı acaba?

Hiç dahli olmadığı ayrılıklar neticesinde, öyle ya da böyle, bi şekilde kendisini öz olmayan annenin evinde bulan, özellikle küçük çocuklar... "Üvey anne dehşeti, üvey anne vahşeti, cani üvey anne" haberlerini izleyip izleyip, ne hissediyorlardır şu anda iç dünyalarında?

Annen öz'se, leğende yıkarken kafana tasla vurur, kıkır kıkır gülersin. Terliği geçirir suratına, bilirsin ki, yanağını okşadı. Ama, öz değilse annen, hele bir de, bu bangır bangır haberleri izledikten sonra hafif asıldıysa suratı akşam sofrasında... Düşünsene üveysen.

Üvey de tıpkı öz gibidir iddiasında değilim... Ama, öz evladını cami avlusuna bırakan kadın mı öz'dür, yoksa, o bebişi çocuk esirgemeden alıp, bağrına basan kadın mı üvey'dir?

Ne doğmak elimizde.
Ne ölmemek.
Ne anamızı seçebiliriz.
Ne babamızı.
Hayattır bize rol biçen.

Ve, emektir sevgi...
Öz olmayan anne tarafından öz'enle büyütülen, okutulan, efsane sanatçılarımız var, sporcularımız, zirveye çıkan profesörler, işadamları, politikacılarımız var. Benim bildiğim, fedakârlıktır annelik... Kendi mesleğini bırakıp, eşinin ilk evliliğinden olan felçli çocuğa bakan anne var. Doğurmadığı evlada, canından can, böbreğini veren anne de.

Ya üvey baba?

Bırak siyaseti miyaseti, bunu yaz dedi. Hemen şimdi. Çünkü, üvey babayla büyüdü. Öz babasından çok severdi rahmetliyi... Rahmetli de öz oğullarından çok, rahmetli annemi.

Eşya	Şehir	Bitki

Hiçbir yere giden oyuncak tren...

Cura

Halk ozanıdır. Koca yürek... Anadolu'nun bağrından kopar, yolu Paris'e düşer. Bi başına. Karnı aç. Elleri cebinde dolaşırken, bakar ki, sokak çalgıcıları var, müzik yapıyorlar, para topluyorlar. Çöker bi köşeye, cura'sını tıngırdatmaya, yanık yanık söylemeye başlar:
"Aç kulaklarını dinle sözümü, yalan söz gerçeğe tuzak değil, insan hakkını hak bilen kişi, özünde nur doğar yalan ateşi, kamili taşlamak cahilin işi, cahilden kötülük hiç uzak değil..."

Tesadüfen ordan geçerken, durup, dinleyenler arasında Abidin Dino da vardır.

Çağdaş Türk resminin öncülerinden, ressam, karikatürist, yazar, yönetmen... Entelektüel çevrede büyüyen, Robert Kolej mezunu, bizzat Mustafa Kemal tarafından resim ve sinema eğitimi için Rusya'ya gönderilen... ABD'de Fransa'da sergiler açan, Fransa Plastik Sanatlar Birliği Onursal Başkanı olan, Fransa Kültür Bakanlığı'ndan Altın Şövalye Nişanı alan, New York Dünya Sanat Sergisi Danışmanlığı yapan... Siyasi görüşleri nedeniyle ordan oraya sürgüne gönderilen Abidin Dino.

Tanışırlar... Kasketli, pala bıyıklı, buram buram Anadolu kokan ozan'ın kalacak yeri olmadığını öğrenir, koluna girer, evine davet eder. Dilbilimci, yazar, Paris Ulusal Bilim Merkezi'nde görev yapan, öğretim üyesi doçent eşi Güzin Dino, sofrayı kurar. Otururlar, sohbete koyulurlar. Laf lafı açar, ozan der ki, beni yarın çarşıya götürür müsünüz? Hayrola derler, ne lazımsa biz sana alalım... "Bale ayakkabısı alacağım" der! Dino'lar şoke olur.

Kara yağız ozan, o şahane şivesiyle devam eder: "Benim oğlan balet de... Ona göndereceğim."

Çünkü...
Nesimi Çimen'dir o.

Türkü derleyen, ilk plak çalışmasını 1964'te yapan, Almanya'da Fransa'da İsveç'te albümler çıkaran, dünyanın en önemli müzikhollerinde sahne alan, Türkiye'de ha bire gözaltına alınan, işkence gören, sürüm sürüm süründürülen, yılmayan, ömrünün sonuna kadar hiç sosyal güvencesi olmayan, yurtdışından gelen teliflerle mütevazı yaşamını sürdürmeye gayret eden... Sazın sözün, üç telli cura'nın ustası.

Aslen Tunceli Hozatlı. Kayseri'de ırgatlık yaparken, aşiret ağasının kızı Dilber'e âşık olur, Dilber de ona, kaçarlar, Adana'ya... Evlatları olur. Almanya'ya işçi yazılır, nefes darlığı olduğu için kabul edilmez. Kalaycılık filan yaparken, Yaşar Kemal'le tanışır. Onun yardımıyla İstanbul'a göçer, gecekondu kiralar, mozaik fabrikasında işe girer. Fabrika greve gider, Nesimi'yi kovarlar. Ayazda kalır. Dokuz yaşından beri çalıp söylediği cura'sına bakar, ekmeği senden çıkaracağız der, ozan'lığa başlar. Tek kelimeyle, müthiştir. Anında tanınır. Efsane haline gelmeye başlayan bu gariban'ın tek göz oda gecekondusuna gelip gidenler arasında, Yaşar Kemal'in yanısıra, gazeteci İlhan Selçuk, sosyolog siyasetçi Behice Boran, caz-pop divası Tülay German, Yılmaz Güney, heykeltıraş Kuzgun Acar, yönetmen Atıf Yılmaz, Âşık Mahsuni Şerif vardır... Ve, kurban olduğum, Can Yücel.

Yurtdışında eğitim için devlet bursunu bileğinin hakkıyla kazandığı halde "torpil yaptı dedirtmem, seni gönderemem" diyen Milli Eğitim Bakanı Hasan Ali Yücel'in oğlu... Biriktirdiği harçlıkları, kendi yerine gönderilen ve beyin cerrahisinde çığır açan, canciğer arkadaşı Ordinaryüs Profesör Gazi Yaşargil'e veren... Alnı açık yürüyen, Cambridge Üniversitesi'ne gitmeyi başaran, zırt pırt içeri tıkılan, oralı bile olmayan, tınmayan... Bana göre, Türkiyemin en heyecan verici şairi Can Yücel.

Bi gün, Nesimi'nin henüz bebekken eline cura verdiği oğluna bakar şöyle Can Yücel... "Bu çocuğu Konservatuara göndersene birader" der. Nesimi de "peki" der.

Girer sınava oğlan, doğuştan kabiliyet, İstanbul Devlet Konservatuarı'nı birincilikle kazanır. Keman bölümüne yazarlar. Yazarlar ama, keman alacak parası yok. Okul hediye eder... Hediye kemanla dört sene okur. Öbür masrafları Can Yücel tarafından karşılanır. Ancak... Ciddi bir sorun vardır. Akşamları evde ders çalışması mümkün değildir. Tam eline kemanı aldığında, sofra kurulur, eş dost, türkü başlar, oğlan da mecburen cura'sına sarılır, babasına eşlik eder. E böyle olmayacak, sonunda karar verir, ev ödevi olmayan bir bölüme geçmelidir. 14 yaşında giyer taytını, Bale bölümüne geçer. Önceleri gizler babasından... Sonra öğrenir baba... Dedim ya, koca yürek, gülümser, evladına şöyle der: "Nerde mutluysan, orda yaşa!"

Geceleri pavyonlarda bağlama çalarak cep harçlığını çıkarır, babasıyla köy köy dolaşır, derleme çalışmalarına katılır, Orhan Gencebay'ın arkasında çalar, neticede Konservatuar'dan mezun olup, İstanbul Devlet Opera ve Balesi'ne girer.

Mazlum Çimen'dir o.

Nesimi'nin, zulüm görmüş, haksızlığa uğramış manasında "Mazlum" adını koyduğu oğlu...
Adının hakkını verircesine, henüz sekiz yaşındayken babasıyla birlikte gözaltına alınan, babasının işkence görmesine şahit olan Mazlum.

20 sene klasik eserlerde, *Yedi Kocalı Hürmüz*'den *Hisseli Harikalar Kumpanyası*'na sayısız müzikalde dans etti. Edip Akbayram'a Fatih Kısaparmak'a besteler verdi. Film müzikleri yaptı, Altın Portakal ve Altın Koza'nın yanı sıra, Almanya'dan Fransa'dan İsviçre'den ödüller kazandı. Dizi film müzikleri yaptı, mesela, Orhan Kemal'in ölümsüz eseri Hanımın Çiftliği gibi... Kendisinin çalıp söylediği, albümler çıkardı. Oğluyla birlikte Çimen Müzik'i kurdu.

Oğul da, Saki Çimen...
Nesimi'nin torunu.
Piyanist.

Dedesinin türküleriyle büyüdü, 13 yaşındayken ilk bestesine imza attı. Kendisine ait 11 besteyle *Rastgele* albümünü çıkardı. Saki piyano çaldı, Cem Yılmaz bateriyle, Kürşat Başar saksofonla, Cahit Berkay yaylı tamburla, Nebil Özgentürk bağlamayla, Erdem Akakçe gitarla, Sırrı Süreyya Önder cümbüşle eşlik etti.

Bale ayakkabısına dönersek...
Paris'ten geldi Nesimi, bale ayakkabılarını oğluna verdi, orda biriyle tanıştım dedi, gitar çalıyor, çok önemsiyorlar adamı... Kim acaba? Bilmiyorum dedi, yağmurlu bi havaydı, curamı ceketimin içinden çıkardım, adam çok şaşırdı bunu mu çalıyorum diye, ben çaldım, o adam sanki küçüldü küçüldü curanın içine girdi, ööyle dinledi.

Senelerce bunu anlattı.
Gel zaman git zaman...
Paris bavulunun içinde bir fotoğraf buldu Mazlum... Babası cura çalıyor, "o adam" adeta büyülenmiş gibi, nefesini tutmuş dinliyor. Vayyy dedi, koştu babasına, fotoğrafı gösterdi...

O adam, bu adam mıydı?
Evet dedi Nesimi.

Peter Gabriel'di.

Progressive rock denince ilk akla gelen, Genesis'in kurucusu... Grup ve solo albümleri 250 milyon satan, altı Grammy'si ve Oscar adaylığı bulunan, İngiliz kült müzisyen.

Ve...
Yaktılar o Nesimi'yi!
Sivas'ta yakılanlardan biri.

Ve, değerli gençler...
Ne salt Alevilerdir kıyılan aslında, ne hukuk garabetidir, ne de güvenlik zafiyeti... Hepsi sığmayacağı için, sadece bir örnek verdim, yukarda adı geçenleri sıralayın lütfen alt alta.

Anadolu kültürünü muhafaza ederek, müzikle baleyle resimle sinemayla, akılla bilimle eğitimle, Batı'ya yelken açan yolculuk'tur asıl önlenmek istenen... Yobazlığı hâkim kılmaktır.

Tüfek

Tüfek icat oldu.
Mertlik bozuldu.
E bizde de tüfek yoktu.
Çalış, üret...
Zor iş, bize uymaz.
En kolayı ithalattı.

ABD Başkanı bizim Padişah'a mesaj gönderdi, "gelin ben size bizim iç savaşta kullandığımız modası geçmiş tüfekleri kakalayayım" dedi. Padişah pek memnun oldu. Tanesi 4 dolardan 114 bin Enfield marka tüfeği kakaladılar. Gördüler ki, yağlı kapı, "size güzel bi indirim yapalım" dediler, güzel güzel bi indirim yaptılar, tanesi 7 dolardan 125 bin Sprinfield marka tüfek sokuşturdular.

ABD, tüfeklerin siparişi için Yüzbaşı Henri Metcalf diye bi arkadaşı görevlendirmişti. 4 dolarlık dandik tüfeği, indirim yaparak 7 dolara kakalayan bu arkadaşa, üstün gayretlerinden ötürü, padişahımız efendimiz tarafından devlet madalyası verildi! E adamlar baktı ki, bunlar kerizin önde gideni... Tüfeklerin gemiyle nakliye masrafını bile bize ödettiler.

Bilahare, Oliver Winchester denilen arkadaş, İstanbul'a geldi, huzura çıktı, "gelin ben size tüfeklerin hasosunu, Winchester'i satayım, Kızılderililerin kökünü bunlarla kazıdık, şahane öldürüyor, üstelik mermide indirim yaparım, canınız çektiği kadar, bol bol öldürürsünüz" dedi. Aynı zamanda Connecticut senatörüydü. "Siz beni bağlayın, ben de Beyaz Saray'daki işlerinizi bağlayım" demeye getirdi.

O güne kadar Osmanlı'nın ABD'ye ihracatı, ithalatın 2 katıydı. Bu alışverişten itibaren ABD'den ithalat, ihracatı 2'ye katladı. Amerikalılar ekonomik hedefi tam 12'den vurmuştu ama, Winchester anca 200 metreye kadar vurabiliyordu. Menzili kısaydı.

Bu sefer, Bulak Bey devreye girdi. Asıl adı Edward Blacque... Fransız. Eşi Amerikalı. Washington Büyükelçimiz'di. Sayın ahalimiz "bu ne biçim Türk birader?" deyip, huylanmasın diye, "Edward Bey" dememişler, kulağa hoş gelsin diye "Bulak Bey" şeklinde çevirmişlerdi. Blacque, olmuştu Bulak!

Bulak Bey, nefis bi öneri getirdi, padişahımız efendimize "bizi kandırıyorlar, biz en iyisi Martini Henri marka tüfeklerden alalım, bunların menzili 1700 metre, taaa anasının nikâhını bile vuruyor" dedi.

Hani şu, at "Martini" Debreli Hasan var ya...
Veya, aynalı "Martin" yaptırdım da narinim...
İşte o.

E zaten biz de Ruslarla kapışmak üzereydik, uzun menzilli tüfek lazım, "Martini alalım bari" denildi. Ancak... Bulak Bey gene devreye girdi. "ABD devletinden almayalım, pahalıya gelir, Providence Tool Company'den alalım, özel şirket, daha ucuza" dedi. "Peki" denildi.

Hadi bakalım, tanesi 15 dolardan Martini almaya başladık. 300 bin tanecik kadar... Süngüsü de 1 dolar 25 sent'ti, 16 dolar 25 sent'e geliyordu. Gel gör ki, ödemeyi ABD doları'yla değil, İngiliz şilini'yle yapacaktık. Çünkü, şirket Amerikan'dı ama, tüfek İngiliz üretimiydi!

Kendi Fransız, eşi Amerikalı, Türk elçi, Amerikan şirketi üzerinden İngiliz malı bağlamıştı! Hayırlara vesile olmuştu. Kabzasına da, padişahımız efendimizin tuğrası işlenmişti. Pek fiyakalıydı. Pek beğenildi.

(İşin ekstra matrak tarafı... Tool şirketi, bi gün şak diye, ödemeyi geciktirdiniz iddiasıyla, tıkır tıkır parasını ödediğimiz 48 bin Martini ve 4 milyon mermiyi teslim etmedi. Üstüne üstlük, beni zarara uğrattınız diye, tazminat davası açtı. N'ooluyo demeye kalmadı, "50 bin Martini daha sipariş ederseniz, hem vermediğim Martini'leri veririm, hem de tazminat davasını geri çekerim" dedi. Yuh yani... Buna rağmen, kabul edildi iyi mi! "Peki, 50 bin Martini daha alacağız" denildi. Tool şirketi... Ki, ben de olsam bu kadar enayilik karşısında aynı muameleyi yaparım, parasını ödediğimiz tüfekleri ve mermileri gene vermedi! Bu sefer, padişahımız efendimiz, ABD mahkemelerinde karşı dava açtı. "Öyle ha deyince dava açamazsın, teminat göstermen lazım" dediler. Padişahımız efendimiz, Konya, Kastamonu ve Adana vilayetlerinden gelecek vergileri teminat olarak gösterdi. Duruşma başlıyordu ki, Tool şirketi iflas ettiğini açıkladı. Neticede parayı kaptırdık, 48 bin Martini yerine babayı aldık.)

Neyse...
Ruslarla savaştık. Martini'lerin 50 binini Plevne'de, 40 binini Kars Kalesi'nde Ruslara kaptırdık. Ruslar, Martini'leri hem bize karşı kullandı, hem de 9 bin tanesini Japonlara sattı.

Bu sefer Almanlar devreye girdi, "Amerikalılar sizi söğüşlüyor, gelin biz size tüfeklerin kralını, Mauser'i satalım" dedi. Mavzer'leri aldık, Martini'leri depoya kaldırdık.

Küsmüştük Martini'lere...
Ermeni kalkışması başlayınca, Martini'lerle barışmaya karar verdik, Hamidiye alayları kurup, Martini'leri aşiretlere dağıttık. Ruslar da, kaptırdığımız Martini'leri depodan çıkarıp, Ermenilere dağıttı.

Bi yanda, kendi Fransız, eşi Amerikalı, sözde Türk elçinin, Amerikan şirketi üzerinden aldığı İngiliz Martini'leri... Beri yanda, Rus araklaması ve hibesi Martini'ler... Hepimiz birbirimizi Martinilerle vurduk.

Vuracak Ermeni kalmayınca, aşiretlere "işiniz bitti, Martini'leri geri verin gari" denildi... "Ne Martinisi, bizde Martini filan yok abi" cevabı verildi. Hiçbiri toplanamadı. Aşiretlerde kaldı.

Gel zaman git zaman...
Dersim patladı.
Bi tarafta...
İngiliz Martini'ler.
Öbür tarafta...
Alman Mavzer'ler.

Neticeyi, Fransa'dan alınan Breguet 19 tipi bombardıman uçağı belirledi.

Bugün hâlâ... Rus Kalaşnikofların, Çin malı roketlerin, Alman malı el bombalarının, İngiliz malı mermilerin, İtalyan ve Fransız malı mayınların, İspanya ve Belçika malı tabancaların, İsrail malı Heronların, Amerikan malı Predatorların belirlediği gibi.

Vapur

İster tesadüf de.
İster ilahi mesaj.
Polis'in asker'in MİT'in kafa kafaya tokuştuğu dakikalarda...

Kötü hava şartları nedeniyle görüş mesafesi azaldığı için, Mustafa Aydoğdu isimli vapurla Aydın Güler isimli vapur, adeta kozmik şaka gibi, Beşiktaş Adliyesi açıklarında kafa kafaya tokuştu. Hasar gören vapurlardaki yolcuları, Temel Şimşir isimli vapur kurtardı.

Günlük güneşlikken...
Püfür püfür gidiyorlardı.
Hava bi bozdu...
Birbirlerine girdiler.

Mustafa Aydoğdu...
Şehit asker.
Aydın Güler...
Şehit polis.
Temel Şimşir...
Şehit asker.

Mustafa'yı...
Düşman şehit etti.
Aydın'ı...
Terörist vurdu.
Temel'i...
Kendi kendimize öldürdük.

(Mustafa, İstinye'de tersane işçisiyken askere gönüllü yazılıp, Kıbrıs Barış Harekâtı'nda şehit düşen piyade çavuş... Aydın,

Şişli'de duvara yazı yazanlara müdahale ederken, çatışmada şehit düşen polis... Temel ise, MİT Müsteşarı Hakan Fidan gibi, astsubay başçavuştu, kendi uçaklarımız tarafından vurduğumuz kendi muhribimiz Kocatepe'de şehit düştü.)

"Şehir" hatları vapuru diyoruz ama, "şehit" hatları vapuru onlar.

Ve...
Hepimiz aynı vapurdayız.

Trafiği iyi yönetmen lazım!
Yönetemezsen...
İşte böyle koskoca denizde gidecek yer kalmamış gibi kafa kafaya girerler.

"Biri benden, öbürü benden değil" diye ayıracağına...
Aralarındaki uyumu sağlamak zorundasın. Çünkü, ucuz atlatılan bu son örnekte de görüldüğü gibi, dara düştüklerinde, birbirlerine birbirlerinden başkası yardım edemez.

Aksi halde...
Olan, yolculara olur.

Tahta kundak

tahtadan yapılmış bir uzun kutu
baş tarafı geniş, ayak ucu dar
çakanlar bilir ki bu boş tabutu
yarın kendileri dolduracaklar

ölenler yeniden doğarmış, gerçek...
tabut değildir bu, bir tahta kundak
bu ağır hediye kime gidecek
çakılır çakılmaz üstüne kapak

Böyle der "tabut" isimli şiirinde, Necip Fazıl... Bunların pek bi sevdiği.

Tahta'dır çünkü tabutlarımız.
Adeta kundak, inancımız gereği.

Ve, Çanakkale şehitlerimizi andığımız gün yüklediler uçağa,
Afganistan şehitlerimizi...
"Anzak mıyız biz?" diyecektim, elim ermedi. Yazmak için bekledim, vatan toprağına defnedilmelerini.

Amerikan tabutlarıyla getirdiler yiğitlerimizi!

Hafif metalden, gri.
Önden yandan kulplu ve kilitli.
Demirbaştır, US Army envanteri.

(Hiç kimse utanmadan çıkıp, kargoda öyle taşınıyor falan demesin... THY'ye sorun, öyle taşınmıyor. Tahta, baş tarafı geniş, ayak ucu dar, bildiğin tabutlarımızla taşınıyor.)

(Bunların Amerikan tabutu olduğu ne malum, derseniz... Muavenet'i vurmuşlar, şehitlerimizi Saratoga'ya taşımışlar, sanki çok üzülmüşler gibi, uçak gemisinin pistinde uğurlama töreni yapmışlardı. O güvertede ay-yıldızlı bayrağımıza sarılan tabutlar, gene, bu metal tabutlardı.)

Demem o ki... Devlet büyüklerimizin ağlamaklı ifadelerle en ön saflarda yer aldığı cami avlusunda, peygamber ocağı filan diye atıp tutmakla olmuyor bu iş.

Evlatlarımızı el âlemin cephelerine sürüyorsunuz... Kendimize ait olmayan savaşlardan, kendimize ait olmayan tabutlarla dönmesinler bari.

Ya yanlarında tabut gönderin, ya da, lütfedip akıl edin de, almaya giderken uçağa tabut yükleyin.

Hüzün abajuru

Deprem çadırları.
Hüzün abajurları.

Ortalık karardığında...
Gölge oyunu perdesidir adeta.
Hayalet misali insanlar...
Cılız mum ışığında.

Başın avuçlarının arasında...
Yalnızlığınla baş başa.

Aslına bakarsanız, elbette başımızı sokacak bi dört duvarımız var ama, hüzün abajuru'mda yaşarım ben kendi payıma... Sığınırım her felaket anında. Bazen bedenimizi ezmek isteyen depremler vardır dışarda, bazen ruhumuzu savurmak isteyen fırtına... Kapanırım hep ona.

Endişeyi umuda bağlayan iplerde uğursuz ıslıklar çalar zor havalarda... Kazıklar gıcırdar. Galiba buraya kadarmış dersin... Direnir, tutunur, dayanır her defasında.

Toprağın teni sızlatır duygularını, ayaz gecelerde. Ürperirsin. Soğuk ter gibi... Ya da, gözyaşı gibi mi desem, süzülür yağmur damlaları, tentenin derisinden... Silersin usulca parmaklarının ucuyla.

Dardasın ya...
El ayak çekilir.
Arayan soran azalır.
Etraf tenhalaşır.

Olsun varsın...
Her şeye rağmen gülümsersin.
Çadırın varsa...
Hayattasın.

Siz siz olun...
Ampullerin sahte ışığından medet umarak enkaz altında kalmayı beklemeyin.
Bir mum yakın...
Çadırınıza geçin.

Ve, yüreğinizdeki hüzün abajurları'nı...
Asla sökmeyin.

Pantolon

Anayasa madde 10...
Kadın-erkek eşittir.
Eşit haklara sahiptir.

Erkek mebuslar pantolon giyiyor.
Kadın mebuslar da giymek istiyor.
Giyemiyor.

Bu nasıl eşitlik?
Anayasa'ya alenen aykırı.

Deniyor ki:
"Asıl türban serbest olsun."

Bak, o olur.
Kadın mebuslar türban taksın.
Erkek mebuslar da türban taksın.
(Hintliler gibi.)
Anayasal eşitlik sağlanmış olur.

Ancak... Erkek mebusların türban takması, kadın mebusların pantolon eşitsizliğini çözmüyor.

Dolayısıyla, önerim şu:
Kadın mebuslar etek giysin.
Erkek mebuslar da etek giysin.

İskoçlar gibi.
Anayasal eşitlik sağlanmış olur.

Üstelik...
Avrupa Birliği'nin "eşitlik standartları"nı belirleyen istatistik kurumu Eurostat, İskoç erkeklerinin giydiği eteği "kadın giysisi" olarak sınıflandırmış, İskoçya itiraz etmiş, İngiltere destek vermiş, neticede, Avrupa Birliği'nin komisyonlarında incelenmiş ve İskoç eteğinin "kadın giysisi değil, erkek giysisi" olduğu resmi olarak kabul edilmişti.

AB'ye de uyumlu yani.

Ha, yakışır mı derseniz...
Sean Connery giyiyor.
Adam hem 007, hem sör.
Prens Charles giyiyor.
Mel Gibson giydi.
Oscar aldı.

Hazır, sayın Apo tarafından da, memleketteki sorunların çözümü için İskoçya modeli önerilmişken... Hukukçu kimliği ve insan hakları savunuculuğuyla ünlü mebusumuz Hasip Kaplan'ın bu konuda öncülük yapmasını bekliyorum.

Sigara

Açtım televizyonu...
Haberleri seyrediyorum.

"34 kaçakçının öldüğü hava operasyonunda akrabalarını kaybeden kaçakçı baba-oğul, 80 bin paket kaçak sigarayla yakalandı. Serbest bırakılan kaçakçı baba-oğul, geçen hafta da 63 bin paket kaçak sigarayla yakalanıp, gene serbest bırakılmıştı sayın seyirciler."

E canım sigara çekti tabii.
Çıktım sokağa.
Kipa'ya girdim.
Parayı uzattım.
"2 paket Marlboro" dedim.

Kasiyer kız, parayı aldı, kasaya koyacağına, kaldırıp, tavandaki floresana doğru tuttu... "Hayrola?" dememe kalmadan, raflara yoğurt dizen görevliye seslendi, görevli geldi, kız parayı ona verdi, görevli parayı aldı, kaldırıp floresana tuttu. Ben bekliyorum... Kız "gerçek mi?" diye sordu. Görevli "öyle sanki" dedi. Mevzuya o kadar dalmışlardı ki, araya girdim, "hemen emin olmayın, bi daha bakın" dedim. Görevli bi daha kaldırdı ışığa doğru, bi daha baktı. Sanırsın, para değil, elmas verdim, kaç karat olduğunu tespit etmeye çalışıyor. "Nasıl?" dedim. Bu sefer tenezzül edip bana cevap vermedi, kıza döndü "aleti çıkar" dedi. Kız kasanın altına eğildi. "Ne çıkaracak acaba?" diye, gayri ihtiyari ben bile eğildim aşağı doğru... Kutu gibi bi dalga çıkardı. Hani şu, mor ışık filan saçan, paranın gerçek olup olmadığını gösteren aletlerden... Bir an için etrafıma bakındım, markete mi geldim, Merkez Bankası'na mı? Kız parayı alete tuttu, "tamam" dedi. Emin olmuştu. Ama ben emin olamadım! "Sen bi daha bak, n'olur n'olmaz, bunca yıllık kalpazanlık kariyerime leke düşmesin" dedim. Kız "yok yok" dedi, beni teselli etti, "sahte olsaydı anlardım" dedi. Sigaraları ve paranın üstünü verdi. Arkamdaki amca "hadi geçmiş olsun" diye omzumu pışpışlarken, onun arkasındaki teyze tatmin olmamıştı, işkilli işkilli süzüyordu beni... "Bu marketin yetkilisini çağırır mısınız lütfen" dedim. Kız "niye?" dedi. "Sevgilim olur kendileri de, aşk mektubumu elden vereceğim" dedim. Kız baktı ki, kalpazan zannettiği müşteri manyak çıktı... Güvenlik görevlisini çağırdı. Güvenlik görevlisi benim başımda nöbet tutarken, raflara yoğurt dizen filigran uzmanı görevli içeri koştu, yanında bir hanımefendi ve üç adamla geldi. "Sevgilim" diye sallarken, tutturmuşum meğer, yetkili kişi hanımefendiymiş... Vaziyeti anlattım, alt tarafı özür bekliyorum. "Müşterilerimizi korumak için yapıyoruz" dedi. "Ben müşteri değil miyim?" dedim. "Müşteri olabilirsiniz ama, bilemeyiz" dedi. "Peki, bana para üstü olarak verdiğiniz paralar gerçek mi? Lütfen ışığa tutun, ondan sonra bu alete sokun" dedim. "Beyefendi biz kalpazan mıyız?" dedi. "Hayır, kalpazan olan benim, kişi kendinden bilir işi, o nedenle prensip olarak ışığa tutulmayan para üstünü almıyorum" dedim. Kuyruk uzuyor bu arada, bi arkadaki teyze ters ters bakmaya devam ediyor... Bi soru daha sordum, "peki bu sigaralar gerçek mi?" dedim. Yetkili hanımefendiyle gelen üç adamdan biri, "üstünde barkod var" dedi. "Barkod cihazınızı getirir misiniz lütfen, ben nerden bileyim bunun gerçek barkod olup olmadığını?" dedim. İş tatlı tatlı karakola doğru gidiyordu ki, arkamdaki amca devreye girdi, "ben hep burdan alıyorum, sigaralar gerçek" diye kefil oldu. İkna oldum.

Çıktım marketten, ağabeyimin işyerine gittim, televizyon açık... Haberlerde "34 kaçakçının öldüğü hava operasyonunda akrabalarını kaybeden kaçakçı baba-oğul, 80 bin paket kaçak sigarayla yakalandı. Serbest bırakılan kaçakçı baba-oğul, geçen hafta da 63 bin paket kaçak sigarayla yakalanıp, gene serbest bırakılmıştı sayın seyirciler" diyor.

Aklıma sigara geldi.
Marketteki hadiseyi anlattım.
"Müstahak sana birader" dedi. "Niye?" dedim. "İsviçre mi oğlum burası, marketten sigara alınır mı" dedi. "Ya nerden alınır?" dedim. Yanında çalışan arkadaşa seslendi, "şu köşedekine söyle, kaçak sigaralardan getirsin" dedi. Köşedeki geldi, marka marka... "Marlboro" dedim. 3 lira... Para uzattım. "Ayıpsın abi" dedi, "bu defalık benden, maksat ayağın alışsın..."

Balon

Benim balonlarım vardı
Onları kimler aldı

Dandik bi şarkıydı.
Gel gör ki, yaşı 30'un üstünde olan herkes ezbere bilir sanırım... Kıkır kıkır "on yüz bin milyon baloncuk" diyen sevimli kız çocuğunu hatırladığımız gibi.

Sihirlidir çünkü balon.
Adeta büyüler...
Kendine çeker.

Aslına bakarsan, tuhaf bi oyuncaktır. Ne sürebilirsin otomobilmiş gibi, ne saçını tarayabilirsin bebekmiş gibi... Bıraksan kaçar, sıksan patlar. İncecik makara ipliğiyle bileğimize bağlayıp, sanki dünya avucumuzun içinden kayıp gidecekmiş gibi endişeleniriz, yüreğimiz erir.

Kimbilir... Belki de hayatın kritik eşiklerinde yaşadığımız, sıkı sıkı tutup sahip olmakla, bırakıp özgürlüğünü seyretmemiz arasındaki çelişkili tercihtir. Ya da ne bileyim mesela... Elbet söneceğini bile bile, asla sönmeyecekmiş gibi fani'liğe duyulan ihtiras mı acaba?

Doğrusunu isterseniz... Her ukala dümbeleği bekar'ın, evlenmeden önce, kontrollü çocuk yetiştirme konusunda bu ve benzeri binlerce felsefi teorisi vardır. Kendi anlatır, kendi inanır. Evlenip, çocuğu olunca görür ki, tek pratik vardır... Çocuk balon ister. Hepsi bu.

Ve, Şeyma'nın fotoğrafına bakarken yazıyorum bu satırları... Annesini öldürdüler, üç yaşındaki kız kardeşini öldürdüler, doğmamış erkek kardeşini öldürdüler, kendi yaralı, henüz altı yaşında... Hastane yatağında, balon başucunda... Ameliyat eldiveninden balon!

Şişirmişler ameliyat eldivenini beş parmak dikilmiş havaya güya saç olmuş suratına.

Şeymacığı gülümsetmek için böylesine ağlanası bi formül icat eden doktorlara hemşirelere mi sarılayım, iyi ki varsınız diye... Yoksa "terörün kökünü kazıyacağız" balonu, "analar ağlamasın" balonu, "dünya lideriyiz" balonu havalarda uçuşurken, alt tarafı üç kuruşluk balonu bile olmayan çocuklarımıza ağıt mı yakayım... İnanın bilemiyorum.

Bildiğim şu.
Hastane, doktor, ilaç filan hikâye...
Hissetmediği yaraları iyileştiremez Türkiye.

Varil

Vay efendim neymiş...
Alt tarafı 200 bin lira verilmemiş de, Piri Reis'in motoru, jeneratörü gümrükte kalmış filan.

Şükredin kardeşim.
Kaptan'ı da yoktu!

Kaptan emekliye ayrılmış...
Gemi iskeleye park edilmişti.
Urla'ya gelenler soruyordu...
– Katmerci nerde birader?
– Piri Reis'in yanındaki kafede.

Petrol bulamıyordu ama...
Şahane katmer bulduruyordu.

Gel zaman git zaman... Dokuz Eylül Üniversitesi Deniz Bilimleri Enstitüsü "kaptan lazım" dedi, Devlet Personel Başkanlığı'na başvurdu. "Hay hay" denildi. Derhal atama yapıldı.

Banka müdürü gönderildi!

Evet, banka müdürü... Özelleştirme İdaresi, kapatılan bankaların ayazda kalan personelini sokuşturacak yer arıyordu. Devlet Personel Başkanlığı da, Halk Bankası'nın İstanbul'da kapatılan bi şubesinin müdürünü, Piri Reis'e tayin etti.

(Panik yapmayın... Banka müdürü faydalı bi arkadaştı, çabuk uyum sağladı ama, n'olur n'olmaz diye dümeni vermediler, sekreteryada çalıştırdılar. Bilahare orijinal kaptan buldular.)

(Motorunu jeneratörünü gümrükten çıkarmaya aciziz, yerkabuğundan petrol çıkarmasını bekliyoruz.)

(Motorunu koymayıp, 1500 metrelik sismik kablo yükledik. Rumların diktiği platformun çıpası, 1800 metre, üstelik altı tane... Adamların sırf çıpası, bizim sismik kablodan yedi kat uzun.)

(Piri Reis 1978 model diye alay ediyoruz. Norveç'ten kiraladığımız Bergen Surveyor isimli gemi, 1972 model... "Bakarsan bağ, bakmazsan dağ olur" lafı, Norveç atasözü müdür?)

(Piri Reis'i 200 bin liraya madara ediyoruz, Norveç gemisini kaça kiraladık?)

(Güzergâh gizleniyormuş, İsrail gizli servisi fellik fellik Piri Reis'in nerelerde dolaştığını arıyormuş filan... Herkesi keriz mi zannediyorsun? Gir internete... www.marinetraffic.com sitesi var, hangi geminin o anda nerede olduğunu uydudan kabak gibi gösteriyor.)

(Sondajla o siteyi, tıkla Türkiye'yle Kıbrıs'ın arasını... OGS Explora diye bi gemi yüzüyor orada... İtalyan oşinografi gemisi... Güzergahına bak, kıyılarımıza paralel, şakır şakır tarama yapıyor! Bu İtalyan gemisi kimin adına arama yapıyor? Kim izin verdi? Hani, bizden habersiz çipura bile yüzmesin diye, muhripler denizaltılar göndermiştik? Neyin nesidir bu İtalyan gemisi?)

Demem o ki.
Kaptan bulmak için uğraşacağımıza, keşke banka müdürü'yle gönderseydik Piri Reis'i... En azından bilgi verirdi.

– Kaptan petrolün durumu ne?
– Brent petrolünün fiyatı yükseliyor, dolar tırmanıyor, bizim parayla bırak varil'ini, bidon'u bile alınamıyor, e altın da düşüşte... Sür eşşşeği Girne'ye!

Masa'l

Bakanlar Kurulu'nun "oval" masa düzeninde, Orman Bakanı'na zurnanın son deliği muamelesi yapılıyor, taaa en sona oturtuluyordu. Derhal gerekli önlemler alındı, "u" şeklindeki masaya geçildi, bakanlarımız alfabetik sırayla oturtuldu. A'nın avantajını kullanan Adalet Bakanı, en başköşeye kuruldu. "Ben AB bakanıyım kardeşim, d'den önce b gelir, adaletin önünde olmam lazım" diyen AB Bakanı'nın itirazı reddedildi. Çünkü, bakanlığın orijinal adı Avrupa Bakanlığı olduğu için, Adalet Bakanı'nın önüne geçeyim derken, anca Aile Bakanı'nın arkasında yer bulabildi. Hayvanlardan Sorumlu Bakan, Milli Eğitim Bakanı'nın önüne geçti. Orman Bakanı bi sandalye yana kayarak, dış kapının mandalı psikolojisinden kurtulurken... "U" şeklindeki masa düzeni "U"laştırma Bakanı'nı vurdu, mecburen başbakan yardımcılarının yanındaki en faça sandalyeden kalkıp, en sona gitti. Böylece, memleketin en önemli meselesi halledilmişti ki...

Silvan basıldı.

Derhal gerekli önlemler alındı. Başbakan'la Genelkurmay Başkanı, Yüksek Askeri Şura'nın "u" şeklindeki masasının en başında yan yana oturur, kuvvet komutanları ailenin çocukları gibi yan sandalyelere sıralanırdı. Terörle mücadelede zafiyet yaratan bu durum, değiştirildi. Genelkurmay Başkanı, Başbakan'ın yanındaki en faça sandalyeden kalkıp, yenganım gibi çocukların yanına geçti. Masa "u" şeklinde bırakıldı, ancak, hapse tıkılan komutanların sandalyeleri orduevi gazinosuna gönderildiği için, yer yer boşluklar oluşmuştu. E fiskos sehpası koysalar olmaz, devletin ciddiyetine yakışmaz, mecburen daha küçük ebatlı "u" şeklinde masa konuldu. Böylece, memleketin en önemli meselesi halledilmişti ki...

Hakkâri basıldı.

Derhal gerekli önlemler alındı. Milli Güvenlik Kurulu'nun "dikdörtgen" şeklindeki masasının en başına Cumhurbaşkanı oturur, sağ tarafına hükümet, sol tarafına komutanlar dizilir, basına poz verirken sinema seyrediyormuş gibi karşılıklı birbirlerine bakarlardı. Devletin bekasında zafiyet yaratan bu durum, değiştirildi. Cumhurbaşkanı en faça yerde kaldı ama, öbürleri karışık kuruşuk oturmaya başladı. Savunma Bakanı, Adalet Bakanı'nın yanından kalkıp, karşı tarafa, Deniz Kuvvetleri Komutanı'nın yanına oturdu. Kara Kuvvetleri Komutanı, Genelkurmay Başkanı'nın yanından kalkıp, karşı tarafa, İçişleri Bakanı'nın yanına oturdu. Hava Kuvvetleri Komutanı, Jandarma Genel Komutanı'nın yanından kalkıp, karşı tarafa geçti, ancak, yanına oturduğu adamı tanımıyorum. Protokole sordurdum, piyangodan Hava Kuvvetleri Komutanı olan Hava Kuvvetleri Komutanı'nı tanımadıkları için, yanına oturan adamı da çıkaramadılar haliyle... Sert mizaçlı "dikdörtgen" masa ise, daha mülayim hatlara sahip "oval" masayla değiştirildi. Böylece, memleketin en önemli meselesi halledilmişti ki...

Siirt basıldı.

(Şehitler farklı... Tabut şekilleri aynı.)

İlk MGK'da gerekli önlemlerin alınması, "oval" şeklindeki masanın "yuvarlak" masayla değiştirilerek, yuvarlak açıklamalar yapılması bekleniyor sayın seyirciler...

Bisiklet

6 BDP mebusu kilitli.
2 CHP mebusu kilitli.
1 MHP mebusu kilitli.

Meclis, açılmadan kilit.

Meşhur hikâyedir; öğrencinin biri bisikletiyle okula gelir, bahçeye bırakır, derse girer. Çıktığında, a-aa, bisiklet yok, söylene söylene evine yürür. Ertesi sabah okula geldiğinde, görür ki, bisiklet bıraktığı yerde, selesine bi not iliştirilmiş, "acil ihtiyacım vardı, geri getirdim ama çıkışına yetişemedim, hem özür dilerim, hem teşekkür ederim" yazıyor. Öğrenci, bisikletini geri aldığına sevinip, bu sempatik tavra anlayış göstereceğine, ben sana gösteririm der, koşar, kilit alıp, bisiklete takar, anahtarı cebinde, huzur içinde derse girer. Zil çalar, ders biter, çıkar ki, a-aa, bisikletin üstünde "iki kilit" var iyi mi... Ve, gene seleye not iliştirilmiş: "Acil durumda ben kullanamayacaksam, kusura bakma, sen de kullanamayacaksın!"

Meclis bisiklettir.

Sen babanın malı san.
Binmen yetmez...
Pedal çevirmek şarttır.

Bu bisikleti ya hep beraber kullanacağız, ya da hiç kimse... İlk kilidi takan, anahtarı getirsin.

Tencere

Fitnat Hanım.
92 yaşında.
Şişli'de yaşıyor.
Bi sabah, zırrrr...
Aralıyor kapıyı.
Kravatlı üç kişi.
– Buyrun evladım.
– Tencereciyiz, lazım mı teyzecim?
İçeri alıyor.

(Malum, bizim kadınlarımıza tencere dedin mi, akan sular durur. Bi tencere, bi borcam kardeşim... Saysan, her evde, yatak odalarındaki dolaplara istiflenmiş halde, en az 20 tane borcam vardır. Hem devamlı borcam alırlar, hem de dümenden birbirlerine hediye ederler. Ev aldın, borcam, evlendin, borcam, doğurdun, borcam... Dümenden diyorum, çünkü, hediye borcamın paketini bile açmazlar, hediye verileceği zaman, hediye borcamı götürürler. Ben kendi payıma, ambalajı açılmamış 1960 yılına ait borcam bile gördüm. Tahminim, ilk icat edilen borcam... Kim bilir ne nişanlar, ne düğünler gördü, hâlâ dolaşıyor tedavülde! Tencere ise, daha hassas hadisedir... Her Türk erkeği hayatı boyunca ortalama iki otomobil tutarında tencere parası ödemiştir. Annem mesela, sünnetimden kalma tencereleri kullanır, yenilerine kıyamaz, kanepelerin altında biriktirir. Oralara da sığmıyor artık, kolileri bantlayıp, balkona yığıyor... Rahmetli babam bi ara tencere masrafı yüzünden anamı boşamaya kalktı, kadın hâkime denk geldi maalesef, gelinleri de anamın lehine şahitlik yaptı, bırak boşanmayı, pederi hapisten zor kurtardık. İyi niyetini göstermek ve barışmak için üç tencere, dört borcam daha almak zorunda kaldı. Son dönemde kek kalıbına sardılar ama, o mevzuya girmeyeyim gari.)

Sihirli kelime "tencere"yi duydu ya, açıyor kapıyı Fitnat Hanım, buyur ediyor. Üçlü set. Birinin parasını ödüyorsun, iki tanesi avantaya geliyor. Bir koyup, üç alıyorsun yani... 92 yaşında, sanırsın çeyiz düzüyor, teklife bayılıyor, alayım diyor, tiko para ödeyecek, çantasını çıkarıyor. Teyzecim diyorlar, sistemimiz gereği nakit ödeme alamıyoruz... Ya nasıl olacak yavrum? Koluna girip, notere götürüyorlar, yolda anlatıyorlar, ödeme için vekâlet vermesi gerekiyormuş... Tencerenin büyüsüne kapılan Fitnat Hanım, vekâletle tencere mi olurmuş demiyor. Sevinçle gidiyor. Tam imza atılacak. Noter memuru kıllık yapıyor, sağlık raporunu getirdiniz mi diye soruyor. Buyrun buradan yakın... Hadi bakalım, çıkıyorlar noterden, doooğru doktora... Muayene, sırtını dinliyorlar, gözüne bakıyorlar filan, 92 yaşındaki Fitnat Hanım'ın akli durumunun vekâletle tencere almaya müsait olduğunu gösteren raporu kapıyorlar. Tekrar noter, basıyorlar imzayı, elini öpüp, veriyorlar tencereleri eline, vınn.

Fitnat Hanım'ın evinde tencere gani tabii, yenilerini paketini bile açmadan, usturuplu bi yere kaldırıyor. Bir ay sonra, zırrr... Bu defa telefon... Buyur evladım? "Teyzecim evini ne zaman boşaltacaksın" diye soruyor telefonun ucundaki adam... Ne evi, ne boşaltması yavrum? "Teyzecim evini biz aldık, boşalt da boya badana yapıp yerleşelim artık" diyor!

İki göz iki çeşme yeğenlerini arayınca, avukat mavukat, vaziyet anlaşılıyor. Hiç evlenmeyen, çoluğu çocuğu olmayan, sadece uzak akrabaları bulunan Fitnat Hanım'ın elinden, tencere ayaklarıyla, evlerinin satış vekâletinin alındığı ortaya çıkıyor. Şişli'deki evi 360 bin liraya, Silivri'deki yazlığı 180, Çanakkale'deki kooperatif evini 60 bin liraya sattıkları belirleniyor.

Tencereciler buhar.

Üstelik...
Evleri satın alanlar, Fitnat Hanım 4C'li işçiler gibi çıkmamakta direndiği için, yasal haklarını kullanıp, elektriğini suyunu kestiler. Tencere sevdasına kendi evinde işgalci durumuna düşen Fitnat Hanım, doğalgaz da kesildiği için, yemek bile pişiremiyor şu anda tencerelerinde.

Demem o ki...
Bireysel öykü gibi görünmekle beraber, Fithat Hanım'ın durumu, tıpkı Türkiye'ye benziyor.

Kapı kapı dolaştılar.
Al tencereyi, ver vekâleti...

Gerisini hallederiz dediler.
Ne liman bıraktılar...
Ne telefon.
Ne banka.

Bi tencereye gitti koskoca memleket...
Hadi şimdi onca sene daha uğraş didin de, al bakayım, alabiliyor musun aile yadigârlarını geriye.

Semaver

Japonya 9'la sallandı, Star Haber'in şövalyeleri Turgut Erat ve şef kameramanımız Mustafa Şap, ilk uçakla uçtu. İzlemişsinizdir mutlaka, hazin tabloların yanı sıra, artçı depremleri bile canlı yayında aktardılar. Ve, ekranlara yansımayan çok enteresan bir hadiseye şahit oldular.

Gazze'ye Mavi Marmara'yı gönderen İnsani Yardım Vakfı, Tokyo Camisi'nde bağış topladı, bu bağışlarla bisküvi filan aldı, apar topar kamyonet kiraladı, tsunaminin vurduğu Sendai kentine doğru yola çıktı. Bizim çocuklar da oraya gidiyordu... Peş peşe otobana girdiler ki, şak, polis durdurdu. Sendai'ye gitmek için özel izin kâğıtları gerekiyordu. Gösterdiler izin kâğıtlarını... Polis, bizimkilere "gidebilirsiniz, buyrun geçin" dedi. Ancak, İnsani Yardım Vakfı gönüllülerine "siz gidemezsiniz" dedi. Turgut baktı ki, kamyonete izin vermiyorlar, bastı frene, indi, gitti polisin yanına "kardeşim, size yardım götürüyorlar, niye engelliyorsunuz?" diye sordu. Polis ne cevap verdi biliyor musunuz?

"Muayenesi yok!"

Evet... O imkânsızlıklar ortamında anca bulunan, alelacele kiralanan köhne kamyonetin muayene tarihi geçmişti, trafiğe çıkmasına bu yüzden izin vermiyordu polis.

9 şiddetinde sallanmış, okyanus memleketi yutmuş, üstüne nükleer santral patlamış, hâlâ, trafiğe çıkan araçların

muayenesini kontrol ediyor... Çünkü, biliyor ki o Japon polis, doğal afete amenna ama, insani vurdumduymazlığa göz yumulması mümkün değildir. Biliyor ki, nükleer santral dahil, yaşadığımız facialarin birinci sebebi, gereğini yapmayan insandır.

Döndü Türkiye'ye Turgut'la Mustafa... "Gidin radyasyonunuzu ölçtürün" dedik. Çünkü, ahali burda suşi yemeyi bile kesmişken, telefonda yalvarmamıza rağmen, bizi dinlememiş, patlayan nükleer santralın burnunun dibine kadar girmişlerdi. (Bu mesleği yaptığım için kendimden iğrendiğim haftalardan biriydi, çünkü, Turgut'la Mustafa'yı oraya gönderirken, mesleğin gereğini yapacaklarını, böyle bi şeye kalkışacaklarını biliyordum aslında.)

Çok şükür, temiz çıktılar... Ve, taaa Japonya'ya göndermemize rağmen, nükleer felaketle ilgili en müthiş haberi İstanbul'da yakaladılar.

Taksim Eğitim ve Araştırma Hastanesi'ndeki Nükleer Tıp Merkezi'ne gittiler. Ki, İstanbul'daki en önemli radyasyon ölçüm merkezlerinden biridir. Hasta kayıt odasında beklerken, gördü manzarayı Turgut, çıkardı cep telefonunu, fotoğrafını çekti, bana getirdi.

Semaver var.
Üstüne kâğıt asmışlar.
"Dokunmayın, elektrik kaçırıyor" yazıyor!

Ha memlekete nükleer santral kurmuşsun.
Ha evine tüp bağlatmışsın yani!

Ayakkabı

"Dost başa, düşman ayağa bakardı" eskiden.
Artık "dost" da ayağa bakıyor...

Başbakan'ın eski ayakkabılarını satın alan AKP'li işadamı, bu ayakkabıları biblo gibi şöminesinin üzerine koymuş...

Aslında şöminenin üstü yetersiz gibi geldi bana... Normalde büfe vitrinine koyulup, üzerine de dantel yerleştirilmesi lazımdı. Ya da ne bileyim... Yanına kendi ayakkabılarını da koy, üstüne de şu şarkı sözlerini yaz: "Beraber yürüdük biz bu yollarda..."

Neyse...
Ayakkabı onun.
İster şömineye koyar.
İster buzdolabına.
Benim kafama takılan, başka...

AKP'li işadamının "hayırlara vesile olması için" 1.5 milyar bastırıp aldığı Başbakan'ın eski ayakkabısı, İtalyan Moreschi... Baba markadır. Evladiyeliktir. Güle güle kullansın... Buraya kadar herhangi bir tereddütüm yok. Endişem şu: Ayakkabı 42 numara.

Benim bildiğim...
Başbakan 43.5 numara giyer.
İster misin, yanlış ayakkabı satılmış olsun.

Don

Bizim enteller bağırıp çağırıyor, vay efendim neymiş, donla denize girilir miymiş?

Kanadalı olsak, belki yadırgar, "girilmez" diyebilirdik. Ama kendimizi bildik bileli biliyoruz ki, bizim millet denize donla girer. Yazın donla yüzer, baharda çizgili pijamayla pikniğe gider, kışın limon kasasıyla kayar. Yani, yeni değil, hep böyle.

Peki neden patladı bu tartışma?

İstanbul'da kentin kalantor muhitlerine "halk plajları" açıldı. Janjan, varoşla tanıştı... Deniz tatillerini hep Güney Fransa'da ya da Puket'te falan geçiren arkadaşlar, bu yaz evlerinin teraslarına kurulduklarında bir de gördüler ki, millet denize donla giriyor. Tabii hemen, Gucci ayakkabıyla amele balgamına basmış gibi zıpladılar Amerikanvari aksanlarıyla: Ay inanmıyorouummm..."

Kendi oturduğun lüks muhiti, memleketin tamamı zannedersen, inanamazsın tabii.

Sizi bilmem, ben milletin donla denize girmesini destekliyorum arkadaş.

"Neden" derseniz... Çünkü o donun kenarından görünen, kendini bu millete "demokrat aydın" diye kaktıranların ikiyüzlülüğüdür aslında.

"Çoğunluk oy verdi" diye, demokrasi ahkâmları kesip "haşema iktidarı"na şirin görünmeyi biliyorsun. Don'a neden itiraz ediyorsun?

Haşema giymeyen var ama...
Don giymeyen yok.

Demokrasi çoğunluksa...
Don "ezici çoğunluk."

Kitap

Malum, Anayasa'da kadın'a kadın dendiği halde, bizim Meclis'te kadın'a kadın denmiyor, bayan deniyor. Tıpkı, otobüslerdeki bayan yanı gibi... Bayan giyim, bayan kuaförü gibi.

Peki, hiç düşündünüz mü, neden bu ülkede bazı tipler kadın'a kadın diyemezler?

Sheridan Simove.
Oxford mezunu.
Deneysel psikoloji okudu.
Ve, bi kitap yazdı.

Erkekler seksten başka ne düşünür?

İsmi bu.
İnternetten satışa sundu.
Kapış kapış gitti.
Kapışılma hızında *Harry Potter* serilerini, *Da Vinci Şifresi*'ni bile geçti, best seller oldu.

Kitabını piyasaya çıkarırken "araştırma sonuçlarımı kamuoyuyla paylaşmak istedim" demişti... Çok satanlar listesinde zirveye oturunca "araştırma sonuçlarım kanıtlandı" dedi.

Çünkü...
Kitap 200 sayfa.
Bomboş!
Evet, bomboş.
İçinde tek satır yok.
Harf bile yok.
Bildiğin çizgisiz defter gibi.

İnternetten satılıyor...
İçeriğini görmeden, sırf ismini görmek yetiyor, üstüne atlanıyordu.

Uçkur psikolojisinin sadece "anahtar kelime"lerle nasıl tahrik olabildiğini kanıtlayan bu deneysel kitap, Türkiye'de neden kadın'a kadın denemediğinin de kanıtı aslında.

Bayan derken, kibar bi bay olduğunu düşünüp, kadın derken, yılışık yılışık sırıtması ondan.

Oyuncak tren

18 yaşındayım.
Yeni Asır.
İşe başladığım gün.

Gece çalışıyorum.
Sabaha karşı iki filan...
Kapıdan aradılar.
– Baba geldi.
Koştum telaşla, indim.
Hayırdır?
Hafif çakırkeyif.
Elinde bi kalem.
Bildiğin kurşunkalem.
Bak, dedi...
Kutsaldır bu.
Yazacaksan, adam gibi yaz.
Taşıyamayacaksan, yol yakınken bırak.

Hepsi bu.

Ömrünü gazete bobinleri arasında tükettiği halde, bir daha asla çalıştığım yerlere uğramadı... Sadece atıldığımda, istifa ettiğimde, yargılandığımda telefonla arardı, sakın ola derdi, hepi topu bi lokma ekmek, bi avuç toprak, geri durma.

Anadolu insanıydı çünkü.
Kriteri testi...
Çamurla boğuşmaktan korkma.
Yıkarsın elini gider.
Toprağından testi yapılmayana dikkat et.
İnsan mıdır... Hamurunu yokla.

Hiç "keşke" demedim...
Sayesinde, nasihatla.

Ve, vefat etti babam...
Zor anımızda ailemizi yalnız bırakmayan, eşe dosta, okura yürekten teşekkür ederim. Ve, müsterih olun. İnanırız biz... Doğarsın. Ölürsün. Vardığı yerden eminiz. Üzüntü değildir.

"Pişmanlık"tır...
Hissettiğim en yoğun duygu.

İşe güce koşuştururken, bir saniye daha onunla beraber olamadığım için, bir kadeh daha parlatamadığımız için... Ha bugün ha yarın derken, bir kez olsun daha sarılmayı ötelediğim için.

Hayat denilen...
Hiçbir yere giden oyuncak trenin, bizsiz de dönebileceğini unuttuğum için.

Değerli gençler.
Telafisi imkânsız çaresizliğin sahibidir bu satırların yazarı...
Canını ver, o bir saniyeyi geri alamıyorsun. Baba rahmetliyse, ana vardır, akraba, komşu, arkadaş, illa ki yaslanabileceğin bi omuz vardır. Kapat kitabı... Hemen şimdi. Git, o saniyeyi al kardeşim.

İsim	Şehir	Bitki

Ukrayna, portakal devrimi.
Gürcistan, gül devrimi.
Kırgızistan, lale devrimi.
Tunus, yasemin devrimi.
Mısır, zaten adı üstünde.
Ya bizimki?
ABD Büyükelçisi izah etti:
Patlıcan devrimi.

Kasımpatı

Kasım 2006
Dersim'de yaşananlara "soykırım" diyen Avrupa Dersim Dernekleri Federasyonu kuruldu.

Kasım 2007
Almanya'da Dersim Konferansı düzenlendi. Dersim "soykırım"ını anma günü tespit edildi.

Kasım 2008
Avrupa Parlamentosu'nda Dersim "soykırım"ı toplantısı düzenlendi. DTP milletvekilleriyle beraber, Bremen mızıkacıları da oradaydı... Bremen Üniversitesi'nden Profesör Ronald Mönch denilen arkadaş "Mustafa Kemal yaşasaydı, bugün savaş suçlusu olarak yargılanırdı" dedi.

Kasım 2009
Avrupa Parlamentosu'nda gene Dersim "soykırım"ı toplantısı düzenlendi. Yahudi soykırımından farkı olmadığı, Ermeni soykırımıyla aynı olduğu belirtildi. "Tarihle yüzleşme" sloganı ilk kez orada ortaya atıldı. Hatta, Atatürk'ün emriyle Atatürk'ün kızı tarafından "soykırım" yapıldı, "Kemalizm'le yüzleşilmeli" denildi. Seyid Rıza için anıt mezar istendi.

Kasım 2009
Kemal Kılıçdaroğlu, Dersim isyanıyla PKK arasında benzerlik kuran CHP Genel Başkan Yardımcısı Onur Öymen'i derhal istifaya davet etti, gereğini yap dedi. CHP Genel Başkanı olur olmaz, derhal, Onur Öymen'in isminin üstünü çizdi, gereğini

yaparak, Onur Öymen'in yerine "Dersim kırımdır, insanlığa karşı en ağır suç eylemidir" diyen Hüseyin Aygün'ü milletvekili yaptı. Hüseyin Aygün milletvekili olur olmaz gereğini yaptı, "Dersim katliamının sorumlusu CHP'dir" dedi. Kılıçdaroğlu, gereğini yaptı, ebelek gübelek dedi.

Kasım 2009
Cumhurbaşkanı, Tunceli'ye gitti, "Dersim'e hoşgeldiniz" pankartıyla karşılandı, kendisine Avrupa Dersim Dernekleri Federasyonu Başkanı'nın mektubu verildi. Özür işi ilk kez orada çıktı. Mektupta "Dersim özür bekliyor" deniyordu. Cumhurbaşkanı meseleyle derhal ilgileneceğini söyledi.

Kasım 2010
Almanya'da Berlin Eyalet Parlamentosu'nda "Dersim Katliamını Uluslararası Yargıya Götürme Konferansı" düzenlendi. Sonuç bildirgesinde, yargı yolu izlenmesi, "soykırım" olarak adlandırılması, toprak-tapu gibi hakların iadesi, tazminat ödenmesi istendi.

Kasım 2011
Atatürk'ün kızı, TBMM'de soykırımcı ilan edildi. Türkiye Cumhuriyeti Başbakanı, gözleri yaşararak, Seyid Rıza'nın dramını anlattı, "devlet adına, Dersim'den özür diliyorum" dedi.

Kasımpatı'dır bu.
Kriz'antem de denir.

Buğday

Savcılar el koydu.
Van'daki deprem enkazı didik ediliyor.
Sorumlular aranıyor.
E adaletin tecellisine yardımcı olmak lazım.

Beş ay önce, seçime günler kala, Başbakanımız Van'da miting düzenledi, geceyi Polisevi'nde geçirdi. AKP yaptırdı bu

Polisevi'ni... Temeli, Hüseyin Çelik tarafından atıldı. Sabah oldu. Başbakanımız kalktı, gelmişken Van kahvaltısı edelim dedi. Sofra kuruldu. Ekmekleri AKP mebusu Gülşen Orhan getirdi. Arkeolog'dur kendileri, aradı, buldu ekmekleri... Tam buğday ekmeği... Önce çeşnicibaşı tattı, biraz beklendi, baktılar ki, çeşnicibaşı ölmedi, oturup afiyetle yediler. Ancak, tadından hafif uyuz olmuştu çeşnicibaşı... Ekmeklerden numune aldırdı, Tarım Bakanlığı'na gönderdi.

Üniversiteler devreye girdi, derhal tahlil yapıldı. Maya'sına bakıldı. Gıda kodeksine uygun olmadığı ortaya çıktı. Küf sayısı yüksek, hijyen kalitesi düşük, bildiğin pis'ti yani... Kirli eller, kirli kaplarda yapmış, kirli raflara koymuştu. Bu ne rezaletti! Çok sinirlenildi.

Numune evrakının üstünde "Polisevi" yazdığı için, bi nevi suçüstü yapıldı, Polisevi'ne haşırt diye 10 bin lira ceza geçirildi. Van Emniyeti "hasta mısınız birader, ekmekler bizim değil, AKP mebusu getirdi" diyerek, Van Tarım Müdürlüğü'ne itiraz etti. Nafile... "Şikâyetin varsa polise başvur" cevabı verildi... "Biz zaten polisiz, FBI'ya mı başvuralım"a rağmen sonuç alamayan Van Emniyet'i, iptal için mahkemeye başvurdu ki...

Yedi nokta iki!

Van Emniyet Müdürlüğü'yle beraber Polisevi de ağır hasar gördü, oturulamaz hale geldi. Tıpkı, Van Tarım Müdürlüğü gibi... Okullar, devlet malzeme ofisi binası, karayolları binası, İşkur binası, gümrük binası, sağlık müdürlüğü binası, MTA binası, nüfus müdürlüğü binası, savcılık lojmanları ve Adliye binası gibi... Devlet, tüm kurumlarıyla çadıra taşındı.

Çadır devleti oldu.

Şimdi...
Aileleri çadırda oturan savcılarımız, enkazda tespit yapıp, sorumluları bulmaya çalışıyor, ki, aileleri çadırda oturan hâkimlerimiz çadır mahkemesinde karar verebilsin.

Bir yandan da...
Aileleri çadırda otururken, deliller karartılmasın diye enkaz

başında nöbet tutan polislerimizin, Başbakanımıza pis ekmek yedirip yedirmedikleri davasına bakacaklar.

Dedim ya...
Yardımcı olmak lazım.
Hiç boşuna yorulup sorumlu aramayın güzel kardeşim... Tam buğday, tam buğday ama, maya bozuk, maya!

Nohut

Kafamıza nükleer füze atarlarsa zaten ayvayı yedik de, kafamızın üstünden nükleer füze geçerse, bari haberimiz olsun diye, memlekete Amerikan radarı yerleştirdiğimiz gün...

Memleketin nükleer politikasına yön vermek üzere kurulan Türkiye Atom Enerjisi Kurumu, akşamdan ıslatılmadan 37 dakikada pişen nohut icat etti.

Nobel banko yani.

Üstelik... Nükleer mutasyon tekniklerini kullanarak "kozmik nohut"u icat edip, yüksek güvenlikli genetik laboratuvarlarında test eden Türkiye Atom Enerjisi Kurumu Sarayköy Nükleer Araştırma Merkezi, akşamdan ıslatılması halinde 20 dakikada piştiğini müjdeledi.

(Gerçi benim bildiğim nohut düdüklü'de 15 dakkada pişer ama, nasıl olsa nükleer'e kafamız basmıyor diye cahil nohut kakalıyorlar herhalde.)

Neyse...
"Bilim" adamlarımızın kozmik nohut icat ettiği gün, "Bilim"den Sorumlu Bakanımız henüz icat edilmeyen Türk malı otomobilin fiyatını açıkladı. Tiko para, 20 ila 25 bin lira.

Vergi mergi filan, 50'ye gelecek gibi görünse de, her halükarda Jet Fadıl'ınkinden ucuz.

(Sakın ola, baykuşluk edip "doğmamış çocuğa don biçildiğini görmüştük, doğmamış otoya fiyat biçildiğini ilk defa görüyoruz" diyenlere kulak asmayın. Hani geçenlerde, AB Bakanımız TRT'deki komedi dizisine çıkıp, ciddi ciddi AB'ye girdiğimizi açıkladı ya... Öyle düşünün.)

Henüz icat edilmeyen sedan'larımız şahane, coupe'lerimiz daha şık, hele metalik lacivert'e boyanacak olanına bayıldım... Henüz icat edilmeyen cip'lerimizi gör kardeşim, aklın durur.

Depoyu da Piri Reis'in bulacağı benzinle fulledik miydi, tamamdır hayırlısıyla.

Bulgur

Başbakan medyaya kızıyor...
"Fakir fukaraya yardım yapıyoruz, eleştiriyorlar, habire olumsuz haber veriyorlar, güzel haber yok mu?"

Var.

Tayland'da hükümet düştü.
Anayasa Mahkemesi feshetti.
Yolsuzluktan.
Aynı Anayasa Mahkemesi, bundan önceki başbakanı da görevden almıştı.
Niye?
"Yemek"ten...

Tayland Başbakanı gazeteciydi.
Aslında hukuk mezunu.
Ama "yemeğe" düşkün.
Hobisi yani.
Tayland'ın en büyük özel televizyonunda "Tadım ve Yorum" isimli yemek programı yapıyordu. Başbakan oldu... Yemek tariflerine devam etti.

Mesela, Tayland olimpiyat milli takımına pilavlı tavuk kapama yaptı, reyting rekorları kırdı.

(Şaka değil... Ekmek çarpsın yaptı.)

Başka?
Ekonomi boka sardı.
İşsizlik, enlasyon patladı, ahali devlet kuruluşlarına saldırmaya, taşlamaya başladı. Başbakan ise, baharatlı yemek tariflerine devam etti. Hatta, Tayland'ın en önemli gıdası domuz etinin fiyatı artınca, "et alamıyorsanız, sikron kai tomfuk yiyin" dedi. Sikron kai tomfuk tarifi verdi.

Nedir sikron kai tomfuk?
Tavuk kemiğinden çorba!

Bi sabah, Anayasa Mahkemesi şak diye toplandı, başbakanı görevden aldı... Niye? Tayland Anayasası'nın 267'nci maddesi ihlal edilmişti çünkü...

Başbakanın "yemek" programı adı altında, kâr amacı güden kuruluşlardan para alması yasaktı.

Bulabildiğim tek iyi haber bu...
Demek ki neymiş?
Bulgur dağıt.
Kömür dağıt.
Alışveriş çeki dağıt.
Aman yemek tarifi yapma!
Bırak, yemeği de kendileri yapsın...

Lale

Çöp ithal ediyoruz.
Bursa'ya.
El âlemin çöpüyle leğen yapan çöp ithalatçısı, vatandaşın

çöpünü çöpe atmasından şikâyetçi.
“Milli servete yazık” diyor.

Eşek ithal ediyoruz.
Mardin’e.
Belediye’deki 48 kadrolu eşeğin 10’u emekli oldu, çöp toplama işi aksadı, Belediye Başkanı kendisini ziyaret eden İtalya’nın Ankara Büyükelçisi’ne sipariş etti, Sicilya’dan 15 eşek gelecek. İthal eşekler, Fen İşleri Müdürlüğü’nde bir hafta kurs görüp, kadroya alınacak.

Böcek ithal ediyoruz.
Uğurböceği.
Hani “uç uç böcecik, annen sana terlik pabuç alacak” var ya, işte o... İspanya’dan geliyor. İthal tarım ilaçlarıyla bizdeki neslini yok ettik, halbuki, tarımdaki zararlıları o yok ediyor.

Bakteri ithal ediyoruz.
Hollanda’dan...
Türk yoğurdu için.

Koyun güdemez bunlar...
Kaz güdemez bunlar...
Memleketin adı, Turkey.
Hindi ithal ediyoruz.

Hamsiyi duymuşsunuzdur...
Fare ithal ediyoruz.
Malum, bizimkiler cahil, laboratuvarda deney yapmak için diplomalı fare lazım.

Antepfıstığı...
Gazitahran’dan.

Kabuk ithal ediyoruz.
Limon kabuğu...
Elde kalan limonu ineğin önüne döküyoruz, sonra, ilaç üretimi için kabuğunu ithal ediyoruz.

Limonun kilosu 10 kuruş.
Kabuğun kilosu 4 lira...

Ki, 10 kuruşa satmaktansa yesin diye önüne döktüğümüz inek de Uruguaylı zaten.

Bas bas bağırsak, hikâye.
Bağırsak ithal ediyoruz.
Brezilya'dan, kokoreç için.

Tahta bıçak ithal ediyoruz.
Bambu...
"Salata yaparken sebzelerin vitaminini kesmeyin" sloganıyla piyasaya sürüldü. Aman diim yani, metal bıçakla kesince vitamini kaçıyormuş... Ki, marul Çin'den.

Bildiğin taş ithal ediyoruz.
İsveç'ten, bahçe süsü için.
Toprak ithal ediyoruz.
Almanya'dan, saksı için.

Kafamızı nereye çevirsek, keresteye rastlıyoruz ama, az bile demek ki... İthal ediyoruz.

Ekonomisi iflas etmiş Yunanistan bizden banka aldı, biz onlardan babayı aldık desek, yanlış olmaz... Sperm ithal ediyoruz.

Giren gireneyken...
57 adet "ters lale"yi yurtdışına "çıkarmaya" çalışan iki turist, Tarım Bakanlığı, Çevre Bakanlığı, Adalet Bakanlığı, İçişleri Bakanlığı, Dışişleri Bakanlığı, Emniyet Genel Müdürlüğü, Milli İstihbarat Teşkilatı, Jandarma Genel Komutanlığı, Gümrük Muhafaza Müdürlüğü ve Doğa Koruma Genel Müdürlüğü'nün nefes kesici operasyonuyla, Kapıkule Sınır Kapısı'nda suçüstü enselendi. Dört-beş üniversite, TÜBİTAK filan devreye girdi.

Çünkü, lale tersine...

Burası Türkiye.
Yok öyle!

Koka

Hani, CHP milletvekili Antalya'dan satın aldığı kokaini Meclis'e getirdi ya...

E, Antalya'dan böylesine kolay gelebiliyorsa, Antalya'ya da böylesine kolay gidiyor olması lazım di mi?

Vatandaşın biri...
Benzin'in kokain'den daha pahalı olmasına aldırmayıp, otomobil almaya niyetlenir. İnternete girer. İkinci el ilanlarını kurcalar, birini gözüne kestirir. Kestirilmeyecek gibi değildir, çünkü, su içinde 35 bin liraya gidecek otomobile 27 bin lira istenmektedir. Acaba bi yamuğu mu var? Tuşlar telefonu, arar, denemekte fayda var... Ahizenin öbür ucundaki kişi, paraya sıkıştım, borcum var der, acilen satmam lazım, yoksa bu fiyata satacak kadar enayi değilim, buyrun gelin, kendiniz görün... Gider, bakar, kullanır, hakikaten taş gibi, neredeyse çiziği bile yok. El sıkışırlar, işlemler filan, verir parayı, alır otomobili, hadi kazasız belasız, güle oynaya gider.

2-3 saat sonra...
Satıcı telefon eder. Hayrola? Arkadaş, senden sonra biri aradı, sattığımı söyledim, 35 bin lira verebileceğini söyledi, biliyorsun çok paraya ihtiyacım var, istersen sana bu adamın telefon numarasını vereyim, sen de bana bunun karşılığında 2 bin lira daha ver, ne dersin? Alıcı şöyle bi düşünür... 27 verdi, 2 daha verecek, 35 alacak, daha gün bitmeden 6 bin lira yelken yapacak, bundan iyisi Şam'da kayısı... Peki der, ver numarayı, söz, parayı alır almaz 2 bin liranı vereceğim. Delikanlı sözü mü? Delikanlı sözü... Alır numarayı. Tuşlar. Ahizenin öbür ucundaki alıcıya kendini tanıtır. Alıcı der ki, Antalya'dayım, bu hafta İstanbul'a gelmem mümkün değil, buyrun siz gelin, otelde misafirim olun, işlemleri burada halledelim... Hem 6 bin lira para, hem de avantadan Antalya'da bi gece, şahane... Yarın geliyorum der.

Ertesi sabah basar marşa, ver elini Antalya... Otelin lobisinde buluşurlar, gidip işlemleri hallederler, alır parayı, verir otomobili, güzel bi gece geçirir, uyur, ertesi gün otobüsle, keyifle döner.

Şimdi diyeceksiniz ki...
Kokain bunun neresinde?
Ver elini Antalya bölümünün...
Hemen Antalya girişinde!

Çünkü, bu tatlı alışveriş seyahati otele varmıyor maalesef, Antalya girişinde durduruluyor, narkotik köpekleri bagajın üstünde adeta takla atıyor, zula bulunuyor. Zulada kilolarca kokain.

24 saatte 6 bin lira kapayım derken, kuryelik yaptığının farkına varıyor ama iş işten geçiyor. Derdini anlatmaya çalışıyor, şundan aldım, şuna satacaktım falan, eveleyip geveliyor ama, hikaye.

Ve, şimdi de diyeceksiniz ki...
Gerçekten yaşandı mı bu hikaye?

Güzel kardeşim...
Milletvekilinin elini kolunu sallaya sallaya sokaktan alıp, TBMM'ye getirerek canlı yayında gözüne soktuğu kokain yetmiyor da, benden ekstra kanıt mı istiyorsun?

Çiçek

AKP'nin İzmir'i hiç tanımadığı, plakası 35 diye 35 proce icat etmesinden belli...
35.5'tan haberleri yok!

Neyse... Hava fıstık, baharın en güzel günleri, hadi gelin, gezdireyim sizi biraz, İzmir'den çıkalım şööyle, Aydın yoluna vuralım, 75 kilometre filan, Bayındır İlçesi, çiçek cenneti.

İzmir Büyükşehir Belediyesi, parklara bulvarlara diktiği çiçeği ordan alır. Başkaları gibi parayı el âleme verip, yurtdışından "lale" ithal etmez. Yerliden alır. Çünkü "tarım daire başkanlığı" kuran ilk belediyedir. Üreticiyi desteklemek için "sözleşmeli üretim" yaptırır.

Mesela, Tire Süt Kooperatifi'nden süt alır, 250 bin öğrenciye her hafta birer litre ücretsiz dağıtır. Mordoğan Kooperatifi'nden nergis soğanı alır, saksı alır. Torbalı Kooperatifi'nden yer örtücü bitki alır. Urla Kooperatifi'nden mevsimlik çiçek alır. Seferihisar, Özdere, Gümüldür, tarladan mandalina alır, okullarda ücretsiz dağıtır. Ödemiş Bademli, Üçkonak, Demircili, Tire kooperatiflerinden zeytinyağı, peynir, lor, ayran alır, bunları ücretsiz aşevlerinde kullanır.

Çiçeğini, fidanını da Bayındır Tarımsal Kalkınma Kooperatifi'nden alır. Her sene resmi sözleşme imzalar. Der ki, şu kadar alacağım, şu tarihte şu parayı ödeyeceğim. Üretici de bilir ki, şu kadar ekecek, şu tarihte şu parayı alacak. Hesabını kitabını ona göre yapar. Satamadım, elimde patladı krizi yaşamaz, aportta bekleyen tüccarın kucağına oturmak zorunda kalmaz.

İzmir'de 30 ilçe var. Sadece Bayındır'da AKP'li belediye var. 30'da 1... Bazı katakulliler oldu, üç defa sayım yapıldı, sadece 14 oy farkla bitti. İzmir Büyükşehir Belediye Başkanı, "vayy bize ha!" demedi. "Gideyim de başka bi yer icat edeyim, ordan alayım" demedi. Bayındır'dan almaya devam etti. Çünkü, particilikle marticilikle alakası yoktur Aziz Kocaoğlu'nun... Senden-benden diye insan ayırmaz. Yerli üreticiyi kollar, hepsi bu... Reklam yapmaz. Gazetelere yazdırmaz. O nedenle, bu anlattıklarımın çoğunu İzmirliler bile bilmez.

Şimdi bakın...
O Bayındır'a kim geldi biliyor musunuz? Taaa İstanbul Büyükşehir Belediye Başkanı Kadir Topbaş!

Hayırdır abi?

Çiçek alacakmış iyi mi...

Sorup soruşturmuşlar, öğrenmişler ki, İzmir üç milyon çiçek alıyor, açmış kesenin ağzını Kadir abi, on milyon çiçek alacakmış... İşin matrak tarafı, taaa Ankara Büyükşehir Belediye Başkanı Melih Gökçek de özenmiş, iki milyon çiçek de o alacakmış Bayındır'dan... İşin daha matrak tarafı, taaa Kocaeli Büyükşehir Belediye Başkanı da iki milyon sipariş vermiş... İşin ekstra matrak tarafı, taaa Samsun Büyükşehir Belediye

Başkanı'yla, taaa Bolu Belediye Başkanı da çiçek almaya karar vermişler, seraları gezmeye geleceklermiş. Alayı AKP'li.

İşin hazin tarafı...
Ne Bayındır'da o kadar çiçek var, ne de o kadar üretici! Bırak 40 bin nüfuslu Bayındır'ı "Çin Ordusu Kooperatifi" kursan, gene yetiştiremezsin.

İşin ekstra hazin tarafı... Bayındır Kooperatifi defalarca İstanbul Büyükşehir Belediyesi'ne başvurmuş, çiçeğinizi bizden alın demiş, tek dal satamadığı gibi, cevap bile alamamıştı.

Peki nedir?
Şudur...
Kooperatif'ten almıyorlar.
Birlik'e sipariş veriyorlar.

Çünkü, Bayındır Kooperatifi on senelik kooperatif, huzur içinde üretip huzur içinde kazanıyordu. Bu Kooperatif'in karşısına, durup dururken, zart diye "Birlik" icat edildi.

Üreticiye açık açık, Kooperatif'e ortaksan CHP'lisin, Kooperatif'ten ayrıl, Birlik'e geç, köşeyi dön deniyor. Dünyanın en güzel işi, çiçek... Bölmeye çalışıyorlar.

E madem açık konuşuyorlar, ben de açık konuşayım. İzmir'in dağlarında çiçekler açar... AKP parayla anca çiçek alır, geriye havasını alır, güle güle kokla, havamız hediyemiz olsun!

Patlıcan

ABD'nin Ankara Büyükelçisi Françis'e acemi diyorlar ama... Mastırşef mübarek.

"Türkiye patlıcan ülkesi" dedi.

Ukrayna, portakal devrimi.
Gürcistan, gül devrimi.

Kırgızistan, lale devrimi.
Tunus, yasemin devrimi.
Mısır, zaten adı üstünde.

Bizimki ne olmuş oldu böylece?
Patlıcan devrimi.

Bu saatten sonra kimse çıkıp da, "muz cumhuriyeti" diyemez artık bize.

Hükümet mesela...
İmambayıldı.
Çankaya?
Hünkârbeğendi.

CHP-MHP desen...
Musakka'cı.
Vay efendim imambayıldı'da kıyma bile yokmuş da, bu iş zeytinyağlı olmazmış filan.

(Siyah Türk'üz, Beyaz Türk'üz diye, renkli renkli demeçler verirken, zart diye üstü çizilen mebus adaylarımızın suratı? Patlıcan moru.)

BDP, oturtma...
En son polise oturttular.

İmralı aşçısı ise, millete nasıl hazmettiririz diye kendisine akıl danışan takunyalılara, tarif yazdırıyor ha bire... Beni buradan çıkarıcan, çıkarmazsan, döşücem mayını, pat'lıcan.

AB'cidir topan...
Şerefli basınımız, sofraya oturacağını zanneden ahaliyi iştaha getirmek için şapırdata şapırdata yazar durur: Belki yarın, belki yarından da yakın, Brüksel lahanasının yerini alacak, topan patlıcanım.

Öküzün bile yemediğini gençlerimize yedirmeye çalışarak, kibar kibar "şifre var ama, sehven, işgüzarlığımıza geldi, özür dileriz, affedersiniz, pardon" diyen ÖSYM Başkanı Profesör "Ali" Demir, ne pişirmeye çalışmış oluyor? Alinazik.

Tufaya getirilen gençlerin "şifrecinin canı can da, benimki patlıcan mı?" diye sorması ondan.

Alinazik, rezaleti itiraf ettiğine göre...
Tatmin olanlardan, avanta bulgur-makarna yerine, hangi yemeği bekliyoruz şimdi? Kızar'tma.

Gak dedi, şak şak şak.
Guk dedi, şak şak şak.
Şakşuka değil de, nedir bu şekerim?

Neyse ki, imambayıldı yerine karnıyarık'la ekürisi cacık'ı ikram etmediler Françis'e... Maazallah "Türkiye hıyar ülkesi" de diyebilirdi.

Kaktüs

Kendi payıma, henüz radyonun bile nasıl çalıştığını anlamış değilim. O nedenle, radyasyon üzerine ahkâm kesecek değilim. Ama şunu görüyoruz...

Çiçekçilere gidin sorun.
Şu aralar en çok ne satıyor?
Kaktüs.

Küçücük saksılar içinde minik boy kaktüsler var ya... Onlar. Kapış kapış.

Özellikle banka manka gibi çok sayıda elektronik eşyanın bulunduğu ofislere dikkat edin... Bilgisayarların yanına konuyor. Çünkü, ahalimiz kaktüsün radyasyonu emdiğine inanıyor.

Nükleer kocakarı ilacı bi nevi.
Koy bunu, bi şeyciğin kalmaz.

Oysa, internet palavrası bu... Van'da bir öğrenci, liselerarası proje yarışmasına katıldı, "benim tespitlerime göre kaktüs radyasyonu emiyor" dedi, haber internete düştü, çiçekçiler üstüne atladı, tsunami gibi yayıldı. Sanırsın, çocuk Einstein... Okuduğu lise de Princeton.

"Delil" olarak, ABD'deki nükleer santrallerin etrafında kaktüs bulunması gösteriliyor.

Kaktüs olmayacak da, ne olacak birader? Elin oğlu nükleer santrali götürüp taaa çöle kuruyor... Bizimkiler gibi, getirip cennetin ortasına kurmaya kalkmıyor! Ne diyeceğiz yani Mersin'e kurulunca... Portakal bahçeleri radyasyona iyi geliyor mu diyeceğiz?

Üstelik, ha bire Mersin Akkuyu'yu konuşuyoruz ama, İstanbul'un göbeğinde, Küçükçekmece'de Nükleer Araştırma Merkezi var, küçük de olsa reaktörü var. Fayın üstünde... Gölde yaşam niye bitti? Çekmece sakinleri arasında kanser istatistiği var mı? 1956 teknolojisiyle yapılan ve çalışmaya devam eden reaktör kaldı mı dünyada? Atıkları ne oluyor?

Neyse, sıkmayayım canınızı...
Bakın, başbakanımız dün nükleer kazayı yorumladı, duruma o kadar hâkim ki, "risksiz yatırım yoktur, aksi halde evinize aygaz bağlamamak gerekir" dedi.

Ha eve tüp bağlamışın...
Ha memlekete nükleer santral.
Aynı yani.

Kaktüs koyun bilgisayarın yanına, üstüne de dantel koyun, idare edin.

Kiraz

2010 Japon Yılı'ydı.
Türkiye'de...

Japonya Yılı'ydı.

Sembolü sakura'ydı.
Kiraz ağacı.

Aslında, meyve vermeyen bir tür kiraz ağacıdır... Çiçekleri makbuldür. Ağır ağır açar ama, çok çabuk dökülür. Hem baharı müjdeleyip, hayatın başlangıcını, hem de kısacık ömrüyle, kaçınılmaz sonu simgeler. İki kapılı han'dır yani... Japon kültüründe, gelip geçiciliğe duyulan hevesin, hüznün, faniliğin eşanlamıdır. Japon ruhu'dur aynı zamanda... Kahramanca vuruşup düşen samuraylar, hayatlarını yaprak gibi savuran kamikazeler, sakura'yla özdeşleştirilir.

Doğa, insandır özetle.
İnsan, doğa.

Japon yılı ilan ettik.
Teşekkür olarak, Türkiye'nin dört bir yanına binlerce sakura fidanı diktiler.

Buraya kadar okuyanlar zanneder ki, kiraz'ın anavatanıdır Japonya... Bu mevzularla alâkamız "birader kilosu kaça"dan ibaret olduğu için, bilmeyiz. Kulağa filan takarız, yeriz, çekirdeğini yere tükürürüz, gerisiyle ilgilenmeyiz. Halbuki, dünyanın bir numaralı kiraz üreticisi, Türkiye'dir. Hatta, Japonya'ya kiraz ihraç eden ülkeyiz. Yalova'dan göndeririz.

Bakın, Japonya-Yalova falan deyince, aklıma deprem geldi ister istemez... Malum, Yalova hem kirazın merkezlerinden biridir, hem depremin.

2 bin 500'den fazla insanımızı kaybettik orada... Her iki konuttan biri ya yıkıldı, ya hasar gördü. 16 bin kişi yıllarca prefabrikte yaşadı. Fay hattının kilit noktasıydı Çınarcık... Facianın sembolü Veli Göçer ise, Yalova'da yaptığı kartondan evler yüzünden hüküm giydi.

İnsanı doğa'da, doğa'yı insan'da gören Japonya'nın depremlerden nasıl ders aldığını, 8.9'luk kıyamette bile binalarının yıkılmadığını gördük... Peki, ya Yalova?

Enerji Bakanlığımız tarafından 67 tane maden arama ve işletme ruhsatı verildi. Bu maden ruhsatları, Yalova ormanlarının yüzde 37'sini kapsıyor. Orman İşletme Müdürlüğü'nün raporuna göre, sıkı durun, 6 milyon 996 bin ağaç kesilecek! Meşe, kayın, kestane, ıhlamur, karaçam, fıstıkçamı, kızılçam, gürgen ve tabii kiraz... 6 milyon 996 bin ağaç kesilecek!

Üstelik, söz konusu ruhsatlar, altın, bor filan gibi değerli madenler için verilse, belki kâr-zarar hesabı yapılabilir... Bizzat valilik diyor ki, bu ruhsatlar, değerli madenler aramak için değil, Körfez Köprüsü ve otoyol için gerekli olan taş ve kumu çıkarmak için veriliyor!

Uzun lafın kısası...
El âlem, kiraz ağacı.
Biz, keriz ağacı.

Hani hep şikâyet ederiz ya, depreme karşı hiçbir şey yapılmıyor diye... Hiçbir şey yapılmasa, ben kendi payıma razıyım kardeşim... Bari ormanlarımızı ellemeyin de, enkazdan kurtulursak altına çadır kuracağımız bi ağacımız kalsın hiç olmazsa!

Hayvan	Şehir	Bitki

İnsan olarak yaşamak zor... Hayvan olarak daha zor bu ülkede.

İzmir

İyi ki dooğdun İzmiir
İyi ki dooğdun İzmiir
İyi ki dooğdun
İyi ki dooğdun
İyi ki dooğdun İzmiir

Türkiye'den sıkıldım.
Hadi gelin...
İzmir'e götüreyim sizi.

Yaş günü var bugün.
Türkiye Cumhuriyeti'nin özbeöz Türk vatandaşı olan ilk fili,
İzmir... Bir yaşını doldurdu.

(Yeni başlayanlar için özetlersek... Bahadır'dı ilk göz ağrımız. Hindistan'dan Pak Bahadur adıyla gelmişti. Ailesinden koparıldığı için, bakışlarında hüzün bulutları gezinen, duygusal delikanlı. Fil değildi bizim için. "Bahadır" dedik ona. Affedilmez hata yaptık, 50 sene yalnız bıraktık. Sonra kazmalığımızı fark ettik. Hindistan'dan rica ettik, Hintçe prenses manasına gelen Begüm'ü gönderdiler. İki yaşındaydı. Gelin olamayacağına göre, can yoldaşı olur dedik, adını "Begümcan" koyduk. 2007'de, 59 yaşındayken, Bahadır'ı kaybettik. Toprağa basması gereken ayakları, ömrü boyunca betona bastığı için iltihaplanmıştı, ameliyata alındı, masada kaldı. Son bi damla kederli yaş süzüldü gözlerinden, kapandı, açılmadı. Sözde yuva diye yapılan, paslı çivilerle, üç metrelik çukurla çevrili cezaevindeki tutsak hayatı sona ermişti. Bitmişti işkence... Oofff, off! Bahadır'ın çektiği çile, hepimize ders oldu. Fuar'daki Türkiye Cumhuriyeti'nin ilk hayvanat bahçesini, Sasalı'ya taşıdık. Doğal Yaşam Parkı, 425 bin metrekare, ferah ferah, alabildiğine, dokuz bin metrekarelik gölü bile var. Bahadır'ı oraya defnettik, anıt diktik. Bahadır'a yaptığımızı Begümcan'a yapmadık. Aradık, taradık, İsrail'de bulduk damadımızı. Adı "Winner"dı. 11 yaşına gelen Begümcan'ın yaşıtıydı. Bu sefer denk getirmiştik. İlk görüşte aşk derler ya, öyle oldu. Gerdek detaylarını atlayayım... Türkiye'nin Türkiye'de dünyaya gelen ilk fili doğdu. Nur topu gibi, kız... İzmir Büyükşehir Belediye Başkanı Aziz Kocaoğlu, adını ne koyalım diye, internet üzerinden referandum yaptırdı. Oyumu Hürriyet'teki köşemden kullanırken, bir öneride bulundum, "Hitit Prensesi'dir Smyrna, özbeöz Anadolu'dur, annesinin adı prenses, doğduğu şehir prenses, Türkiye'nin prensesidir o, bebişimizin adı İzmir olsun" diye yazdım. Referandumdan "İzmir" çıktı.)

22 ay gebelik ve 48 saat süren doğum sancılarının ardından, pembeye çalan kısacık hortumuyla dünyaya gelen bebiş, 110 kiloydu! Doğal ortamından kopuk büyüyen anne Begümcan'ın tecrübesizliği herkesi endişelendiriyordu. Ancak, doğa her yerde doğa'ydı, annelik içgüdüsünün eğitime ihtiyacı yoktu. Sadece altı saat sonra kendiliğinden emzirdi.

İlk hafta, günde 15 litre anne sütüyle beslendi. Sonra, süte ilaveten, her gün altı öğünde ikişer litrelik mamaya başladı. Bi ara panik yaşandı... Bebiş acıkınca annesine yanaşıyor, anne iteliyor, kaçıyor, emzirmeyi reddediyordu. Meğer, memesi tahriş olmuştu. Anne özel kremlerle tedavi edilirken, bebişin maması takviye edildi. Anne iyileşti, hayat normale döndü.

350 kilo oldu...
Süte ihtiyaç hissetmiyor. Çünkü dişleri çıktı. Dişleri çıkarken, hepimiz gibi, ne bulduysa kemirdi, damağını kaşıdı. Şimdi, hem mama yiyor, hem de günde 45 kilo meyve-sebze.

Anne babasıyla, 15 bin metrekarelik alanda yaşıyor. İlk günden beri babasını her gün görüyor ama, uzaktan, yanına gitmesi yasak... Erkek filler, annenin ilgisini kıskandığı için, yavruya zarar verebiliyor. Karı-koca buluşuyorlar, bebiş bakıcılarıyla kalıyor. Alıştıra alıştıra... Az daha büyüsün, cüsselensin, iki yaşına doğru, babasının yanına gitmeye başlayacak.

Yemeğini kapalı barınakta yiyor, kapalı barınakta uyuyor. İki bakıcısı var. Her sabah yıkanıyor, paklanıyor, manikür-pedikür yapılıyor. 24 saat nöbet tutan veteriner hekimleri var.

Pilates yapıyor! Yanlış okumadınız... Minik hortumuyla plates topu yuvarlamaya bayılıyor.

Gününü, açık alanda, temiz hava, bol güneşte geçiriyor. Bu sene İzmir'e kar yağdı, İzmirliler gibi, bebiş İzmir de şaştı kaldı. Sabah uyanınca barınağından kafasını uzattı, "gel bi tanem, korkma" diye seslenen bakıcısına doğru yürümek istedi, kapıda durdu, tedirgindi, ilk kez gördüğü bembeyaz zemine basmaya çekiniyordu, sonra doğanın kanunu devreye girdi, çıktı, koştu koştu, karlarda yuvarlandı, seneler sonra kar gören İzmirliler gibi şendi.

Ve, bugün, birinci yaş günü partisi var İzmir'imizin... Aslına bakarsanız, 5 Şubat 2011'de dünyaya gelmişti. Ancak, geçen hafta sömestr tatiliydi, değerli öğretmenlerimiz bu hafta ders başı yapan öğrencilerine haber versin diye, bugüne ertelendi.

Bugün, saat 13'te, İzmir Doğal Yaşam Parkı'nda, Türkiye'nin ilk bebiş fili İzmir'in, yaş günü pastası kesilecek. Konser var. Tiyatro var. Palyaço var. Yüz boyama var. Kurabiye var. Sevgili çocuklarımız, sevgili bebişimiz İzmir'le birlikte unutulmaz bir gün geçirecek.

Değerli Egeliler...
Uzaktakiler şanssız.
Size yakın.
Tarihimiz boyunca, ana-babasıyla yaşayan ilk bebiş filimiz o... Alın evladınızı, gidin ona... Hem onu mutlu edin, hem de torunlarına bile anlatacağı bi hatıra hediye edin evladınıza.

İnci kefali

Deprem oldu...
Ölenler kim?

Kimler yaralı?
Hangi hastanedeler?
Günler geçti, merak ettim, girdim Van Valiliği'nin internet sitesine.

"Vali, panayır kütüphaneyi gezdi" yazıyor. "Vali, plaj turnuvasının kupasını verdi" yazıyor. Ayrıca... Otlu peynir, Van kedisi, inci kefali ve ters lale'yle ilgili "açıklayıcı" bilgiler var.

Çadırkent'in telefon numarası ne? Girin, Erciş Kaymakamlığı'nın resmi internet sitesine... Daire amirlerine "protokol ve nezaket kuralları" semineri verilmiş iyi mi... O yazıyor.

Vatandaş enkaz altından twit atıp, yerini tarif ediyor... Bunlar hâlâ inci kefalini, ters lale'yi filan anlatıyor!

Siber çağda... Bu kafanın çadır madır dağıtabilmesi mümkün değildir kardeşim.

Ahali facebook'tan kampanyalar düzenliyor. Teee Barbadoslu şarkıcı Rihanna, twitter'dan yardım çağrısı yapıyor. Brezilyalı yazar Paulo Coelho, Kızılay'ın irtibat numarasını duyuruyor. Google desen... Akrabalarına ulaşmaya çalışanlar için "kişi bulucu" hizmetini kullanıma açtı. Şu kişiyi arıyorum, şu kişi hakkında bilgi sahibiyim diye giriş yapıyorsun.

Akılları hâlâ...
Protokol kurallarında.

İddia ediyorum...
Şu an arayın, Philip Morris'i, Ülker'i, Arçelik'i, P&G'yi, Vestel'i, Unilever'i... Bizim gazeteyi dağıtan Yaysat'ı arayın. En geç yarım saat içinde atletik dağıtım planı hazırlayıp, çadırları en geç 12 saat içinde tek tek elden teslim etmezlerse, Van'a gider valiliğin önünde anırırım!

Çünkü... Bu ve benzeri firmalar, işe adam alırken, en eğitimliyi, en yetenekliyi seçiyor. Mesela, istersen Muhtar Kent'in öz oğlu ol, kafan çalışmıyorsa, Coca Cola'da kasa bile taşıtmazlar adama.

Öbür arkadaşlar ise... Ya adamını bulanı işe alıyor, ya da birinin adamı olanını.

Çaresizce çadıra saldıran vatandaşa utanmadan sıkılmadan yağmacı diyorlar.
Halbuki...
Kendileri yağma hasanın böreği.

Köstebek

Ne der hep başbakanımız?
Gözleri var görmezler...

Bi nevi "köstebek" tarifidir o.
Gözleri vardır ama, görmez.

Dolayısıyla...
Beşir Atalay köstebek olamaz.

Bu ülkede yaşayıp, göz göre göre yaşanan rezaletleri hâlâ kim görmüyorsa... Odur köstebek.

Casus pelikan

Sayın ahalimiz, Konya'da "casus pelikan" yakaladı. Ensesine verici cihaz yapıştırmışlar iyi mi... Suçüstü enselendi yani! Üstelik, ayağına bant takıp göndermişler, bantta İsrail yazıyor.

Şu Mossad'da hakikaten hiç kafa çalışmıyor. Hadi diyelim bizi keriz zannettin, gizli gizli casus pelikan gönderdin... Ayağına niye nüfus cüzdanı gibi İsrail yazıyorsun, a şapşal.

Aslına bakarsanız, daha önce de aynı haltı yemişti İsrail... Bi başka casus pelikan, Sudan'da yakalanmıştı. Kızıldeniz'den sızmaya çalışırken, vericisindeki anten balık ağlarına takılmıştı. İşin ekstra enteresan tarafı, pelikanın ensesindeki vericide, Kudüs İbrani Üniversitesi'nin e-mail adresi vardı. Belli ki, elde ettiği gizli bilgileri anında internetten gönderiyordu pelikan.

Suudi Arabistan'da ise "casus akbaba" enselendi. Casus pelikanlar gibi, casus akbaba'yı da sorgulamaya filan gerek kalmadı tabii... Onun ayağında da Tel Aviv Üniversitesi yazıyordu.

Halbuki...
Casus dediğin iz bırakmaz.

Mesela, biz de "casus kaplumbağa" kullandık. Hatırlarsınız, dört tane caretta'ya verici cihaz yapıştırdık, gönderdik. "Tuğçe" kod adlı kaplumbağamız, 35 gün gizli gizli yüzdü, Gazze'ye ulaştı. Gazetelerimizde manşet oldu: "Türk carettası İsrail ambargosunu deldi!"

Tuğçe işi bitirene kadar, İsrail'in ruhu bile duymadı. Hatta, biri Tunus'a, biri Libya'ya gitti, Kaddafi bile uyudu. Dördüncü carettamız ise "çift taraflı casus" çıktı maalesef... Biz onu Yunanistan'a sızsın diye gönderdik ama, hâlâ Bodrum'da geziyor şerefsiz, bizi gözetliyor.

(Neyse, gazete manşeti falan dedim, aklıma bi başka "iz bırakan casus" hikâyesi geldi... Soğuk Savaş dönemi, CIA-KGB cirit atıyor, bizimkiler tetikte... Vatandaşın biri, uçakla Rusya'ya gidecek, sıkışıyor, tuvalete gidiyor. Bakıyor ki, vaziyet berbat, klozetin kenarlarına gazete sayfaları yerleştiriyor, işini görüyor, tam o sırada anons yapılıyor, son çağrı... Telaşla çıkıyor, koşa koşa uçağa gidiyor, şak, durduruyorlar, çünkü, telaşlı hali şüphe uyandırıyor. Üst baş, çanta manta derken, "komple soyun" diyorlar. Çırılçıplak arama yapılırken, bi de ne görülsün, adamın poposuna geçici dövme şeklinde bazı işaretler, kelimeler işlenmiş!)

Casus dediğin iz bırakmaz...
Biraz MİT'e bakın da, öğrenin bu işleri.

Vatoz

Fenerbahçe kanarya'sının başına gelenleri yazmaktan, vatoz'un başına gelenleri yazmaya fırsat bulamadık. Hani şu, İstanbul'daki dev akvaryumda bulunan vatoz... Hareket etsin diye kafasına pet şişeyle vuruyorlarmış.

Kimisi, yağmur ormanındaki bitkileri kökleyip, evine götürürken enselenmiş, kimisi de, sadece yosun yemesi gereken balıkları kek'le beslerken yakalanmış.

Olta getirmediklerine şükret.

Benzer durumu, Monako'da yaşamıştım. Aslan'ın maçı var, ortalık Türk kaynıyor. Vakit geçirmek için Kaptan Kusto Müzesi'ne gittim. İçeri bi girdim kardeşim... Kimisi, ilk icat edilen denizaltıya binmiş, lumboz'dan Galatasaray bayrağı sallıyor; kimisi, balina avlamakta kullanılan tarihi filikanın üstüne çıkmış, zıpkınla poz veriyor. Halbuki, kırmızı kordonla çevirmiş adam, kimse ellemesin diye! Alt kata indim, okyanus dibinde yaşayan canlıların bölümü, zifiri karanlık... Flaşlar bi patlamaya başladı, balıkların feleği şaştı, ters dönüp öyle yüzmeye başladılar. Neredeyse kapıları kapatıp, alayımızı tutuklayacaklardı, baktılar ki, bizim ahali hiç istifini bozmadan hatıra çekmeye devam ediyor, ite kaka kovdular, kurtuldular.

İllallah yani.
Ve, maazallah.

Bakın geçenlerde, Hendek hayvanat bahçesindeki Pony cinsi atlar kayboldu, ertesi gün fındık bahçesinde kemiklerini buldular. Daha önce tavşanları yemişler. İki de papağan araklanmış.

"Fil duruyor mu?" diye sordum.
Allah'tan, zaten fil yokmuş.

Hiç unutmam çünkü... İzmir Basmane'deki havuza güzellik olsun diye ördek bırakmıştı belediye... Ertesi sabah yok. Bi daha bıraktılar. Ertesi sabah gene yok. Bi daha bırakmadılar.

Bilahare tespit edildi ki, av eti ayaklarıyla Alsancak'taki janjan marketlerde satıyorlar.

Oha be birader demeye kalmadı, Aliağa'da iki balıkçı, pelikanları mangal yaparken yakalandı... Kuş cennetinden kaldırmışlar. Jandarmaya yakalanana kadar iki büyük rakı devirdikleri için, itiraf ettiler... Flamingoların hazmı zormuş, o nedenle hafif ekşi olmasına rağmen, pelikanları tercih ediyorlarmış... Bu iki haber peş peşe patladı, İzmir'in yarısı vejetaryen oldu. Cibes, radika, istifno filan, denizbörülcesine yönelmemiz ondan!

Ama, siz gene de endişelenmeyin, hepsi yenmiyor. Bolu'da şarampolde bi ayı bulunmuştu önceki sene... Ayı çıplak! Postu yok. Sonradan anlaşıldı ki, asfalta çıkan ayıya otomobil ile çarpmışlar. E bakmışlar ki, ölmüş. Heba olmasın. Postunu yüzüp, oturma odasına sermişler.

Dedim ya, hepsi yenmiyor. Antalya hayvanat bahçesinden maymun çaldılar mesela... Kafesleri kesip, iki tanesini götürdüler. Polis otelleri bastı, acaba animatör mü yaptılar diye... Ara tara, bi tanesi evcil hayvanların satıldığı dükkânda bulundu. Öbürü hâlâ kayıp.

Ankara'nın da piton'u kayıptı. 4 metrelik Piton Pakize... 10 gün geçti, yok, 20 gün geçti, yok. Melih Gökçek uyanık adam tabii, baktı ki ahali huylanıyor, "aha işte Pakize" diye, taaa 73 gün sonra bi pitonu getirip koydu yerine... Piton Pakize oldu sana, Çakma Pakize.

Ne sürünen kurtulabiliyor elimizden, ne uçan, ne kaçan... "Aman kesme" diyorsun, kesiyorlar. "Mutlaka kes" diyorsun, kesmiyorlar. Hatırlayın, kuş gribi oldu. Kamyonlara yükleyip, dağlara sakladılar tavukları... Kimisi de diri diri yaktı. İlla kesmeyecek.

Kene'leri imha edeyim derken, evini yakan bile oldu Kastamonu'da... Köyü zor kurtardılar.

Karaburun'da meşhur bi caretta'mız vardı. Geçen yaz sol ayağını kesmişti manyaklar, bu yaz, 20 metre derinde buldu dalgıçlar, boynuna beş kiloluk kaya parçası bağlayarak öldürmüşler.

Kuşadası'nda iki, Didim'de üç caretta, kafaları taşla ezilmiş halde bulundu. Bodrum'da sahile attı kendini bi tanesi, ağır yaralı, canını kurtarmış ama, kör etmişler.

İzmir hayvanat bahçesine ise, gelen gelene, "altı tonluk kaplumbağa"yı görmek istiyorlar! İnternette asparagas yayınlandı, "altı tonluk kaplumbağa bulundu, İzmir'e götürüldü" diye... Ona geliyorlar. Saçmalamayın diyen görevlilerle kavga ediyorlar, niye saklıyorsunuz diye.

Kurban Bayramı'nda boğaya ateş eden kasap da var, eşeğe tecavüz eden mühendis de.

Kanunlarımız desen, ayrı âlem... Söz konusu eşek "fingirdek" bulundu, hafifletici sebepten, 240 lira cezayla yırttı mühendis... Ve, töre cinayetine kurban gitti o eşek... Sahibi vurdu.

Sinop'taki Balina Aydın'ı önce medya maymununa çevirdik, sonra Rus istihbaratında görevli olduğunu iddia ettik. Sivas'ta Murat 124'ün arka koltuğunda taşınan Dana Ferhat, önce şöhret haline getirildi, sonra şöhret olduğu için iki katı paraya sucukçuya satıldı. Fok Badem'i sigara tiryakisi yaptılar Gökova'da... Darıca'ya getirilen timsah'ı, yaşayıp yaşamadığını kontrol etmek için kafasına taş atarak, öldürdüler.
Göçmen kuşların, biyolojik silah taşıdığını öne süren milletvekillerimiz oldu. Çok balık tüketiyor diye, yunusları katlettiler. Milas'ta daracık yere sıkıştırıp, balık çiftliğindeki çipuraları oksijensizlikten boğarak öldürmeyi başardık! Uçak için deve kestiler. Domuz'dan çiğköfte yakalandı. Beygirler, nallı kuzu...

Denizli'de at heykelini sünnet ettiler, malum yeri fazla büyük diye... Sütaş'ın vole atan santrfor ineğini RTÜK'e şikâyet ettiler, memeleri müstehcen diye.

O kadar arkeolojik eser var.
İlk neyimizi çaldılar?
Som altın denizatı'nı.

İşin hazin tarafı...
Memleketin adı, hindi.

Demem o ki arkadaş...
Vatoz kusura bakmasın gari.

İnsan olarak yaşamak zor...
Hayvan olarak daha zor bu ülkede.

Öküz

Ordu'ya havaalanı yapıyorlar.
Ordu ile Giresun arasına...
Karadeniz fıkrası yazıyorlar.

Çünkü, Ordulular "Ordu havaalanı" olsun istedi, Giresunlular "Giresun havaalanı"nda ısrar etti, kriz oldu. Neticede, hükümetimiz orta yolu buldu, ilk heceleri alıp, ismini "Orgi" koydu.

Güzel güzel başlıklar atıldı.
"Orgi müjdesi."
"Orgi hasreti bitiyor."
"Orgi hayırlı olsun."

Bölge milletvekilleri nutuklar patlattı: "Almanya'da Hans, Helga bu tür imkânlardan faydalanıyor da, benim Ayşem Fatmam Mehmedim niye faydalanmasın?"

Böylece...
Hayaldi gerçek oldu.

Çünkü İngilizcede...
"Toplu seks" anlamına geliyordu!

(İyi ki, Kayseri-Samsun arasına yapmaya kalkmadılar birader, İngilizceden kaçayım derken, Türkçe de maazallah yani.)

Neyse...

Sanki illa Orgi olması gerekiyormuş da, Gior olsa olmuyormuş gibi, hece birleştirmekten vazgeçtiler, uzun uzadıya Ordu-Giresun Havaalanı koydular ismini.

E madem bu kadar hassasız, hadi gelin, bi başka havaalanı ismi daha anlatayım bari.

Sene 1402.
Aylardan temmuz.
Çağatay Devleti'nin hükümdarıydı. Timur'un hâkimiyetine girdi, generali oldu, meşhur fil ordularının komutanıydı. Ankara'ya geldi, Çubuk Ovası'na karargâhını kurdu, Yıldırım Bayezid'i darmadağın etti, esir düşmesine sebep oldu, parçalanan Osmanlı fetret devrine girdi... Ecdadımızı haşat edip, felaketin eşiğine getiren o adamın ismi, İsen Buga'ydı.

Gel zaman git zaman...

Sene 1955.
Aylardan gene temmuz.
Ankara havaalanı Etimesgut'taydı. Yetmiyordu. Demokrat Parti, o dönemin çılgın proce'si için Çubuk Ovası'nı gözüne kestirdi. İsen Buga aşağı, İsen Buga yukarı, karargâhını kurduğu yerin ismi, Türkçeyi esnetme kabiliyetimiz sayesinde Esenboğa olmuştu. Tam oraya kondu.

Böylece...
Türkiye Cumhuriyeti başkentinin havaalanına, gururla, 600 senelik hezimetin ismi kondu!

Peki, hezimeti anladık da...
İsen Buga ne demekti?
Ona da kimse kafa yormadı.

"Mutlu Öküz" demekti!

Diyeceksiniz ki, öküz diye insan ismi olur mu? Aslan, Şahin, Ceylan diye yok mu? Geleneğimizde var. Hem zaten, İsen Buga da köken olarak Türk'tü... Değil 1402, bugün bile, çocuklarını eşşoğlueşşek diye şefkatle sevmiyor mu Türk milleti?
Onun gibi.

Üstelik.
Orgi pek uymamış ama...
Esenboğa cuk oturmuş.
Yolunuz düşerse etrafınıza bakının şöyle...
Bırakın ordunun dağılmasını, Ankara'nın kaynamasını filan,
Uranüs dünyaya çarpsa, gene de mutlu mutlu dolaşan çok sayıda öküz göreceğinizden eminim.

Fare

Hükümetimiz yeni bi paket açıyor.
Özgürlük paketi.

E paket denince...
Aklıma geliverdi.

Minik fare, duvardaki çatlaktan mutfağa bakarken, çiftçi ve eşinin paket açtıklarını görür. Ambalajı yırtarlar ki, kapan... Telaşla bahçeye fırlar, ilk gördüğü tavuğa "evde kapan var" der. Tavuk omuz silker, bana ne birader der, seni kümese alırsam başıma iş alırım. Fare panikle ağıla koşar, koyuna yalvarır, evde kapan var... Koyun, kusura bakma senin problemin der, el âlemin derdiyle huzurumuzu kaçıramayız. Son çare ahıra dalar fare, çırpınır adeta, evde kapan var... İnek bön bön bakar, çevirir kafasını öte tarafa, duymamak için yalağa yürür.

Farecik yapayalnızdır. Kurda kuşa yem olmamak için mecburen evin yolunu tutar, yüreği ağzında, parmak uçlarına basa basa duvardaki çatlağa sığınır, gün döner, gece zifiri, çıtankkk, ölüm sessizliği... Peşinden çığlık. Yanlışlıkla bastılar galiba diye düşünürken, bi de ne görsün, mutfağa süzülen yılan kuyruğu kaptırmış iyi mi, üstelik, kör karanlıkta yatağından fırlayıp uyku sersemi kapana uzanan çiftçiyi sokuvermiş elinden can havliyle.

Çiftçi yaygarayı basınca, eşi uyanmış, apar topar doktora... Sarıp sarmalatıp eve dönmüşler ama, ateş fırlamış 40 dereceye... E hastaya çorba. Tavuk suyu. Kadın, bıçağı kapıp kümese.

Ertesi gün, konu komşu duymuş, gelmişler geçmiş olsuna, ikram ister, kadın bıçağı kapıp doooğru ağıla, pilav üstü tandır... Maalesef, ateş 40, 42 derken, çiftçi sizlere ömür... Bütün köy doluşmuş cenaze evine, taziyeye, ikramın büyüğü ister haliyle, büyükbaş da sizlere ömür.

Kadın çocuklarına taşınmış.
Ocak sönmüş, ev harabe.
Kümes-ağıl mezbele.
Ahır çökmüş.

Diyeceksiniz ki:
Farenin akıbeti n'oolmuş?

"Arkadaş, iş işten geçtikten sonra benim akıbetimi merak etmeniz de, enteresan yani" demiş.

Eşek

Geçen sene...

Irak'ın El Ambar bölgesinde herkesi öldürüp, sokakta insan evladı bırakmayan Amerikalı Albay John Falsom'ın yüreği hayvan sevgisiyle doluydu. Bi eşek gördü. Kimsesiz. İçi acıdı. Göz pınarlarından yaşlar süzüldü. Dedim ya, pek şefkatliydi albay, onu öyle boynu bükük, yapayalnız bırakamazdı, duman rengindeydi, Mister Smoke adını verdi, birliğine getirdi. Çoluk çocuk herkesi takır takır öldüren Amerikan askerleri, komutanlarının bu asil davranışı nedeniyle hisli duygulara gark oldu. Bağırlarına bastıkları eşekle hatıra fotoğrafı çektirip, hasretle baba yolu gözleyen çocuklarına gönderdiler. Çocuklar feysbuklarına koydu. Gazeteler üstüne atladı, manşet üstüne manşet, eşek şöhret oldu. Posterleri, tişörtleri yapıldı... Hadi bakalım, Uluslararası Hayvanlara Karşı Zulmü Engelleme Vakfı devreye girdi. "Eşeği şebeğe çevirdiniz kardeşim, ayıptır" demeleri beklenirken, dediler ki, Nebraska'ya getirelim, gazilerin ve asker çocuklarının rehabilitasyon merkezine koyalım, terapide kullanalım... Pentagon'a danışıldı, "abi süper fikir be" denildi, eşeğin derhal savaş ortamından çıkarılıp, özgürlükler ülkesine getirilmesi emri verildi. O sırada... Amerikalıların öldürmeyi unuttuğu bi köylü çıkageldi, "eşek benim, vermem" dedi. Buyrun burdan yakın... Köylüyü ikna etsin diye, bi şeyh devreye sokuldu. Şeyh "sevaptır, ver" dedi. Köylü "30 bin dolar versinler, ikimiz kırışalım, vereyim" dedi. Şeyh ikna oldu. Köylüyü alıp, Albay'a gitti, "30 bin dolar verin, verelim" dedi. Albay'ın daha makul bi teklifi vardı, "Ya verin, ya da, ikinizi birden vurayım" dedi. Köylüyle şeyh ikna oldu! Hediye ettiler... Böylece, eşeğin özgürlüğe seyahatinde engel kalmadı. 21 gün önce Erbil'e getirildi, Habur'dan Türkiye'ye sokulacak, İncirlik'ten ABD'ye uçacaktı... Ki, kriz çıktı! Bizim gümrük görevlileri "hoopp hemşerim, burası dingonun ahırı değil" dedi. Eşek, mister'dı ama, neticede eşekti, vize için Tarım Bakanlığı'na sorulması gerekiyordu. Tarım Bakanlığı'na soruldu, "giremez" cevabı geldi. Niye birader... Ya eşekte hastalık varsa? Langır lungur memlekete sokarsak, maazallah bizim eşeklere bulaştırırsa?

Geçen sene...

Eşeği, hastalık bulaştırabilir diye "gümrükten sokmayan" Tarım Bakanlığımız, et fiyatları patladı ayaklarıyla, hayvan ithalatına izin verdi. "Transit yolcu eşeğe" vize vermeyen Tarım Bakanlığımız, taaa Uruguay'dan sığır, taaa Avustralya'dan koyun getiren ithalatçıya "sıfır gümrük" uyguladı. Bir sene içinde, 413 bin sığır, 683 bin koyun soktu koynumuza... "N'oluyo" demeye kalmadı, karkas et ithalatının kapıları ardına kadar açıldı. 160 bin ton da, öyle sokuldu. Kaçakçılık patladı... 53 bin baş kaçak sığır yakalandı. Varın, yakalanmayanı siz hesap edin. Uruguaylı besici, ithalatçı, aracı, kaçakçı, köşeyi döndü. Bizim besici, ayvayı yedi... Tosunu satayım derken, icra'atın içinden oldu, traktörden de oldu. Giren sadece besiciye girmedi, tüketiciye de girdi. Güya, et fiyatlarını ucuzlatmak için yaptılar bu dümeni, et fiyatlarında gram ucuzlama olmadığı gibi, üstüne, et'ikete bindi.

Nerde kalmıştık şekerim?
Eşekte...

Kafamıza çuval geçirenlere gıkını bile çıkarmayan Türkiye, eşeğe dikleniyordu! 413 bin sığırı, 683 bin koyunu, 160 bin ton karkası "zorla" mutfağımıza sokan Tarım Bakanlığı, transit geçecek olan eşeğe "güzellikle" izin vermiyordu... E haliyle "zorla güzellik" uzmanı olan ABD Büyükelçiliği devreye girdi. Iraklı köylü ve şeyhten sonra, bizimkiler de ikna oldu! 21 gün süren krizin ardından memlekete giren eşek, İstanbul üzerinden ABD'ye uçtu.

Ne mutlu eşeğe...

Balık

"80 ihtilali öncesi... Hacıhüsrev. Çocuğum o zamanlar. Devrimci abiler vardı, hava karardıktan sonra cami duvarına yazı yazıyorlardı, ellerinde koca koca Marshall boya kutuları olurdu. Geceleri onları beklerdim, gizli gizli seyrederdim. Bi gece gördüler beni, ne arıyorsun lan burda deyip, çıkıştılar. Ben de onlara, boyanız bittiyse boya kutularınızı istiyorum dedim. Niye diye sordular. Darbuka yapacağım abilerim dedim. Gülüp gittiler. Ertesi sabah, camiye benim için darbuka bırakmışlar. Bakırdan, kocaman, güzel bir darbuka... Sonraları sordum o boyacı abilere, kim bıraktı diye... Mahir Çayan'ın emriyle aldıklarını söylediler. O söylemiş arkadaşlarına, çocuğa darbuka alınsın diye... Allah rahmet eylesin, ilk darbukamı Mahir Çayan almıştı yani... İlk gerçek darbukam oydu."

Kim bunları anlatan?
Balık Ayhan.

Mahir Çayan?
Devrimci öğrenci lideri.

İsrail İstanbul Başkonsolosu'nu kaçırdı, evi basıldı, yaralandı, yakalandı, Maltepe Askeri Cezaevi'nden kaçtı, Ünye radar istasyonunda çalışan iki İngiliz bir Kanadalı teknisyeni kaçırdı, karşılığında Deniz, Hüseyin ve Yusuf'un bırakılmasını istedi,

Tokat'ın Kızıldere Köyü'nde oldukları tespit edildi, baskın yedi, alnından vurularak öldürüldü.

Gel zaman git zaman...

Mahir'in darbukası, gariban roman çocuğunun hayatını değiştirmişti. İdealist motiflerle bezenen öykü, Mahirlerin kelleyi koltuğa aldığı dönemlerde araziye uyan entel dantel takımının malzemesi oldu. Mahir'i sokakta görse tanımayacak tipler, romantik manzumeler döşendi. İdealist cenazeler, alabildiğine sömürüldü. "Kardeşim saçmalamayın, dümbeleklik yapmayın" diyenlerin itirazları "ırkçı"lıkla suçlandı. Balık da, işi ilerletmiş, "müzik değil, felsefe yapıyorum" filan demeye başlamıştı.

Velhasılıkelam...
Balık Ayhan, Balık Ayhan oldu.

Gel zaman git zaman...

AKP geldi, açılım yapıldı.
Devrimci romantizm...
Roman'tizme dönüştü.

Başbakanımız "kırmızıyı severler, birbirini överler" dedi. "Birbirini överler" lafını duyan Kiboş, dayanamadı, "çuk yakışıklı adamsın, üstüne tanımam anacım" dedi. Faytoncular Derneği Başkanı ile Kırkpınar cazgırı Pele Mehmet'in manilerinden sonra sahneye çıkan Balık Ayhan, noktayı koydu: "Sen adamın kralısın, kasım kasım Kasımpaşalısın!"

E haliyle...
Siyasete kulaç attı Balık.
AKP'den mebus adayı oldu.
Olunca ne oldu?
Şu oldu...

Yıllar önce "ilk darbukamı Mahir Çayan aldı" diye röportaj verdiği gazeteye, gene röportaj verdi: "Hayatım roman olur. Hayatımın film olması için yazdığım senaryolar var. Hatta, ilk darbukamı Mahir Çayan aldı diye yazdım, herkes gerçek sandı. Oysa senaryoydu!"

Atasın palavracıkları...
Kafalayasın medyacıkları.

Enteller alkışlarken...
"Beni Mahir abi yarattı."
Takunyalılar alkışlarken...
"Mahir filan tanımam anacım."

U dönüşünün böylesi...

Milletvekili olsun Balık.
Hatta Kültür Bakanı olsun!

Karınca

Karınca yıllarca dirsek çürütmüş, okumuş, çalışmış, namerde muhtaç olmamak için didinmiş, zor günlere hazırlık yapmaya gayret etmiş... Ağustos böceği ise, yan gelip yatmış, elde avuçta ne varsa satmış, orman tarihinde görülmemiş borca girmiş, vur patlasın çal oynasın, harcamış.

E okumak, çalışmak zor tabii...
Başta ayı, ne kadar gergedan, su aygırı, bufalo varsa, ağustosböceğini örnek almış, hep beraber har vurup harman savurmuşlar, dolçe vita... Ve, kış gelmiş.

Sahte cennete kar yağmaya başlayınca, "ulan tufaya mı geldik" diye mırın kırın başlamış ağaç kovuklarında... Ağustosböceği bakmış ki, karınca kıymete biniyor, basın toplantısı düzenlemiş, "etrafta o kadar fakir fukara varken, bu şerefsiz karıncaların karnı tok, sırtı pek, kamuoyunun vicdanına sunuyorum, garip gurebayı sömüren bi avuç elit bunlar" demiş.

Yandaş çakallar, kıçı açıkta gezen şempanzelerin fotoğrafını basarak, "sizin giyecek donunuz yok, onlar sıcacık yuvalarında oturuyor, bu nasıl düzen?" makaleleri döşenmişler... Papağanlar, orman televizyonuna çıkıp, Ağustosböceği ne dediyse, tekrar etmişler... Tilki ise, derhal yardımlaşma derneği kurup, makarna-bulgur kırıntısı dağıtmak için bağış toplamaya başlamış... Koyunlar hislenip ağlamış, kazlarla tavuklarla beraber omuzlara almışlar tilkiyi.

Şak...
Karıncanın yuvası basılmış!

Yeraltında 6 metreye inen dehlizlerin krokileri yayınlanarak "işte derin yapılanma" manşetleri atılmış... Kazı çalışmalarında "ne oldum deme, ne olacağım de, sular yükselince balıklar karıncaları yer, sular çekilince karıncalar balıkları" şeklindeki örgütsel doküman ele geçirilmiş... Akbabalar olay yerine üşüşüp "işte kanıtı, resmen istilaya hazırlanıyorlar" demiş.

Karınca tutuklanmış!

Ağustosböceği "şark bülbülü" rumuzuyla "gizli tanık" olmuş... Karıncanın aslana suikast planı tertiplediğini, kuş ve domuz gribinin onun başının altından çıktığını, tetikçi keneleri örgütlediğini, ayrıca, yuvasında yapılan aramada tavşanla zürafanın porno kasedinin ele geçirildiğini iddia etmiş... Telekulak olarak görevlendirilen baykuş, doğrulamış... Fil bile inanmış.

Karıncanın yakınları, Avrupa Hayvan Hakları Mahkemesi adına bilirkişi olarak duruşmaları izlemeye gelen La Fonten'e "senin gibi bilirkişinin taaa" diye tepki göstermişler... Ancak, La Fonten "saçmalamayın kardeşim, ben böyle bi rapor yazmadım, yazmadığım şeyleri yazmışım gibi eklemişler" deyince, La Fonten'in raporuna "sehven" montaj yapıldığı ortaya çıkmış.

O sırada söz isteyen karga, ağzındaki peyniri düşürmüş gibi göstermek suretiyle, küçük düşürüldüğünü öne sürerek şikâyetçi olmuş. Tilki alkışlamış... La Fonten gözaltına alınmış.

Jaguar

Cambridge Üniversitesi'nde yapılan araştırma neticesinde "yüzyılın en sıkıcı günü" tespit edildi: 11 Nisan 1954... O gün, dünyada, kayda değer olay yaşanmamış.

Ne kriz, ne savaş, ne doğal afet, ne de önemli bir vefat... "Öyle mi acaba?" diye merak ettim, arşive girip, o tarihli *Hürriyet*'e baktım, hakikaten öyle... Tırışkadan teyyare haberler var.

"Dünyanın en huzurlu günü" aslında... Ama, her nedense Cambridge profesörleri "dünyanın en sıkıcı günü" sıfatını uygun bulmuş ve araştırma raporuna şu notu eklemiş: "Dünyada 11 Nisan 1954'ün önemi için hak iddia edebilecek tek insan var, Profesör Abdullah Atalar."

Niye?
O gün doğmuş çünkü.

Krizsiz, afetsiz, faciasız günü olmayan, dünyanın en huzursuz ülkesi Türkiye... Şaşırtıcı şekilde, dünyanın en huzurlu gününe imza atmayı başarmış yani.

Kimdir peki?
İlkokula ikinci sınıftan başladı, Ankara Fen Lisesi'ni birinci bitirdi, ODTÜ'ye birincilikle girdi, elektrik-elektronik'ten birincilikle mezun oldu, Stanford'a gitti, doktorayı birincilikle bitirdi, Türkiye'nin ilk kişisel bilgisayarını yaptı, Aselsan'ın ilk mikrobilgisayarını yaptı, Türkiye uyudu, Almanlar kaptı, Leica için akustik mikroskop icat etti, patentin kaymağını Almanya yedi, inovasyon ödülü kazandı, icadı Münih'teki Bilim Müzesi'nde sergileniyor.

Memlekete, ODTÜ'ye döndü. Üniversite kurmaya hazırlanan Profesör İhsan Doğramacı tarafından davet edildi, elektrik-elektronik bölümünün kurucusu olması istendi. Kabul etti.

Bilkent kuruldu... 30 bin mezun verdi, 12 bin öğrencisi var şu anda, yarıya yakını burslu, her sene ÖSS'de ilk 100'e giren süper zekâ çocukların 20'si 30'u Bilkent'i tercih ediyor, öğretim kadrosu 40 farklı ülkeden, laboratuvarları 365 gün 24 saat açık, kütüphanesi 420 bin kitaplık.

Türkiye'de kalabalıkların haberi bile yokken, Cambridge tarafından "tarihi günün en önemli tek insanı" ilan edilen Profesör Abdullah Atalar... İşte bu Bilkent'in rektörü.

Saygınlıkta devlet üniversitelerini geçen, ODTÜ'yle kafa kafaya yarışan Bilkent'in, bu zorlu aşamaları kaydederken, çok çok çok önemli bir engeli vardı: Para...

Bilkent'i kazanmayı başaramayan, "kazanamadım" diyemiyor, "orası paralı, onun için gitmedim" diyor; "baba parasıyla haybeden okuyorlar" demeye getiriyordu. ODTÜ'yü Boğaziçi'ni kazandığı halde Bilkent'i tercih eden burslu öğrenciler ise, sürekli savunma durumunda kalıyor, bu işin parayla pulla alakası olmadığını anlatmaya çalışıyordu.

Profesör Atalar gibi hocaların çabalarıyla her sene biraz daha yükseldi Bilkent'in çıtası, burslar arttı, mezunları ülkenin en önemli firmaları tarafından kapışılmaya başlandı. Gariban ailelerin zeki çocukları, beş kuruş ödemeden takır takır okuyordu. "Elektrik direğinin altında ders çalışıyorduk, ailem garibandı, okuyamadım" palavrasını yıkmayı başarmıştı Bilkent.

Taaa ki...
Malum arkadaşlar dokunana kadar.
Bi dokundular...
Jaguar!

Cumhurbaşkanı Gül'ün "sözde" öğrenci temsilcilerine verdiği yemeğe, Bilkent Öğrenci Konseyi Başkanı "Jaguar" marka otomobille geldi!

26 senelik bilimsel emek...
Bi çuval incir berbat oldu.

Hadi şimdi 26 sene daha...
Düzelt düzeltebilirsen.

Dolayısıyla, Cambridge'ten rica ediyorum, Profesör Atalar'ın hatırına bi araştırma yapılsın lütfen... Malum arkadaşların elini atıp da, hasar vermediği yer kaldı mı, kalmadı mı?

Hayvanat

AKP proje açıklıyor.
Mimarlar itiraz ediyor.
Proje açıklanıyor.
Mühendisler itiraz ediyor.
Proje açıklanıyor.
Hukukçular itiraz ediyor.

Hayvanat projesi açıklandı...
Kimseden ses çıkmıyor.

Halbuki, üzerinde en çok kafa yorulması gereken projedir. Çünkü, bina dikersin, yanlışsa, yıkarsın. Yol yaptın, olmadı, düzeltirsin. Kanal açtın, uymadı, doldurursun.

Can bu...

Karakterleri var. Duyguları var. Gurbet travması yaşarlar. Ailesinden koparılıp getirilen hayvanların çoğu, kahreder, hayata küser, durup dururken ölür. Angus getirmeye benzemez.

Hayvanat bahçesi kurmak için "önce insan" yetiştirmek gerekir. Beton binayla, geniş kafeslerle, çitlerle filan olmaz... Sirk değil orası, ehlileştirmeyeceğiz. Ehil eller gerekir.

Bakın... Hayvanlar doğada yaşamanın getirdiği alışkanlıkla, hastalıklarını gizlerler. Çünkü, yaban hayatında hasta olan, dışlanır. Bakıcılar ehil değilse, sıkıntısını anlayamazsın. Mesela, ayının dilini arı sokar, fark etmezsen, koskoca hayvanı kıl kadar iğneden kaybedersin.

Veteriner anlar dersen, anlamaz. Veteriner, zürafadan anlar, kaplandan anlar. Ama, kaplan sadece kaplan, zürafa sadece zürafa değildir. Bireydir. Her birinin insan gibi ismi vardır. Ve, her birinin özel bakıcısı vardır, halini bilir, tavrını bilir, dilinden anlar.

Galiba Gaziantep hayvanat bahçesiydi, aslan bakıcısı senelik izne çıktı, o da bakıcı bu da bakıcı deyip, öbür bakıcıyı verdiler, aslan bakıcıyı yedi... Çocuklar içindir ama, çocuk oyuncağı değildir.

İzmir Doğal Yaşam Parkı'nda Serkan var, fillerimiz Begüm, Winner ve bebekleri İzmir'in bakıcısı... Babası Bahattin Öztanman, rahmetli Pak Bahadur'un 40 yıllık bakıcısıydı. Yıllar önce oğlunu yanına aldı, bilgisini aktardı, işi öğretti, huzur içinde emekli oldu. Biz de huzurluyuz... Bırak dillerinden anlamasını, öfkeli mi, neşeli mi, ruh hallerini bile hisseder.

Önder Öztuğ, 15 yıllık tecrübe, ziraat mühendisidir ama, herkes onu inşaat mühendisi bilir... Parkın inşaatı sırasında, türler bazında, habitatlarına uygun barınakların oluşturulması için bizzat çalıştı. Oraya kaya koymak lazım, şu ağacı şuraya dikmeli gibi... Evlerinde mutlu olsunlar diye, kendi ailesine ev yapıyormuş gibi didindi. Diploma yetmez, empati ister.

Şaban Keleş, aslan kaplan, 9 yıldır orada, kedi besleyenlerin gidip görmesini isterim, puma'yı insan evladı zannedersin, bakışarak anlaşırlar.

Eylem Arslan, o da ziraat mühendisi, 10 yıldır orada, hayvan mutfağının aşçıbaşı... Ve, her gün 1.200 hayvan oturuyor o sofraya... Mevsimlere göre, diyet programları uyguluyor. Kalori, tazelik, lezzet, dengeli beslenme... Kızı Ekin'e yemek hazırlar gibi titizleniyor.

Zürafa, kahvaltıda 10 kilo dal, öğlen 30 kilo yonca, akşam 20 kilo meyve yiyor. Aslan, 6 bin kaloriye ihtiyacı var, bi gün 3 kilo kırmızı et, bi gün 3.5 kilo tavuk yiyor. Lemur var, kediye benzer maymun, monşerdir arkadaş, karışık meyve-sebzenin yanı sıra, 2 dilim ekmek, 1 tatlı kaşığı bal, 50 gram çerez yer, üstüne 1 bardak süt içer. Kuğu, buğday ve yumurta yeminin yanında yeşil salata yemezse olmaz. Tavus kuşu, kuğu mönüsü artı meyve salatası... Ayı, sabahları 18 kilo meyve-sebze götürüyor, akşamları 18 kilo meyve-sebze götürüp, üstüne 4 kilo tavuk götürüyor; öğlenleri midesi kazındığında fıstık ceviz katkılı mama veriliyor. Ceylan narin kızımız, yarım kilo yonca, yarım kilo meyve, yarım kilo dal yiyor, fit kalıyor. Pelikan'da sıfır kolesterol, 1.5 kilo balık yiyor. Suaygırı, 15 kilo yem, 30 kilo yonca, 60 kilo ot yiyor, 160 kilo daha versen, onu da yer, formunu koruması için diyet uygulanıyor. Sırtlan, bi gün bi kilo kırmızı et, bi gün bi kilo tavuk, pazar günleri aç, doğası öyle, haftanın üç günü kemik ziyafeti çekiyor. Fillerimiz, üç öğünde, 150'şer kilo ot, yonca, meyve-sebze, mısır koçanı, incirle doyuyor, ayrıca vitamin alıyor. Bebiş filimiz İzmir'in özel mamaları var.

80 kişilik ekip bu... Bireysel tecrübe toplamları, 500 yılın üzerinde... Parkın danışmanı, Uludağ Üniversitesi Veterinerlik Fakültesi İç Hastalıkları Anabilim Dalı Başkanı Profesör Doktor Nilüfer Aytuğ, Türkiye'nin bu alanda en önde gelen isimlerinden biri... Park Müdürü, veteriner hekim Hakan Öztürk, seyahate gidip döndüğünde, evinden önce parka gelir.

Ama biri var ki, biyolog, personel eğitim sorumlusu, Serkan Eğrilmez... Meslektaşı Yasemin'le evlendi Serkan... Nikâh şekerleri fil şeklindeydi. Nikâh davetiyelerinde ise, "Bego" ve "Wino" isimli iki fil davet ediyordu konukları... Bego, Begüm, Wino, Winner, yani şu bizim bebiş filimiz İzmir'in annesi ve babası... Hayatlarının en mutlu anında, kendilerini İzmir Doğal Yaşam Parkı'nın filleriyle özdeşleştirmişti Serkan ile Yasemin.

Hayvanat bahçesi dediğin, beton bina, kafes, çit değildir... Budur. Hayat tarzıdır. Aşktır.

Uzun lafın kısası, AKP'nin desteklediğim tek projesidir Ankara'ya hayvanat bahçesi... İzmir'e gıpta etmelerinden, daha iyisini yapmaya gayret etmelerinden mutluyum. Ancak... İzmir'i örnek almaları, hayvan biriktirmeden önce, insan yetiştirmeleri şartıyla.

İsim	Coğrafya	Şehir

Ak'deniz...

Kavaklıdere Köyü

1952...
Nato'ya girdik, Coniler İzmir'e girdi. Kavaklıdere Köyü'nde dağı oydular, dağın içine (dışardan göremezsin) nükleer saldırıya dayanıklı savaş karargâhı döşediler. Tesadüfe bakın ki, ABD Büyükelçiliği de, Ankara Kavaklıdere'ydi. Hep Kavaklıdere'den döşediler yani.

1961...
İzmir'e Amerikalı yağdı, bu sefer Çiğli'de inşaat başladı. Betondan iskele tarzı dalga motorlar dikmeye başladılar. E kabak gibi ortada tabii, ahali merak etti. "Bu ne?" dediler. "Salça fabrikası kurucaz, domates kurutucaz" cevabı aldılar. Ahali sevindi. İskeleler bitti, 18'er metre boyunda boru gibi bi şeyler yerleştirdiler. Ahali gene merak etti. "Bu ne?" dediler. "Minare" cevabı aldılar. Evet, "minare" dediler ahaliye... Ahali gene sevindi. Sonra baktılar ki, minarelerden ezan mezan okunmuyor, tel örgüyle çevrili, kapısında kurt köpekli Amerikan askerleri nöbet tutuyor. "E hani minareydi?" dediler. "Bunlar İbrahim" cevabını aldılar.

IRBM yazıyordu kenarında, intermediate range ballistic missile kelimelerinin baş harfleri, orta menzilli balistik füze... Jüpiter füzesiydi. Sovyetler'i vurmak için... Üstüne, Türk Bayrağı monte ettiler, IRBM'yi İbrahim'in kısaltılmış hali diye kakaladılar. Ahali gene sevindi.

1962...
Ahaliye "minare" dedikleri sırada, asker-sivil iki bin TC

vatandaşını ABD'ye götürdüler, eğittiler. NASA'nın Cape Canaveral uzay üssünde, tamamen Türklerin komutasında bir Jüpiter'in deneme atışı başarıyla gerçekleştirildi. Baktılar ki, bizimkiler güzel fırlatıyor, "aferin" dediler, Türk Silahlı Kuvvetleri'nin emrine verdiler. Ama küçücük bi şart vardı, füzenin anahtarı Amerikalı subayda duracaktı. Minareyi döşeyen, kılıfına da uydurmuştu.

1962...
ABD Senato heyeti İzmir'e geldi, yalaka basınımız "ticari yardım için geldiler, zengin olucaz" diye yazdı. Ahali sevindi. Halbuki, füzeleri denetlemeye gelmişlerdi. Raporlar incelendi ki, skandal ortaya çıktı. Bizim ahalinin trafik levhası, çöp bidonu, elektrik direğindeki fincan gibi hedeflere zırt pırt ateş etme alışkanlığı olduğunu bilmiyorlardı. Hıyarın biri, Hiroşima'ya atılanın 100 katı tahrip gücüne sahip füzelerden birine mermi sıkmıştı iyi mi... Motora isabet etmiş, güç bataryası patlamış, kontrol paneli devre dışı kalmıştı. Tel örgülerin çapını genişlettiler, Amerikalı askerleri geri çekip, Türk askerlerini nöbete diktiler. Bizim ahali baktı ki, minare füzeleri Mehmetçik koruyor, gene sevindi.

1963...
Küba krizi bitti. "İzmir'e diktiğimiz İbrahim'leri söküp götürdük" dediler. Ahali sevindi.

1974...
Kıbrıs'a çıktık. İzmir Çiğli'ye "minare füze" diken ABD, utanmadan ambargo uyguladı. Kolumuzu büküyorlardı. Kaddafi yetişti. Benzin, uçak lastiği, mühimmat verdi. Ahali sevindi.

1977...
Gergin günlerdi. Birleşmiş Milletler "işgalcisiniz, Kıbrıs'tan derhal çıkın" deyince, Dışişleri Bakanlığımızın Kıbrıs özel sorumlusu Onur Öymen, Kanada'da katıldığı toplantıda, "bizi zorlamayın, gerekirse duvarın öte tarafına geçeriz" dedi. Yani? "Canımızı sıkmayın, Kıbrıs'ı komple alırız" demek istedi.
O hafta... Kıbrıs'a çıkan Ecevit, İzmir'e geldi. O zamanlar sivil uçaklara hizmet veren Çiğli Havaalanı'na indi. Bir Türk polis memuru, Ecevit'e ateş etti. Mermi, Ecevit'i ıskaladı, Robert Kolej'den beri kankası olan Mehmet İsvan'ın bacağına saplandı. Yara hafifti. Komaya girdi! Çünkü, mermi, o güne

kadar Türkiye'de kullanılmayan, içinde kimyasal barındıran görülmemiş bir mermiydi. Doktorlar çaresizdi. Tabanca Amerikan malıydı. Türk Emniyeti'ne üç adet hibe edildiği açıklandı. Özel Harp Dairesi'ne kayıtlı olduğu iddia edildi. Amerikan tabanca firması, pek mahcup oldu, Mehmet İsvan'ı İsviçre'ye götürdü, tedavi masraflarını üstlendi, iyileştirdi. Ahali sevindi. Ateş eden polis serbest bırakıldı. Menemen savcısı soruşturma açtı ama, tıkandı, üstü örtüldü.
Ahali unuttu.

1987...
İzmir'e yeni havalimanı yapıldı, Türkiye'yi ABD'nin kucağına oturtan rahmetli Adnan Menderes'in adı verildi, böylece, Çiğli havaalanı sivil uçuşlara kapatıldı, komple askeri oldu.

2004...
Nato'ya girdiğimiz andan itibaren, Amerikan savaş uçakları Çiğli'ye konuşlanmıştı zaten... Ama, AKP iktidar olunca, Nato'nun Napoli'deki hava unsurları karargâhı İzmir'e taşındı.

2006...
ABD'nin 16'ncı filosu, Almanya'nın Ramstein Üssü'nden tası tarağı topladı, İzmir'e yerleşti.

2010...
Kasım ayında "füzeyle kalkan, zararla oturur" başlıklı yazı yazdım... "İzmir'deki Amerikan konsolosluğu kapatıldı ama, son iki senedir, İzmir'e ha bire Amerikalı subay taşınıyor. Öyle hale geldi ki, Şirinyer'deki Nato lojmanlarına sığmıyorlar artık, 2 bin 200 dolar kira yardımı alıyorlar, Bornova'da Urla'da villa kiralıyorlar. Sizce niye?" diye sordum. "Goygoycu manşetlerle uyutuluyor Türk halkı, İzmir üzerinden bi iş çeviriyorlar" diye ilave ettim.

2010...
Hep sevinen ahali, bu yazıma çok kızdı. "Şerefsizsin sen, haysiyetsizsin" dediler. "Sanki Amerika'nın emrindeymişiz gibi yalanlar yazıyorsun, hükümetimize iftira atıyorsun" dediler. İsrail ajanı, Rum dönmesi olduğumu, annemin Ermeni, babamın Kürt, benim ters manyel veren gizli Amerikancı olduğumu öne sürdüler. Ağabeyim sitem etti, bana bi şey yok mu?

2011...
“Nato’nun Libya’da ne işi var?” dediler. Savaş gemisi gönderdiler. Henüz söylemediler ama, F16 da gönderiyorlar. Üstüne, Nato’nun Libya’yı vurma karargâhı yaptılar İzmir’i.

“Minare füze” dikilen İzmir Çiğli’den, Amerikan ambargosu uygulandığında yardımımıza koşan Kaddafi’yi, İzmir Çiğli’den vuracak minareci arkadaşlar...

“Minareler süngü, kubbeler miğfer, camiler kışlamız” diye bi şiir hatırlıyorum sanki.

Hülasa...
Libya’yı vuruş “haçlı seferi” olduğuna göre, haçlı seferinin karargâhı, bu arkadaşların “gavur” dediği İzmir olmayacaktı da, neresi olacaktı birader? Yarın öbür gün, biz vurmadık, “gavur İzmirliler vurdu” diye yemin etse, başı ağrımaz yani.

Ege

Sene 1996.
Kardak krizi yaşanıyor, Ege’de it dalaşı yapılıyor, hedefe kilitleyen “seni vurdum” diyerek, savaş oyunundaki üstünlüğünü kanıtlıyor, Türk F-16’sı Sakız civarında Yunan Mirage’ıyla kapışıyordu. Mirage, harbi harbi vurdu F-16’mızı, Magic füzesiyle!

Kurmay Yarbay Osman Çiçekli fırlatma koltuğunun kolunu çekebildi, Yüzbaşı Nail Erdoğan atlayamadı, şehit oldu.

Yarbayımız, Yunan helikopteriyle kurtarıldı, Sakız Devlet Hastanesi’ne götürüldü. Mirage’ın pilotu Yüzbaşı Thanos Grivas ziyarete geldi, “pardon” dedi, “emniyeti açık unutmuşum!”

“Arıza” denilerek, Türk halkından gizlenen bu gerçek... “Hain” damgası yemeyi göze alan Yunan gazeteci Panos Koliopanos tarafından ortaya çıkarıldı. Akabinde "kanıt" fotoğraf yayımlandı. Türk F-16'sını düşüren Yunan Mirage'ının burnuna "Türk bayrağı" çizilmişti.

İkinci Dünya Savaşı'nda Amerikan pilotlarının başlattığı gelenekti bu... Vuran, vurduğunun bayrağını "madalya" gibi uçağının burnuna kazıyordu. Pardon mardon hikâyeydi yani... Yunan pilot, bilerek, kasten vurmuştu. Türkiye gıkını bile çıkarmadı, sineye çekti.

Muavenet'i ve kafamızdaki çuval'ı bi kenara bırakıp, makarayı az daha geriye saralım...

Sene 1967.
Arap-İsrail savaşı başlamıştı. Birleşmiş Milletler 9 Haziran'da ateşkes ilan edilmesi için uğraşıyor... ABD bi yandan İsrail'e silah veriyor, beri yandan Arapları komple kaybetmemek için ateşkese destek çıkıyordu. Tavşana kaç tazıya tut vaziyeti, İsrail'in canını sıkıyordu.

Amerikan istihbarat gemisi Liberty, ateşkese sadece 24 saat kala, Gazze açıklarına geldi. İsrail keşif uçakları, sabahla öğle arasında sekiz defa Liberty'nin üstünde turladı. Gemiyle pilotlar arasında iki defa irtibat kuruldu, Amerikan gemisi olduğu teyit edildi, ki, mevsim yaz, görüş açık, Amerikan bayrağı apaçıktı. Saat 14... Tık, Liberty'nin telsiz frekansları bloke edildi!

Önce iki Mirage göründü, daldılar, vurdular. Roketleri sürpriz kroşe gibi suratına yiyen Liberty nerden geldiğini şaşırmıştı... N'oluyo demeye kalmadan, üç Super Mystere göründü, daldılar, peş peşe yangın bombalarını bıraktılar. Kaptan, bi umut belki fark ederler diye, cayır cayır yanan gemiye beş metrelik tören bayrağını çektirdi. Nafile... Mirage'lar geri döndü, vurmaya devam etti. Hava saldırısı 22 dakika sürdü, 9 ölü, 60 yaralı, ağır hasar vardı.

Bitti sanılırken... İsrail hücumbotları geldi, portakal kasası gibi duran gemiyi torpilledi, üçü ıska, ikisi tam isabet, gövdede delik açıldı. Mirage'ların ilk vuruşunda savunma silahları darmadağın olan Liberty, çaresizdi. Amerikan bahriyelileri can havliyle botları indirmeye çalışıyordu, ki, hücumbotlar alenen savaş suçu olmasına rağmen, kurtarma botlarını da taradı.

Bir saat 15 dakika, aralıksız ateş altında kaldılar, cehennemden farksızdı. Neticede, kıyıya vuran balina gibi, Malta sahiline kapağı attı Liberty... 34 Amerikalı ölmüş, 171 Amerikalı yaralanmıştı. Gövdede 82 roket, üç binden fazla mermi izi vardı. Ve, ateşkes ilan edildi!

İsrail "pardon" dedi, "biz onu Al Kuseyr isimli Mısır gemisi sanmıştık, karıştırmışız!"

Halbuki, Liberty'le İsrailli pilotların karşılıklı konuşup, teyitleşmesini boş ver... Al Kuseyr 80 metre, Liberty iki katı, 152 metreydi. Al Kuseyr kum kosterine benzerken, Liberty'nin her tarafı devasa radar-çanak antenleriyle doluydu. Al Kuseyr'i Liberty sanmak, ikinci el Lada'yı Cadillac'la karıştırmaya benziyordu. Üstelik, Al Kuseyr'in yüzemez halde olduğunu ve İskenderiye Limanı'nda iskeleye bağlı bulunduğunu, elbette herkes biliyordu.

Daha enteresanı... İsrailli pilotlar, geminin Liberty olduğunu belirtiyor, vur emri alıyor, bu telsiz konuşmaları ABD Beyrut Büyükelçiliği tarafından kaydediliyor, ABD eski Lübnan Büyükelçisi Dwight Porter tarafından 1991'de itiraf ediliyordu. Buna rağmen, soruşturulmadı iyi mi... ABD Kongresi tarafından soruşturması açılmayan tek olay olarak tarihe geçti.

Diyeceksiniz ki, ee-e?
E'si şu...
İt dalaşı'na gönderiyoruz, denizaltı filan gönderiyoruz ama, İsrail vurursa n'apacağız?

"Cevabını misliyle veririz" diyenlere, yukardaki satırları tekrar okumalarını öneririm... Özellikle de, yiğitlerimizi vuruşmaya gönderirken tatilde bulunan TBMMilletvekillerimize.

Ve, sonuna kadar gelmişken, zahmet edip, aşağıdaki satırları da okumalarını rica ederim.

"Bak sevgilim... Al şu noter vekâletini, maaşımı şöyle çekeceksin, şuraya şuraya taksidimiz var, unutma, mecbur kalırsan otomobili şu şekilde satacaksın" diye tembihliyordu eşlerine, vedalaşırken subaylarımız... Ki, oralardayken, buralarda tutuklanma ihtimalleri yüksek.

Akdeniz

Savaş tamtamları filan çalmıyordu, harbi harbi savaş başlamıştı. Kıbrıs'a çıkmıştık.

Hemen ertesi gün... Mersin'den demir alan Kocatepe, Adatepe ve Mareşal Çakmak isimli muhriplerimiz, Girne açıklarındaydı. Keşif uçağımız, 12 gemilik Yunan konvoyunun Rodos'tan Baf'a doğru yol aldığını rapor edince... Genelkurmay'dan emir geldi: Vurun!

Muhriplerimiz derhal bölgeye gitti.
Ara tara, konvoy monvoy yok.
O sırada, jetler belirdi.

Türkiye Cumhuriyeti tarihinin ilk deniz savaşı, işte bu faciayla başladı... Çünkü, Yunan donanması hile yapıyor, Türk bayrağı çekiyor, telsizde Türkçe konuşuyordu. En azından istihbarat böyleydi... Ve pilotlarımız "sakın aldanmayın" diye tembihlenmişti.

O yüzden, muhriplerimizden gelen "Türküz" mesajlarına inanmayıp, küfürle karşılık verdiler. Kendilerine verilen bilgiye göre bölgede Türk gemisi yoktu! Gümbür gümbür vurdular.

Muhriplerimiz, Amerikan hibesiydi, hava savunma sistemleri yoktu, uçak gemilerini denizaltılara karşı korumak ve suüstü savaşı için üretilmişler, kabak gibi hedef olmuşlardı.

İlk darbeyi Kocatepe yedi. İlk jet ıskaladı, ikincisi kıçtaki topa tam isabet, üçüncüsünün bıraktığı bomba bitiriciydi, bacaya daldı, savaş harekât merkezini darmadağın etti. Yangın başladı. Elektrik sistemi çöktü. Kıç topu sustuğu için jetler arkadan yaklaşıyor, eliyle koyar gibi peş peşe indiriyordu. Adatepe ve Mareşal Çakmak da vurulmuştu, alev alevdiler.

Yangın kontrol altına alınamayıp, cephaneliğe sirayet etmeye başlayınca, Kocatepe'nin komutanı "terk edin" emri verdi. Hafif silahları alıp, can yeleklerini giyip, sallara bindiler. İnfilaka saniyeler kalmıştı, vakit dardı, bazıları denize atlıyor, yüze yüze sala çıkıyordu. Portatif telsizi naylona sarıp boynuna bağlayan Muhabere Subayı Necati Gürkaya'nın yeleği açılmadı, gömüldü gitti... Gemiyi en son seyir subayıyla kaptan terk etti. Ve, bummm!

Kocatepe battı. 30 sal vardı. Birbirlerine bağlı, topluca durmaları gerekiyordu. Ancak panikle ipleri kestiler, dağıldılar. Mareşal Çakmak ve Adatepe, yaralı halde yardıma gelmeye çalıştı ama jetler aralıksız saldırıyordu. Çare yok. Ya bırakıp kaçacak ya da batacaklardı. Bıraktılar.

Komutanın salında 20 personel vardı. Sığmıyorlardı. Akdeniz, köpekbalığı kaynıyor... Üstlerine sarımtırak, iğrenç kokulu koruma maddesini sürüp, sırayla denize indiler, iplere tutuna tutuna hayatta kalmaya çalıştılar. Gece oldu. Zifiri karanlık. Yıldızlara baka baka, memlekete doğru kürek çektiler. Sabah oldu. Öğle oldu. 24 saat geçti. Ufukta kara yok.

İkindiye doğru, balıkçı motoru ebadında bi tekne göründü. Mermileri namluya sürdüler. Yunansa, vuruşarak şehit olacaklardı. Rütbeleri sökmüş, denize atmışlardı, komutanın kim olduğu belli olmasın diye... Rutin savaş protokolüydü. Tekne yanaştı, kaptanı yaşlıca bir adamdı, İngilizce "kimsiniz" diye sordu. "Siz kimsiniz?" cevabını verdiler. Kaptan gülümsedi, "Türk müsünüz?" dedi. Üstelik, İngilizce değil, Türkçe!

İsrail Deniz Ticaret Okulu'nun teknesiydi. İsmi, Mevuot Yam... Kaptanlık ve balıkçılık kursu gören 13 öğrencisiyle Santorini açıklarındayken savaş çıktığını öğrenmiş, İsrail'e dönüyorlardı. Muhriplerin vurulduğundan haberleri yok, tesadüfen denk gelmişlerdi.

Kaptan, İstanbulluydu. Reuven Pinhasi. Aslen, Rus Musevisi. Henüz üç yaşındayken, Bolşevik Devrimi'nden kaçan ailesiyle İstanbul'a gelmiş, Beyoğlu'na yerleşmiş, Avusturya Lisesi'nde okumuş, babası vefat edince, 1943'te, İsrail'e göç etmişti... Türkçesi ordandı.

Saldakilerin üniforma renginden ve İngilizce aksanlarından Türk olduklarını anlamıştı. Omuzlarında rütbeleri olmadığı halde, hepsi onun ne diyeceğine baktığı için komutanın kim olduğunu da...

Tekneye alındılar. Komutan kendini tanıttı. "Başka sallar var" dedi. Tur atıldı, iki sal daha bulundu. Gerisi yok. 42 Türk kurtarılmıştı. Türkler gitmek istemiyordu. Ancak tekne 20 metrelik... İstiap haddi dolmuştu. İsrailli kaptan, "bize de ateş açılma ihtimali var, öğrencilerimin sorumluluğu bende, uzaklaşmak zorundayız" dedi. Çaresiz kabul ettiler.

İsrailli öğrenciler battaniye dağıttı, sofra kurdu, yedirip içirdiler, 20 saat yol, Hayfa'ya vardılar. İsrail donanması törenle karşıladı. Ankara'yla temas kuruldu, Başbakan Ecevit talimat verdi, THY'nin Boğaziçi isimli uçağı Tel Aviv'e indi, bahriyelilerimizi alıp, geldi.

Kocatepe'nin öbür sallarındaki personeli, Libya gemileri tarafından toplanmıştı. Kaddafi, bahriyelilerimizi bizzat karşılamış, bizzat uğurlamıştı. Ki, ambargo yiyen Türkiye'ye benzin vermiş, "hangarlarım açık, ne istiyorsanız alın, Libya sizindir" demiş... Türkiye'nin ihtiyacı olan askeri malzemeyi gemilerine yüklerken bizzat sırtında taşımıştı.

Adatepe ve Mareşal Çakmak, ağır yaralı halde Mersin'e ulaşmıştı. Bilanço, 54 şehit.

Aslına bakarsanız, konvoy monvoy yoktu. Keşif uçağımız, Rodos'ta mendirekten gemiye yüklenen 12 askeri kamyon görmüş, laf dönüp dolaşmış, 12 gemilik konvoy olmuştu! Hava ve Deniz kuvvetlerimiz arasındaki koordinasyonsuzluk tuz biber ekince, kendi kendimizi vurmuştuk.

Ve maalesef "jetlerimiz Yunan konvoyuna ağır kayıplar verdirdi" başlıklarıyla çıkmıştı Türk basını... Durum beş gün sonra anlaşıldı ama "hazin gerçek" tam bir sene gizlendi halktan.

Ya bugün?

İnsanlarımızı savaşta denizden kurtardığı için teşekkür ettiğimiz İsrail'le, insanlarımızı denizde öldürdüğü için savaş noktasına gelmiş vaziyetteyiz... Gene Akdeniz'de.

Yunan'la Kıbrıs'ta savaşıyorduk.
İsrail devletini tanıyan ilk ülkeydik.

İsrail'le ilişkimizi kestik.
Aynı Yunan aynı İsrail'den silah alıyor.
Aynı İsrail'le Kıbrıs'ta petrol çıkarıyor.

Kocatepe'nin komutanı Albay Güven Erkaya'ydı, yıllar sonra Deniz Kuvvetleri Komutanı oldu, İsrail'e gitti, Reuven Pinhasi'yi buldu, İstanbul'da ağırladı... Bugün yaşasaydı, hapiste olurdu.

Kocatepe battı. Adatepe jilet oldu. Mareşal Çakmak'tan tencere yaptılar. Bunları bize hibe eden ABD, bunlarla birlikte hibe ettiği Muavenet'i vurdu, pardon dedi, güya tazminat olarak yeni muhripler hibe etti ama sonradan parasını aldı... Türk basını, bu rezaleti de gizledi.

Ambargo uygulanırken "Libya sizindir" diyen Kaddafi'yi, ambargo uygulayan ABD'yle birlikte hibe gemilerimizle vurduk, cesedine ödül koyan muhaliflerine elden para verdik.

Ee-eehh...
Oku oku sıkıldım.
Bana ne be.

Karadeniz

Mebuslarımız nereli?
Doğum yerlerine baktım...
Karadeniz iktidar.

109'u Karadenizli.
92'si İç Anadolulu.
87'si Doğu Anadolu.
81'i Marmara.
73'ü Güneydoğulu.
55'i Akdenizli.
Ege figüran...
Sadece 53'ü.

32 mebus İstanbullu. Ancak, nüfusa vurunca, komik bi rakam. Konyalıları, Kayserilileri toplayınca, İstanbulluları geçiyor. Kahramanmaraşlılar Edirnelilerin 5 katı. Şanlıurfalılar, Eskişehirlilerin 3 katı. Diyarbakırlılar, 11 Bursalı'dan fazla. 18 Trabzonlu var, Antalyalıların 3 katı. 6 Şırnaklı var, İzmirliler kadar. Karamanlı İzmitli'ye eşit. Muşlular Ispartalı'dan çok.

CHP'ye damgasını vuran şehir, İstanbul... 14 İstanbullu var. Sonra, 5'er Ankaralı ve Mersinli geliyor. İzmir'den 13 mebus çıkardı, sadece 3'ü İzmirli. Tuncelililer İzmirliler kadar. Ordulular Uşaklıların 3 katı. Tokatlı Afyonlu kadar. Diyarbakırlı Muğlalı kadar. Rizeli Tekirdağlı kadar. Bursalı Denizlili'den çok. Pek çok şehirden mebus çıkaramadığı için, hemşeri haritası net değil, ancak, bu durumda bile Trakyalılar Güneydoğulular'dan az.

MHP'ye damgasını vuran şehir, yok... Belki Adanalı diyebiliriz, 4 Adanalı var. İstanbul'da sadece 1 İstanbullu var, Ankara'da Ankaralı yok, İzmir'de İzmirli yok. Ancak, çok az mebus çıkarmasına rağmen, nüfus kayıtları itibariyle yedi bölgemize en dengeli dağılan parti MHP... Ispartalı da var, Diyarbakırlı da var. Muğlalı da var, Iğdırlı da. Konya-Trabzon 2-2.

BDP'ye damgasını vuran şehir, sürpriz, Bursa... Oradan hiç mebus çıkarmadı ama, 2 mebusu Bursalı... Ankaralı 1; İstanbullu, İzmirli yok. Diyarbakırlı 4. Elazığ, Şanlıurfa 3'er.

AKP'ye damgasını vuran şehir, Trabzon... 15 Trabzonlu var. İstanbullu da 15 ama, Ordulu ve Rizelileri yan yana getirince, İstanbul'a basıyor. Mardinliler İzmirliler'den fazla, Giresunlular 2 katı, Kayserililer 4 katı, sadece 2 İzmirli var. Konyalı, Ankaralı'dan çok. 10 Ankaralı var, bunların sadece 2'si Ankara mebusu. Muşlu Denizlili kadar. Vanlı Çanakkaleli'den çok. Diyarbakırlı Edirneli'nin 6 katı. Bulgaristan doğumlu mebus, Uşaklılar kadar. Yunanistan doğumlu mebus, Aydınlılar kadar. Almanya, Belçika, Norveç doğumlu mebus var. Amasyalı Niğdeli'den, Çorumlu Mersinli'den fazla. Karabüklü İzmitli kadar. Sinoplu Burdurlu'dan çok.

Özetle...
Türkiye'yi Karadeniz yönetecek.

Bi çılgın proce daha patlatıp, Karadeniz'in adını Ak'deniz diye değiştirirlerse, şaşma... Yeni anayasa ayaklarıyla Ege'yi haritadan silip, eskisi gibi Akdeniz yaptın mıydı, tamamdır bu iş.

Kaşif

Trabzon'da doğdu.
Dedesi kahramandı.
İstiklal harbi şehidi...
Onun adını verdiler.
Kaşif.

Babası öğretmendi. Halası da öğretmendi, hatta, kendisinin ilkokul öğretmeniydi. Atatürk ilkeleriyle büyütüldü. "Herkes biraz İzmirlidir" derim ya... O da öyleydi. Babası Mithatpaşa Endüstri Meslek Lisesi'ne atanınca, İzmir'e taşındılar, Hatay Nokta durağına... Atatürk Lisesi'ne kaydoldu. Dar gelirli baba, ailesinin geçimini sağlamak için ek iş yapar, marangoz olarak Fuar'da stant kurardı. Gene tayin... Kırklareli Atatürk Lisesi'nden mezun oldu. ODTÜ'yü kazandı.

Ama, subay olmak istiyordu. İzmir Atatürk Lisesi'nin boks takımındayken burnu kırılmış, vaziyeti idare etmiş, öylesine kaynamıştı. Bu halde olmaz dediler. Ailesinden gizli gizli yattı masaya, ameliyat oldu, düzeltti. Sınava girdi, Kara Harp Okulu'nu kazandı. Bordo bereli'ydi. Dünya Özel Kuvvetler Şampiyonası'nda, teçhizatlı koşu, paraşütle atlama, sualtı dalışı, keskin nişancılık, hayatı idame, yarma, sızma filan, dünya şampiyonu oldu. Seçkin birlik, Muharebe Arama Kurtarma MAK'ın kurucuları arasında yer aldı. Sayısız subay, astsubay ve özel harekâtçı polis yetiştirdi. Binbaşı rütbesindeyken, Milli İstihbarat Teşkilatı'na geçti.

Madalyaları evine sığmıyordu, bazıları, örnek bir Atatürk kızı olan 75 yaşındaki annesinde duruyordu. Hep vardı ama, hiç yoktu... Babası vefat ettiğinde, yurtdışı görevindeydi, cenazeye katılamadı. Kız kardeşine çok düşkündü, eline doğan yeğeninin düğününe bile gelemedi.

Parayla pulla hiç işi olmadı. Mütevazı bi evi var. Ankara'da. Hepsi o... Didik didik ettiler manşetlerden linç edebilmek için, bula bula, anca bi de yazlık bulabildiler. Ki, o yazlık, eşine babasından miras kalmıştı. Tek serveti, 21 yaşındaki oğluydu. Üniversite öğrencisi... 55 senelik ömrü operasyonda geçtiği için, toplasan, üç sene ya gördü büyüdüğünü, ya göremedi.

Karnında...
Sırtında...
Mermi izi vardı.
İleride belki ama...
Şu anda size söyleyemeyeceğim yerde yedi.

MİT'in Asya Ülkeleri Daire Başkanvekili'ydi. Özbekistan, Kazakistan, en son Afganistan'daydı. Afgan köylerine Atatürk posteri asarken, "sen teröristsin, gel buraya" dediler. Koşarak geldi.

Türk halkı, ilk kez ve son kez, mahkemeye "koşarken" gördü onu... Zımba gibiydi. Çünkü, çocukluğundan beri haftanın yedi günü aralıksız spor yapardı. Her nedense, cezaevinde son görüştüklerinde kız kardeşine vasiyet etti, "ölürsem, beni babamın kucağına koyun" dedi.

Ve, öldü.
Mermi öldürememiş...
Spordan öldü deniyor.

Cudi

Gazeteciliğe başladığımda Cudi'de çatışma oluyordu, neredeyse emekli olacağım, Cudi'de hâlâ çatışma oluyor. E haliyle merak edip, soruyorsunuz... Cudi'de neler oluyor?

Dilim döndüğünce...

Malum, dünya medya imparatoru Rupert Murdoch, geçenlerde Ankara'ya geldi, Başbakanımızla baş başa görüştü ve hatıra olarak John Philby'nin kitabını hediye etti.

Rupert Murdoch... 1915'te Avustralya Başbakanı'na gizlice mektup yazan, cephedeki İngiliz komutanların yalan raporlar gönderdiğini belirten, "Çanakkale geçilmez" diyerek İngiliz hükümetinin uyanmasına ve derhal çekilmelerine vesile olan Avustralyalı gazetecinin oğlu.

Murdoch'ın Başbakanımıza hediye ettiği *The Empty Quarter* isimli kitabın yazarı John Philby ise, İngiliz casusu... Anadili gibi Arapça biliyordu. Müslüman oldu. "Şeyh Abdullah" adını aldı! Biz Çanakkale'de İngilizlerle boğuşurken, Osmanlı'ya isyan bayrağı açan Mekke Şerifi Hüseyin'e yardımcı olması için Arabistan'a gönderildi. Bi yandan bizi sırtımızdan hançerleyen Arapları organize etti, bi yandan petrol şirketlerine imtiyaz topladı, bi yandan da araklayıp İngiliz müzelerine sattığı tarihi eserlerle servet sahibi oldu. İngiltere'ye döndü, siyasete atıldı, seçilemedi, küstü. İkinci Dünya Savaşı'nda saf değiştirdi, kendi ülkesini satmaya, çaktırmadan Hitler'e çalışmaya başladı, tutuklandı, ev hapsine alındı. Savaş bitince Lübnan'a taşındı, kalpten öldü, Beyrut'ta Müslüman mezarlığa gömüldü.

Bu casus arkadaşın bi oğlu vardı, Kim Philby... O da babası gibi Cambridge'den mezun oldu, o da sular seller gibi Arapça biliyordu, o da babası gibi casustu... 1947'de, Türkiye'ye, konsolosluk sekreteri ayaklarıyla İstanbul'a gönderildi. Sonra, CIA ile MI6'in irtibat görevi için Washington'a tayin edildi. Soğuk savaş tarihine "asrın casusu" olarak geçti. Çünkü çift taraflı çalışıyordu, köstebek'ti... Sovyet gizli servisi tarafından devşirilmişti, Moskova'ya bilgi satıyordu. Şüphelenildi, takip edildi, bi türlü suçüstü yapılamadı. Ama kovuldu... O da gitti, babası gibi Beyrut'a yerleşti. Güya gazeteciydi. Gel zaman git zaman... 1961'de, Anatoliy Golitsyn isimli KGB subayı ABD'ye iltica etti, bülbül gibi öttü, Kim Philby'nin ipliğini pazara çıkardı. Aranan kanıt bulunmuştu. İngiliz siciminin boynuna dolanmak üzere olduğunu anlayan Kim Philby, Suriye üzerinden,

Ermenistan'a, oradan Rusya'ya kaçtı. Daha önce bi İngiliz, bi Amerikalı eşinden boşanan Philby, bu sefer, Polonya kökenli Rus yazar Rufina Pukhova'yla evlendi. Hayatı roman oldu, Hollywood'da film oldu. Alkolik oldu. İki defa intihara kalkıştı, beceremedi. 1988'de, babası gibi kalpten gitti. Rusya, onun hatırasına posta pulu bastırdı.

Hatta, ölümünden sonra ortaya çıktı ki... İstanbul'da çalıştığı sırada, SSCB'nin İstanbul Başkonsolosluğu'nda görevli olan ve İngiltere'ye iltica etmek isteyen Konstantin Volkov isimli KGB subayını, usta manevralarla, bizzat, kendi elleriyle KGB'ye teslim etmişti. Çünkü, Volkov'un elinde "köstebek"lerin listesi vardı ve listenin başında kendi adı yazıyordu!

Bu casus arkadaşın, kendisi gibi casus olan babasına dönersek... Suudileri örgütleyen John Philby, Irak'ın örgütlenmesi işini de, Gertrude Bell isimli bi kadınla yürütüyordu.

Oxford mezunu olan Gertrude...
Türkçe, Arapça, Farsça, Kürtçe dahil.
Şakır şakır yedi lisan bilen, casustu.

Suudi Arabistanlı Lawrence için "manevi oğlum" sıfatını kullanan... Suudi Arabistanlı Lawrence'ın da "annemden farksız, bildiğim her şeyi ondan öğrendim" dediği kadın.

Çok güzeldi. Etrafına ışık saçıyordu. Görenlerin ağzı sulanıyordu. Arkeolog ayaklarıyla Mezopotamya'yı karış karış gezdi, aşiretleri örgütledi, 1919'da Paris Konferansı'na delege olarak katıldı, haritaladı, Kürt, Arap, Şii, Türkmen bölgelerine ayırdı, bugünkü Irak'ın sınırlarını elleriyle çizdi. 1924'te Türkiye'yle İngiltere arasında imzalanan Irak sınırı, onun eseriydi. Bi de kral buldu... John Philby'nin kankası Şerif Hüseyin'in oğlu, kukla Faysal'ı Irak tahtına oturttu.

Araplar ona "Çöl Kraliçesi" diyordu. Hiç evlenmedi. Âşıktı aslında... Binbaşı Dick Doghty-Willie'ye... Talihsizliğe bakın ki, binbaşı evliydi. Gizli gizli mektuplaşıyorlar, buluşuyorlar ama, binbaşı eşinden boşanmıyor, Gertrude bunalıma giriyordu. Sorunu biz çözdük... Binbaşı'yı Çanakkale'de vurduk, herif öldü, aile faciası yaşanmasına gerek kalmadı!

Kim bilir, belki de Gertrude'un Türk nefreti böyle başlamıştı... Sevgilisi ölünce, kendini Kahire'ye attı, İngiliz gizli servisinin Arap Bürosu'na katılıp, yukarda anlattığım işleri halletmek için Irak'a geçti. Önce bizim kuyumuzu kazdı, sonra kendi başını yedi, 1926'da aşırı dozda uyku hapı alarak, intihar etti. Bağdat'a gömüldü.

Kendini öldürmeden önce, gene arkeolog ayaklarıyla, defalarca Anadolu'ya geldi. Kadın konusundaki zafiyetimizi biliyordu, kullandı, kapıları ardına kadar açtırdı, yetmedi, yanına rehber bile verdik... Ki, istediği gibi kurcalasın, cirit atsın memlekette!

Hakkını verdi, dört döndü...
Ne Diyarbakır bıraktı, ne Kayseri, ne Adana, ne Kapadokya... Kürt köylerinin, Hıristiyan köylerinin listesini çıkardı, hangi aşiret devletten yanadır, hangi aşiret hainliğe müsaittir, şeceresini çıkardı. Nereler kuytudur, nerelerden nerelere geçilir, haritaladı. Mesela bi mektubunda aynen şöyle anlatıyordu: "Zaho kampında konakladım..."

Bilmiyorum, bi yerden hatırlıyor musunuz, bu Zaho kampını!

Cudi'ye çıktı... Hatıralarında "Müslümanlar, Nuh'un gemisinin sular çekildikten sonra Ararat Dağı'nda değil de, Cudi Dağı'nda oturduğunu düşünüyor. Cudi'ye yaptığım hac ziyaretinden ve gördüklerimden sonra, ben de artık aynı düşüncedeyim" diye yazdı.

Antakya'ya da gitti...
Camilerin fotoğrafını çekiyorum, kiliseleri geziyorum filan dümeniyle, ahalinin etnik kökenini raporladı.

Diyeceksiniz ki, güzel güzel Cudi'ye kadar gelmiştin, niye zart diye Antakya'ya geçtin? Çünkü, seneler sonra güzel bi kadın daha geldi, insaniyet namına, Antakya'ya...

Angelina!

Ve, ağzımızın suyu akarak karşıladığımız o iyiniyet elçisi Angelina, yeni bi başrol için, İngiliz yönetmen Ridley Scott'la el sıkıştı... Senaryosu kanımızla yazılmış "Çöl Kraliçesi Gertrude Bell"i canlandıracak.

Hayırlısıyla çıksın Cudi'ye, çeksin filmini Angelina...
Popcorn yiyerek öğreniriz, neler oluyor oralarda!

Yanardağ

Pelee...
Yanardağ.
Karayipler'deki Fransız sömürgesi Martinik Adası'nda.

Sene 1902.
Seçim yapılacak. Ahaliyi temsilen Paris'e mebus gönderilecek. İki parti var. Biri kodamanların, öbürü garibanların... Ada'da bi de vali var. Fransız. Güya demokrasi filan ama, aslında bu arkadaş yönetiyor. Ve, istiyor ki, hep kodamanlar kazansın. Malum, avanta alıyor.

Sandığa 10 gün kala... Yanardağ kımıldıyor. Ufak ufak kül püskürtmeye başlıyor. Ahali huylanıyor. Vali tutuşuyor. Çünkü, ahalinin derdiyle valinin derdi başka... Seçim kafa kafaya görünüyor, yanardağ patlayacak diye kaçışlar başlarsa, kodamanlar tüyecek, garibanlar kalacak, denge bozulacak ve böylece sandıktan gariban çıkacak, ayıkla pirincin taşını.

Yerel gazeteler, valinin adamı... Arıyor hemen "sakin olun, tehlike yok" manşeti çaktırıyor. Hatta, mamalı köşe yazarlarına aba altından sopa döşettiriyor, "seçim arifesindeki yanardağ dedikoduları kötü niyetlilerin işi, panik başlar da ticaret aksarsa, sorumlusu olurlar" yazdırtıyor.

Ahali yiyor... Çünkü, gazetelere inanmasalar bile, din adamlarına inanıyorlar. Ve, valinin kankası din adamları, papağan gibi, adanın huzurunu bozmak isteyenleri lanetliyor.

Kodamanlar yemiyor... Manşetler ne uydurursa uydursun, gözleri de mi görmüyor, villaların çatıları yarım metre külle kaplanmış, kulakları da mı duymuyor, yanardağın homurtusundan geceleri uyuyamıyorlar. Burun desen, bariz kükürt kokluyor... Tası tarağı toplayıp, vınnnlamaya niyetleniyorlar. Ancak eli verip, kolu kaptırdıklarını unutuyorlar. Yok öyle!

Vali emir veriyor, limana asker dikiyor, gitmek yasak, seçimden önce gitmek isteyen oyulacak... Hatta, adadaki Amerikan elçisi Washington'ı tehlikeden haberdar eden telgraf çekiyor, postane valinin, el koyuyor, tehlikenin geçtiğini bildiren çakma telgrafı gönderiyor.

Seçime dört gün kala...
Dağın sıcağından kaçan yılanlar, böcekler, sürüler halinde şehir merkezine akıyor.

Seçime üç gün kala...
Kuşlar.
Patır patır düşüyor.

Seçime iki gün kala...
Pelee patlıyor.
Krateri kâğıt gibi yırtılıyor, önce 815 derece sıcaklıktaki gaz bulutu, hemen bi kaç saniye ardından lavdan çığ... Saatte 100 kilometre hızla şehre akıyor.

İktidar hırsı...
Hepi topu iki dakika.
Komple yok oluyor.
Vali dahil.

Demem o ki.
Seçime bir gün kaldığında...
Siz siz olun, yalancı manşetlere, avantalı telkinlere, zorbalığa değil... Uyaranlara kulak verin.

Waldorf Astoria

New York'a ilk Celal Bayar gitmişti, Waldorf Astoria'da kalmıştı. Adnan Menderes, Süleyman Demirel, Turgut Özal, Tansu Çiller, hep Waldorf Astoria'da kaldılar.

Başbakanımız sevmiyor Waldorf Astoria'yı... Ritz Carlton'da kaldı, St. Regis'te kaldı, en çok The Plaza'da kaldı. Beatles da orada kalırdı. Marilyn Monroe jartiyerli pozunu orada verdi. Onassis beş çayına oraya gelirdi. *Sex and the City*'nin, *Gossip Girl*'ün bazı bölümleri orada çekildi. Başkan Nixon'ın kızı orada evlendi. En dandik odası 1.200 dolarcık, süitleri 20 bin dolarcık... Her şey dahil değil maalesef, yersen, tabağı 400 dolarcık... Muslukları altın, 24 ayar, odalarını Versace tasarladı, Louis XV'den esinlenmiş, koltuk moltuk antika, bornozları altın sırmalı... "Ya araklanırsa?" derseniz, sıkmayın canınızı, otel müdürü gülümseyerek "üstünde amblemimiz var, reklamın iyisi kötüsü olmaz" diyor. Başbakanımız gibi, Cumhurbaşkanımız da The Plaza'da kalıyor. Sahibi Suudilerdi. İsraillilere satıldı.

Sanırım o nedenle, bu sefer The Plaza'da kalmadı, The Peninsula'yı tercih etti Başbakanımız... Ancak, kadere bak, Obama'yla mecburen Waldorf Astoria'da görüşmek zorunda kaldı.

Başbakanımız gibi, Bülent Ecevit de sevmezdi Waldorf Astoria'yı... The Westbury'de kalırdı. Ancak, kadere bak, bi gün onun yolu da Waldorf Astoria'ya çıktı. Sene 1976'ydı.

Kıbrıs Barış Harekâtı'nın ikinci yıldönümünü kutladığımız gün, MTA Sismik-1 Hora, petrol aramak için Ege'ye açıldı. Ve, tarihi rest çekildi: "Yunanistan müdahale ederse, vururuz!"

1942 modeldi Hora... 55 metre boyunda, 9 metre enindeydi. İhtilaflı sularda petrol aramak için Norveç gemisi kiralamıştık. Yunanistan bastırınca Norveç kıvırmış, kaçmıştı. Kendi göbeğimizi kendimiz kesmeye karar vermiş, teknolojik cihazlarla donatıp, Ege'ye salmıştık.

Türk ve Yunan orduları teyakkuza geçmişti. Çatışma an meselesiydi. Kaddafi, Ankara'ya mesaj gönderip "Libya'ya ait Mirage savaş uçakları Türk Hava Kuvvetleri'nin emrindedir" demişti.

Başbakan, Demirel'di. Ancak, işin adresi belliydi. ABD Başkanı Gerald Ford, başbakanı değil, Bülent Ecevit'i Beyaz Saray'a davet etti. Kıbrıs Fatihi'ni ikna etmeye çalışacak, ağzını burnunu dağıttığımız Yunanistan'ı daha fazla hırpalamamamızı rica edecekti. Diplomatik mesajlar çoktan verilmişti zaten... Ege'ye çıkmanıza karışmayacağız, Hora'ya kimse dokunmayacak, istediğiniz yerde petrol arayabilirsiniz, yeter ki yeni bi savaş çıkarmaya kalkmayın.

Ecevit kabul etti. İlk durağı, New York'tu. Dedim ya, Waldorf Astoria'yı sevmezdi, The Westbury'ye yerleşti. Türk işadamlarının vereceği yemeğe katılacak, sonra Washington'a geçecekti. Kaderin cilvesi olsa gerek, onuruna verilen yemek, Waldorf Astoria'daydı.

Geldi Waldorf Astoria'ya, lobiye girdi, işte o anda olanlar oldu... Stavros Psihopedrisdes isimli Kıbrıslı Rum, tabancasını çıkardı –toplu Smith Wesson– geberrr diye bağırarak, Ecevit'e doğrulttu. Ölüm, salise kadar yakındı, hayat, adeta film şeridi gibi donmuştu. Bernard Johnson hariç... Siyahi FBI ajanı Bernard, merminin üstüne atladı, tetiği çekemeden Stavros'u yıktı.

Şok üstüne şok yaşanıyordu, çünkü, Bernard yere yıktığında Stavros'un kolu koptu! En azından herkes öyle sandı. Meğer... EOKA militanıymış, barış harekâtımız sırasında el bombası fırlatmaya çalışırken, elinde patlamış, kolu kopmuş, takma kol kullanıyormuş iyi mi.

(28 yaşındaydı Stavros... Atina derhal "CIA ajanı" olduğunu iddia etti. Soruşturmada Yunan İstihbaratı'nın adamı olduğu ortaya çıktı. Bir ay önce New York'a gelmiş, bir gün önce Park Lane Hotel'de kasiyer olarak işe başlamıştı. Güya yargılandı... Rum lobisi devreye girdi, bir sene bile yatmadan, 100 bin dolar kefaletle bırakıldı, yırttı. Sonra ne oldu bilmiyorum.)

(Ecevit, memlekete döner dönmez ilk iş, Bernard'ı davet etti. Bernard, ABD Dışişleri Bakanı Kissinger'ın özel izniyle geldi. Önce İstanbul'u gezdi, ardından başkente geçti. Ecevit, hayatını kurtaran Bernard'ın onuruna, Ankara Marmara Oteli'nde yemek verdi. Sarılıp, öpüştüler, uğurlandı. 23 sene sonra, 1999'da... Ecevit, başbakan olarak gene New York'a gitti. Hiç hazzetmediği halde, inadına, Waldorf Astoria'da kaldı. Türkevi'ne konferansa gittiğinde, kendisini acı-tatlı sürpriz bekliyordu. Bernard oradaydı... Terfi etmiş, ABD Dışişleri Bakanlığı'nın

New York Güvenlik Başkanı olmuş ve Ecevit'i ziyarete gelmişti. Sarıldılar, sohbet ettiler, korkunç hadiseyi kahkahalarla andılar, ayrıldılar. 7 sene sonra, 2006... Ecevit vefat etti. Rahşan hanıma gönderilen taziye mesajları arasında, emekliye ayrılmış olan Bernard Johnson'ın satırları vardı: Büyük bir insanın ölümünü öğrenmekten dolayı derin üzüntü içindeyim, size ve Türk milletine başsağlığı dilerim...)

Oofff of.

İnisiyatif bizdeydi.
Kıbrıs bizimdi.
Petrolü biz arıyorduk.

Ve bugün...
Başbakanımızla aynı Waldorf Astoria'da buluşan Obama "sakın ola Rumlara dokunmayın" dedi. Çünkü, otel aynı otel ama, petrolü arayan biz değiliz maalesef...
AB üyesi Rumlar.

Bizi sorarsan...
Taa 1976'nın bile öncesine döndük, petrol aramak için gene ve hâlâ Norveç gemisi kiralamaya çalışıyoruz!

Belki biraz daha offf çekersiniz diye, bi ilave yapıp öyle bitireyim bari.

Aynı 1976'da... Hora, petrol kaynaklarını tespit edip, yurda döndü, törenlerle karşılandı. Galiba makûs talihimiz değişiyordu, sevinçten havalara uçuyorduk ki, sadece 10 gün sonra... Yeşilköy Havalimanı kan gölüne döndü! İstanbul'dan Tel Aviv'e gitmek üzere olan İsrail El Al yolcu uçağı, dört Filistinli tarafından kaçırılmaya çalışıldı. Uçağa binerken birinin el bombası yanlışlıkla patladı, paniğe kapıldılar, otomatik silahlarını çıkarıp, transit salonunu taradılar, biri İsrailli biri Amerikalı biri Japon üç kişi öldü, dördü Türk 34 kişi yaralandı. Çatışma 1,5 saat sürdü. Havaya uçan militan öldü, iki militan sağ ele geçirildi, biri kayboldu. Kayıp militanın, kaşla göz arasında El Al uçağına atılıp, İsrail'e götürüldüğü ortaya çıktı.

Ağrı Dağı

Ermenistan Cumhurbaşkanı, "Ağrı'yı alabilecek miyiz?" diye soran gençlerine, "Bu sizin neslinize bağlı... Benim neslim, üzerine düşen görevi başarıyla yerine getirdi, Karabağ'ı düşmanın elinden aldı, bundan sonrası sizin neslinizin başarısına bağlı" dedi.

Benim neslim ise...
"Hepimiz Ermeni'yiz" diye sokaklarda yürüdü.

Futbol Federasyonu'nun ambleminde Ağrı Dağı bulunan Ermenistan'la milli maç yaptı, Erivan'da milli marşımızın ıslıklanmasını naklen seyretti, sonra ayıp olmasın diye, Bursa'daki maçta Azerbaycan bayraklarını yasakladı.

Adamlar bize günahını bile vermezken, benim neslim Eurovision'da Ermenistan'a 12 tam puan verdi. (Hatta, mümkünse 22 puan verebilir miyiz diye sorduğumuz... Eurovision yöneticilerinin ise, yalakalığın bu kadarı da fazla diye reddettiği iddia edildi.)

Benim neslimin gazetecileri...
Soykırım Anıtı'na çiçek koydu.
Saygı duruşunda bulundu.

Benim neslim, Türkiye ile Ermenistan arasındaki hakemliği, bırak soykırımı tanımayı, soykırım yoktur diyeni hapse tıkan İsviçre'ye yaptırdı.

Benim neslimin "1 milyon Ermeni'yi öldürdük" diyen yazarı, "onur konuğu" olarak Çankaya Köşkü'ne davet edildi.

Benim neslimin liboşları "Atalarımız soykırım yaptı, özür diliyoruz" diye imza kampanyaları açtı.

Benim neslim, soykırım yalanıyla adeta tek başına mücadele eden ve dolayısıyla benim neslimi utandıran, Türk Tarih Kurumu Başkanı Profesör Yusuf Halaçoğlu'nu görevden aldı.

Benim neslim, Soykırım Kongresi'ne ev sahipliği yapan Avrupa Parlamentosu'nun heyetine
ev sahipliği yaptı, TBMM'de ağırlayıp ziyafet verdi, çini tabak hediye etti.

Benim neslim, video kliplerinde Atatürk'ün fotoğrafını gösterip "katillll" diye bağıran, Ermeni rock grubu System of a Down için fan kulübü kurdu.

Beyrut Büyükelçiliği Başkatibimiz Oktar Cerit, iman tahtasından vurularak şehit edildi; katilin kim olduğu belliydi ama, yakalanmadı. Beyrut Büyükelçiliğimiz tarandı, füze fırlatıldı. Beyrut Büyükelçiliğimizin askeri ataşesi'nin otomobili havaya uçuruldu. Beyrut THY bürosu bombalandı. Paris Başkonsolosluğumuzu silahlarla işgal edip, 56 Türk'ü rehin alan, Konsolos Kaya İnal'ı ağır yaralayan, güvenlik görevlimiz Cemal Özen'i şehit eden Asala teröristleri, Lübnanlıydı. Topkapı Sarayı'nı otomobilin bagajına yerleştirdikleri bombayla havaya uçurmayı planlarken, erken patlama sonucu ölen Asala teröristleri, Lübnanlıydı. Asala, ilk radyo yayınını Beyrut'ta başlattı. Lübnan, sözde soykırımı tanıdı, bizi bebek katili ilan etti.

Benim neslim...
Lübnan'a Türk Telekom'u verdi.

Obama'nın memleketi sözde soykırımı kanırta kanırta tanırken... Benim neslim, Obama gelecek diye Anıtkabir'e oda parfümü sıktı. Çankaya Köşkü'nde dip köşe temizlik yaptı. Cumhurbaşkanımız vişneli yaprak sarması, peynirli suböreği, içliköfte, tava lagos, deniz börülcesi, enginarlı mantı, limon kremalı safran sosu gezdirilmiş fıstıklı baklava, nevzine ve kaymaklı ayva tatlısı ile Kayseri mutfağında önemli yeri olan Corvus Teneia ve Sarafin Cabernet Sauvignon şarapları ikram etti. TBMM'ye giden Obama'ya TBMM Başkanımız lokum tattırdı, ayakta alkışlayan mebuslarımız el sıkışmak için kuyruğa girdi. İstanbul'a geçen Obama'ya Dolmabahçe Sarayı Müsabihan Köşkü'nde Türk sanat musikisi dinletisi sunuldu. Sultanahmet Camii'ne girerken ayakkabılarını çıkaran Obama, benim neslime duygulu anlar yaşattı. Ayasofya'ya girerken sütunun kenarında oturan kediyi okşadı, benim neslim Obama'nın ayakkabılarını ve kediyi canlı yayına çıkardı, ayakkabıların 45 numara, "Gli" isimli mübarek kedinin de şaşı olduğu ve daha önce Ayasofya'yı ziyaret eden Papa tarafından okşanarak kutsandığı ortaya çıktı. Tophane-i Amire'de üniversite öğrencilerine konuşan Obama, sanki beş vakit namaz kılıyormuş gibi "ezandan önce bitirelim" dedi, pek takdir edildi. Adanalı kebapçı 5 koyun keserek yaptığı 5 metrelik kebabı Obama'ya ithaf etti. Ceyhanlı bi bakkal, Obama'nın kızlarına Cooker cinsi yavru köpek hediye edeceğini müjdelerken, Sivas daha atik davrandı, Kangal gönderdi. Bartınlı ev hanımı ise, först leydi Mişel Obama'ya tel kırmalı işlemeli şal postaladı. Van'ın Gürpınar İlçesi'ne bağlı Çavuştepe Köyü'nde 44'üncü Başkan Obama şerefine 44 kurban kesildi, davul zurnayla halay çeken Çavuştepe sakinleri adına basın açıklaması yapan Abdülkerim Kulaz "her zaman arkasındayız" dedi. Obama'nın ninesinin Kogelo köyünden hemşerileri olan ve Kayseri İmam Hatip Lisesi'ne devam eden Kenyalı öğrenciler televizyona çıkarıldı, Türkiye sizinle gurur duyuyor diye omuzlara alınarak, baklava yedirildi. Samsunlu yerel sanatçı, üzerine "Mister Obama" yazdırdığı kemençesiyle özel beste yaptı. Vezirköprülü el sanatları öğretmeni, Obama ailesine seccade, yemeni ve Osmanlı yeleği tasarladı. Beyşehirli balıkçılar, air force one'a 6.5 kilo sazan gönderdi, "iyi de yolda kokmaz mı?" sorusu üzerine açıklama yapan Beyşehirli balıkçı Mehmet Sezen "bi şeycik olmaz, strafor kutularda buzladık" dedi. Uzaylı sanatçımız Mustafa Topaloğlu "Hello Obama, hoş geldin başkanlığa, durdur bu savaşları, bitsin artık gözyaşları, geri getir umutları" klibini yayınladı, hit oldu.

Değerli gençler...
Benim neslim üzerine düşeni yaptı.
Bundan sonrası sizin neslinize bağlı!

Emin'önü

İzlediniz mutlaka...
Star Haber'in usta muhabiri Osman Terkan, mikrofonu alıyor, Eminönü'ye gidiyor, soruyor. Niye Eminönü derseniz...

Türkiye'nin özeti İstanbul, İstanbul'un özeti Eminönü'dür. İstisnasız herkes Emin'dir orada. Hiç kimse bilmiyorum demez!

– WikiLeaks nedir?
– Kestane.
– İstiklal Marşımızı kim yazdı?
– Fatih Sultan Mehmet.
– Cumhurbaşkanımız kim?
– Bülent Arınç.
– Cumhuriyetimizi kim kurdu?
– Demirel.
– Kaddafi kimdir?
– Din alimi.
– Hüsnü Mübarek?
– Yatır.

(Mübarek lafını duydu ya, olsa olsa diye düşünüp, türbe yaptı Hüsnü'yü iyi mi! Şeytan diyor, bu cevabı vereni oracığa yatır...)

– 28 Şubat süreci ne zamandı?
– 21-22 Şubat'taydı.
– Temmuz-Ağustos gibiydi.
– Haziran.
– Yaz aylarıydı.
– 12 Eylül'de.

– 12 Eylül darbesi ne zamandı?
– Dilimin ucunda...

– 1980 darbesi ne zaman oldu?
– Ha o mu, 1984'te.

– Kıbrıs nerede?
– Karadeniz'de.
– Emin misiniz?
– Askerliğimi orada yaptım.

– Libya nerede?
– Marmaris'in karşısında.
– Japonya nerede?
– İtalya Fransa taraflarında.

– Suriye hangi bölgemizde?
– Kuzey-Güney gibi.

– Kaç milletvekilimiz var?
– Binin üstünde.
– 20 kadar.

– TBMM ne demek
– Türkiye malzeme ofisi.

– HSYK ne demek?
– Yüksek Seçim Kurulu.

Bazen itiraz ediliyor...
– Hep bilmeyene soruyorsun.
– Buyrun size soralım...
– Sor.
– HSYK ne demek?
– Hastane sosyal...

– AB'ye üye miyiz?
– 7-8 yıldır.
– Türkiye'nin nüfusu kaç?
– 1 milyar.
– Türkiye hangi kıtada?
– Amerika kıtasında.
(Brezilya'da diyen oldu.)
– Kaç bölgemiz var?
– Kuzey güney doğu batı.
– Kaç ilimiz var?
– 84 plaka gördüm.
– Kanal İstanbul nedir?
– Televizyon.

Başbakanımız seçim mitingi için Zonguldak'taydı...
Lafı evirdi çevirdi, taaa 1992'de kurulan, hatta logosunda bile 1992 yazan Karaelmas Üniversitesi'ne getirdi.

Kendi sordu.
Kendi cevapladı.

– Zonguldak Karaelmas Üniversitesi'ni kim kurdu?
– 2007'de biz kurduk.
– Zonguldak'ta üniversite var mıydı?
– Yoktu.
– Kuracağız dedik...
– Kurduk.

Adres	İsim	Şehir

Günde 18 bikini değiştiren tikiler, kıçının kılları ağarmış amcalara aşkito, totişko diye sesleniyor, amcalar da birbirine kankito filan diyor, Bodrum'da...

Metrekarede 80 kişi, yemek yiyorsun, kalabalıktan masana çarpıyorlar, garson tabakları üstüne düşürüyor, çatalı burnuna sokuyorsun, yandan geçen tiki çıtladığı çiğdemi tükürüyor, kabuğu salatana düşüyor, hesap 500 lira, bu kepazeliğe az bile, Alaçatı'da...

Bodrum

Burası da Aspat değil şekerim, aman Bitez Yalısı'ndayım. Bodrum'da... Yediğim içtiğim bana kalsın, gördüklerimi anlatayım.

Havaalanı terminali, dolmuş durağı ebatlarında... Metrekareye 150 kişi düşüyor, nefes alamıyorsun. Her uçak, en az bir saat rötar yapıyor. Yolcu karşılarken arabanı otoparka bırakıyorsun, fiyatlar makul! Çıkışta arabanı tekrar satın alıyorsun, köküne kadar geçiriyorlar. Yok eğer gideceğin yere taksiyle gideceksen, zaten bi araba parası ödüyorsun.

Allah'ın denizini dubalardan şeritlerle çevirmişler, bildiğin balık çiftliği gibi, kapısına ızbanbut yarmalar koymuşlar, ki, donla yüzen şambrelli kekolar girmesin... Biiç deniyor.

Samimi bi ortam. Arka şezlongdaki kadının ayağı kulağına giriyor, senin bacakların önündeki adamın omuzlarında... Kıç kıça oturuluyor. Günde 18 bikini değiştiren tikiler, kıçının kılları ağarmış amcalara aşkito, totişko diye sesleniyor. Amcalar da birbirine kankito filan diyor.

Biraz deniz, biraz huzur arıyorsun... Bangır bangır "tatlım fırfır aklım, çıkmadı kırkım" gibi bi şeyler çalıyor. "Portakal orda kal" diye şarkı var abi... Bana üste para versen Serdar Ortaç dinlemem, burdakiler Serdar Ortaç dinlemek için üste para veriyor. Demet Akalın'dan zaten kurtuluş yok, tahminim sualtına hoparlör koymuşlar, dip dalıyorum, gene duyuluyor.

Dün gece kan ter içinde uyandım mesela, rüyamda Fatih Ürek pareo giydiriyordu bana!

Biiç'lerde şale'ler var. Tüllerle çevrilmiş, kutu gibi bi dalga, güya loca... Ahaliyle birlikte olmayayım diyen biiç'e giriyor, biiç'teki ahaliyle birlikte olmayayım diyen şale kiralıyor. 300 liraya var, 500 liraya var... Aylık kirası değil ha, günlük kirası... Yakında teraslı şale'ler icat edilirse şaşma, ki, şale kiralayanlarla birlikte olmak istemeyenler teraslı şale'lerde otursun!

İki dilim karpuzu 20 liraya kakalıyorlar. Bende karpuz 25 lira diyen, kıymete biniyor. Kim daha fazla giydirirse, o biiç trend oluyor, müşterinin en kerizi hangisiyse, en itibarı o görüyor.

Vin-vin yani.

Türkbükü, kazığın en sivri ucu...
O yüzden, en çok tercih edilen yer...
En takdir ettiğim adres ise, Maça Kızı.
10 dakka takılıyorsun...
Hesabı öderken kupa papazını buluyorsun!

Yabancı turist diye gele gele, İngiliz muslukçu, Rumen kamyoncu, Belçikalı amele gelmiş... Alman'ın kırosu bile gelmemiş bu sene Bodrum'a... Ruslar desen, değil öldüren sahte viski, siyanür versen, fondip yapar... Çünkü, doğma büyüme buraların çocuğuyum, bu kadar yoksul turisti ilk defa görüyorum. Ucuz diye kümes gibi pansiyonlarda kalıp, halk plajında domates-ekmek yiyorlar. Para mara bırakmadıkları gibi, üstüne çöp bırakıyorlar memlekete.

(Lokantacı esnafına parantez açmam şart... Baklavayı, cacığı sahiplendiler diye hiç kızmayın Yunan'a... Bin yıllık çoban salatayı "greek salad" diye yazan şuursuzlar artmış Bodrum'da.)

(Aganta Burina Burinata'yı boşuna yazmış Halikarnas Balıkçısı... Sünger bitmiş, bitirilmiş.)

(Bodrum'un yerlisine de parantez açmam şart... Mekanları kiraya verirken, tipe değil, papele bakıyorlar. Bu yüzden, abuk sabuk adamların eline geçiyor. İstanbullu işletmeciler bir bir çekiliyor.

Mafya yerleşiyor. Henüz silahlar patlamıyor ama, uyuşturucu patlamış... Narkotik uzmanı olmana gerek yok, alenen satılıyor. Mümbit bi ortam çünkü... Polis ve jandarma, turisti rahatsız etmeyelim diye fazla göz önünde dolaşmadığı için, torbacılar cirit atıyor.)

(Bodrum'a gelen Bizans gazetecileri, şurda güneşin doğuşunu seyredin, ay burdan seyretmesi çok romantik filan diye yazıyor ama... Sabaha karşı itler dolaşıyor Bodrum sokaklarında... Özellikle, Atatürk dövmesi olan gençlere bulaşıyorlar. Bıçaklamalar oluyor, üstü örtülüyor.)

Kültür turizmine gelince...
Kale'de Sualtı Müzesi var.
Arkeolojik gurur abidesi.
Girerken para ödüyorsun, içinde Karya Prensesi'nin bölümü var, oraya girerken bi daha para ödüyorsun... Bir müze, iki bilet.

Sadece özel sektör değil yani...
Devlet de kazıklıyor milleti Bodrum'da.

Yollar berbat.
Herkes şikâyetçi.
Düzeltilsin deniyor.
Halbuki, Bodrum'da doğru yapılan tek icraat, Bodrum yollarının yapılmaması! Yollar düzgün olsa, her gece 20 kişi ölür Bodrum'da... İstanbul'un ilçesi burası... Herkesin altında porş'lar, bemeve'ler, ok gibi mersedes'ler, 320 kadranlı jipler var. Sabaha kadar içki içiliyor. Çeşme'ye otoyol yaptık, trafik kazasıyla gömdüğümüz gencin haddi hesabı yok. İlla düzeltecekseniz, düzeltilmesi gereken milyonlarca saçmalık var, yollara dokunmayın.

Ve, şimdi diyeceksiniz ki, kardeşim madem bu kadar dandik bi yer, ne işin var Bodrum'da?

Sebep çok ama, bi kaç tadımlık vereyim... Zeki Müren'in evini gezip, onu ne kadar özlediğimizi düşünerek, Fatiha okumayacaksan... Hayatını prenses olarak yaşadığı halde, Anadolu kadınının dramını yansıtan Karya Prensesi'nin gözlerine dalmayacaksan... Atatürk'ün kızı, otantik giysi ve el sanatlarındaki uluslararası onurumuz Aybüke Baran'la sohbet etmeyeceksen... Gümbet pazarında, Milaslı caanım köylülerin mis gibi şeftalisini, biberini koklamayacaksan... Gümüşlük'te güneşi söndürürken Botan'ın ahtapotunu yemeyeceksen... Hayatından parayı çıkarmış ender insanlardan Zafer Olcay'ın limon bahçesindeki Çilingir'i yudumlamayacaksan... Lezzet mimarı Haluk Tanrıverdi'nin Ferayesi'yle manzaraya bakmayacaksan... Üniversite öğrencisi olan ve harçlık için garsonluk yapan Mehmet'in Bağarası'nda kendi elleriyle sakız dallarına dizdiği çöpşişteki emekten, yürekten haberin yoksa... Yok efendim, Fink'miş, Shipahoy'muş filan, geç bunları geç, Veli'nin barına oturmadıysan... Adam gibi adam İkizler, Can ve Ceyhun'u dinlemediysen, iyi ki varsınız diye kucaklaşmadıysan, gençler ve daima genç kalanlar'ın şövalyesi Sümer'in davuluyla kendinden geçmediysen... Asıl senin ne işin var Bodrum'da?

Çeşme

Sırf sizin güzel hatırınız için fedakarlıkta bulunup, sayfiye sayfiye gezmeye devam ediyorum.

Bodrum'un faziletlerini yazmıştım, “Yılmaz Özdil Bodrum'dan defol” şeklinde kucaklayıcı bi kampanya başlatılmıştı. Bu yazıdan sonra, Çeşme'den de aynı şefkati göreceğimi tahmin ediyorum... N'aapayım, gider Leros'a yerleşirim gari.

Diyeceksiniz ki... Leros ne?

Yunan adası. 12 ada'dan biri... Aslına bakarsanız, 12 ada'da 12 ada yoktur. 25 tane filan vardır. Osmanlı döneminde “12 kişilik ihtiyar heyeti” tarafından yönetilen gayrimüslim adalar manasındadır. 12 aşağı, 12 yukarı, neden'e niçin'e kafa yormayı sevmeyiz, oldu sana 12 ada!

Neyse, Bodrum'dan demir al, iki saat sonra Leros'tasın... Alt tarafı 8 bin nüfuslu, şeftali kasası kadar bi yer ama, 800 bin turist geliyor. Hatta, bir ay içinde boşanan Kemal Sunal'ın oğluyla Yaprak Dökümü'ndeki Leyla, burda evlenmişti, ordan hatırlarsınız belki.

Bu Leros'ta bi taverna var, Psaropoula. Uyanık bi patronu var, Apostolis. 'in Ege ilavesine ilan veriyor, tavernanın fotoğrafını koyup "nefis lezzetler için karşı kıyıya bekleriz" yazdırıyor. Altına da, internet adresi, telefon. Arayan arayana... Şakır şakır müşteri çekiyor.

Uyanık Apostolis, Türk gazetesine ilan verip, Türk müşteriyi "karşı kıyı"ya çekerken... Bizim Çeşmeliler "karşı kıyı"daki Sakız Adası için rehber hazırladı iyi mi... Nasıl gidilir, nerede kalınır, ne yenir, ne içilir, anlatılıyor. 20 bin adet bastırıldı ve bedava dağıtılıyor! Ki, Çeşme'ye gelenler illa Sakız'a da gitsin, aman mutlaka Yunanistan'a para bıraksın.

Bitmedi...
Çeşme'den demir al, yarım saat sonra Sakız'dasın. İner inmez, çarşıda, devasa bi market var. Yunan şarabı, İtalyan şarabı, en babası 10 Euro... Votkanın hasosu, 15 Euro... Topla birader raftan, yükle tekneye, yarım saat sonra Çeşme'desin... Hani size restoranlarda, biiç'lerde, club'larda şişesi 150 liraya kakalanan şaraplar, votkalar var ya... Onlar!

(İspiyonlamış gibi olmayayım ama, Bodrum'da aynı dümen İstanköy üzerinden, Kuşadası'nda Sisam üzerinden yapılıyor. Eskiden "Kaş pazarı kurulmasa, Meis aç kalır" diye bi laf vardı... Şimdi, Meis esnafı kepenk kapatsa, Kaş esnafı ayvayı yer desek, abartmış olmayız.)

(Ha merak edebilirsin, nerden biliyorum... Çeşme'de büyüdüm, çocukluk arkadaşlarım balıkçı çocukları, üstelik, 20'li yaşlarımda rahmetli Çekirge Ahmet'in yanında staj yaptım, ayıptır söylemesi, geceleri çaktırmadan Sakız'a çıkarma yapar, ücra köşelerine gizli gizli kenevir eker, mahsulü Sakız'daki çıplaklar kampına servis eder ve her baskında yırtardı, çekirge unvanı ordan gelirdi... Ayrıca, üniversite yıllarımda Türkiye'de yoktu, Sakız'dan Adidas, Nike filan getirtir, Alsancak'ta satardım, ki, bi nevi kamu hizmetiydi yani.)

Bugüne dönersek; ilk göze çarpan, çöp... Napoli'yle yarışır. Janjan yerler makyajlanıyor, gerisi leş. Restoranların arka sokaklarında bi ceset eksik. Belki vardır, deşmediğim için göremedim, o derece. Türkiye'nin ilk mavi bayraklı plajı Ilıca'da bi tuvalet var, Somali'de göremezsin.

Sokak lambaları yanmıyor. Sheraton'a 500 metre mesafede çadırkent var, değerli şoparlarımız beygirleriyle beraber çırılçıplak yıkanıyor, milyon dolarlık Şantiye Evleri'ne komşu.

İtalyan Evleri'nin durumu daha vahim. Özellikle pazar günleri, evlerini terk ediyorlar. Çünkü, sayın halkımız demokratik hakkını kullanıp, villaların önüne halıyı seriyor, şemsiyeyi dikiyor, kamyonetin teybinden arabeski açıp, mangal... Sıkışınca? Villaların bahçesi ne güne duruyor.

Kiralar uçmuş. Üstünde baraka bile yok, kafekondu'ya müsait 10 metreye 10 metre bahçe, aylık 100 bin lira. Kimse sormuyor nasıl olsa, hap mı satacaksın birader, bu para nasıl çıkar?

Kim kime dum duma, mafya ufak ufak çörekleniyor haliyle. Kumrunun, boyozun, midyenin "ağa"ları var. "Burası benim bölgem ulannn" diye rakibinin kulağını satırla kesti adam.

(Kumru dedim, aklıma geldi, çaptan düşmüşüm. Eskiden 8 tane yerdim, 4'te kaldım. Gerçi, sevgili eşimin "insan gibi ye, boğulacaksın" şeklindeki zarif uyarısı da etkili olmadı değil!)

Alaçatı...
Hepi topu, dar bi sokak, metrekarede 80 kişi. Yemek yiyorsun, kalabalıktan masana çarpıyorlar, garson tabakları üstüne düşürüyor, çatalı burnuna sokuyorsun, yandan geçen tiki çıtladığı çiğdemi tükürüyor, kabuğu salatana düşüyor. Hesap? 500 lira. Bu kepazeliğe, az bile.

Kazık, Bodrum'dan sivri.
Küçük pet su, 5 lira...

Çeşme'de butik otelde 10 gün kalacağına, Boğaz'da Çırağan Sarayı'nda 10 gün geçir, daha makul... Otel butik, fiyatlar gotik!

(Bi tüyo vereyim:
İzmir-Çeşme taksiyle 180 lira.
Korsan taksi 40 lira.)

"Taş ev" meselesine gelince... Yıllarca oturdum. Rum mimarisidir. Bastığın ahşap taban, yerden 2 metre yüksektedir, çünkü aşağısı ağıldır, keçiler koyunlar kalır, ahşap taban parmak kalınlığında aralıklıdır, ki, hayvanların ısısı yukarı yansır. Tavan ise, apartman tavanlarından en az 1 metre yüksektir, tavan ile çatı arasında 1 metre daha boşluk vardır, nefes alır. Bu sayede, kışları ılık, yazları serin olur. Ya şimdi? Görüyorum, gülmekten karnıma ağrılar giriyor. Kutu gibi ev yapıp, trilyona sokuşturuyorlar, soğutma-ısıtma için klima takıyorlar!

Ayayorgi. Free zone. Kanun yok. Biiç'ler işgal etmiş. Sabaha kadar bangır bangır müzik. Uyku haram. Kapılara yarma dikmişler, itiraz eden yazlıkçılara "burası yerleşim yeri değil, taşının gidin" diyorlar. Dağdan gelip, bağdakini kovuyorlar, ne polis geliyor, ne jandarma.

Biiç'lerde sonradan görme çok olur ama, nirvana'sına Çeşme'de rastladım. Deniz yatağında, elinde puro! Kafasında iki tane güneş gözlüğü, biri alnında, biri gözünde... Dubaya çıkınca poposuna baktım, oraya güneş gözlüğü takmamış, ona parası yetmemiş sanırım.

(Bu arada, Yıldızburnu'ndaki efsane yelken kulübünü de biiç yapmaya çalışıyorlar. Her sene 200 çocuk kurs alıyor orada, milli sporcular yetişiyor, ayıptır.)

Çocukken, kargı soyayım derken, parmağımı doğramıştım, babam apar topar İzmir'e götürmüştü beni... Bu hafta Ilıca'da İstanbullu köklü bir ailenin çocuğunun bileği kırıldı, gene İzmir'e götürdüler. Hâlâ hastane yok Çeşme'de. Dandik poliklinik seviyesinde. Yazlıklar cerrah profesör kaynıyor, ameliyat yapılacak mekan yok. Kadının biri şeker komasına girdi, kadını 40 dakikada İzmir'e yetiştirdiler, ambulans 1 saat 20 dakika sonra olay yerine yetişti!

Son olarak...
Mardin mebusu Ahmet Türk'ün yazlığı Çeşme'de. Milano

mebusu Sırrı Sakık'ın yazlığı Çeşme'de. BDP Muş mebusu Nuri Yaman, geçen ay yazlığında vefat etti, Çeşme'de. Diyarbakır Belediye Başkanı Osman Baydemir, temmuz tatilini Çeşme'de geçirdi. En ünlü Çeşmeli, Mustafa Denizli, BDP Diyarbakır mebusu Şerafettin Elçi'nin damadı... BDP'liler İzmir'in kaymak tabakasındandır diyorum, inanmıyorsunuz.

İster misin, bi özerklik de Çeşme için patlatsınlar.

İzmir

Hemen hemen bomboş sokakta
az ilerde, iki dilenci
birisi tek bacaklı
ötekinin sırtında taşınıyor
durdular
gece yarısı far ışığında donup kalan
hayvan gibi
sonra yürümeye devam ettiler
okul bahçesindeki çocuklar gibi
çabucak geçtiler caddeyi
öğlen sıcağında
sayısız saatler tıkırdarken uzayda
mavi parıldayarak kaydı geçti
dubaların önünden
kara süründü ve büzüldü
taştan dışarı bakarak
beyaz bi fırtına olup esti gözlere
nalların altında ezilince saat üç
ve karanlık ışık duvarını çalınca
uzandı şehir...
denizin kapısının ayaklarına
ve parıldayarak
akbabanın keskin gözlerinde

"İzmir Saat Üç" bu.
İsveçli Tranströmer'in şiiri.

Şair Tranströmer ama...
Sanırsın Turist Ömer.
Sanki gidecek başka şehir yokmuş gibi, kalkıp İzmir'e gelmiş, oturmuş bi de şiir yazmış.

Nobel Edebiyat Ödülü verdiler iyi mi...
Delirmek işten değil yani.

Memleketin huzurunu bozan "gavur İzmir"in dilencilerini bile Nobel'e layık görüyorlar... Arap Baharı'nı organize eden Türkiye'ye Barış Ödülü'nü çok görüyorlar.

Ayıptır kardeşim.
Kınıyorum Nobel'i.

Dersim

Dersim'i bombalayan...
Devlet değil, CHP.
PKK'yla masaya oturan...
AKP değil, devlet.

İyi di mi?

Sene 1937... Mustafa Kemal, başbakan Celal Bayar'la birlikte Tunceli'ye gelip, Murat Nehri üzerindeki Singeç Köprüsü'nün açılışını yapacaktı. Köprünün ucunda karakol vardı. Basıldı. 33 asker şehit edildi. Peşinden... Telefon hatları kesildi, pusular kuruldu, Mazgirt Köprüsü havaya uçuruldu, jandarma taburu vuruldu, 56 asker daha şehit oldu. Film koptu.

Elebaşı Seyit Rıza'ydı... Başbakanımızın "hikayesi yürek burkucudur" dediği Seyit Rıza.

Kukla'ydı.
Kendisini oynatanların ipleri bıraktığını hissedince, paniğe

kapıldı, İngiltere Dışişleri Bakanı'na mektup yazdı, Suriye'deki İngiliz Elçiliği'ne gönderdi.

Yalvaran mektubunda, Anadolu için "çorak toprak" derken, "Kürdistan bereketli toprak diyordu... "Sayın ekselansları" diye başlıyor, "Türk Hükümeti yaptığı anlaşmalar sayesinde dış baskılardan kurtuldu, Dersim'e girmeye kalkıştı, Türk ordusunu başarısızlığa uğrattık, direnişimiz karşısında Türk uçakları bombalamaya başladı" diye vaziyeti anlatıyor, "sayın ekselanslarına sesleniyorum, hükümetinizin yüksek manevi etkisinden Kürt halkını yararlandırmanızı istirham ediyorum, en derin saygılarımın kabulünü rica ediyorum" diye bitiriyor, "Seyid Rıza" diye imzalıyordu.

Hal böyleyken... Seyit Rıza'yı "masum" göstermeye çalışan arkadaşlar, böyle bir mektubun asla varolmadığını iddia ediyor. Altında kabak gibi "Seyid Rıza" imzası bulunmasına rağmen, Seyit Rıza yazmadı, Nuri Dersimi yazdı diyorlar. Üstelik, sanki Fransa babamızın oğluymuş gibi, "o mektup Fransa'ya yazıldı, Fransa Devlet Arşivleri'nden doğrulamak mümkün" diyorlar.

Gel gör ki...
Londra'da The National Archives diye bi yer var. İngiltere devlet arşivi... Kayıt ofisine gidiyorsun, "FO 371/20864/E5529" numaralı belgeyi rica edebilir miyim kardeş diyorsun, hay hay deyip, yukardaki mektubu veriyorlar. 50 pens filan, fotokopisini alabiliyorsun.

Demem o ki.
Taa 1937'ye gitmek zor ama... Buckhingham Sarayı'yla The National Archives'in arası metroyla üç dakka.

Hazır, frak giyerek yakasına şövalye nişanını takan Cumhurbaşkanımız ordayken... Yemekte Windsor kuzusu ikram eden Kraliçe'ye "tarihimizle yüzleşelim" dese fena olmaz yani.

Şehir	Bitki	Ülke

Düşişleri...

Diplomasi

Kalfalık'ta...
Nato'nun ne işi var Libya'da?
Ustalık'ta...
Nato'nun Libya karargahıyız.

Kalfalık'ta, hümanist Kaddafi'den insan hakları ödülü aldık diye seviniyorduk... Ustalık'ta, diktatör Kaddafi'nin defterini dürdüler diye seviniyoruz.

Kalfalık'ta...
Suriye'yle cankuştuk.
Ustalık'ta...
Neredeyse savaşacağız.

Kalfalık'ta...
Hüsnü, mübarek adamdı.
Ustalık'ta...
Müstahak sana be mübarek.

Kalfalık'ta...
Yes be annem'ciydik.
Ustalık'ta...
Rahmetli Denktaş'ı solladık.

Kalfalık'ta...
Ermenistan'a kapı açıyorduk.
Ustalık'ta...
Köprüleri yaktık.

Kalfalık'ta...
Somalililer korsandı.
Savaş gemisi gönderiyorduk.
Ustalık'ta...
Camide bağış topladık.
Nihat Doğan'ı gönderdik.

Kalfalık'ta...
Rize'nin yeni stadı Fenerbahçe maçıyla açıldı. Kayseri'nin yeni stadı Fenerbahçe maçıyla açıldı. Başbakanımız Suriye'deki Halep Stadı'nın açılışını Fenerbahçe'yle yaptı. Maliye Bakanımızın forma giydiği Batmanspor'la Fenerbahçe maç yaptı. Fenerbahçe yöneticileri Siirt'e baraj temeli attı. Alex, başbakanımıza formasını hediye etti.
Ustalık'ta...
Aziz Yıldırım içeri.

Kalfalık'ta...
Polisler askerlikten yırttı.
Ustalık'ta...
Polisler dooğru askerin yerine.

Kalfalık'ta...
İçerdeki 5 bin terörist halledildi mi ki, dışardaki 500 teröristle uğraşma safahatine gelinecek?
Ustalık'ta...
Kandil'i bombaladık.

Kalfalık'ta...
Yüzümüze bile bakmazlardı.
Ustalık'ta...
AKP'den iftar daveti aldım!

E gidişat böyleyse...

Benim anladığım şu:
Sanırım yalakalara hesap soracaklar!

Düşişleri

Ürdün Başbakanı geldi.
Cumhurbaşkanımızla el sıkıştı.
Ürdün'e dönmeden istifa etti.

Başbakanımız Libya'dan ödül aldı Kaddafi'yi linç ettiler. Cumhurbaşkanımız Mısır'a gitti, Mübarek'i kafese koydular. Başbakanımız Saakaşvili'yle kucaklaştı, Rusya Gürcistan'a daldı. Cumhurbaşkanımız Yemen'e gitti, Yemen'de iç savaş çıktı. Başbakanımız Lübnan Meclisi'nde konuştu, ertesi gün Lübnan işgal edildi. Suudi Kralı Türkiye'ye geldi, Cumhurbaşkanımızla Başbakanımıza madalya taktı, turp gibiydi, felç oldu, aylarca ABD'de hastanede yattı, zor düzelttiler. Başbakanımız Suriye Başbakanı'yla baraj temeli attı, adam iki gün sonra istifa etti. Afrika açılımı yaptık, ne Tunus kaldı kardeşim, ne Fildişi Sahili, alayı birbirine girdi. El Beşir, Çankaya Köşkü'nde yemek yedi, Sudan resmen ikiye bölündü, görüldüğü yerde tutuklanması için Birleşmiş Milletler tarafından aranıyor. Arjantin Devlet Başkanı Türkiye'ye geldi, gelmeden önce 100 bin dolarlık seyahat harcırahı çalındı, geçen ay kansere yakalandığı açıklandı. Cumhurbaşkanımız Güney Kore'ye gitti, Kuzey Kore 50 sene sonra Güney Kore'ye füze fırlattı. Başbakanımız Irak'a gitti, henüz Irak'tayken meclis basıldı, hükümet rehin alındı, 45 kişi öldü. Beşar Esad'la sarıldık, öpüştük, Suriye karıştı. Yunanistan Başbakanı'nı Erzurum Kış Olimpiyatları'na davet ettik, halk ayaklanması çıktı, hükümet düştü. Polonya'yla irtibat kurduk, devlet başkanının uçağı düştü. 2010'u Japon Yılı ilan ettik, 2011'de dümdüz oldular, nükleer santral bile patladı. Cumhurbaşkanımız Endonezya'ya ayak bastı, yedi şiddetinde deprem oldu, tsunami alarmı verildi. Haiti'de deprem oldu, Başbakanımız ilk yardım elini uzatan biz olduk dedi, Haiti Başbakanı istifa etti. Başbakanımız film çekimi için gelen Nicholas Cage'le tanıştı, amcanız nasıl filan diye hal hatır sordu, ülkesine döner dönmez tutukladılar... Romanya Başbakanı geldi, anlaşmalar imzaladık, gidince istifa etti. İspanya Başbakanı'yla medeniyetler ittifakı kurduk, İspanya Başbakanı siyaseti bıraktı. Silvio ayvayı yedi. Portekiz Başbakanı NATO zirvesi için Lizbon'a giden Cumhurbaşkanımızı karşıladı, sonra gitti, kendi cumhurbaşkanına istifasını sundu. Ukrayna'yla vizeleri kaldırdık, Ukrayna

Başbakanı tutuklandı. Kosova sokaklarına Başbakanımızın fotoğrafları ve hoş geldiniz pankartları asıldı, Başbakanımızın Kosova'ya inmesinden 12 saat önce Kosova Hükümeti düştü. Cumhurbaşkanımızın Hollanda'ya gideceği açıklandı, Hollanda Prensi çığ altında kaldı, komaya girdi, Cumhurbaşkanımız Hollanda'ya gitti, madalya takıldı, Hollanda Hükümeti istifa etti.

En son...
Ürdün Başbakanı, başbakan olarak geldi.
El sıkıştı, Ürdün vatandaşı olarak gitti.

Gözünüzün yağını yiiyim.
Şu dışişlerine ara verin gari.
Biz kaderimize razıyız...
El âlem mağdur olmasın bari.

Monşer

Fransa'nın milli günü, Ankara Büyükelçiliği'ndeki görkemli davetle kutlandı. Kalburüstü yüzlerce isim oradaydı. Sınırsız içki ve yemek servisi yapıldı. Çok ilginç bi detay vardı... Büyükelçiliğin kapısına pano yerleştirilmişti. "Sponsorlar" yazıyordu. Bir tanesi, Manav Salih'ti... Para almadan, kiraz, kayısı, üzüm, karpuz falan vermiş, "Fransa'nın resmi sponsoru" olmuştu.

Diyeceksiniz ki, e-ee?
E'si şu...

Fransa, Türkiye'nin 10 katı zengin, süper güç... Tanıdıklarını yedirip içirmek için büyükelçiliğe çağırıyor ama, devletin kesesinden yedirip içirmiyor. "Ben büyük ülkeyim" diye rüzgar yapmıyor, saçıp savurmuyor. Çünkü o paraları Fransız vergi mükellefleri ödüyor. Sokaktan toplanmıyor.

O nedenle...
Koskoca Fransa Devleti, meyveyi Manav Salih'ten, kahveyi Kuru Kahveci Mehmet Efendi'den, birayı Efes Pilsen'den aldı, bedava...

Şarap denince akla, Fransa gelir.
Davetlilere ne ikram edildi biliyor musunuz?
Sponsor Kavaklıdere.

ABD de böyle yapıyor.
İngiltere de.
Almanya da.

Bizim elçileri bırakalım, elçilerin patronu, eski Dışişleri Bakanı, yeni Cumhurbaşkanı'na bakalım...
Çankaya Köşkü'ne adım attı, bismillah, bilmemkaç trilyon liralık tadilat yaptı. Devletin kesesinden.

Libya

"Türkiye farkı..."
"İşte bu kadar!"
"Dünya bize hayran."

Nedir bunlar?
Yandaş medya manşetleri.

Libya'daki vatandaşlarımızı tereyağından kıl çeker gibi kurtarmışız, şööyle şahane devletmişiz, bööööyle muhteşem hükümetmişiz filan... Onun manşetleri.

Şimdi bakın...
Bir mektup, okuyun lütfen.

"Çok saygıdeğer bakan!
Ankara'da yerleşik 25 büyükelçi, benim refakatimde, bakanlığınız tarafından organize edilen özel uçak ile Erzurum'daki Universiade açılışına katıldık. Ankara'dan gecikmeli havalandık. Pistin temizlenmesi için havada yarım saat tur attık. Bizi stada götürecek olan otobüs, belli ki, Erzurum'um yabancısıydı, zira yolu uzattı, Başbakan'ın davetine katılamadığımız gibi, açılış törenine de yetişemedik. Stada gelince, yer ayrılmadığını gördük,

kalabalığın ortasına bırakıldık, hiçbir güvenlik kontrolüne tabi tutulmayan kalabalıkla birlikte, mücadele ederek, stada girdik, uzak bir köşeye oturduk, hiçbir yetkili bizimle temas kurmadığı gibi, 3.5 saat su bile verilmedi. Dönüş için kargaşayla otobüse bindik, otobüs şoförü büyükelçilerin tamam olup olmadığına bakmadan hareket etmeye kalktı, dışarda kalanlar oldu, zor durduruldu. Özel uçağa geldik, oradaki personelin elinde bize ait olmayan, başka isimlere ait biniş kartları vardı. Hiçbir bagaj, güvenlik veya isim kontrolü yapılmadan, biniş kartı bile istenmeden, isteyen herkes adeta yarışırcasına uçağa bindi. Hatta, TBMM Başkanı da büyükelçilerin özel uçağına binenler arasındaydı. Uçağın içinde 1.5 saat, pistte bekledik."

Kim bu?
Heidemaria Gürer.
Avusturya Büyükelçisi.
Su gibi Türkçe konuşur.
"Milli gelin"imizdir.
Eşi Türk.

Sonuna "ünlem" koyarak "çok saygıdeğer" hitabıyla resmi mektup yazdığı kişi ise, Türkiye Cumhuriyeti Devleti'nin devlet bakanı.

Yani?
Milli gelinimiz, zarif bir diplomat olduğu için "yuh be kardeşim!" diyemiyor... "Dost acı söyler" misali "öngörü ve organizasyon rezaletisiniz" diyor.

Ve, Avusturya Ankara Büyükelçisi'nin bu mektubu yazmasından taaa bir ay önce, Avusturya Dışişleri Bakanlığı, Libya'da yaşayan, aralarında çifte vatandaş Türklerin de bulunduğu tüm vatandaşlarına mektup gönderiyor... "Karışıklık çıkarsa, şunları şunları yapacaksınız, şu şu numaraları arayacaksınız, şu şu noktalarda Trablus Elçiliğimiz'in şu şu yetkilileri ile buluşacaksınız" diyor. Daha Mısır patlamamış, Tunus'ta bile çıt yokken... "Libya'da karışıklığın eli kulağında, haberiniz olsun, pozisyon alın" diyor.

Sonra?
Tunus yanıyor.
Mısır patlıyor.

15 Şubat'ta, Libya'nın karışmasına sadece 48 saat kala, Türkiye Cumhuriyeti'nin Trablus Büyükelçiliği, resmi internet sitesinde, "Libya'da yaşayan vatandaşlarımıza" başlığıyla duyuru yayınlıyor. Aynen aktarıyorum...

"Büyükelçiliğimiz ile temasa geçen bazı vatandaşlarımız, bazı Mağrib ülkelerinde yaşanan olaylar sonrasında, Libya'daki asayiş hakkında sorular yöneltmektedir. Libya'da güvenlik ve istikrar bakımından sıkıntı yaşanmamaktadır. Libya'da iş yapan şirketlerimizin endişe duymalarını gerektirecek durum yoktur. Vatandaşlarımızın müsterih olmaları tavsiye olunur."

Vatandaş diyor ki:
"Kaçalım mı?"
Büyükelçiliğimiz diyor ki:
"Müsterih olun."

Gördük ebemizin müsterihini!

Somali

Somalili mülteciler, astım krizine giren Somalili çocuğa ambulans ve doktor gelmeyince, yetkililerin dikkatini çekebilmek için, Tekirdağ Barınma Evi'ndeki yatakları ateşe verdi.

Bulgaristan sınırını geçmeye çalışırken soğuktan ayakları kangren olan beş Somalili, yeterli yatak bulunmadığı gerekçesiyle, Bağcılar devlet hastanesinin "morg"unda tutuldu.

Aksaray Valiliği'nin önünde protesto gösterisi yapan Somalililer, "rengimiz siyah diye amelelik işi bile vermiyorlar, bari ilaç verin, insaniyet namına yardım edin" pankartları açtı.

Sığındıkları pansiyondan atılan Somalili kadınlar, Isparta Valiliği'nin önünde protesto gösterisi yaptı. Sosyal Yardımlaşmadan Sorumlu Vali Yardımcısı "şov yapmayın" dedi.

Keşan'da sığındıkları camide uyuyakalan Somalililer, imamın ihbarı üzerine tutuklandı.

Barınma evindeki şartlara isyan eden Somalililer, bebeklerine süt istemek için, Mersin Valiliği'nde toplandı. "İnsanız, yaşamak istiyoruz" pankartlarıyla Adliye'ye kadar yürüdü.

Kırklareli'nde bir parkta yakalanan Somalililer, polis zoruyla barınma evine götürülmeye çalışılınca, hadise çıktı, bir Somalili öldü, ikisi hamile, yedi Somalili yaralandı, bir polis kalp krizi geçirdi. "Hümanist" gazetelerimiz bu haberi "işte kaçakların sonu" başlığıyla verdi!

İnsan kaçakçıları tarafından Tunca Nehri kıyısına bırakılan, yüzerek geçmeye çalışıp, başaramayan Somalililer, elbiselerini kurutmak için sığındıkları kahvede tutuklandı.

Yunan adasına geçmek için Adana'da adam başı 500 lira ödeyen Somalililer, Büyükçekmece Gölü'nün kıyısına bırakıldı. Terk edilmiş kamyon kasasında jandarma tarafından yakalandı.

Somalilileri karpuz gibi istifleyip, üstlerine branda örterek Yunan sınırına götüren kamyonet Lüleburgaz'da devrildi, bir Somalili öldü, altısı yaralandı, kurtulanlar tutuklandı.

Edirne'de jandarma tarafından şüpheli görülerek gözaltına alınan iki şahsın üzerinden, 365 dolar, iki altın kolye, bir altın bileklik, bir saat, bir de ruhsatsız tabanca çıktı. Sorguda itiraf ettiler. Sınırı geçmek için kendilerinden yardım isteyen Somalilileri soydukları anlaşıldı.

Patnos'ta durdurulan ve camları kartonla örtülmüş minibüsten, 39 Somalili çıktı. İran'dan Türkiye'ye geçirilen Somalililer, açlık ve havasızlıktan baygın halde bulundu.

Edirne'ye doğru giderken İstanbul TEM otoyolunda trafik kontrolüne yakalanan "okul servisi"nden, Hatay'da adam başı 300'er lira ödeyen 33 Somalili çıktı.

İzmir Basmane'deki oteller sokağı basıldı, can yeleği giymiş 41 Somalili yakalandı.

Lastik botla kürek çeke çeke Yunan adasına geçmeye çalışan altı Somalilinin cesedi, Yalıkavak sahiline vurdu. Görgü tanıklarının ihbarı üzerine ifadesi alınan market sahibi, "ben onları tatil yapan turistler sanmıştım, lastik botu o yüzden sattım, ne bileyim" dedi!

Didim'de Somalilileri taşıyan balıkçı kayığı battı, ikisi çocuk, üçü kadın, sekiz Somalili boğularak can verdi, cesetleri kıyıya vurdu, yüzme bilen 11 Somalili sahile çıktı. Gece karanlığında Yunan adasına geçmeye çalıştıklarını, sekiz saattir denizde yaşam mücadelesi verdiklerini belirten Somalililer, feci hadiseyi şöyle anlattı: "İnsan tacirleri dört kişiydi, bizi sahile getirip, kayığa bindirdiler, üçü ayrıldı, biri dümene geçti. Bindiğimizde bile batmak üzereydik, kayık su alıyordu. Açıldık. Aramızda tek başına bir kadın vardı... Dümendeki adam, sürekli ona bakıyordu. Yanına çağırdı, dümeni bırakıp, öpmeye çalıştı. Kadın direndi. O kargaşa sırasında alabora olduk. Buz gibi suya düştük. Çocuklarımız batıp, kayboldu..."

Somalililer için insanlığın öldüğü iki yer var...
Biri Somali, biri Türkiye.

İstanbul Kumkapı'da "Somali Sokağı" var. Orijinali "Katip Kasım Camii Sokak" ama "Somali Sokağı" olarak biliniyor... Aslına bakarsanız, şehrin göbeğinde, burnumuzun dibinde, gözümüzün önünde olmasına rağmen güya bilmiyorduk! *Der Spiegel* dergisi taaa Almanya'dan gelip haber yapınca öğrenmiş olduk! İnsan kaçakçılarının merkezi... Çoğunlukla Somalililer yaşıyor. Metruk evlerde barınıyor, sınırı geçene kadar açlıktan ölmemek için Aksaray'da kaçak saat, parfüm filan satıyorlar. Zabıtalardan dayak yiyorlar. Çaresiz kızların güzelce olanlarına pezolar musallat oluyor, oğlancılar cirit atıyor.

Hal böyleyken...
Başbakanımız gidiyor.
Kılıçdaroğlu gidiyor.
Ki, Somalilileri kurtaralım.
İnsaniyet namına...

Brezilya

Başbakanımız Mısır'a gitti.
Gazze'ye geçemedi.
Geçseydi, Refah Sınır Kapısı'ndan geçecekti.
Geçince, nereye çıkacaktı?

Brezilya Mahallesi'ne!

Evet... Hamas'ın kalesi olduğu için, İsrail'in zırt pırt füze fırlattığı, helikopterlerle vurduğu, gizli gizli tüneller kazılıyor diye buldozerlerle daldığı semtin adı, Brezilya Mahallesi.

30 sene önce çöldü orası...
Birleşmiş Milletler binalar yaptı.
Adını Brezilya Mahallesi koydu.

Niye Brezilya?
Çünkü, Brezilya'da iki milyon civarında Müslüman yaşıyor. Bunların çoğu, Birinci Dünya Savaşı'ndan önce Filistin topraklarından göç eden, Osmanlı tebaasıyken, Brezilya vatandaşı olanların torunları... Yerleştiler, evlendiler, çoğaldılar, okudular, iş güç, ev bark sahibi oldular.

Anavatan hasretiyle gözünde yaş kalmayan bu insanlarla, komşu oldu, arkadaş oldu, akraba oldu Brezilyalılar... Dert ortağı oldu. Filistin için Brezilya'nın, Brezilya için Filistin'in çok başka yeri vardır. O nedenle Birleşmiş Milletler'in kurduğu mahallenin parası, Brezilya tarafından ödendi.

Brezilya'nın mahalle'si gibi, cadde'si de var Filistin'de...
Hem de nerde biliyor musunuz? Batı Şeria'da, Ramallah'ta...
Efsane Yaser Arafat'ın anıtmezarına giden yolun adı, Brezilya Caddesi!

O caddenin parasını da mı Brezilya ödedi? Hayır... Brezilya'ya Arafat'ın birebir boyutta bronz heykeli dikildi, 2005 yılbaşı gecesi saatler 24'ü vurduğunda, havayi fişekler eşliğinde törenle açıldı. E men dakka dukka... Jeste jest yapıldı, anıtmezar yoluna Brezilya adı verildi.

Brezilya, Filistin devletini 1967 işgalinden önceki sınırlarıyla resmi olarak tanıdı. Elçilik açması için Filistin'e 14 milyon dolar değerinde arazi bağışladı. Filistin'in Amerika kıtasındaki ilk elçiliği Brezilya'da açıldı. Brezilya, Ürdün'deki kamplarda barınan Filistinli mültecileri Brezilya'ya götürüyor, ev tahsis ediyor, iki sene maaş ödüyor, çocuklara ücretsiz lisan dersi veriyor. Brezilyalı işadamları, yurtdışı ihalelerinde Filistinli işçi istihdam ediyor.

Gazze dramından sonra, kampanya açıldı, Brezilya devleti 10 milyon dolar, Brezilya halkı 11 milyon dolar gönderdi, 20 ton gıda ve ilaç yardımı yapıldı.

Brezilya'nın edebiyat gururu Paulo Coelho, Filistin halkının en büyük destekçilerinden.

Ve, Brezilya'nın en büyük ihraç ürünü, futbolcular... Çocukken gariban oldukları ve göçmen Filistinlilerle aynı muhitlerde büyüdükleri için, "Filistin elçisi" gibi çalışıyorlar. Ronaldo mesela, Real Madrid'de oynarken Filistin'e gitti, imzalı forma dağıttı. Aynı Ronaldo... Lakabı Ronaldo olan ve Lübnan'daki mülteci kampının çevresinde top oynarken mayına basarak can veren 13 yaşındaki talihsiz Filistinli kızın yaşam öyküsünü anlatan İran filminde rol almayı kabul etti.

Yoksulluğa dikkat çekmek için düzenlenen Dünya Evsizler Kupası, Fransa, Danimarka, İsveç, İskoçya ve Avusturya'nın ardından, geçen sene Brezilya'da gerçekleştirildi. Copacabana plajındaki şampiyonanın "onur konuğu ülke" hangisiydi? Bugüne kadar hiç davet edilmeyen Filistin... Mülteci kamplarından toplayıp, özel uçaklarla getirdiler Filistinli gençleri.

Belki hatırlarsınız... Bi ara Türk karmasıyla Filistin arasında dostluk maçı yapılması için çaba harcanırken, "beni de Türk takımına alın" diyen kimdi? Galatasaray'da oynayan Brezilyalı Lincoln... "Nereden geldiğimi unutmadım, Filistin için elimden geleni yapmaya hazırım" demişti. Hemen ardından Alex ve Roberto Carlos da benzer açıklamalar yapmıştı.

Aynı dönemde İsrailli Balili de Türkiye'de oynuyordu. Türk vatandaşlığına geçti, Atakan adını aldı. İsrail hükümetiyle

İsrailli'yi birbirine karıştırmayıp, göstermelik bile olsa, Atakan Balili'yi bağrımıza basmak varken, kafasına şişe attık, küfür ettik, Sivasspor'daki takım arkadaşı sahanın ortasına Filistin bayrağı dikti. Neticede, ülkesine kaçtı. Şimdi "Türkiye'de hakaretlere maruz kaldım" dediği için kızıyoruz... Halbuki, İsrail tam tersini yapıyor. Filistin'e açık destek veren Brezilyalı futbolculara, takımlarında forma veriyor. Bi tanesi Nivaldo, Maccabi Tel Aviv'de oynuyor, ikinci kaptan.

(Maccabi dedim, aklıma geldi... Türkiye'den İsrail'e göç eden Musevi aileler, amatör futbol takımı kurdu. Takımın adı, Yeladey Yotsei Turkia... Anlamı, Türkiye'den gelen çocuklar... Kısaca "Türkiyeli Çocuklar" deniyor. Her maça Türk bayrağıyla çıkıyorlar. Takımın kurucusu 20 sene önce İstanbul'dan İsrail'e giden Moiz Sustiel, "örfümüzü adetimizi yaşatıyoruz, Türkiye'nin bir parçasını burada devam ettiriyoruz" diyor.)

(Türkiyeli Çocuklar 7-14 yaş grubunda, hepsi Türkçe konuşuyor. Fenerbahçe'yi, Galatasaray'ı, Beşiktaş'ı tutuyorlar. Bu 23 Nisan'da Tel Aviv Büyükelçiliğimizde kutlanan Ulusal Egemenlik ve Çocuk Bayramı'na takım halinde, aileleriyle birlikte katıldılar. Teknik direktör, Fenerbahçe altyapısından yetişmiş, Beyoğlu Yeniçarşı'da top koşturmuş İzak Adato... Aynı zamanda, Maccabi Tel Aviv'in altyapı antrenörü.)

(Türk vatandaşı olan Balili gibi...
Öz be öz Türkiyeli çocukların kıymetini de bilmiyoruz.)

Başbakanımızın Filistin'e giremediği, Maccabi'nin İstanbul'a gelmek üzere olduğu dakikalarda yazıyorum bu satırları... Ki, illa oynayacaksan kardeşim, Brezilya gibi oyna!

Dan dun değil...
Zarif bilek hareketleriyle.

Bakın, insanlarımız öldü, neredeyse savaş çıkaracağız, Filistin'e ne faydası oldu? Brezilya'nın ise hem dünya platformunda Filistin'e faydası var hem de Filistin'de mahallesi, caddesi.

Üstelik...
Düşündükçe hasta oluyorum.

Son not olarak ilave edeyim.
Siz de hasta olun bari.

Höt zöt yapan Türkiye'nin heronlarına el koyan İsrail... Belini incitmeden ince ince giydiren Brezilya'ya, biraz fren yapsın da İsrail'i daha zor durumlara düşürmesin diye ne yaptı biliyor musunuz? Heron verdi.

Almanya

Şu Alman vakıflarının Türkiye'deki faaliyetlerine dur demek gerekiyordu.

Çünkü... Türkiye'de yaşayan dini bütün Almanları dolandıra dolandıra köşe oldular, makbuzla cennetin tapusunu bile sattı bunlar... Davul tozu minare gölgesi holdingler kurdular, kimi Almanya'da otomobil üretçem diye para topladı, kimi Almanya'da fabrika kurcam diye tokatladı.

(Bi tanesi "kainat makinesi" icat ettiğini açıklamıştı. Türkiye'de çalışan gurbetçi Almanları kiliseye topladı, "bu cihaz sayesinde, kainatta mevcut bulunan, Hazreti İsa'nın yaşarken çıkardığı ses dalgalarını uzaydan süzeceğiz, televizyonda yayınlayacağız" dedi. Kilisede anlattığına göre, yalan söyleyecek değildi herhalde... Türkiye'de çalışan gurbetçi Almanlar bu proceye 2 milyar euro yatırdı. 10 sene filan oldu. Ödedikleri paranın uzaydan süzülmesini bekliyorlar.)

Türkiye defalarca uyardı Almanya'yı...
"Burdaki vatandaşlarınızı alenen kerizliyorlar" dedik. Bana mısın demediler. Alman vakıflarının Türkiye'deki Almanları soyup soğana çevirmesine ses çıkarmadı Almanya, göz yumdu... Hatta, Alman hükümetinin bakanları, Hıristiyan işadamı ayağına yatıp, mütedeyyin Almanları sövüşleyenlerin dükkan açılışlarına bile katıldı, el ele poz verdi.

Neticede, bu Alman vakıfları gemi azıya aldı, Almanya'daki gariban Almanların karnını doyurucaz diye, Türkiye'de çalışan Almanlardan bağış topladı... Gemi aldı! Türkiye'de balya balya bavullara istifledikleri yardım paralarını Almanya'ya götürüp, Almanya'da televizyon kurdu.

Baktık ki, Almanya'nın hâlâ kılı kıpırdamıyor. Türkiye dayanamadı, müdahale etti. Türkiye ayağını tutukladı, Almanya'ya resmi yazı yazdı, "savcı gönderin, belgeleri verelim" dedi. Bi ay, on ay, iki sene, Almanya salağa yattı, savcı mavcı göndermedi. Sanki bizim vatandaşımızı dolandırıyorlar birader... Biz yakalatmaya çalışıyoruz, Almanya üstünü örtmeye çalışıyordu. İttir kaktır, zorla bi-iki Alman savcı niyetlendi, şak, görevden aldılar, sanırım içeri tıkacaklar o namuslu Alman savcıları.

Üstelik... Misilleme olarak, Almanya'da faaliyet gösteren Türk derneklerini terörist ilan ettiler, hedef haline getirdiler.

E yetti gari... Şu Alman vakıflarının Türkiye'deki faaliyetlerine dur demek gerekiyordu.

Japonya

Japonya'da deprem oldu.
İmardan Sorumlu Bakan Ryu Matsumoto, tsunami bölgesini ziyaret etti. Bölgenin valisi kurtarma çalışmalarının başında bulunduğu için Bakan'ı karşılamaya geç geldi. Bakan sinirlendi. Vali'yi fırçaladı. Gazeteciler fırçalama anını görüntüledi. Bakan daha fena sinirlendi. "Bu olayı gizli tutmazsanız, hem sizin başınız yanar, hem de çalıştığınız gazete ve televizyonlar zarar görür, ona göre" diye tehdit etti. E tabii orası Japonya... Türkiye'ye benzemediği için, söz konusu haber haşırt diye yayınlandı. İnsan içine çıkamaz hale gelen İmardan Sorumlu Bakan "en başta depremzedeler, herkesten özür dilerim" dedi, istifa etti.

(Bilahare... Ekonomi, Savunma, Enerji bakanları ve Japonya Başbakanı istifa etti.)

Van'da deprem oldu.
Şehircilikten Sorumlu Bakan Erdoğan Bayraktar, enkaz bölgesini ziyaret etti. "Bugün itibariyle en güvenilir yer Van'dır, fay kırıldı, enerjisi boşaldı, binalara girilebilir, büyük depremin olduğu yerde bir daha deprem olmaz, dünyada bunun örneği görülmemiştir" dedi.

(Bilahare... Trabzon'a gidip, Trabzonspor'un bayramlaşma törenine katıldı, "Trabzonspor olarak durumumuz çok iyi, moralimiz düzeliyor, futbolcularımızın hepsini alnından öpüyorum, biz biriz, bütünüz, Allah kazalardan belalardan felaketlerden korur" dedi.)

Van'da gene deprem oldu.
Bize yardım için gelen Japon doktor öldü.

Kamikazede oldu.

Bilahare...
Bizim Bakan Fransa'ya geçti.

Büyükelçi

1972...
Fransa'da ilk soykırım anıtı dikildi. Paris Büyükelçimiz Hasan Esat Işık, ilk THY uçağıyla geri çekildi. Sonra bakıldı ki, Fransa jömanfu diyor, Eyfel'den aşşa Kasımpaşa bi nevi... Türkiye çark etti, Bizim Dışişleri Bakanı, Fransa Dışişleri Bakanı'nı aradı, büyükelçi göndermek istiyoruz dedi, Fransa Dışişleri Bakanı "keyfiniz bilir, nasıl isterseniz" dedi. Bizim Dışişleri Bakanı'nın keyfi yerine geldi, anıt meselesini açtı, "vatandaşlarımızı rahatsız ediyor, önüne bi ağaç dikelim de görülmesin, ne dersiniz" dedi. Fransız Dışişleri Bakanı ne cevap verdi biliyor musunuz? "O işe ben bakmıyorum, bizim Orman Bakanı'yla görüşün" dedi!

2001...
Fransa, soykırımı tanıdı. Paris Büyükelçimiz Sönmez Köksal, ilk THY uçağıyla geri çekildi, "adiyö" filan denildi, "elveda" yani... Sonra bakıldı ki, adamlar bizi sallamadığı gibi, arkamızdan el bile sallamıyor, anında u dönüşü yapıldı, büyükelçimiz tıpış tıpış geri gönderildi.

2006...
Fransa, soykırım yok diyeni hapse tıkan yasayı geçirmeye çalıştı. Paris Büyükelçimiz Osman Korutürk, ilk THY uçağıyla geri çekildi. Yumurta kapıya gelene kadar kılını kıpırdatmayan Türkiye, baktı ki, yumurta rafa kaldırıldı... Büyükelçimiz rafadan olarak geri gönderildi.

2006...
Kanada, soykırımı tanımakla kalmadı, devlet okullarında müfredata koydu. Ottawa Büyükelçimiz Aydemir Erman, ilk THY uçağıyla geri çekildi. Sonra bakıldı ki, koyduklarını çıkarmıyorlar, bari biz çıkardığımızı koyalım denildi, büyükelçimiz geri gönderildi.

2007...
ABD Temsilciler Meclisi, soykırımı tanıdı. Washington Büyükelçimiz Nabi Şensoy, ilk THY uçağıyla geri çekildi. Ankara'da yakıt ikmali yapıldı. İlk THY uçağıyla geri gönderildi.

(İlk tanıyan ülke, teee Uruguay...
Angusları teee oradan alıyoruz.)

(Arjantin, iki-üç değil, yedi defa tanıdı... Bizi "insan kasabı" ilan eden Arjantin'in devlet başkanı, geçenlerde Türkiye'ye geldi, Çankaya'da onur konuğu olarak ağırlandı, Dışişleri Bakanım az önce imzayı attı, Türkiye'ye 80 milyon dolarlık "sığır" göndereceğiz dedi.)

2009...
Kanada'da soykırımı anma gecesi yapıldı, Kanada Hükümeti resmen katıldı. Ottawa Büyükelçimiz Rafet Akgünay, ilk THY uçağıyla geri çekildi. Sonra bakıldı ki, en azından daha bi sene anma gecesi yok, öbür seneye kadar zaten bizim ahali çoktan unutur, büyükelçimiz geri gönderildi.

2010...
İsveç, soykırımı tanıdı. Stockholm Büyükelçimiz Zergun Korutürk, ilk THY uçağıyla geri çekildi. Sonra düşünüldü ki... Kardeşim biz daha önce soyadı Korutürk olan öbür büyükelçiyi geri çekip, gerisingeri göndermedik mi? Gönderdik... E madem öyle, bu Korutürk'ü niye göndermeyelim ki? Ha yaşa be denildi... Bu büyükelçi Korutürk de gerisingeri gönderildi.

2010...
ABD Temsilciler Meclisi, soykırımı bi daha tanıdı. Washington Büyükelçimiz Namık Tan, ilk THY uçağıyla geri çekildi. Ankara'da yakıt ikmali yapıldı. İlk THY uçağıyla geri gönderildi.

2011...
Fransa, soykırımı tanımakla kalmadı, soykırım yok diyeni hapse tıkan yasayı kabul etti. Paris Büyükelçimiz Tahsin Burcuoğlu, tahminim ilk THY uçağıyla...

Fransa

Hep aynı höt zöt...
Elçiyi geri çekeriz.
Breh breh breh!

İki sene önce... Fransa'nın Nancy kentine bağlı Pont-a-Mousson kasabasındaki Jacques Marquette Lisesi'nin tarih dersinde Ermeni soykırımı işleniyordu. Sınıfta bulunan beş Türk öğrenci, soykırım iddiasını reddetti, öğretmenle çatır çatır tartıştı. Öğretmen kızdı, çocukları sınıftan attı.

Haftaya... Aynı öğretmen sınav yaptı, "Ermeni soykırımını anlatın" dedi. Dört Türk öğrenci dilleri döndüğünce "soykırım yoktur"u anlatırken... 13 yaşındaki Mustafa, çocuk aklıyla sinirlendi, "varsa da hak etmişlerdir" yazdı. Anında disiplin'e verildi. Okuldan uzaklaştırıldı.

Mustafa'nın babası derhal okula çağırıldı, "oğlunuz Fransız yasalarına karşı suç işledi" diye fırçalandı. Baba, gayet sakin şekilde, "hak etmişlerdir sözü için oğlum adına elbette özür dilerim ama, soykırım iddiasını kabul etmeyenlerin cezalandırılmasını öngören bir Fransız yasasını hiç duymadım" dedi. Vay sen misin bu cevabı veren...

"Çocukla kan davası" başlatan okul yönetimi, bu sefer Mustafa'yı çağırdı, affedilmen için şans tanıyoruz, "Ermeni soykırımı, insanlığa karşı suç" konulu ödev hazırlayacaksın denildi.

Üstelik... "Soykırım tanıklarıyla görüşeceksin, kaç kişinin nasıl öldürüldüğünü tek tek detaylandıracaksın, bunları yaparken, soykırımı inkar eden Türkiye'nin tarih kaynaklarından alıntı yapmayacaksın, sonra da çıkıp, sınıf arkadaşlarının önünde anlatacaksın" şartı koşuldu.

Mustafa n'aaptı? Madem Türkiye'nin tarih kaynaklarından alıntı yapmam yasak, buyrun size, Fransa'da faaliyet gösteren sivil toplum kuruluşu COJEP'in raporları dedi... COJEP'in soykırım olmadığını belgeleriyle anlatan raporlarını ödev olarak verdi. Okul morardı.

Bu arada, hadise basına sıçradı.
Hürriyet manşet yaptı.
Vicdan sahibi Fransız gazetelerinin bazıları da "bu ne biçim pedagoji" diyerek, okulu suçladı. Baktılar ki, dallanıp budaklanıyor, çark edildi, Mustafa affedildi, tıpış tıpış okula geri alındı.

Ancak... Diaspora, mevzuya balıklama atlamıştı. "Fransa soykırımı tanıdı ama, soykırımı inkar yasasını çıkarmadığı için sadece tanımanın bir anlamı yok" kampanyası başlattı... Hani Fransız Parlamentosu'nda oylanan inkar yasası var ya, işte onun kampanyası!

İki sene geçti.
Fransız "horoz"u dölledi.
Yumurta kapıya dayandı!

13 yaşındaki Mustafa ödevini başarıyla yapmıştı ama, koca koca adamların yönettiği Türkiye yan gelip yatmış... Uyumuştu.

Ve, hâlâ deniyor ki...
Elçiyi çekeriz filan.

Aferin de...
Mustafa n'olacak?

Afganistan

Karzai...
Amerikan vatandaşı.
Petrol şirketinde çalışıyordu.
Petrol şirketi Amerikan.

Eşi, Afganistan'ın först leydi'si güya...
Pakistan'da yaşıyor.
Oğlu da.

Bi kardeşi restoran işletiyor, Washington'da.
Öbür kardeşi restoran işletiyor, Chicago'da.
Kayınbiraderi mobilyacı, Virginia'da.
Yeğenleri desen... California'da.

New York Times gazetesi yazdı...
Bi kardeşi senelerdir CIA'den maaş alıyor.
Bi başka kardeşi uyuşturucu baronu.
Kız kardeşi de var...
Onun restoranı Massachusetts'te.

Hükümet kurdu.
1-2 değil, 12 bakanı Amerikan vatandaşı.

Mesela, Adalet Bakanı'nın diploması... Nebraska'dan.
Ekonomi Bakanı Kanada'dan.
Ticaret Bakanı Illinois'den.
Eğitim Bakanı Alabama'dan.
Tarım Bakanı Omaha'dan.

(Rahmetli Ecevit'in dili sürçmüş, "Afganistan genel müdürü" demişti bunun için... Meğer doğru söylemişti.)

Resmi olarak, sadece 525 dolar maaş alıyor.
Daily Telegraph manşet yaptı...
Dubai'de emlak kralı.
90 milyon sterlinlik gayrimenkulü var.
Sırf Palmiye Adası'nda 12 villası olduğu söyleniyor.

Bu Afganistan'dan...
ABD askeri çekiliyor.
İngiliz askeri kaçıyor.
Alman kaçıyor.
Fransız kaçıyor.
İspanyol kaçıyor.

Türkiye uçuyor!
Evlatlarımız ölüyor.

Şehitlerimizin aziz hatırasına saygısızlık etmek istemem ama...
O Karzai.
Biz niyazi.

Tuvalu

Hürriyet manşet yaptı.
Ermenistan, işgal altında tuttuğu Dağlık Karabağ'ı bağımsız ülke olarak tanıması için, teee Pasifik Okyanusu'ndaki adacık devleti Tuvalu'yla diplomatik ilişki kurmuş... Meğer, nüfusu sadece 12 bin olan ve dokuz mercan adacığından oluşan Tuvalu, avanta karşılığında her şeyi yapıyormuş. Mesela geçen sene, Rusya'dan para alarak, Abhazya'yı ve Osetya'yı tanımış.

Şeytanın aklına gelmez yani.

Halbuki...
Bizden öğrenildi!

Dünyanın neredeyse adını bile bilmediği bu Tuvalu'ya ilk avanta'yı Türkiye vermişti.

Bi önceki sene, durup dururken, Tuvalu'yla diplomatik ilişki kurup, "neye ihtiyacınız var?" diye sormuştuk, "bizim çocuklar futbol seviyor ama, nizami futbol topumuz yok" cevabı verilince, 100 tane nizami futbol topu göndermiştik. Şişirsinler diye pompa bile vermiştik.

Çünkü...
2009-2010 dönemi için, Birleşmiş Milletler Güvenlik Konseyi Geçici Üyeliği'ne aday olmuştuk. Oylama yapılacaktı. Rakiplerimiz, Avusturya ve İzlanda'ydı. İzlanda önemli değildi ama, Avusturya'nın kazanmasına kesin gözüyle bakılıyor, bize şans tanınmıyordu. Kendi güvenliğini bile sağlayamayan bi ülkenin, dünya güvenliğine talip olması, komediydi.

Ancak...
Avanta kömürün nelere kadir olduğu unutulmuştu!

Haritada yerini gösteremeyeceğimiz ama, Birleşmiş Milletler'de oy hakkı bulunan ülkelere saldırdık... Gambiya'ya Etiyopya'ya Sudan'a Angola'ya Komor'a avanta ilaç gönderdik. Zimbabwe'ye pazaryeri inşa ettik. Moritanya'ya ahır kurduk, ahır... Nijer'e içme suyu şebekesi yaptık. Etiyopya'ya su kuyusu kazdık. Gana'ya kırtasiye malzemesi verdik. Sudan'a sahra hastanesi hibe ettik. Mozambik'e Moritanya'ya hayvancılık, Benin'e elektrik santralı kredisi açtık. Eritre'ye Togo'ya Lesoto'ya Uganda'ya mesleki eğitim verdik. Gambiya'ya dökümhane inşa ettik. Gine'de polis yetiştirdik. Mali'ye aşı gönderdik. Tanzanya'ya Çad'a insani yardım, Kongo'ya okul yaptık. Liberya'ya Sierra Leone'ye kanalizasyon kurduk.

Okyanusya ülkesi Palau'ya VIP minibüs hediye ettik. Karayipler'deki Antigua'ya bilgisayar bağışladık. Nüfusu sadece 19 bin kişi olan St. Vincent ve Grenadines'in Başbakanı Ralph Golsalves davet edildi, bizzat Başbakan Erdoğan tarafından resmi törenle karşılandı, yedirildi, içirildi, cebine hediyeler dolduruldu, İzmir'e gezmeye gitsin diye Ata uçağı tahsis edildi.

Ermenistan'ın gözüne kestirdiği teee Tuvalu'ya...
Futbol topu ve pompa gönderildi.

Netice?
Oylamaya geçildi.
Al takke...
Ver külah oldu.
Avusturya kaybetti.
Türkiye seçildi.

Tuvalu...
İşte o Tuvalu.
Resmi dili İngilizce ama...
Men dakka dukka'dır bu.

Türk Bahar'ı

Neslihan...
Esra, Gülden, Özge, Gözde
Ergül, Asuman, Büşra, Güldeniz
Gizem, Polen, Eda, Neriman
ve Türk... Bahar'ı

Silvio'nun İtalyası'nı
Zapatero'nun İspanyası'nı
Putin'in Rusyası'nı yendiler.

Bu memleketin tırsak erkeklerinin gözü önünde, göz göre göre Arap'a dönüştürülmeye çalışılan Türk bayrağını... Mustafa Kemal'in vizyonuna, Avrupa'nın göbeğine diktiler.

Tıpkı, kulüpler bazında Avrupa şampiyonu, dünya şampiyonu oldukları gibi.

Voleybolcu kızımız şort giyiyor diye, mağara adamı tarafından belediye otobüsünde dövülürken... Voleybolcu kızlarımız "Türk yıldızları"nın dünya şampiyonu olması gibi.

(Sene 2003... Türkiye'nin nereye sürükleneceğinin ufak ufak belli olduğu günlerdi. Her konuda olduğu gibi sporda da savaş açılmış, "neden her stada, spor salonuna Atatürk'ün adı veriliyor" tartışmaları başlamıştı. Kızlarımız, o sırada Japonya'daki dünya kupasındaydı.)

(İtalya maçına çıktılar. Birinci set bitti, ikinci set bitti, üçüncü set... Saatler 16.05'i gösterirken, milli takım mola aldı. Kızlarımız kenara geldi. Kimi elini kalbine koydu, kimi başını önüne eğdi usulca... Öylece durdular. Çıt çıkmıyordu. Mola bitti. Maça devam ettiler.)

(Rakip takım mola boyunca harıl harıl taktik konuşurken, bizimkilerin heykel gibi durmasına, hiç konuşmamasına kimse anlam veremedi. Halbuki, Türkiye'de saatler 9'u 5 geçiyordu!)

(Atatürk'ün kızları, Türkiye'de hayata mola verildiği an, dünya kupasında hayatı durdurmuştu.)

El alemin baharına, hurmasına ihtiyacı yok Türkiye'nin... En zor anlarımızda açan, geleceğe umutla bakmamızı sağlayan çiçeklerimiz var bizim.

İsim	Teknoloji	Bitki

Ak'tronot...

Proce

Ankara'ya uzay üssü kurulacak.
Ak'tronot yani.

Bi de radar koyacaklarmış...
Böcek kesmedi çünkü.

İstanbul malum...
Palamutlar lüferler boğazcıktan, küçük tonajlı hamsiler boğazdan geçecek, ki, maazallah yalılara çarpar marpar... Pik saatlerde çinekoplara dubalarla ek şerit açılacak.

İzmir ilçe yapılacak.
Demokrat Parti sinirlenip Kırşehir'i ilçe yapmamış mıydı kardeşim, men dakka dukka.

"Kır"şehir ağaçlandırılacak.
Bi kanal da Ege'ye döşenecek.
Denizli'ye deniz götürülecek.

Afyon'a narkotik şube açılacak. "Bar"tın'da alkol yasaklanacak. Ağrı'ya son, fizik tedavi merkezi kurulacak. Aydın, ver oyu, gözünaydın, aksi halde, hayatı kaydın... Balık'esir teslim olursa, esaretten kurtarılacak, yoksa, derhal Alıkesir yapılacak. Bitlis'e söz, altıncı minare, yeter ki, beri gel... Bur'sa Mani'sa, adı üstünde, komple "Sa"bancı'ya devredilecek.

Gaziantep var, Şanlıurfa var, Kahramanmaraş var, Van'ın neyi eksik? Vanmünüst olacak.

Bilecik, minicik, Monaco gibi prenslik verdik miydi, oldu sana Kabilecik... Çorum'a öyle bi proce yapılacak, inan, bunu Çorumlular bile yapmaz. "Gir"esun'a tünel açılacak, ki, çıkasun...

Diyarbakır'a yeni cezaevi müjdesi verilmişti zaten, güle güle oturun.

Artvin, art niyetli bi yaklaşım, dünya bize hayran politikamız gereği, Vinvin yapılacak. Muğla bu kafayla giderse, bizim nazarımızda Muğlak... Burdur'mak yok, yola devam.

Uçak yapamayan memlekete uzay üssü kurduğumuza inanıyorlarsa, Kars niye Mars olmasın muhterem... Batman yok mu? Holivut'un yıldızı be! Uşak desen, cebren ve hileyle bütün tersanelerine girilmiş memleketin tescilli adı yapsak, yeridir.

"Sen Domalan'sın Büyük Düşün" dememek için, Domalan beldesinin adını değiştirmiştik... Söke'yi dikeceğiz. "Manav"gat'a hal açacağız. Bodrum'a kat çıkacağız. Neymiş efendim, ilçe girişine her bikinili ölümü tadacak levhası asmışız filan, külliyen yalan, "Ölü"deniz'i canlandıracağız. "Çukur"ca'yla "Yüksek"ova'yı birleştirip, hizaya getireceğiz. "Borç"ka'ya kefiliz, Ödemiş'le kardeş ilçe yapacağız. Bandırma diyorlar, kararlıyız, bandırcez... Mucur'u asfaltlayacağız. Dargeçit'e duble yol... Can sıkıntısını gidermek için Feshane şenliklerini Of'fff'ta düzenleyeceğiz. Kulp'a kafa yoruyoruz, hayırlısıyla seçime kadar bi kulp bulacağız.

Antalya'ya tokiyle dalıyoruz, "Rant"alya kurulacak. Sinop cehapeye oy vermeye devam ederse, Sibop yapılacak. Kütahya'da çeşmelerden siyanür akıtma hizmetimiz devam edecek, herkes bahçesinde altın arayabilecek. Eskişehir'e inat, Nevşehir elaleme pazarlanacak, Newşehir olacak. Avanta Muş'amba dağıtsak olmaz, Muş'mula versek yemez, e hızlı tren de götüremedik, bari dol'muş tahsis edilecek. "Çan"kaya'ya ilk kez dindar cumhurbaşkanı çıktığına göre, "Çan"kırı bundan böyle Ezankırı... "Koca"eli'ni kökünden değiştireceğiz, Hanımeli olacak.

(Fener Patrikhanesi'nin Sümela Manastırı'na taşınması procesi, şampiyonluk faciası nedeniyle Trabzon Valiliği tarafından durdurulmuştur... Faruk Özak'ın şehirden taşındığı ve başka şehirden aday olmak istediği iddiası, iftiradır. Kamuoyuna saygıyla duyurulur.)

Maliye Bakanlığı'nın Amasya'ya taşınıp, Zamasya yapılacağı, dedikodudan ibarettir. Ancak, makarna bulgur dağıtımı çerçevesinde Kasta'mönü ve Çanak'kafe proceleri üzerinde çalıştığımız, doğru... Isparta ise, maalesef, 88 yaşındaki zat nedeniyle ıskarta'ya çıkarılacak.

Ordu lağvedilecek, Rize'ye bağlanacak. Siirt, minareler süngü bağlamında, Şiir't olacak. Konya'ya Hanya müzesi açılacak, kim olursa olsun gelip, ikisini birarada görme imkânı bulacak. Muharrem İnce'nin dokunulmazlığı kaldırılıp, Yalova'ya kaymakam yapılacak. Kırık'kale tamir edilecek. "Sakar"ya'da beceri kursları açılacak. "Ak"saray'a derhal vezir atanacak.

99 sene daha dişinizi sıkın...
Hayal'etiniz gerçek olacak.

Çılgın proce

Kendi kendine yeten yedi ülkeden biriyken... Buğday ambarı'nın buğday ithalatında şampiyon olacağı, nohut'u Meksika'dan, mercimek'i Kanada'dan, sarımsak'ı Çin'den alacağı, el alemin patates'ine fasulye'sine muhtaç kalacağı, topraklarımızın İsrail'e satılacağı aklınızın ucuna gelir miydi? Taaa Uruguay'dan inek getirmek çılgın proje değil de nedir?

"Aziz vatanın bütün tersanelerine girilmiş olabilir" uyarısına rağmen... 16 Mayıs'ta, Mustafa Kemal'in Bandırma vapuruyla Samsun'a gitmek üzere yola çıktığı günün tıpatıp aynısı, 16 Mayıs'ta, Bandırma Limanı'yla Samsun Limanı'nın satılması, çılgın proje değil de nedir?

Şeref madalyalı subayların "terörist" ilan edileceğini; şehitlerin "kelle", Apo'nun "sayın" olabileceğini, PKK'lıların üstü açık otobüsle şehir turu atıp, milletvekili adayı yapılabileceğini hayal edebilir miydiniz? "Anayasa'dan Türk kelimesi çıkarılsın" denirken, devlet büyüklerimizin "güzel şeyler oluyor" demesi, çılgın proje değil de nedir?

İmamlar ilkokulda derse girecek, hukuk ulemaya sorulacak, polisimiz imamın ordusu olacak, Nutuk suç delili sayılacak, tembel kedi Garfield'le külkedisi Cinderella gözaltına alınacak deseler, inanır mıydınız Allah aşkına? Anne-babasıyla restoranda yemek yiyen bebelere, matiz'likten suçüstü yapılması, çılgın proje değil de nedir?

AB'ye sittinsene giremeyeceğimizi belki düşünmüşsünüzdür ama... Papa heykelinin önünde, yani, manevi huzurunda, AB Anayasası imzalayacağımızı, sonra da "Ya Allah, bismillah" diye güpegündüz havayi fişek fırlatacağımızı tahmin edebilir miydiniz? Gençlerimiz havaya uçurulurken, çocuklarımız sellerde boğulurken istifini bozmayanların... 85 yaşındaki Papa'nın yatağında vefat etmesi üzerine, İçişleri Bakanlığı genelgesiyle, tüm yurtta bayrakları yarıya indirmesi, çılgın proje değil de nedir?

Türk Telekom Arap, rakı İngiliz olacak deselerdi, hadi ordan demez miydiniz? Meyveli ithal cıvık'lar rahat rahat satılsın diye, ahalinin damak alışkanlığını değiştirmek için, Bakanlık emriyle yoğurdumuzun kıvamını değiştirmek, çılgın proje değil de nedir?

Telefonlara kulak, makam odalarına böcek konulmasını, 10 sene önce hangi vizyoner hayal edebilirdi? Yatak odalarına gizli kamera döşenmesi, çılgın proje değil de nedir?

12 Eylül'de "evet" deyip, postalını yaladığı darbeciye evinde parti veren yalakaların, öbür 12 Eylül'de hiç utanmadan "hayır" diyenlere darbeci demesi... Muhtıra verene, zırhlı makam aracı hediye edilmesi, çılgın proje değil de nedir?

İşsiz çoğalırken, işsizliğin azalması... Dünyanın en pahalı benzinini kullanırken, enflasyonun düşmesi... Donumuzu satmamıza rağmen, borcun büyümesi... Son 8 senede 80 şehrimizde 888 kere petrol bulunması... Kişi başına milli gelir hesaplanırken, nüfusun 7 milyon kişi eksik çıkması... Seçim yaklaşırken, seçmen sayısının 7 milyon kişi artması, çılgın proje değil de nedir?

Atamamız niye yapılmıyor diye soran öğretmenlerin gözüne gaz sıkılırken, yurtdışından öğretmen ithal edilmesi... Hekimlere dolandırıcı, eczacılara yankesici muamelesi yapılırken, rabbimin Cleveland demesi... Pantolon paçasının çoraba sokulması, Nobel'e aday gösterilmesi gereken çılgın proje değil de nedir?

Çevrecinin daniskası olup, ormana gecekondu kondurmayı, bi nebze akıl etmiş olabilirsiniz ama... Ha nükleer santral kurmuşsun, ha evine tüp bağlatmışsın, çılgın proje değil de nedir?

Kız çocuklarımızın okula gitmesi için son nefesine kadar gayret eden profesör'ün "fahişe bu" diye evi basılırken... "Dekolte giyen kadınlar tecavüzü hak eder" diyen profesör, hâlâ görevinin başındayken... Üniversite sorularına alenen şifre koyup, gençlerimizin hayallerinin ırzına "şehven" geçilirken... Yetkililerimizin "tatmin" olması, çılgın proje değil de nedir?

Sanatın içine tükürmek, tiyatroları kapatmaya çalışmak, Taliban gibi heykel yıkmak... O heykel yıkılmasın diye mücadele veren Atatürkçü, çağdaş, onur duymamız gereken ressamımızı bıçaklamak... Bırak çılgını mılgını, cinnet projesi değil midir?

Ahali hâlâ çılgın proje bekliyor iyi mi.
"Yetmez ama evet" diyorlardı...
İnanmıyorduk.

Gemicik oluyorsa, boğazcık niye olmasın şekerim?

Yunanistan'da Korint Kanalı var. Haybeden 400 kilometre yol yapıp Mora Yarımadası'nın etrafından dolaşacağına, zırt diye, Ege Denizi'nden Adriyatik'e geçivermeni sağlar.

Rusya'da Volga-Don Kanalı var. Volga ile Don nehirlerini öpüştürür, böylece, arasında denizyolu irtibatı olmayan Hazar Denizi'yle Karadeniz'i birbirine bağlar.

Almanya'da Kiel Kanalı var. Git babam git, taaa Danimarka'nın etrafını dolaşacağına, kestirmeden, Kuzey Denizi'nden Baltık Denizi'ne geçersin.

Finlandiya'da Saimaa Kanalı var. Deniz gibi kullanılan ama, eskiden denizle irtibatı olmadığı için oturma odasındaki küvet gibi duran Saimaa Gölü'nü Finlandiya Körfezi'ne bağlar.

Kanada'da Welland Kanalı var. Bizim oturma odasındaki leğen gibi duran Van Gölü'nün benzeri Ontario Gölü'nü, Erie Gölü'ne bağlar, oradan Atlas Okyanusu'na yol açar... Böylece, deniz ebatındaki göllerinde anca sandalla kefal tutacağına, vızır vızır tanker dolaştırırlar.

Panama Kanalı malum...
Zart diye Atlas Okyanusu'ndasın.
Zort diye Pasifik Okyanusu'nda.

Süveyş Kanalı desen... Antalya'dan demir alıp, boydan boya Akdeniz'i geçip, Atlas Okyanusu'nun dibine kadar inip, Afrika kıtasının altından kıvrıla kıvrıla dolanacağına, tereyağından kıl çeker gibi Kızıldeniz'e süzülürsün. İster Aden'e git, ister Basra'ya.

Ya bizimki?
Karadeniz'i Marmara Denizi'ne bağlayacakmış iyi mi... Arada irtibat yoktu çünkü!

Arazileri çılgın'casına kapatan ileri görüşlü (!) arkadaşlarla, memlekete boru döşeme uzmanı olan müteahhitlerin cebi arasında güzel bi kanal olacak sanırım...

Yırtarım semtleri
cüzdanlara sığmam, taşarım
kükremiş sel gibiyim
İstanbul'u çiğner, aşarım
hangi çılgın bana zincir vuracakmış?
Şaşarım.

E adını koyalım.
Arap'ınki Süveyş...
Bizimki olsa olsa, söğüş kanalı.

Dıriims kam turu

Nerden hatırlıyorum
Nerden hatırlıyorum
Girdim internete...
Buldum iyi mi.

Dreams come true
Hayaldi gerçek oldu

Disneyland yahu...
Disneyland'ın sloganı bu!

Muazzam hayal gücüyle hayali dünyalar yaratan Walt Disney kurmuştu. Bizde de, sanırım o nedenle procelerini anlatırken "çizgi film" oynatıyor Başbakanımız... Cuk oturmuş doğrusu.

Disneyland'da dile ne dilersen, Alaaddin'in Sihirli Lambası varsa... Bizde ampul yok mu?

Onda Miki Mouse var.
Bizde miki filmi var.
Kaset kaset yayınlanıyor.
Tıkla mouse'unla, izle.

Toy Story mesela.
Oyuncak hikayesi...
Bagajdan dağıtılıyor.

Robin Hood desen...
Makarna bulgur, doyuyorsun, kömürle ısınıyorsun, e avanta iftar da var, daha ne istiyorsun, Pollyanna gibi geçinip gidiyorsun.

Dikkatli bakarsan...
Pinokyo da var aslında.
Hani şu yalan söylediği zaman burnu uzayan, ipleri başkasının elinde olan kukla!

Aç televizyonu...
Muppet Show orda.
Atatürkçüleri Notre Dame'ın Kamburu ilan eden... Kendi kendilerini konuk alıp, kendi kendilerini tasdikleyenler "yeşil" kurbağa Kermit değil de, kimdir Allah aşkına?

Kulak ver Başbakan'a...
Bağırır hep meydanlarda...
"CHP'nin yaptığı çirkin."
"MHP'nin tavrı çirkin."
"BDP'nin sözleri çirkin."
Nedir bu?
Güzel ve Çirkin.

Aslan Kral, Roger Rabbit, Donald Duck, Cinderella, hepsi Disney'in çevirdiği filmler... Peki ya, Temel Reis, Garfield, Bugs Bunny ve Kırmızı Başlıklı Kız? Onlar Disney'in değil... Zaten o nedenle, Başsavcı'nın evinde çevrilen filmde suçüstü yakalanıp, gözaltına alındılar.

101 Dalmaçyalı ise, değerli ağabeyim Bekir Coşkun yüzünden yasaklandı maalesef... Malum, çocuklar seyredip özenirse, maazallah, köpekleriyle yatarlar.

Diyeceksiniz ki, hepsi iyi güzel de, Alice Harikalar Diyarı nerede?

Kayseri'de... Büyükşehir Belediye Başkanı bizzat açıkladı, "Anadolu Harikalar Diyarı" procesi üzerinde çalışıyor... "Kayseri'de böyle bi mekanın eksikliğini hissettik" diyor.

Disneyland'a gelince...
Onu da Anadolu Ajansı müjdeledi, bi tane Ankara'ya, bi tane İstanbul'a kuruluyor. Haber aynen şöyle: "İsteyen define arayacak, isteyen şatolarda şövalyelerle yemek yiyecek, isteyen denizaltıyla okyanusun dibini keşfedecek, isteyen uzay gemisine binip Ay'a seyahat edecek."

Gözün ay'dın yani.

En az üç.
Hedef iki bin yirmi üç.
Üç boyutlu gözlüğü de taktın mıydı, tamamdır bu iş, hayırlısıyla oldun süper güç.

Durmak yok... Işık hızıyla yola devam

Amerikan Ulusal Havacılık ve Uzay Dairesi, taaa 34 sene önce uzaya gönderilen Voyager uydusunun, 17 milyar 700 milyon kilometre yol kat ederek, Güneş Sistemi'nin sınırına ulaştığını, sadece dört sene sonra sonsuz boşluğa girip, bilgi göndereceğini açıkladı.

8000... Yazıyla, sekiz bin fizikçi ve mühendisin çalıştığı Avrupa Nükleer Araştırma Merkezi, bugün, Higgs bozonu adı verilen, atomaltı parçacığının esrarını açıklayacak. 14 milyar sene önce evrenin doğumuna yol açtığı varsayılan büyük patlama ortamını yaratan deney, 10 milyar dolara mal olan Büyük Hadron Çarpıştırıcısı'nda gerçekleştiriliyor. Büyük Hadron Çarpıştırıcısı, İsviçre-Fransa sınırında, yerin 100 metre altında, 3.8 metre çapında, 27 kilometre uzunluğunda bir tünel... Bu tünel boyunca, ışık hızına yakın süratle, iki proton huzmesi veriliyor, birbirlerine çok yakın ama aksi istikamette yol almaları için, eksi 271 dereceye kadar soğutulmuş süperiletken elektromıknatıslar kullanılıyor, çarpıştırılıyor. Saniyenin iki trilyonda biri kadar süren çarpışmayla, büyük patlama anındaki koşullar yaratılıyor, teorik fizikte kütle mantığının temelini oluşturan Higgs parçacığının varlığının kanıtı aranıyor; büyük patlamadan hemen sonra Higgs Field denilen enerji alanının oluşması, atom başta olmak üzere, evreni meydana getiren kütlelerin ortaya çıkması bekleniyor.

Ki...
Bizimkiler atik davrandı.
Türkiye Cumhuriyeti Başbakan Yardımcısı Bekir Bozdağ, din

eğitimi almadığı halde din bilgisi olan mollaların, KPSS'yle, devlette kadrolu imam yapılacağını açıkladı.

Böylece...
Sonsuzluğun sınırına, evrenin başlangıcına filan olmasa bile, sözün bittiği yere ulaşmayı başardı.

Steve Jobs

Gökten üç elma düştü.
Adem'in elması.
Newton'ın elması.
Steve Jobs'ın elması.

"Ay"pod "ay"phone, "ay"pad, hayallerin adamıydı Steve Jobs, dünyayı değiştirdi... Ondan bi gün önce vefat eden Muzaffer Tema da, dünyayı değiştiren bi başka hayalin kahramanıydı.

"Ay"a giden ilk Türk'tü.

Taa 1959'da Hollywood yapımı bilimkurgu filmi "twelve to the moon"da oynamıştı. Ay'a giden 12 astronotun öyküsüydü. Ekip, çokulusluydu. Biri siyahi, üç Amerikalı, diğerleri Rus, Alman, Japon, İsveçli, Fransız, İngiliz, Polonya kökenli İsrailli, Brezilyalı ve Türk'tü.

Sadece astronot değillerdi. Herkes "kendi milletinin astronotu" rolündeydi.

Alt tarafı film denemez... Çünkü, Amerikan vizyonunu yansıtan Hollywood'un dünyaya bakış açısını gösteriyordu. Hollywood "gitse gitse bu milletler gider" diye düşünmüştü.

Mesela, ABD'de milyonlarca İtalyan yaşamasına rağmen, yüzlerce İtalyan aktör olmasına rağmen, astronotlar arasında İtalyan yoktu. Çinli yoktu. Kanadalı yoktu. ABD'deki Latin nüfusun ezici çoğunluğuna rağmen, Meksikalı yerine, sürpriz şekilde Brezilyalı astronot tercih edilmişti.

Hollywood'un "gitse gitse anca bu milletler gider" dediği günlerde... Yuri Gagarin'in uzaya çıkmasına daha iki sene vardı. Neil Armstrong'un ayak basmasına 10 sene... NASA bile henüz bir sene önce kurulmuştu. Steve Jobs, dört yaşındaydı.

2011'de...
O dört yaşındaki bebek, hayallerinin gerçek olduğunu görerek vefat etti ama, 92 yaşına kadar direnen Muzaffer Tema'nın ömrü yetmedi, Hollywood'un hayali gerçekleşmedi maalesef.

Amerikalılar Ay'a ayak bastı. Siyahi astronotları var. Rusların uzay istasyonu bile var. Alman astronot ve Japon astronot, Soyuz mekiğiyle gitti. İsveçli astronot kadındı, Discovery mekiğiyle gitti. Fransız astronot hem kadındı, hem de uzaydan dönünce Fransa'nın Avrupa Birliği'nden Sorumlu Bakanı oldu. İngiliz astronot, Atlantis mekiğiyle gitti. Polonyalı astronot, Soyuz'la... İsrailli astronot, Columbia mekiğiyle uzaya çıktı, dönüşte infilak ettiler. Brezilyalı astronot öngörüsü de tuttu, Soyuz'la gitti. Ancak "bunlar gidemez" denilen İtalya'ya haksızlık yaptılar, çünkü İtalyan astronot Soyuz'la gitti, istasyonda aktarma yapıp, Endeavour'la döndü, üstelik mekiğin pilotuydu, uzaydayken Papa'yla bile konuştu. Çinlileri de tutturamadılar, adamlar uzay yürüyüşü yapıyor. Kanada desen... Hollywood'a göre, hesapta yoktu ama, Kanadalı kadın astronot, Endeavour mekiğiyle gitti, hatta, İstanbul'un uzaydan fotoğraflarını çekip Başbakanımızın eşi Emine Hanım'a hediye etti.

Hollywood'un hayalleri ve hatta hayallerinde olmayanlar bile gitti... Geriye kaldı, hayal kırıklığı ülkesi!

Gene de bozmayın moralinizi... Steve Jobs dört yaşında bebekken, uzaya gitme potansiyeli görülen Türkiye, bakın eli kulağında, otomobil icat edecek.

E daha ne birader...
Lafla peynir gemisi yüzüyorsa, uzay gemisi de duble yolda güzel güzel gider.

Ak'tronot

Bizim Cumhurbaşkanı Abdullah Gül "biz sizden Boeing alalım, siz de bizi astronot yapın" demiş de...
Obama da "valla sermayesi kurtarmaz, fiş almazsanız belki" demiş filan.

Üzülüyor insan.

İsmail Akbay...
Bursa Tirilye'li köy çocuğuydu. Haydarpaşa Lisesi'ni bitirip, ABD'ye gitti, Tennessee Üniversitesi'nden fizik mühendisi çıktı. İkinci Dünya Savaşı'ndan sonra ABD'ye kaçırılan Alman roketbilimci Von Braun tarafından seçildi, NASA'daki ilk Türk oldu... 1969'da insanoğlunun Ay'a ayak basmasını sağlayan Apollo projesinde yeraldı. Apollo-Soyuz projesinin yanı sıra, uzay istasyonu Skylab'ın motor entegrasyonunda çalıştı. Türkiye, makam arabası almaktan planöre bile bütçe ayıramazken, tam 31 sene NASA'da yöneticilik yaptı.

"Memleketim için ne yapabilirim" diye kafa yorarken, İzmirli işadamı Kaya Tuncer'le tanıştı... Kaliforniya Berkeley mezunu, Ege Serbest Bölgesi kurucusu, Ellis Adası Şeref Madalyası sahibi, Türk-Amerikan Bilim Adamları Derneği tarafından Yılın İşadamı seçilmiş, milyar dolarlık ihracat yapan, binlerce kişiye istihdam sağlayan biriydi, Kaya Tuncer.

NASA'daki ilk Türk...
Aradığı Türk'ü bulmuştu.
"Uzay Kampı kuralım" dedi.

Ve, 2000 senesinde birlikte kestiler Uzay Kampı'nın kurdelasını...
Dünyada sadece beş tane var. İkisi ABD'de, biri Belçika'da, biri Kanada'da, biri Türkiye'de... İzmir'de!

Bugüne kadar, 10 bini yabancı, 95 bin çocuk eğitildi orada... 45 ülkeden, Almanya'dan Fransa'dan Yunanistan'dan Rusya'dan Arap ülkelerinden 7-16 yaş grubu öğrenciler geliyor koşa koşa.... Böyle bir kampa sahip oldukları için Türk çocuklarına gıpta ediyorlar. Burs var.

Adı üstünde, kamp... 5 günlük 6 günlük yatılı programlar da var, günübirlik programlar da... 10 farklı simülatör bulunuyor, biri Discovery uzay mekiğinin birebir kopyası, yer kontrol merkezi var, uçuş canlandırılıyor. Sıfır yerçekimi sistemi var, ayda yürüme hissi yaşanıyor. Mars kolonisi var, Mars'a inen Anka Kuşu'nun paletli robotu var, ben kullandım mesela... Yetişkinlere de açık çünkü... Eğitim kadrosu, Türk ve Amerikalı uzmanlar... Roket bilimi, fiziğin, kimyanın temel ilkeleri öğretiliyor, roket yapılıyor, roket fırlatılıyor. Astronomi, meteoroloji, teleskop, telsiz, radar, topraksız ortamda bitki yetiştirme gibi dersler... Müze var.

Astronotlar geliyor. Ders veriyor. Yaşadıklarını anlatıyor. Discovery uzay mekiğinin kaptanı Steve Lindsey... İnfilak etmeden önce Challenger uzay mekiğinin pilotu olan John McBride... Discovery'le gidip Mir uzay istasyonunda biyolojik deneyler yaparak, Atlantis uzay mekiğiyle dönen ve uzayda en uzun süre kalan kadın ünvanına sahip Shannon Lucid... Üç defa giden, dünya etrafında 10 milyon kilometre yapan Charles Walker... İnfilak etmeden önce Columbia uzay mekiğiyle 381 saat uçan Jay Buckey... Rus kozmonot Juri Baturin.

Burada eğitim gören çocukların ufku genişliyor, bilime yöneliyorlar. Astronot çıkarırsak, elbette badem olmayacak, hava kuvvetlerimizin yetenekli pilotlardan biri olacak... Ancak, Türkiye, uzaya dair gelişme kaydederse, yazın bi kenara, bu çocukların arasından çıkacak.

Ve, şimdi sıkı durun...
Türkiye'deki Uzay Kampı'nın sponsorlardan biri kim biliyor musunuz? Boeinggg!

Bizim cumhurbaşkanı, Boeing alalım, bizi uzaya götürün diyor... Halbuki, aynı Boeing, bizim çocukları uzaya götürmek için üste para veriyor, haberi yok!

E hal böyleyken, yazmadan olmaz...
Amerikalılar, 1977'de insansız araç Voyager'ı uzayın derinliklerine göndermiş, gönderirken de 55 ülkenin lisanından mesaj yüklemişti... Türkiye'nin düşüne düşüne uzaylılara gönderdiği mesaj şuydu: "Sayın Türkçe bilen arkadaşlarımız, sabah şerifleriniz hayrolsun..."

Hem vallahi, hem billahi.

Tahminim bugün yarın cevap gelir uzaylılardan:
"Sayın Türk arkadaşlarımız, uyanın da balığa gidelim!"

Ay'ılana Satürn bayılana Jüpiter

Öğretmenlerimizin ağzı burnu kırılırken... TRT'de "Büyük Takip" isimli program yayınlandı. "Cin"leri takip ediyorlardı. Programın ilahiyatçı konukları, CIA ve Mossad'ın "cin"lerle istihbarat topladığını, hatta, KGB'nin "cin"ler sayesinde denizaltıları takip ettiğini anlattı.

Mevzu bi ara, okyanus derinliklerinden uzaya çıktı. Meğer... NASA'da çalışan bi Amerikalı, rahmetli Özal'ın yardımcısına gelmiş, "Sakarya'da tanıdığınız ünlü bi hoca varmış, beni ona götürür müsünüz?" demiş. "Hayrola?" denince de... "Bizim uzayda uydularımız var, bunlar zaman zaman bozuluyor, cin'leri uydu tamirinde kullanabilir miyiz diye soracağım" demiş.

E bazı şuursuzlar...
Alay etti tabii.

Halbuki.
Kapı gibi...
"Astronotların Kurtarılması ve Uzaya Fırlatılmış Araçların Geri Verilmesi Hakkında Kanun"umuz var bizim!

TBMM'de kabul edildi.
Resmi Gazete'de yayımlandı.
Altında, hükümetimizin imzası var.

Hatta... Başbakanımız bu kanun'u Meclis'e gönderirken "Türkiye'nin uzay faaliyetlerinin hukuki zemine oturtulması için büyük önem taşıyor, gereğini arz ederim" demişti.

"Allah Allah? Ne zaman oldu bunlar?" derseniz...
Cumhurbaşkanımızın ABD Başkanı'na "biz sizden Boeing alalım, siz de bizi astronot yapın" demesinden az önce!

Bilahare...
Astronot kesmedi.
"Ay'da ve Diğer Gök Cisimlerindeki Faaliyetleri Düzenleyen Anlaşma" onaylandı!

Bu anlaşmaya göre...
Türkiye Ay'a inebilecek.
Ay'dan fırlatılabilecek.
İsterse...
Satürn'e bile gidecek.
Çünkü, söz konusu anlaşma, Güneş Sistemi'nin güzergahlarını, gidiş-geliş yollarını ve gökcisimlerinin yörüngelerini de kapsıyor. Zurna değil... Türkiye Cumhuriyeti, gezegenlerde maden arayabilecek. Götürdüğü malzemeyi, geri getirecek, etrafı kirletmeyecek. Kaza olursa, bi başka devletin uzay aracı, bizim uzay aracına zarar verirse, hasarı ödeyecek. Kaskolu yani! Ay'da uzay istasyonu kurabilecek. Masraflar, aracı fırlatan makama ait olacak.

(Meraklısına not: 11-06-2011 tarihli 1'inci Mükerrer Resmi Gazete... Karar numarası, 1843.)

Altında, Tarım Bakanımızın da imzası var, Orman Bakanımızın da... Ki, bakarsın büyükbaş hayvancılık yaparız Uranüs'te... Ya da ne bileyim, Jüpiter'in orman arazilerini satarız filan.

Gülüyorsunuz belki ama... Başbakanımız, Ankara'yı uzay üssü ilan etmedi mi kardeşim?

Hadi, uzaydan haberiniz yok diyelim, dünyadan da mı haberiniz yok? Bakın mesela, Türk Hava Kurumu Başkanımız ne dedi... "Sloganımız var, gelin hep beraber uzayda yeni bi Türkiye kuralım. Yola çıktık. Arkamızda hükümetimiz var. En geç 2023'e kadar uzay mekiği yapacağız. Uçacağız, gideceğiz, döneceğiz. 2023'ten önce test uçuşlarına başlayacağız."

Kemerleri bağlayın ahali...
Cümleten hayırlı uçuşlar.

Televizyon | İsim | Şehir

Halk içinde muteber bi nesne yok tivi gibi, olmaya devlet cihanda rütük şikâyet hattı gibi...

Reality

Seneler evvel...
"Şok" diye bi program vardı.

"Playboy yıldızı Anna Nicole Smith, haftada bir gün sırf zevk için Edirne Genelevi'nde ücretsiz hizmette bulunuyor sayın seyirciler" diye haber yaptılar. Kapıda kuyruk oldu iyi mi!

Halbuki...
Özel televizyon furyasıyla başlayan abuk sabuk habercilikle alay ediyorlar, programın başında sonunda, bangır bangır "bu bir şaka programıdır, mizahtır" diye anons yapıyorlardı.

Ahaliyi ikna edemediler kardeşim...
Hatta, şaka olduğunu Vali'ye bile inandıramadılar. Edirne Valisi, Anadolu Ajansı aracılığıyla resmi açıklama yaptı: "Öyle bi hanım çalışmamaktadır..."

"Çevireceğiniz numaradan önce Alexander Graham Bell'in doğum tarihini tuşlarsanız, telefonla bedavaya görüşebilirsiniz" diye haber yaptılar. O zamanlar Telekom yoktu, PTT'nin santralı kilitlendi. Kimisi "sadece yılı mı tuşlayacağız, gün ve ay'ı da ekleyecek miyiz?" diye soruyordu, kimisi "denedim, olmadı, benim telefon galiba arızalı" diye şikâyet ediyordu. PTT beyanat vermek zorunda kaldı, "kafayı mı yediniz" diyemedi, "külliyen yalandır" dedi.

Rahmetli Adnan Menderes'in başbakanlığı döneminde çok gizli bi proceyle uzaya gönderilen, ancak, ödenek yetersizliği nedeniyle maalesef geri getirilemeyen Türk astronotun oğlunu canlı yayına çıkardılar!

Millet, iki göz iki çeşme, ağlamaktan helak oldu zavallı yavrucağın dramına... Yardım kampanyaları başlatıldı. Şok programını arayıp, illa hesap numarası yayınlanmasını istediler.

"Aynaya saç spreyi sıkın, televizyonu aynadan seyredin, böylece Cine5'in şifresi kırılıyor" dediler. "Çiçek gösterdiğimizde, 10 santim yaklaşın, çiçek kokusu duyacaksınız" dediler.

"Klozetten çıkıp, popo ısıran yaratık" haberi yaptılar. Günlerce lazımlık kullanan oldu. "Limuzin'le dolaşan dilenci" haberi yaptılar. Sokaklarda dilenciler yumruklandı.

Kırık bi radyonun parçasını gösterdiler, "sigara paketlerinin ambalajındaki parlak kâğıtlarda gümüş var, İtalya'da icat edilen bu cihazla ayrıştırabilirsiniz" deyip, tüplü müplü deney yaptılar. Uyanık girişimcinin biri, malı mülkü sattı, belediyenin çöp ihalesini aldı, adı geçen İtalyan firmasını aradı, böyle bi İtalyan firması olmadığını öğrenince, tabancayla programın setini bastı.

167 hafta yayınlandı.

Tekrarlarıyla beraber 700 bölüm...
Üç üniversitede tez konusu, CNN International'da haber yapıldı.
Zor oldu ama, 167 hafta sonra nihayet şaka olduğu anlaşıldı, izlenme oranı azaldı, yayından kaldırıldı.

Hani, polis sorgusunda "sinagogları sen mi bombaladın?" diye sorulunca, "şaka yapıyorlar sandım" dedi ya, emekli orgeneral Ergin Saygun... Nedendir bilmem, aklıma "şok" geldi.

Cami bombalama uymadı...
Sinagog bombalama uygun görüldü demek ki.

Neyse, seyredelim az biraz daha...
167 hafta sonra filan öğreniriz gerçeği.

RTÜK

Zapladım...
Bi film.
Herif, kadına bastı tokadı, yatırdı yüzükoyun, yırttı külotu, çığlık mığlık, zorla becerdi, sonra cebinden buzlanmış bi şey çıkardı, çaktı çakmağı, çekti bi nefes keyifle, üfledi, sanırsın ejderha'dır... Ağzından duman yükseliyor ama, dumanın nerden tüttüğünü görmüyoruz.

Zapladım...
Bi dizi.
Adam çiçek içiyor iyi mi!
Kuru kuruya buzlama yerine, motif işlenmiş sigaraya... Gerçi, çiçek içen adam, dinamitiyle fünyesiyle göstere göstere imal ettiği bombanın tellerini bağlayan azılı terörist ama, olsun.

Kokain çek.
Damara şırınga sok.
Aman diim...
Sigara içme.

Zapladım...
Bi haber.
Bilmemkaç bin paket kaçak sigarayla enselenen kaçakçılar serbest bırakılmış, sigaralar buzlu.

Zapladım...
Canlı yayın.
13 yaşındaki kızını sattı denilen baba, insan içine çıkamıyoruz diyor ama, televizyona çıkmış, yanında anne, şöyle otele götürdü, böyle acıttı filan, mevzuu çırılçıplak, suratlar buzlu.

"Tuzlayayım da kokma" diye bi laf vardı eskiden...
Şimdi "buzlayayım da korkma" var.

Reyting

Holdingin biri, kedi maması üretmeye karar vermiş, masraftan kaçınılmamış, şahane ambalaj yapılmış, sanırsın mücevherdir, o kadar albeniliymiş, hem müşterinin ayağı alışsın, hem de rakip firmaların ürünü pahalı kalsın diye, hayli makul bi fiyat konulmuş, en ünlü reklamcılarla anlaşılmış, ülke çapında bangır bangır tanıtım yapılmış ve piyasaya sürülmüş... İlk haftanın satış raporları gelmiş, muhteşem, kapış kapış gidiyor. Hatta, sırf bu mamadan satın almak için, kedi satın alan insanlar bile olmuş, o derece yani... Gel gör ki, ikinci haftanın raporları gelmiş, şok! Satışlar bıçak gibi kesilmiş, raflarda yığınla duruyor, elini süren yok. Acilen toplantı yapılmış, bütün kodaman müdürler filan, kimisi ambalajın rengini değiştirelim demiş, kimisi reklamı arttırmayı önermiş, kimisi de fiyatı az daha ucuzlatmayı... Masanın taaa en ucunda oturan stajyer, ürkekçe parmağını kaldırıp, söz istemiş "kedi mamayı sevmedi" demiş!

Reyting budur.

İstersen 50 reyting aldığını iddia et...
Ahali beğenmiyorsa, seyretmez.
Gerisi hikayedir.

(Dekoder kullanmayanlar için, kanıt göstereyim... Elinizde uzaktan kumanda aleti var. 1'den 9'a kadar tuşu var. O ilk 9 tuşa hangi kanalları yerleştiriyorsanız, reyting sıralaması odur.)

Reytingden en çok, reyting alamayanlar şikâyet eder.

Mesela TRT...
Aslında en çok izlenen kanal olduğunu, reytinglerin çalındığını öne sürüyor. Peki, aynı TRT'nin reytingi, futbol maçı yayınladığında nasıl oluyor da yükseliyor? Hırsızlıkla mı?

Badem arkadaşlar desen, fotokopi halinde, reytingde katakulli manşetleri atıyor. Bırak şimdi sen reytingi meytingi... Yaptığın gazeteyi benzincilerde bedava dağıtıyorsun, ahali gene almıyor, kese kâğıdı bile yapmıyor. Sen önce gazeteni okutmayı becer, gerisine sonra kafa yorarsın.

Bak bi ipucu vereyim sana...
Er meydanıdır ekran.
Gizli kamerayla olmuyor bu iş.
Harbi kamerayla oluyor!

Ve, sevgili seyirciler... RTÜK'ün kasasını otogar mescidinin imamına teslim ettiler. Dizileri takip edip, ceza kesme dairesinin başına, hastabakıcı getirdiler. Gübre sanayiinde garsonken, bekçi olarak transfer ettikleri adamı, müdür yaptılar. Şimdi de, reklam pastasından zorla dilim koparmak için, reyting ölçme işini RTÜK'e bağlamaya çalışıyorlar. Yaygaranın özü budur.

Ha diyeceksiniz ki...
Manipülasyon hiç yok mudur?
Var.
Onu da anlatırız, azzz sonra!

Tivi

Adı lazım değil, bi gün bi gazetedeyim, öğrendik ki, bizim patrona ait televizyonda "dükkan içinde dükkan" açılmış, televizyonun yöneticisi dizi yapımcısıyla anlaşmış, 13 bölüm üzerinden patrona para ödetiyor, 1 bölümün parasını kendi cebine atıyor. Bana ne desek, olmaz, patrona anlatsak, ispiyonlamış gibi olacağız, en iyisi suratına söylemek... Rezaletin ayyuka çıkmış, ayıptır dedik. Tırıs tırıs gitti. Yarım saat sonra patron beni çağırdı, aslında haberdar olduğunu söyledi, bu işi düdüklü tencere gibi düşüneceksin dedi, bi yerden hava kaçırmazsa, basınçtan patlar, yeter ki, nereden kaçtığını, düdüğün kim olduğunu bil!

Reyting şikesi...
Düdüktür.
Bilinen, göz göre göre, göz yumulan.

O patron artık yok.
Düdük hâlâ piyasada.

Seneler önce, atv'de genel müdürüm... atv haber'den yardımcılarım Korcan Karar ve Murat Demirel'le oturuyoruz. Siyasi kimliği olan bi yapımcı geldi. Yalakanın önde gideni. Dizi getirdi. Kaç para? Şu kadar... Bana vermeyi düşündüğün avantayı düş, fiyatı ona göre söyle dedim, alenen yani... Yüzde 10 iskonto yaptı! Utanmıyor musun yüzde 10 vermeye dedim, yüzde 15'e çıktı iyi mi! Kovduk tabii. Başka kanalda seyrettik o diziyi.

Gene atv'deyken... Bi gazteci arkadaş geldi. Bi gaztenin televizyon sayfasını hazırlıyor. Hayırdır? Elimde şahane yarışma formatı var dedi. E-ee? Almak isteyip istemediğimi sordu. Sen gazeteci misin, yapımcı mısın diye sordum. Sırıttı. Kapıyı gösterdik... Gitti, başka bi kanala sattı. Köşesinde ne kadar muhteşem bi yarışma olduğunu yazdı. Yarışma izlenmedi, iki-üç hafta sonra filan yayından kaldırıldı. O arkadaş hâlâ aynı köşeden yayında.

İnternetten düdükleyenler var.
Kendileriyle iş tutanı göklere çıkarıyorlar.
İş tutmayanı infaz ediyorlar.

Bi haber merkezinin yöneticisi, ekibinden birinin, avanta aldığı kişileri gündüz kuşağında kadın programlarına çıkardığını tespit etti. Çürük elmayı işten attı. Bir hafta sonra... Haberci işten atıldı, çürük elma işe geri alındı. Meğer, en tepedekiyle kırıştığı ortaya çıktı.

Belediye başkanlarından para alıp, ekrana çıkaran var. Seçim dönemlerinde, çalıştığı televizyonun imkânlarıyla mebus adaylarına prodüksiyon hizmeti veren var. Uyduruk yabancı takımların maçlarını üç liraya alıp, kendi çalıştığı kanala beş liraya kakalayan var.

Evine reyting kutusu konulan deneklerin listesini araklayıp, rüşvet verip, herhangi bir programın daha çok seyredilmesi sağlanıyor mu? Evet... Yıllardır bunun mücadelesi veriliyor, bizzat ölçüm şirketi savaşıyor. Ancak... Bazı deneklere rüşvet verip, sürekli o programı seyretmesini sağlayabilirsin ama, bütün denekleri bile bağlasan, reklamların daha fazla seyredilmesini sağlayamazsın... Çünkü, istatistiki gerçektir, reklam girdiğinde ahalinin yarısı başka kanala zaplar. Bir programın reklamı,

programın kendisinden fazla reyting alıyorsa, düdük oradadır...
Ve, o düdük, denekle çalınmaz, bilgisayarla çalınır.

Namusuyla çalışanları tenzih ediyorum... Kimlerin, hangi televizyon yöneticilerini, hangi televizyon reklamcılarını yurtdışına gezmeye götürdüğüne bakmak yeterlidir.

Uzun lafın kısası...
Bile bile ladestir.
Memleket neyse...
Reyting odur.

N'i Ç'in?

Mesaj yağıyor.
N.Ç.'yi yaz.

13 yaşında 26 kişinin tecavüzüne uğrayan... Yargıtay tarafından bile "kendi rızasıyla birlikte oldu" denilen N.Ç.'yi.

E peki.

"İffet"in kafasını taksinin penceresine kıstırıp tecavüz ettiler.
Tıpkı, Müjde Ar'ın kafasını pencereye kıstırdıkları gibi.

"Fatmagül"ü sıradan geçirdiler.
Hülya Avşar'ı sıradan geçirdikleri gibi.
Özlemişiz bi nevi.

"Öyle Bir Geçer Zaman ki"de Ali Kaptan'ın canı çekti, boynuzlayarak boşandığı Cemile'ye tecavüz etti, beş yaşındaki Osman'ın gözü önünde... Şerefsiz Ekber desen, şıllık Karolin'e kitlerken, başını küvete çarptı, rahmetli oldu, hevesimiz kursağımızda kaldı!

"Bir Çocuk Sevdim"de henüz reşit olmamış liseli Mine'yi hamile bıraktılar. "Ay Tutulması"nda Kenan, Şebnem'in ırzına geçti. "Canan"ın ağzını tıkayıp, masaya yüzükoyun yatırarak becerdiler.

"Muhteşem Yüzyıl"ı dekoder'siz seyretmek mümkün ama, prezervatifsiz seyretmek mümkün değil.... Sümbül Ağa olmasa, Boncuk Ağa bile kaşla göz arasında Sadıka'yı hallediyordu, az daha.

"Yaprak Dökümü"ndeki damat sülaleyi dizdi; Önder Somer'in ilaçlı gazoz taktiğiyle baldızı filan bayılttı, zorla yatağa attı, sıra galiba kaymakam Ali Rıza Bey'e gelmişti ki... Allah'tan dizi bitti.

"Binbir Gece"de çocuğum hasta diyen anneye, kaç paraysa vereyim şekerim diyerek tecavüz etmişti hayırsever patron... "Asmalı Konak"ta Seymen Ağa, konağın sığıntısı kızcağıza giydirirken... "Hanımın Çiftliği"nde Muzaffer Bey boş vakitlerinde hizmetçi Gülizar'ı temizliyordu.

"Aşk-ı Memnu"da Behlül yengesini ütülerken... "Bihter'e kocası tecavüz edecek, azzz sonra" anonsu yapıldı, adeta sokağa çıkma yasağı ilan edildi, en başta benim valide, misafirlikleri bile iptal etti, tecavüz sahnesini kaçırmamak için!

(Rol icabı hadiseler o kadar gerçekçi ki... "Derin Sular" dizisindeki oğlan, rol arkadaşı kıza harbi harbi tecavüz ettiği iddiasıyla tutuklandı iyi mi, yargılanıyor!)

"Küçük Kadınlar"da Elif'e tecavüz ettiler.
"Arka Sıradakiler"de Zehra'ya.

"Unutulmaz"da Melda'ya 8 saat tecavüz ettiler, çekimleri 8 saat sürdü, güya yayınlanmadı. Ancak, sahneler basına servis edildi, bütün detaylarıyla yayınlandı. "Unutulmaz"dı hakikaten.

"Menekşe ile Halil"in Menekşe'sine beklendi, beklendi, beklendi, tam Dünya Kadınlar Günü'nde tecavüz edildi... O daha unutulmazdı.

Ucundan acık gösteriyorlar ama...
Sanırım "Kuzey"e de tecavüz etmişler mapusta!

(Yazının başını "kırmızı nokta"yla işaretleyip "18 yaşından küçükler okumasın" notu koyacaktım. Sonra vazgeçtim. Biliyorum ki, o zaman daha çok okunacak. O yüzden koymadım.)

Netice itibariyle...
Böyle başa.
Böyle tarak.
Kalbinizi kırmak istemem ama, nefes bile almadan kim seyrediyor kardeşim bunları? Başka mevzu kalmamış gibi, cinsel suçlara reyting rekorları kırdırarak, kim daha fazla çekilsin diye teşvik ediyor?

Kim normalleştiriyor?
Irz'a rıza'yı kim gösteriyor?
Sırf Yargıtay mı?

Dizi

Hadi gelin, kıskandırıp, fıtık edeyim sizi...
Osman'ı kucağıma aldım, fotoğraf çektirdim.
Öyle bir geçer zaman ki'nin Osman'ı.

Onu ekranda her görüşümde, annemin eteğini tutmuş, imbat limonata gibi üfürürken, Kahramanlar'daki açık hava sinemasına yürür halde buluyorum kendimi... Kurulurduk çivisi kıçımıza batan tahta sandalyelere, çıt çıt çıt, ahali koro halinde çıtlarken, ağabeyim koşa koşa dandik kasalarla buza oturtulmuş gazozları kapıp gelirdi, ki, ışıklar sönerdi.

"Anneciğim, sana ilaç getiricem melek yüzlü anneciğim" derdi köh köh öksüren veremli anasına Ömercik... Burnumuzun direği sızlardı. Babam, elini sağ arka cebine atar, ütülenmiş mendilini uzatırdı, ki, valide darmadağın... Sokağa çıktığımda Ayşecik'i aranırdım iyi mi, belki bizim mahallede oturuyordur diye... Hele o, alamadığı balonlara iç çekerek bakakalan, karnı zil çalarken simidini sokak köpeğiyle paylaşan Sezercik... Cız ederdi yüreğimiz.

Budur Osman.

Siyah-beyaz ama, aslında rengarenk günlerimizin çoook gerilerde kaldığını düşünüp, öyle bir geçer zaman ki diye hayıflanırken, piti piti boyuyla gelip oturma odamıza kurulan, insanüstü yeteneğe sahip kahraman... Ve, sinemayı bitirdiğini düşündüğümüz televizyonunun, miladıdır Osman.

Gitti mi, gelmiyor bi daha çünkü Ayhan Işık. Nerde Sadri Alışık? Hollywood'un bile yok Vahi Öz'ü... Azgın hizmetçi Mürüvvet Sim, tonton aşçı Necdet Tosun, şapşal uşak Cevat Kurtuluş, ropdöşambrlı kalantor Hulusi Kentmen, şoför Nubar Terziyan, karaktersiz ebe Aliye Rona, vicdansız adam Erol Taş, kombinezonlu kötü kadın Suzan Avcı, kumarhaneci Kenan Pars, nerde? Kuzu budunu hartss diye ısıran Danyal Topatan'ı ara ki bulasın...

Elbette birbirinden başarılı sanatçılarımız var ama, televizyon denilen hızar anında biçiyor, istersen 500 reyting al, kalıcı olamıyor. Osman ise, yıktı geçti bu duvarı, kalıcı... Milat demem ondan... Kucağımdayken bizzat şahit oldum, konuşurken beş yaşındaki bebiş, fotoğraf çekilecek dendiğinde, Oscar'lı aktör... Saçları gazetecilikte ağarttım, böyle bi şey görmedim.

Osman ekrana çıkacak diye, memlekette sokağa çıkma yasağı ilan edilmiş gibi olması ondan... Annem, reklamlarda bile tuvalete gitmemek için, maazallah başlar maşlar, salı günleri su bile içmiyor! Gırgır olsun, meşgul edeyim diye, dizi başladıktan sonra telefon ediyorum, açmıyor... Uranüs dünyaya çarpsa, diziden sonra haberi olacak.

(Bakın, örnek vereyim, kıyaslayın... Ali Kaptan tecavüz etti, o dakikada açık olan 100 televizyonun 72'sinde Cemile vardı... Aynı ekranda, Fatmagül'e de tecavüz ettiler, izlenme oranı 100'de 34'te kaldı... Niye? Osmancık şahit oldu... Sarsılmamız ondan.)

Delikanlının hasosu Mete, aşkını paraya satan Aylin, biraderi mutlu olsun diye hicranlara gark olan fabrikatör Soner, tekerlekli sandalyede boynuzlandığını anlayınca kör olması muhtemel biraderi, Hüseyin Baradan formatındaki bıçkın şoförü, melankolik kodaman Balıkçı, bacaklarına baktığımız öğretmenlerimizden İnci hoca, Polyanna Berrin, idealist Ahmet, şıllık Karolin, fıştıkçı yenge, yavşak amca, fingirdek kuzen, eli öpülesi cennetlik babaanne... Siyah-beyaz yıllarımıza götürmekle kalmadı. Televizyondan yıldız yarattı.

Yoksul ama mutlu "file dönemi"nin çocuklarıyız biz... Osman'ın hepimize tanıdık ve koşuşturmayla büyürken ruhumuzda açtığımız yaralara merhem gibi gelmesi ondan.

Belgesel

135 sayfalık Yaprak Dökümü 5 sene sürmüştü, 46 sene hüküm süren Kanuni Sultan Süleyman, tahminim, 2081'de filan biter... Ucundan başlayayım bari.

Beyaz Gelincik dizisinde eroin satan tiyatrocuya yolda denk gelip "adi puşt" diye ağzını burnunu kırmıştı ahalimiz... Çocuklar Duymasın'ın annesi "yılın annesi" seçildi, ki, o sırada eşinden boşanmıştı, çocuğu da yoktu. Kurtlar Vadisi'ndeki Çakır ölünce, sayfa sayfa vefat ilanları verildi, mevlit okutuldu. Sağır Oda'da suikast yapılacağı açıklanmış, bazı dangalak gazetecilerimiz ekrana çıkıp, araştırılması için harbi harbi savcıları göreve çağırmıştı... Akasya Durağı'ndaki kuyumcu soygunu polise ihbar edildi, onlarca kamera, stadyum gibi ışık sistemlerine rağmen, polisimiz silah çekti iyi mi, az daha maskeli tiyatrocuları vuruyordu.

Dizileri gerçek sanıyoruz.

Ha diyebilirsiniz ki...
Kanuni gerçek şahsiyet; dizisi yapılamaz.
Anca belgeseli yapılır.

Belgeseli de gördük birader...

Anadolu uygarlıkları için belgesel çekmeye kalkan Türk ekibi, Kayseri Kalesi'ne rol icabı Bizans bayrağı asma gafletinde bulundu. Temsili Bizanslı kıyafeti giyen figüranlar yumruklandı. "Abi ekmek çarpsın biz Türk'üz, Müslümanız" diye yalvaran belgeselciler, gözaltına alındı, sorgulandı. Neticede, dış mihraklar püskürtüldü, belgesel çekilemedi. Hadise apar topar cereyan ettiği için mehter takımı bulunamadı ama, taksi durağından temin edilen Türk bayrağı, tekbirlerle kalenin surlarına dikildi ve hep bir ağızdan İstiklal Marşı okundu.

Dolayısıyla, önerim şu...
Halit Ergenç, Pargalı'ya ferman yazdırırken bi replik sıkıştırsın araya... "Halk içinde muteber bir nesne yok tivi gibi, olmaya devlet cihanda RTÜK şikâyet hattı gibi!"

Dinlerler padişahı.
Şak diye kesilir telefonlar.
Hatta, RTÜK'ü basarlar.

TRT

Ve, Balyoz iddianamesini TRT spikerleri okuyor sayın seyirciler...

El bombalarını bulan TRT.
Lav silahlarını bulan TRT.
Haham'ı canlıya çıkaran TRT.
Tutuklanacakları duyuran TRT.

E iddianameyi de okuyacak tabii.

Konuya bu kadar hâkim olduklarına göre, bi kameramanı da "hâkim" filan yaptılar mı, tamamdır bu iş.

Bana sorarsanız...
Pulitzer verilmeli TRT'ye.
Çünkü, olmuş haberi babam da verir.
Bunlar, olmamış haberi, veriyor.

Sabih Kanadoğlu'nun evinin basıldığını, henüz ev basılmadan dört saat önce duyurdu mesela.

Sanırsın, medyum getirdiler TRT haber dairesinin başına...
Veya, istihareye yatıyorlar.

(Bakın, geçenlerde personel almak için sınav yaptılar, Osmanlı'nın son şeyhülislamının kim olduğunu sordular. Medeni Nur Efendi'ymiş... Açtım okudum, aslında kadı'ymış. Bakmışlar ki hukuktan anlıyor, şeyhülislam yapmışlar... Ki, babası da müneccimbaşıymış iyi mi!)

(Ömrü vefa etse, şu anda banko haber dairesi başkanı, ya babası, ya kendisi.)

Bi gün hiç unutmam, TRT'de görüp telaşla polisi aradık, "vadiyi kazıyormuşsunuz" diye, polisin haberi yoktu, polis de telaşlandı... Yurttaşlık görevidir, son dakika diye geçen altyazıyı okuyup, adresi verdim, dut ağacıyla kuyunun arasına bakın, ordaymış... Ki, polis kazı yerine intikal edene kadar, TRT spikeri ele geçirilen bombaları okumaya başlamıştı bile!

Bakanların, bakan olduklarını TRT'den öğrendikleri bir ülke burası... Devamlı TRT ekranına bakıyorlar ki, görsünler, bakan olmuşlar mı, olmamışlar mı... Onun için onlar "bakan" zaten.

Peki, derseniz ki, dünyada var mıdır bizden başka böyle bi ülke?

Anlatamıyoruz galiba.
Olsaydı, söylerdi TRT.

İsim	Şehir	Sinema

Ancelina Coli'yle Kızılay çadırında yemek yiyen kadınların, Suriyeli mülteci ayaklarıyla sofraya oturtulan torpilli bürokrat eşleri olduğu ortaya çıktı sayın seyirciler, azzz sonra...

Sessiz film

"Sessiz film" çekildi.
Oscar verdiler.

Halbuki...
Bizde senelerdir vizyonda.

Başbakanımız, MİT-savcı kriziyle ilgili "sessiz" kaldı.
Adalet Bakanı, Deniz Feneri'yle ilgili "sessiz" kaldı.
Türk basını "sessiz" kalırken, *Le Monde* gazetesi, eski Genelkurmay Başkanı'nın içeri tıkılmasına yeni Genelkurmay Başkanı'nın "sessiz" kaldığını yazdı. Polislerin ABD elçiliğine brifing vermesine, İçişleri Bakanı "sessiz" kaldı.
Sınav sorularını arakladılar, Milli Eğitim Bakanı "sessiz" kaldı.

Hepsi kameraların önünde oluyor...
Daha nasıl çekilsin ki sessiz film?

"Sizin ahali sessiz film'den anlamıyor" diye düşünüyorsan...
Hadi gel, deneme çekimi yapalım. Kalabalık ortamda siyaset konuşurken mesela, elinle ağzına fermuar çeker gibi yap, göz ucunla cep telefonunu işaret et... Bak bakalım şıp diye anlıyorlar mı, anlamıyorlar mı!

Veya, sırıta sırıta ceketini ilikle, ayaklarını bitiştir, popo hafif dışarı, şakşak yaparak, 90 derece öne eğil... Bırak yetişkinleri, üç yaşındaki çocuk bile, anında, "kralın soytarısı" filmini tarif ettiğini bilir.

Dünya rengârenkken...
Türkiye'nin görüntüsü ak ve kara diye, siyah-beyazlaşmadı mı?

Sessiz kalan işadamı...
Sessiz kalan bilimadamı...
Sessiz kalan gazeteci...
Sessiz kalan sanatçı...
Hiç olmazsa "en iyi figüran" Oscar'ını hak etmiyorlar mı?

Elini vicdanına koy.
Kuzuların Sessizliği mi daha etkileyiciydi...
Yoksa, bunca rezalete sessiz kalanlar mı?

Holivut

Fetih 1453 filmi, *Titanic* gibi, taa en başından bilet alırken sonunu biliyorsun.

Sürprizle bitmiyor yani.
İstanbul'u fethediyoruz.

Ama...
Başıyla sonu arası komple sürpriz dolu.

Fatih'in rüyasında Osman Gazi'yi gördüğü sahne, bire bir *Yüzüklerin Efendisi*'nde var mesela... Osman Gazi parmağındaki yüzüğü Fatih'e uzatıyor, yüzük ellerinden kayıyor, Mordor diyarında olduğu gibi, lav nehrine düşüyor. Fatih sanırsın Frodo... Ter içinde uyanıyor.

Zaten, gir internete, karşılaştır...
Filmin afişinde Fatih'in kılıcını tutuş biçimiyle, *Yüzüklerin Efendisi-Kral'ın Dönüşü* filminin afişinde Aragorn'un kılıcını tutuş biçimi, tıpa tıp aynı.

Hipodrom...
Ben Hur'daki hipodrom.

Kolların bacakların koptuğu savaş sahneleri tıpkı *Büyük İskender*'den mi desem, yoksa *Gladyatör*'den mi, tam karar veremedim... Ancak, Ulubatlı Hasan'ın Mel Cipsın gibi, taarruza hazırlanan süvarileri atıyla denetleme sahnesi, kesinlikle *Cesur Yürek*'ten.

Bizans askerlerinin surların önüne duvar gibi dizilmesi, ok yağmuruna karşı şemsiye gibi kalkan açması *Truva*'da var. İttirilerek yürütülen kulelerin yanarak devrilmesi *Cennetin Krallığı*'ndaki gibi.

Ki... *Cennetin Krallığı*'nda, Selahaddin Eyyübi, ordusunun önüne atıyla çıkarak, Kudüs'ü savunan Haçlı Kralı'yla yüz yüze konuşuyordu. Bunda da, Fatih, ordusunun önüne atıyla çıkarak, Bizans'ı savunan İmparator'la yüz yüze konuşuyor... Diyaloglar üç aşağı beş yukarı, aynı.

Ki... O filmin kahramanı Orlando Bulum, kılıç yapan demirci ustasının çırağıydı, babası şövalyeydi. Bu filmin kahramanı Ulubatlı Hasan, kılıç yapan demirci ustasının çırağı, babası da Fatih'in babasının fedaisi.

(İstanbul diyorum ama... Filmin televizyonlarda yayınlanan reklamında resmen "ya ben İstanbul'u alacağım, ya İstanbul beni" diyen Fatih, filmde öyle demiyor, "ya ben Konstantiniye'yi alacağım, ya Konstantiniye beni" diyor! İstanbul reklamda var, filmde yok.)

Ulubatlı'nın zıplayarak Jüstinyanus'a yukardan kılıç saplaması, hık demiş... *Truva*'da Aşil'in zıplayarak Hektor'a kılıç saplamasının burnundan düşmüş.

Matrix'te Neo'ya ateş ediliyor.
Geriye doğru yaslanarak savuşturuyor.
Bu filmde, Ulubatlı'ya tabure fırlatılıyor.
Geriye doğru yaslanarak savuşturuyor.
İkisi de ağır çekim.

Son sahne muhteşem...
Fatih, Bil Kılintın oluyor.

Depremzede Erkan bebek, çadırkenti ziyaret eden Bil Kılıntın'ın kucağına atlayıp, burnunu sıkmıştı. Bu filmde, Bizanslı kız çocuğu Ayasofya'ya giren Fatih'in kucağına atlıyor, sakalından makas alıyor.

Ve... "Türk sinema tarihinin en pahalı filmi" denilerek, haksızlık ediliyor.

Çünkü, kaba hesap, toplam bir milyar dolara mal olan *Yüzüklerin Efendisi*'ni *Cennetin Krallığı*'nı *Ben Hur*'u *Büyük İskender*'i *Gladyatör*'ü *Truva*'yı *Cesur Yürek*'i *Matrix*'i düşünürsek... Bence, dünya sinema tarihinin en pahalı filmi *Fetih 1453*.

Dear Ancelina

Sevgili Ancelina...
Ordaki durum hakikaten vahim.

25 bin kişi çadırda yaşıyor. Öyle üç gün, beş gün değil, bir aydır... Yağmur yağıyor. Dün mesela, sabaha kadar yağdı mübarek. Zeminden su alıyor. Rutubet had safhada. Gece ayaz. Çoğu romatizma oldu. Kamboçya'dan Etiyopya'dan Vietnam'dan evlat edindin, üç tane de doğurdun, annelik nedir bilirsin... Bebeler var. Yer yatağında. Ateşleniyorlar. Hamileler var. Babalar desen, bir erkeğin hissedebileceği en mahvedici duyguyu... Çaresizliği yaşıyor.

Çadırlarda elektrik yok.
Gün döndü mü, zifiri karanlık.
Elektrik verilebilir aslında ama, yangın tehlikesi var. E ocak da yok haliyle. Tencere kaynamıyor. İki lokma ekmek için ellerinde çukur kaseler, Kızılay çadırında kuyruğa giriyorlar. Güya sıcak çorba, alıp getirene kadar, buz.

Tuvalet, seyyar.
28 kabin, 25 bin insan.

Önünde bekleyen teyzenin, arkanda bekleyen amcanın biraz sonra o kabinde ne yapacağını bilmen, senin ne yapacağını onların bilmesi... Utancından gece 2'yi 3'ü bekleyenler var.

Çamaşırı filan zaten unuttular. Nerde yıkasın? Giy, çıkarma. Ama... Ya saç baş? Yıkanmadan nereye kadar? Kaplıca var, 5 kilometre. Belediye servis koydu, otobüsle gidiyorlar, poşetlerde havlular... Öylesine rezillik ki kardeşim, kimi gülüyor haline sinirden, kimi ağlıyor kahırdan.

İşlerinden oldular. Para bitti. Ne taze gelinlerin bileziği kaldı, ne bi ayağı çukurdakilerin kefenliği... Uyku haram. Ha bire sallanıyorlar. 10 bin sarsıntı oldu, deprem fırtınası sürüyor.

Diyeceksin ki...
Ne depremi?

Simav depremi şekerim.

Bugün ziyarete gideceğin Hatay'da 8 bin insan çadırda, Simav'da 3 katı, 25 bin insan bu halde.

Bir aydır... Suriyeliler canımız ciğerimiz ama, Simav'dakileri ağaç kovuğunda mı bulduk?

19 Mayıs'ta deprem oldu. 12 bin küsur bina vardı, 7 bin küsuru ağır hasarlı. 10 bin kişilik çadırkent kuruldu. Yetmedi. 25 bin kişi sokakta yaşıyor şu anda. Simav komple çadırkent.

Kaymakam çadırda.
O derece.

Hastane, sahra... Okullar hasarlı, kimse çocuğunu göndermedi bir aydır. Öğretmenler çadırda. Polisler çadırda. Camiler yıkıldı, minareleri göçtü, gençler korkudan gitmiyor, ihtiyarlar "al canımızı da, bu kepazeliğe daha fazla katlanmayalım" diye dua ediyor, düşün gari... Geçenlerde Diyanet İşleri Başkanı ziyaret etti, sabır diledi, ramazanı çadırda geçirecekler.

Esnaf bitti. Borç gırtlakta. Memur aileleri çadırda, memurlar acil tayin torpili aramak için Ankara'da... Adamını bulan kaçmaya çalışıyor. Kiralar patladı. Sağlam kalan ev sayısı, parmakla gösterilecek kadar az... Komşuluk filan attık mı mangalda kül bırakmayız ama, kıstırdık mı, köküne kadar saplarız. 250 lira olan kiralar, fır'sat bu fır'sat, 750'ye fır'ladı.

Bu sefer diyeceksin ki...
Kimsenin haberi yok mu?

Yok maalesef...
Seçim telaşına denk geldiler.
Gargaraya geldiler.
Unutuldular.

Malum, yaz da geldi, bizim gazeteci tayfası Bodrum'a vınladı...
Beach'leri yazıyorlar.

Bebeler çadırda orada.
Dedim ya, elektrik yok.
Televizyon yok.
Bizim lay lay lom televizyoncular sayesinde, dünyanın da onlardan haberi yok. Çünkü, çekileni kameraya çeken yok.

Sevgili Ancelina...
Birleşmiş Milletler İyi Niyet Elçisi olurken "hepimiz adalet, eşitlik ve anlamlı bi yaşam için şans istiyoruz; birilerinin çıkıp bize yardım edeceğine inanmak isteriz" demiştin.

Senden rica ediyorum...
Buralara kadar gelmişken, Allah rızası için şu Simav ahalisine de bi el atıver ablacım.
Sevaptır.

Yap bu güzelliği...
Hatay dönüşü İstanbul'da vaktin olursa, Antakya mutfağının hasosu Antiochia'da rakı ısmarlarım. Bret'e selamlar, öptüm.
Sincerely
Yılmaz

Azzz daha...

Ancelina Coli'yle birlikte çadırda yemek yiyen kadınların, Suriyeli mülteci ayaklarıyla sofraya oturtulan torpilli bürokrat eşleri olduğu ortaya çıktı sayın seyirciler, azzz sonra...

Ancelina Coli'ye mahcup olmamak için mülteci mönüsüne havyar ekledikleri iddia edilen Kızılay yetkilileri "hepsi yalan, birazcık dana carpaccio koyduk, hepsi o" dedi, azzz sonra...

Flaş... Flaş... Flaş... Entivi'nin canlı yayınında "Ancelina Coli künefeme bayıldı" şeklinde reklam yapan künefeci, Birleşmiş Milletler'in "Ancelina Coli künefe yemedi" şeklindeki resmi açıklamasından sonra, rakip künefecilerin taşlı saldırısına uğradı, azzz sonra...

Mastırşef Batuhan'dan Hollywood usulü künefe tarifleri, birazzzdan...

Ancelina Coli'nin Kamboçyalı evlatlığı diye siyenen'e çıkarılan çocuğun, Türkçe Olimpiyatları için Sri Lanka'dan gelen çocuk olduğu anlaşıldı sevgili seyirciler...

Flaş... Flaş... Flaş... Hangi ünlü manken "Bret Pit'ten hamile kaldım" dedi?

Ancelina Coli'ye göz kırparken objektiflere yakalanan muhtar, "yanlış anlaşıldı, benim tikim var, asıl o beni bakışlarıyla taciz etti" dedi, çadırkentte seks skandalı, birazzzdan...

Ancelina Coli için botoks yaptırmış dediği öne sürülen Hülya Avşar ana haberde...

Ancelina Coli, Nihat Doğan'ın klibinde oynayacak mısınız sorusuna ne cevap verdi, azzz sonra...

Ancelina Coli, Müslüman mı oluyor? Antakya Müftüsü'nden Seda Sayan'a çarpıcı açıklamalar, azzz sonra...

Ancelina Coli'yi görmek için sınırı geçen bi grup PKK'lı silahlarıyla birlikte ele geçirildi, azzz sonra...

Ancelina Coli'nin etrafını saran yalaka tayfasının izdihamı yüzünden Ancelina Coli'yle görüşemeyen mülteciler çadırları yaktı, çıkan arbedede 2 bin nankör mülteci tutuklandı, dışişleri bakanlığımız çadırkente nota verdi, birazzzdan...

Flaş... Flaş... Flaş... Bu kepazeliğe daha fazla katlanamayız diye isyan ederek, Suriye'ye geri dönmeye kalkışan mültecilere oturdukları yerde oturmaları için gaz bombası atıldı sayın seyirciler, azzz sonra...

Sevgili Beşar...

Aslında her şey, İkinci Dünya Savaşı'nın ortasında, 1942'de, ABD Başkanı Roosevelt'in dört Oscar'lı Hollywood yönetmeni John Ford'u Beyaz Saray'a davet etmesiyle başladı. Bilahare, Hollywood'da Beyaz Saray'ın, Pentagon'da Hollywood'un irtibat bürosu kuruldu.

O güne kadar, Kızılderililer düşmandı...
İyi kalpli John Wayne mıhlıyor, kötü kalpli Apaçiler ölüyor, dünya keyifle seyrediyordu. O günden sonra, düşman rolü Almanlara ve Japonlara verildi.

70'lere gelindiğinde düşman coğrafyası değişti. Aptal ve suratsız KGB ajanları yeniliyor, zeki ve yakışıklı CIA ajanları hem yeniyor, hem de, Doğu Alman, Polonyalı, Macar, komünist kızların alayını yatağa atıp, çatır çatır götürüyordu... 90'ların başına kadar.

O sırada, Rocky ringe fırladı, Rus yarması Ivan Drago'nun ağzını burnunu kırdı, yere serdi ayıyı... Soyunma odasına gidip, eldivenleri çıkardı, başına bandana bağlayıp, Rambo olarak çekik gözlülere daldı, Vietnam'ı tek başına haşat etti, hepsini bıçakladı. Baktı ki, dünya alkışlıyor, bu sefer Afganistan'a daldı,

gariban Afgan ahalisini "işgalci" Rusların elinden kurtardı.
Afganlar alkışladı.

Artis Rambo'yu sinemada alkışlayan Afgan ahalisine, sinema çıkışında kim daldı?

Harbi Rambo.

Çünkü, 2000'lere gelinmişti, sıra bize gelmişti. Hollywood'un yeni düşmanı, Müslümanlardı. Kızılderililer, beyaz tenli gomünistler, çekik gözlüler filan demode... Kara kaşlılar modaydı.

Ve, bi başka moda başladı...
Hollywood'un beyazperdedeki rolü kesmemiş, gerçek hayatta rol üstlenmeleri istenmişti.

İyi Niyet Elçisi rolü.

En önce Brooke Shields, Birleşmiş Milletler İyi Niyet Elçisi oldu, iyi niyetini göstermek için Basra'daki Amerikan uçak gemisine geldi, iyi niyetle bahriyelilere aç aç yaptı. Brooke gemiden ayrılır ayrılmaz, bu sefer bahriyeliler iyi niyetini gösterdi, Saddam'ın kafasına füze fırlattı.

Peşinden, Julia Roberts, George Clooney, Andy Garcia, Brad Pitt ve Matt Damon, iyi niyetlerini göstermek için Adana İncirlik'e geldiler... Ki, İncirlik'teki pilotlar kısa süre önce iyi niyetlerini gösterip Saddam'ı bombalamıştı.

Irak'ı yok ettiler...
Terminatör geldi Bağdat'a.
İyi niyetini gösterdi.

Nicole Kidman, Edward Norton, Orlando Bloom, Drew Barrymore, Liam Neeson, Charlize Theron, Antonio Banderas, Susan Sarandon, Forest Whitaker, hep iyi niyet elçileri.

Ortak özellikleri?

Bi yere gidiyorlar...
ABD orayı vuruyor.

Veya, önce ABD vuruyor.
Sonra bunlar gidiyor.

En ünlüleri, Angelina Jolie...
Afganistan'a gitti.
Pakistan'a, Sudan'a gitti.
Libya sınırına...
Tunus sınırına gitti.

Dün, Suriye sınırındaydı.

Düne kadar bazı tereddütlerim vardı, dün itibariyle kalmadı...
Bunlar seni vuracak.

Ondan sonra İran sınırına Denzel Washington mı gelir, Reese Witherspoon mu, orasını bilemem. Ancak, biz popcorn'lar elimizde, Ancelina'nın çevirdiği filmi seyrederken... Işıklar yanmadan, ufak ufak araziye uymanda fayda var. "The End" yazmak üzere.
Çocukları öptüm.
Yengeye selam.
Yılmaz

Mardinwood

"Amerika'da Hollywood...
Hindistan'da Bollywood...
Mardin'de Mardinwood olacak!"

Böyle dedi "usta" yönetmen.
Başbakan...

Dean Mardin mesela.
Aslen Mardinlidir.
ABD'ye göçtü...
Martin oldu.

Aslına bakarsanız, Hollywood'u da AKP kurmuştur bi nevi... Çünkü, Amerikan sinemasının merkezi en başta New York'tu. İlk filmler orada çekilmişti. Ancak, filmlerin çekiminde ve gösteriminde kullanılan cihazların patent hakları, "ampul"ü icat eden Edison'a aitti. Herhangi biri film çektiğinde, Edison'un avukatları gırtlağına çöküyor, çatır çatır telif hakkı alıyordu. Yüklü telif ödeyen sinemacıların eline beş sent bile kalmıyordu. N'aapsınlar? Ampulcü'nün şerrinden bıkan bi yapımcı, Los Angeles'ın mütevazı kasabası Hollywood'u keşfetti. Kuş uçmaz kervan geçmez, sota bi yerdi. Ampulcü'nün kolu buraya kadar uzanamazdı. Hem zaten sınırın dibiydi, çok sakatlık olursa Meksika'ya kaçarız abi diye düşündüler, ilk film stüdyosunu kurdular. Ampulcü uyanana kadar, iş işten geçti, Hollywood Hollywood oldu.

Yani, şimdi bizim ampul partisi çıkıp, Hollywood'u bize borçlusunuz dese... Haklı.

Gel zaman git zaman, sene 2002, hiç unutmam, Hollywood'un efsanesi *Star Wars* vizyona girecek, dünya ile aynı anda Türkiye'de... O zamanlar *Star* gazetesinde çalışıyorum, e filmin adı da star'lı, bu fırsat kaçmaz, iki sayfa ayırdık, 18 sütun, zannedersin George Lucas babamızın oğludur... Neyse, filmin karakterlerini tek tek tanıttık, Obi Van Kenobi haso delikanlıdır, Darth Vader puşttur, Yoda ucubedir ama akıllı heriftir filan, döşendik.

Ertesi sabah, bi telefon geldi.
Ağrı'dan...
"Tebrik ederim ama" dedi...
"Burada sinema salonu yok!"

Dünya ile aynı anda...
Ağrı hariç.

Sonra, 2005 geldi. Bu sefer, *Star Wars*'ın yeni versiyonu vizyona girecek, dünya ile aynı anda Türkiye'de... 2002 utancımdan aklıma geldi, aradım Ağrı'yı, açıldı mı kardeş? Açılmamıştı.

Bu bağlamda...
Mardinwood'u aradım.

– Hayırlara vesile olsun.
– Sağ olasın.
– Sinema var mı orda?
– Yok.

Mardinwood'un ilk filmi, komedi türünde sanırım...

Çünkü, bırak wood'u muud'u, sinema salonu yok Mardin'de... "Mardinwood yapıcaz" diyen başbakana, miting meydanından biri seslense, "hadi beni sinemaya götür" dese, gözüne gaz sıksan yeridir! Güya sinema festivali ayaklarıyla uyduruk bi salon ayarladılar, minibüs kadar, festivalden festivale açılıyor, festival bitti mi, kapanıyor. En yakın sinema, Kızıltepe'de... Dünyanın her yerinde ilçeden şehre gelinir sinemaya, Mardin'de şehirden ilçeye gidiliyor!

Aramışken...
Ağrı'yı da aradım.
2011, yok.

MGK'ya dilekçemdir...
Ermenistan'a kapı mapı açmaya çalışacağınıza, siz önce Ağrı'ya sinema salonu açın. Ermenistan halkının refahını bilahare düşünürüz.

Güroymak...
Cumhurbaşkanımız "Norşin" yaptı.
Aferin de...
Hani Bitlis'te sinema?

Malazgirt.
1071 birader...
Hâlâ yok.

Harran'a maharetmiş gibi Oscar'lı sanatçıları götürüyorlar göstermeye, üniversitesi var, sinema salonu yok. Şırnak'ta yok. Tunceli'de elektriği olmayan köylere çamaşır makinesi dağıtıyorlar, sinema salonu yok. Kilis'te işporta tezgâhı gibi, seyyar... Iğdır'da yok.

Bir evlat askere gitmiş, bir evlat terörist olmuş, bir evlat tarlada mayına basmış, devletle-örgüt arasında sıkışmış çaresiz bir aile, zorunlu göç... Nedir bu? Mahsun Kırmızıgül'ün *Güneşi Gördüm*'ü... "Açılım" filmi... Nerede çekildi? Kağızman'da... Kağızman'da sinema yok.

Güneşi gördün de...
Ahali nasıl görecek?

Şimdi diyeceksiniz ki, sanki her şeyimiz tamam da, sinema salonlarımız mı eksik?

E ben de onu merak ediyorum tatlım... Her şeyimiz tamam da, Mardinwood'umuz mu eksik?

Kelaj

Libya'da kaç Türk var?
"5 binden fazla..."
"15 bin civarında..."
"20 bine yakın..."
Rakamlar hep oval.
Sallıyor çünkü yetkililerimiz.
Bilmiyorlar.

Bakın, kaç gün geçti...
Başbakanımız anca söyledi:
"Asgari 25 bin..."
Azamisi meçhul.

Gelenlerin hesabı bile karışık birader, 700 diyen de var, en az bin 100 diyen de.

– Trablus'ta işçi misiniz?
– Airbus'ta hostesim.
Gelen, uçakla geliyor.
Onu bile sayamıyorlar.

Tsunami mesela...
Orada kaç Türk olduğunu kimden öğrendik? Orada bulunan

futbolcularımız Emre Aşık'la Suat Kaya'dan... Emre, o zamanlar formasını giydiği Beşiktaş'ın yöneticilerini; Suat da, o zamanlar başbakan yardımcısı olan Galatasaray taraftarı Mehmet Ali Şahin'i aramıştı, "kurtarın bizi" diye... Bu telefonlar gelene kadar uçak muçak gitmemişti. Sosyetemiz ise, Semiramis Pekkan'ın evine sığınmıştı. Sağlık durumlarını Ajda'dan öğrenebilmiştik!

Şoförlerimizin şakır şakır kafasını kestiler Irak'ta... Kimin kesildiğini ailelerinden öğrendik.

Halbuki, hatırlayın depremi...
İsrail ekipleri geldi, Gölcük'teki binlerce enkazın altından eliyle koymuş gibi bulup, çıkardı kendi vatandaşlarını... Biliyor çünkü adam, hangi vatandaşı o anda nerede, hangi adreste.

(İddia ediyorum, arayın şu anda Berlin Belediyesi'ni, Berlin'de kaç kedi var, ev ev söylesin... Arayın büyükelçiliğimizi, vatandaşlarımızın adres listesini verebilirse Taksim'de miyavlarım.)

(Hatta uzağa gitme... Elazığ Kovancılar'da deprem oldu, alt tarafı 300 haneli köyde ölü sayısını 3 günde sayamadılar, 61 dediler, 51 dediler, 41'e bağladılar, ki, o bile şüpheli.)

Veya, 11 Eylül...
İkiz Kuleler'de Türk vatandaşı olup olmadığını günlerce öğrenebildik mi yetkililerimizden? Öğrenemedik. Kimden öğrendik? Kuledeki Türk sandviççiden!

Televizyonlara bağlanıp, anlatmıştı, hiç unutmam: "Sarsıntı oldu. Hoparlörden 'binayı terketmeyin' anonsu yapıldı. Amerikalılar talimatı dinleyip odalarında otururken, biz Türkler anında kaçtık. Zaten, Allah'tan erken oldu, merak etmeyin... Amerikalılar 8'de işbaşı yapar, ben mecburen erken geliyorum, saldırı 8.45'te oldu, Türkler henüz işe gelmemişti! Alt katlara geldiğimde, herkesi merdivenin sağ tarafından tek sıra halinde yürütüyorlardı. 'Niye sol taraf boş' diye sordum, 'yukarı çıkanlara ayırdık' dediler. Soldan indim jet gibi!"

Sahipsiz...
Kendi göbeğini kendi kesmek zorunda olan bir milletiz biz.

Ya Libya derseniz...
Alın size Libya.

Öztürk Serengil.
Son delikanlılardan...
Orijinal serserilerdendi.
Ayhan Işık'tan sonra en fazla para kazanan, ancak, ele avuca sığmayan, çapkın, çılgın, maceracı, anında çar çur etme rekortmeni sanatçımızdı rahmetli... Sığamadı buralara, 70'li yılların sonu, kalktı, Libya'ya gitti iyi mi... Gazino açtı.

Davet eden bizzat Kaddafi'ydi...
Ne alaka?
Kıbrıs çıkarması için jetlerimize benzin yardımı yapmış, Türkiye bayılıyor o zamanlar Kaddafi'ye... E o da popülaritesini arttırmak için Türkiye'nin bayıldığı sanatçıya açıyor kapılarını... Müteahhitlerimizi ülkesine buyur ettiği gibi yani.

Uzatmayayım, açıyor gazinoyu, içki yasak, çaktırmadan satıyor; kızlar filan... Libya'nın ileri gelenleri ve diplomatlar kuyrukta tabii... Ne kadar alengirli adam varsa, alayının buluşma merkezi oluyor. Şırrak... 12 gün sonra "bu adam casus" diye içeri tıkıyorlar Öztürk Serengil'i!

Turgutreis zindanına kapatıyorlar. Elçiliği arıyor, hükümete yazıyor, tanıdıklarını araya sokuyor, hikâye... Çıkamıyor. Boru değil, 6.5 ay yatıyor! Bakıyor ki, olacak gibi değil, Türkiye'nin hayrı yok, çürüyecek orada, kendi göbeğini kendi kesmeye karar veriyor.

Eşini Libya'ya çağırıyor, "ilgili" kişileri bulduruyor, sonrasını kendi üslubuyla, kendi ağzından anlatıyor: "Hayatım kaymıştı. Kaçmak zorundaydım. Bazı yerlerden sinyal aldım. Bu sinyallere binaen, geceleyin böbrek sancısı tutmuş numarası yaptım. Mangırajı konuşturduk elbette... Beni hastaneye götüren hapishane arabası limana geldi, motora atladım, açıkta bekleyen gemiye, pırrr... Bu iş bana, o günün parasıyla 11 milyon liraya patladı. Üstelik, Sahara Bankası'na yatırdığım 39 milyon lira mangıraj da Libya'da kaldı!"

Okuyunca insan...
"Yeşşeee" diyor.

Ancak...
Ha o gün, ha bugün.
Bazı şeyler hiç değişmiyor.
İster Maldivlerde sosyete ol, ister Kahire'de tekstilci, ister Bingazi'de mühendis... Yine onun üslubuyla... Türkiye'ye güvenip gittiğin her coğrafyada durum "kelaj" görünüyor.

Jön Türk

Ayhan Işık
Sadri Alışık
Yılmaz Güney
Orhan Günşiray
Kemal Sunal
Muzaffer Tema
Şimdi de...
Ekrem Bora.

"Jön" Türk'tüler.

Allah başımızdan eksik etmesin; Ediz Hun, İzzet Günay, Cüneyt Arkın, Kartal Tibet, Göksel Arsoy, Fikret Hakan, Eşref Kolçak, Tarık Akan, Kadir İnanır gibi... "Jön" Türk.

Aynı zamanda, Hulusi Kentmen, Erol Taş, Nubar Terziyan, Kadir Savun, Cevat Kurtuluş, Vahi Öz, Feridun Karakaya, Hayati Hamzaoğlu, Hüseyin Peyda, Necdet Tosun, Sami Hazinses, Hüseyin Baradan, Kenan Pars, Bilal İnci gibi... Etnik kökenleri, mezhepleri ve rolleri her ne olursa olsun, "jön" Türk'tüler, hayatımızda hep başroldeydiler.

Siyah-beyaz ama, rengârenktiler.
Aşklarımızla, dramlarımızla, komedilerimizle "insan" olduğumuzu hissettirdiler, hiçbiri Kraliyet Akademisi'nden yetişmedi, hepsi Anadolu çocuğuydu, devrimciydiler, gericilere inat, rol model oldular, bu ülkede kadınla erkeğin bir arada,

özgürce yaşadığını gösterdiler. Her "son"da yüreklendirdiler, kötüler kaybeder, iyiler kazanır, sen yeter ki cesur ol dediler.

Ve, çoook eskiden de vardı.
Jön Türkler...
Namık Kemal gibi.
Tevfik Fikret gibi.

Yurtseverdiler.
İlericiydiler, laiktiler.
Özgürlükçüydüler.
Demokrasiyi savundular.
Eşitlik istediler...
Kadın-erkek eşitliğini.

Çünkü...
Arapçılık filizlenmişti, yabancılar at koşturuyor, devleti yönetenler sadece koltuğunu ve cebini düşünüyordu, ulema sınıfı nüfuz kazanmıştı, gazeteler padişah yalakasıydı, vergiler biniyor, baskı artıyor, tırsak ahali susuyordu. Bunlara isyan ettiler ve "jön" karakterini üstlendiler.

Rol model oldular.
Senaryoyu değiştirip, kul'luktan birey'liğe geçmemiz için yol açtılar.

E bakıyoruz bugün...
Film şeridi, başa sarmış!
Arapçılık kökleşiyor, yabancılar cirit atıyor, koltuğa zamkla yapışmak, cebi doldurmak fazilet kabul ediliyor, ulema baş tacı, gazeteler yalaka, vergiler peş peşe, baskı alabildiğine artıyor.

E insan merak ediyor.
Gözünüzün önünde olan biteni seyrediyorsunuz, seyrediyorsunuz, hiç mi ders almıyorsunuz kardeşim...
Ömrünüzün sonuna kadar hep böyle "figüran" olarak mı yaşayacaksınız?

İsim	Kültür	Bitki

Vatandaşa SİT'tir...

Deyyus

Bazı soru işaretlerim vardı.
Artık hiç şüphem kalmadı.
Zeus, deyus oluyorsa...
Nedim niye terörist olmasın?

Uysa da olur, uymasa da!

Okumuşsunuzdur mutlaka... Nedimciğim henüz içeri tıkılmadan önce, değerli ağabeyim Uğur Dündar'a telefon ediyor, "en içten dileklerimle selamlıyorum yüce deyus" diyor, Uğur ağabey de gülüyor, "sağol Apollon" cevabını veriyor.

Hürriyet manşet yaptı:
Zeus nasıl oldu deyus?

İzah edeyim...

"Ayşe Arman'a verdiğim röportajda 'Uğur Dündar televizyonculuğun Zeus'udur' demiştim, *Hürriyet*'te yayımlanan bu röportajı okuyan Nedimciğim, Uğur ağabeye telefon etmiş 'en içten dileklerimle selamlıyorum yüce Zeus' demiş, 'sağol Apollon' cevabına rağmen, telefonu dinleyen arkadaş 'yüce Zeus'u 'yüce deyus' diye yazmış tutanaklara" diyeceğimi filan düşünüyorsanız... Onu zaten *Hürriyet* yazdı, biliyorsunuz.

Bilmediğiniz şu...

Kültür Bakanı Ertuğrul Günay, Afyon Arkeoloji Müzesi'ni ziyaret eder. Türkiye'nin en önemli müzelerindendir. Taa 1933'te açıldı.

Kalkolitik, Tunç, Hitit, Frig, Lidya ve Helenistik dönemlerine ait, 50 bin eser barındırır. Bunlardan biri, Zeus'un oğlu Herakles'in heykelidir. Kültür Bakanımız bu heykelin önüne gelir, rezalet patlar... Çünkü, heykelle ilgili bilgi veren Afyon Arkeoloji Müzesi Müdürü Mevlüt Üyümez, "deyyus kelimesi Zeus'tan geliyor" der!

(Halbuki, Zeus ile deyyus arasındaki etimolojik bağlantı sıfır... Kavat manasında kullanılan deyyus, Farsça... Zeus ise, Latince tanrı anlamına gelen Deus'un Yunanca telaffuzu, zdeus.)

(Arkeoloji müdürünün Zeus'u deyyus'a benzetmesi... "Pezo" kullanıyorlar diye, ahlak polisinin Meksika Büyükelçiliği'ne baskın yapması gibi bi şeydir.)

Bu arkadaşların dünyasında, yetiştiriliş tarzlarında, gerçeklere aykırı alternatif tarih yazma çabalarında... Kültür budur.

Ve, heykellerin yıkıldığı, sanatın içine tükürüldüğü bi ülkede, Zeus'un deyus, Nedim'in terörist kabul edilmesi, normaldir... Sen bak, Apollon için yakalama kararı çıkarmasınlar.

Pol Ostır

Kişi başına kitap okuma oranı, Afrika'nın bile gerisinde olan Türkiye'de... Pol Ostır'ın "gelmem" demesiyle, Hotantu kralının "geleyim mi" demesi arasında bi fark yoktur.

O nedenle... Mevlana'yı anmaya gittiğinde insanlığı kucaklayıp "kim olursan ol gel" diyen başbakanın, şimdi çıkıp, "gelsen n'olur, gelmesen n'olur" demesi, gayet normaldir.

Üstelik...
Pol Ostır'ın "moon palace, ay sarayı" isimli bi romanı var. Edison'la, acayip gıcık olduğu meslektaşı Nikola Tesla arasındaki bilimsel kavgayı uzuuun uzun anlatır. Tesla'yı savunur. Edison'u itin poposuna sokar. Çünkü... Edison, Yahudi düşmanıdır. Pol Ostır, Yahudi'dir.

Ayrıca...
Pol Ostır'ın babası, elektronik dahisidir, 1929'da Edison'un laboratuvarında işe girmiş, ancak, Yahudi olduğu ortaya çıkınca, Edison tarafından kovulmuştur. Pol Ostır, açık açık "romanımı yazarken, Nikola Tesla sayesinde, babamın intikamını aldım" demiştir.

Dolayısıyla...
Ampul'ü icat eden Edison tarafından babası işten kovulan Pol Ostır'ın, ampul'cüler tarafından aforoz edilmesi, şaşırtıcı değildir. Malum, devlette devamlılık esastır!

Daha enteresanı...
Pol Ostır'ın avukatlığını yaptığı Nikola Tesla, Ergenekon iddianamesinde "şüpheli şahıs"tır!

Tutuklanan bi sanığın evinde yapılan aramada... Elektrofizikçi Nikola Tesla'nın yüksek frekanslarla alakalı notları bulunmuş, baskını yapan polislerimiz dünyaca ünlü mucidi tanımadığı için huylanmış, "Nikola Tesla isimli şahıs" diye tutanak tutmuş... Neticede, 69 sene evvel ölen Nikola Tesla, derin devlet iddianamesine "şüpheli şahıs" olarak girmiştir.

E hal böyleyken.
Pol Ostır'ın gelmemesi...
Kendisi için hayırlıdır.

Ömer Lütfi Akad

Seneler önce...
"Vurun Kahpeye"yi çekti.
Senelerdir...
Vuruyorlar hâlâ kahpe diye.

"Ak" Altın'ı çekti.
Hemen peşinden...
"Kara" Talih'i!

"Orman"ı çekmişti.
Henüz ormanlarımız varken.
"Lüküs Hayat"ı çekmişti.
Porşe'den haberimiz yokken.

Terörizmi hissedip...
"Kızılırmak"ı çekti.
Ardından "Kuma"yı çekti ama...
Töre'rizmi engelleyemedi.

E kaçınılmaz tabii...
"Kardeş Kurşunu"nu çekti.

"Gelin"i çekti.
"Düğün"ü çekti.
"Diyet"i çekti.
Dramı anlatmaya çalıştı.
Göç'üyoruz dedi.
Faydasız.
"Hudutların Kanunu"nu...
Değiştiremedi.

"İngiliz Kemal Lawrens'e Karşı"yı çekerken...
Cumhurbaşkanımızın şövalye olup Kraliçe'nin sarayında kalacağını, maliye bakanımızın İngiliz vatandaşı olacağını nerden bilebilirdi ki.

Memlekette hukuk var zannedip "Bir Ceza Avukatının Anıları"nı çekmeye kalktı... 11 bölümün anca 3'ü yayınlandı, 8 bölüm arşivin tozlu raflarında müebbete mahkûm oldu.

Çömezlik etti.
Aceleci davrandı.
Taa 1961'de "Sessiz Harp"i çekti. Kozmik sırları ifşa edip, ABD'nin memlekete gizli gizli atom bombası döşediğini ortaya çıkaran bi gazeteciyi kahramanlaştırdı. Vazgeçtik filmlerinden, nerdeyse kendisi içeri tıkılıyordu. Halbuki, az sabır etseydi, memlekete füze döşemenin, radar döşemenin "usta"lık kabul edileceğini görürdü.

"Bir Teselli Ver"i çekti.
Ne çare.

"Mahşere Kadar" galiba...
"Kader Böyle İstedi" dedi.

Baktı ki çeke çeke...
Kimsenin ders almaya niyeti yok.
"Esir Hayat"ı çekti, son...
Çekti gitti.

Mesut Bahtiyar'dan şarkılar dinlediniz...

İzmir Fuarı açıldı.
Bu seneki onur konuğu şehrimiz, Denizli.

Asmam çardaktan
Suyu bardaktan
Bi yol öpüvee
gocuman gız
iliman yanaktan

Denizli onur konuğumuz ama, Özay Gönlüm aramızda değil maalesef... Yaren'i de.

Zeki Müren yok.
Bizi bırakalı 15 sene oldu.

Cem Karaca yok.
Barış Manço yok.
Nezahat Bayram yok.
Saniye Can yok.
Öztürk Serengil yok.
Tanju Okan yok.

Bilseniz ne kadar özledim Neşe Karaböcek'i, İlhan İrem'i, Ferdi Özbeğen'i... Çektiler kendilerini kenara, cezalandırdılar saçma sapan tipleri sanatçı diye baş tacı eden bizleri... Gerçekten hak ediyor muyuz artık Edip Akbayram'ı, Erkin Koray'ı dinlemeyi?

Bak ne anlatıyor Neşet Ertaş: "Zeki Müren halk müziğimizi de nakış nakış işledi, Aşık Ali İzzet'in Mühür Gözlüm isimli şiirinin telifini ödeyip satın almış, aranjman olarak okumuştu. Şarkıyı Zeki Müren'in filminde seyrettim, sazı alıp, köylü yüreğimle ezgiledim, köy düğünlerinde söyledim. Bi zaman geçti, son model araba geldi, 'Zeki Müren seni İzmir Fuarı'na çağırıyor' dedi. Gittim. Bir ay çaldım. 'Telif hakları bana ait olan bir şarkıyı nasıl çalarsın' diye tek kelime etmedi. Bir gün biri geldi, 'Zeki Müren seni çağırıyor' dedi. Gittim. Gazino patronuyla aynı masada oturuyor. Ayağa kalkıp 'Ağabey hoş geldin' dedi. Türküye başladı. Tarif etmem imkânsız. İkinci dörtlüğü yakaladım, devam ettim. Gene ayağa kalktı, 'Olamaz böyle bi ses' diyerek, başını duvarlara vurdu. Rahmetliye çok şey borçluyum."

Biri "yüreğim köylü" diyen, mahçup bi Anadolu çocuğu... Öbürü, erkek nüfus kâğıdı taşıyanların korkudan kıvır kıvır kıvırdığı ülkemde, cinsel kimliğini saklamadan, sahneye apartman topuk ve mini etekle çıkma cesaretini gösteren "mangal yürekli" devrimci.

E hâlâ emin misiniz... O türkü bar denilen yerlerde dinlediklerinizin türkü olduğuna gari?

Siz ki, Mesut Bahtiyar'dan şarkılar dinlediniz...
Haybeye mi dinlediniz?

Devekuşu Kabare kalibresinde bi hadise izlemeyeli kaç sene oldu mesela? Jürili mürili televizyon ucuzluklarıyla Nejat Uygur yetiştirebileceğini mi sanıyorsun? Çıkarabiliyor musun Erol Büyükburç, Erol Evgin, Berkant? Bulabiliyor musun kalipso kralı Metin Ersoy'dan, kanto kraliçesi Nurhan Damcıoğlu'ndan? Eylül geldi, çırpın istersen, Alpay geliyor mu?

Müzeyyen Senar hasta, içim titriyor... Bülent Ersoy'a, Muazzez Abacı'ya, Emel Sayın'a bebekler gibi bakmamız gerektiğini idrak edemiyor musun? Nerde Gönül Yazar'ın? Ahmet Özhan maazallah sıkılıp bıraksa ayakkabısının tozu olabilecek birini tanıyor musun?

Ercan ağabeyle denk geliriz bazen İstanbul'da, Ateşböceği Ercan... Fuar'ı kucaklar gibi sarılırız birbirimize... Hani, Halit Kıvanç, Orhan Boran, Erkan Yolaç ayarında sunucuların?

Bırak raksetmeyi, Nesrin Topkapı şööle bi dururdu kardeşim...
Yarabbim, sen nelere kadirsin!

Samsun cigarasının içinden odun çıktığı günlerdi, o günler. N'ayır n'olamazlı, sutyenin bile porno muamelesi gördüğü, damalı taksi dönemleriydi. Salçalı ekmek kemirdiğimiz, Anadol'un inekler tarafından yendiğine inandığımız, arapsabunu kokulu zamanlardı. Çamaşır makinelerinin merdaneli, cep telefonunu sadece Kaptan Körk'ün kullandığı, Arzu Okay'ın rüyalarımıza girdiği geceler... Mum ışığının gölgesinde parmaklarımızı eğip bükerek duvara tavşan yaptığımız, arkası yarın'a kulak kesildiğimiz akşamlardı. Polis teşkilatını Komiser Kolombo, adaleti ise Avukat Petroçelli'den ibaret sandığımız... TRT'nin necefli maşrapa zavallılığında, turnike atmayı Koç Riivs'ten öğrendiğimiz günlerdi... Ama güzeldi.

Çünkü, onlar vardı.

Modern Türkiye'yi yansıtan, vizyon açan, yobaz duvarları yıkan, otorite karşısında eğilip bükülmeyen, güçlü sanatçılar, güçlü karakterler... Geleceğe dair umutlarımızı yeşertiyorlardı.

Saz heyeti bile smokinle çıkardı sahneye... İran'a özenip, kravata savaş açılmamıştı henüz.

Ve, evet, bugün ayfon'larımız, ayped'lerimiz var, nostaljik İzmir fuarlarında imrenerek baktığımız teknolojiye sahibiz, duble yollarımızda ithal otolarımızla gazlıyoruz filan ama... Keresteler kıymete binmemişti. "Odun"lar sadece cigaradan çıkıyordu en azından.

Somali bienali

Müjdat Gezen.
Usta...
Sapına kadar Atatürkçü, altı okka yurtsever, doğru bildiğini

gözünü budaktan sakınmadan söyleyen, adam gibi adam... Malını mülkünü öz evladına bırakmak varken, sanat eğitim merkezi kurup, bu ülkenin çocuklarına bağışlayan öğretmen... Sahnelerimizin, maddi sıkıntı içine düşen, hayatının son demlerinde evsiz barksız kalan çileli emekçilerine elini uzatan, tapulu evlerini onlar için ücretsiz huzurevine dönüştüren, masraflarını cebinden karşılayan, üstelik, kendisinin reklamı yapılmasın, onlar da rencide olmasın diye, gazetecilerin o huzurevinde haber yapmalarına bile izin vermeyen, asil yürek... 10 yaşında sahneye çıktı, tiyatro duayeni, sinema oyuncusu, yazar, şair... Sayısız oyunu, sayısız ödülü, 34 kitabı var.

Ayşe Kulin.
Yazar, gazeteci, sanat yönetmeni, senarist, muhteşem kalem... Kültür Bakanlığı, Tiyatro Yazarları Derneği, Haldun Taner ve Sait Faik ödülleri var.

Bilkent Senfoni Orkestrası.
Türkiye'nin ilk özel, akademik, uluslararası sanat topluluğu... Dünyanın seçkin festivallerinde ülkemizi temsil eder. Sanatı topluma yayma ve sevdirme işlevi nedeniyle Mevlana Vakfı'ndan Evrensel Kardeşlik ve Dünya Barışına Katkı Ödülü var.

Ferhan-Ferzan Önder.
İkiz mucizelerimiz, piyanist...
Şu anda yaşadıkları Avusturya'nın yanı sıra, dünyanın dört bir yanında ülkemizi temsil ediyorlar.

Gülsin Onay.
Devlet sanatçısı. Piyanoya üç yaşında başladı, ilk konserini altı yaşında TRT Radyosu'nda verdi. Adnan Saygun tarafından eğitilip, Üstün Yetenekli Çocuklar Kanunu'yla Fransa'ya gönderildi, 16 yaşında Paris Konservatuvarı'ndan mezun oldu. Beş kıtada 65 ülkede konser verdi. İngiliz Kraliyet Filarmoni, Japon Filarmoni, Münih Senfoni, Saint Petersburg Filarmoni, Viyana Senfoni orkestralarıyla sahne aldı. Boğaziçi ve Hacettepe'den fahri doktora unvanı, Polonya Üstün Hizmet Nişanı var. Oğlu, Ankara Opera Balesi'nin başkemancısı.

Nilüfer.
Pop prensesi, altın plak koleksiyoneri... Hukuk fakültelerinde

ders olarak okutulması gereken bir mücadeleyle, bekârken evlat edindi; annelik kavramının doğurmaktan ibaret olmadığını, sevgi, şefkat ve emek olduğunu kanıtladı. (Devletimizin büyük ayıbı var bu konuda... Evlat edinmek isteyen ailelere, üç kimsesiz çocuk gösteriyorlar, birini seç diye... Nilüfer, "malın iyisini seç" ayıbını elinin tersiyle itti, ilk gösterilen çocuğu tercih etti.)

Türkan Şoray.
Sultan...
Hülya Koçyiğit, Filiz Akın ve Fatma Girik'le birlikte, Türk sinemasının dört yapraklı yoncasını yeşerten efsane... Altın Portakal'ı, Altın Koza'sı var. Moskova, Taşkent, İzmir, Ankara, Bastia, İstanbul, Roma film festivallerinden onur ödülleri sahibi. Devlet Sanatçısı. Bence en önemlisi... Kendi adına ilkokul yaptıran ilk sanatçımız.

Yıldız Kenter...
Güya işim kelimelerle dans etmek ama, kelimelerle nasıl tarif edebilirim ki... Eşimin özel izniyle, eşimden başka âşık olduğum tek kadın... Profesör. Devlet sanatçısı. Tiyatroya hizmetlerinden ötürü, Türkiye'de Yılın Kadını seçildi. ABD, Rusya, İngiltere, Almanya, Hollanda, Danimarka, Kanada'da İngilizce ve Türkçe oyunlar sergiledi. İtalya'da Adalaide Ristori Ödülü'ne layık görüldü. Korsika-Bastia Film Festivali'nde En İyi Kadın Oyuncu Ödülü aldı. Uluslararası Lions Kulübü'nün Melvin Jones'uyla onurlandırıldı. İki defa Ulvi Uraz, üç defa Avni Dilligil Ödülü verildi. Finlandiya Dünya Kadın Kuruluşu tarafından Yüzyılın En Başarılı 100 Kadınından Biri ilan edildi. Mevlana Kardeşlik ve Barış Ödülü kazandı. Altın Portakal'ın yanı sıra, Kültür Bakanlığı Onur Ödülü, Uluslararası İstanbul Festivali Yaşam Boyu Onur Ödülü, Ankara Sanat Kurumu Yılın Sanatçısı Ödülü, Muhsin Ertuğrul Onur Ödülü, Cumhurbaşkanlığı Kültür ve Sanat Ödülü, Afife Jale Ödülü var.

Unicef elçilerimiz onlar.

Sadece sanatçı kimlikleriyle değil...
Toplumda "örnek insan" oldukları için seçildiler.

United Nations Children's Fund, yani, Birleşmiş Milletler Çocuklara Yardım Fonu demek, Unicef... Çocukları korumak, savunmak, temel ihtiyaçlarını karşılamak için çaba harcayan uluslararası kuruluş... Nobel Barış Ödülü var. Somali'de en çok Unicef çalışıyor.

Unicef Türkiye Milli Komitesi Başkanı, Türkiye'nin ilk kültür bakanı, Profesör Talat Halman... Princeton, Pennsylvania ve Columbia üniversitelerinde Türk dili, Türk kültürü, İslam kültürü dersleri verdi. New York Üniversitesi'nde Edebiyat Bölümü başkanlığı yaptı. Boğaziçi Üniversitesi'nden onursal doktora unvanı var. Şu anda, Bilkent Üniversitesi İnsani Bilimler ve Edebiyat Fakültesi Dekanı... Türkçe-İngilizce 50 kitabı yayımlandı.

Her ülkeden "elçi" seçiyor Unicef... İlla sanatçı olması gerekmiyor. Arjantin'in elçisi futbolcu Messi mesela... İtalya'nın Paolo Maldini, Uruguay'ın Diego Forlan... Barcelona kulübü İspanya'yı, Manchester United İngiltere'yi temsil ediyor. Sırbistan elçisi, Antalya Film Festivali'nden "ırkçı" diye kovduğumuz Emir Kusturica... Hollywood elçilerini zaten biliyorsunuz. Gariban ülkelerden evlat edinen Angelina Jolie en ünlüsü... En son Hatay'daki Suriye çadırkentine gelmiş, hükümetimiz tarafından törenle ağırlanmıştı.

Neden bu insanlar seçiliyor?
Çünkü, dünyanın her yerinde, bir ülke bir ülkeye yardım eli uzatmak, halkının dikkatini oraya çekmek istiyorsa, ülkesinin "örnek insan"larını, "Unicef elçileri"ni görevlendiriyor.

Türkiye kimi görevlendirdi?
Nihat Doğan'ı!

(Hayatını bu ülkenin çocuklarına adayan Unicef elçisi Müjdat Gezen'i mahkemeye veriyorlar... AKP'ye "muhteşem vizyonunuzla önümüzü açıyorsunuz, sizin için hayatımı vermeye hazırım" diyen Ajda'yı "örnek insan" olarak Somali'ye götürüyorlar.)

Uzun lafın kısası...
Bir millet, aç kalabilir, bir başka millet yardım eder. Bir ülke, susuz kalabilir, bir başka ülke yardım eder. Bir toplum bu hale geldiyse, dünyada hiç kimsenin yapabileceği bi şey yoktur.

Rock

"En vahim gençlik hatası, gençliğini yaşamamaktır. Gençliğini yaşayamamış insanlar tarafından yönetiliyor Türkiye... Gençleri anlamama sebepleri aslında bu" diye yazmıştım.

Yalakalar zıpladı tabii.
Küfür ettiler.
"Kanıt göster" dediler.

Bakın...
Dün gene dövdüler ODTÜ'lüleri.
Ve dün "kanıt"ın yıldönümüydü.

Türk Talebe Birliği, yıllar önce aynı gün, hükümete ültimatom vermiş ve "Rock müziğin yasaklanmasını" istemişti. Kendileri dinlemediği için, başkaları da dinlemesin istiyorlardı.

Nedir rock?
İstersen 70'inde ol, gençtir.
İsyandır.
Sorunlarla ilgilidir, muhaliftir.

Anadolu'da halk müziğinin harmanıdır, Erkin Koray'dır, Cem Karaca'dır, Barış Manço, Fikret Kızılok, Edip Akbayram, Ersen, Kazım Koyuncu'dur, Moğollar, Dadaşlar, Kurtalan Ekspres, Bulutsuzluk Özlemi'dir... Toroslar gibi serttir rock, aynı zamanda yürektir, Tendürek'tir.

Dolmabahçe'de karşına oturtup...
Vaaz veremezsin onlara.

Peki, Türk Talebe Birliği'nin üyeleri kimdir? Başbakan Tayyip Erdoğan, Cumhurbaşkanı Abdullah Gül, TBMM Başkanı Mehmet Ali Şahin, Başbakan Yardımcısı Bülent Arınç, açılımdan sorumlu İçişleri Bakanı Beşir Atalay, Dışişleri Bakanı Ahmet Davutoğlu, milli eğitim bakanlığı da yapan AKP Genel Başkan Yardımcısı Hüseyin Çelik.

Rock'ı yasaklamak isteyen zihniyetin kültür müdürüydü, Başbakanımız.

Peki, başkent Ankara'da geleneksel olarak rock festivali bi tek nerede yapılır?
ODTÜ'de!

Dinlemiyor ki... Anlasın.
Yasaklatamadı, dövdürüyor.

"Mesele, sağ-sol meselesi değildir, gençliğini yaşayamamış insanlar tarafından yönetiliyor Türkiye" derken, bunu kastediyordum... Zaten aslına bakarsanız, metalci selamı veren gençleri "ülkücü" diye içeri tıkma sebepleri de buydu.

Sanatçı

"Sanatçı" ve "asistanı"nı vurdular, tarihinde türkü çalmayan tivi kanalları, 128 saat kesintisiz canlı yayın yaptı... "Sanatçı" ve "asistanı"nı bıçakladılar, entel görünmek için bütün gün bienal yayınlayan tivi kanalları, zahmet edip canlı yayın bile yapmadı, zırt diye geçiştiriverdi.

"Sanatçı"yı vurdular, polis dört tane özel ekip oluşturdu, İstanbul'dan Irak'a, Diyarbakır'dan Suriye'ye fellik fellik vuranı aradı, helikopterler, hatta dalgıçlar bile devreye sokuldu, milli istihbaratla koordineli gece baskınları yapıldı, pijamayla enselendi... "Sanatçı"yı bıçakladılar, bıçaklayanın arkadaşı gazeteye telefon edip kimliğini ihbar etti, buna rağmen baktılar ki, kimsenin aramaya maramaya niyeti yok, bıçaklayan adam gitti kendi kendine teslim oldu.

Vurulan "sanatçı" AKP'den mebus adayı olmak istediği için, başbakana "delikanlının hasosusun" diye cepten mesaj attığı için, vuran'ın arkasındaki güçlerin kim olduğu aranıyor, Ergenekon'dan PKK'ya kadar, alayı zanlı ilan edildi... Bıçaklanan "sanatçı" CHP'li olduğu için, başbakanı eleştirdiği için, bıçaklayan'ın arkasındaki güçleri kimse merak bile etmedi.

Vurulan "sanatçı"nın odasına polis diktiler, hastane kordona alındı, özel timler tarafından korundu... Bıçaklanan "sanatçı" hastabakıcıların vicdanına terkedilmiş vaziyette.

Vurulan "sanatçı"nın çiğ köfte istediğini bile manşet yapan yandaş medya, bıçaklanan "sanatçı"nın bıçaklandığını bile lütfedip tek satır haber yapmadı.

Vurulan "sanatçı"yla bıçaklanan "sanatçı"yı aynı hastanede ameliyat ettiler. Doktorlar, vurulan "sanatçı"yla ilgili günde üç defa basın toplantısı yapıp, bilgi verdi. Aynı doktorlar, bıçaklanan "sanatçı"yla ilgili basın toplantısı bile yapamadı; çünkü, merak eden basın yok.

Vurulan "sanatçı" için Profesör Mehmet Öz'ün Amerikalı kayınbiraderi Doktor Michael Lemole'u getirmeye kalktılar, Amerikalı fizyoteparist getirdiler, Allah'tan sanatçının ailesi "biz doktorlarımızdan memnunuz" diyerek, engelledi... Bıçaklanan "sanatçı"ya doktor moktor aranmadığı gibi, şu anda ilgilenen doktorları kim, onu bile öğrenemedik.

Vurulan "sanatçı"yı Başbakan, Sağlık Bakanı, Kültür Bakanı, Ankara Büyükşehir Belediye Başkanı, Kamu Düzeni Müsteşarı, Hadise ve Tarkan hastanede ziyaret etti; Başbakan Yardımcısı komadaki sanatçının siesta için gözlerini dinlendirdiğini zannedip, "uyuyordu, uyandırılmamasını rica ettim" dedi... Bıçaklanan "sanatçı"ya gelen giden yok, telefon yok.

Vurulan "sanatçı" Sağlık Bakanlığı'nın özel uçağıyla Almanya'ya gönderildi, ki, sırtımızda taşısak yeridir, borçluyuz bize güzellikler yaşatan her "sanatçı"ya... Bıçaklanan "sanatçı" ise, bırak ambulansı mambulansı, sokak ortasında çaresizce yardım istediği halde, yoldan geçen araçlar kapılarını kilitleyip kaçtığı için, kendi cebinden tuttuğu taksiyle gidebildi hastaneye.

Hülasa...

New York'tan Paris'e, Roma'dan Viyana'ya, Cenevre'den Münih'e sayısız sergi açıp, Türkiye'nin çağdaş yüzünü göstermeye gayret etti ama... Memleketi en iyi anlatan tabloyu, kendi "kan"ıyla çizeceğini sanırım hiç düşünmemişti Bedri Baykam.

Tablo

1993...
Kenan Evren'in yağlıboya tablosu açık arttırmayla satışa sunuldu, işadamları kıyasıya yarıştı, 5 bin lirayla başladı, 50 milyon liraya yükselince, Kenan Evren "yeter artık" dedi, Sakıp Sabancı'nın oldu.

1993...
Kenan Evren'in yağlıboya tablosu, Kenan Evren Lisesi Vakfı'nın gecesinde açık arttırmayla satıldı, 10 bin lirayla başladı, arttıran arttırana, 110 milyon liraya Koç Grubu'nda kaldı.

1993...
Kenan Evren, Marmaris'te sergi açtı, bi tablosu 500 milyon liraya Nuh Çimento tarafından satın alındı. Ancak, Nuh Çimento hangi tabloyu satın aldığını bilmiyordu, hatta, sergiyi bile gezmediler, tabloları görmediler! Kenan Evren'in röportajda anlattığına göre "hangisini isterseniz, onu verin" dediler. Kenan Evren de "anne sevgisi" isimli tablosunu verdi. Kenan Evren "o kadar para etmediğini ben de biliyordum ama, ne yapayım, sanatsever, hayırsever insanlar işte" dedi.

1997...
Kenan Evren, Ankara'da sergi açtı, "Hamamda Kızlar" isimli tablosu, kimliği açıklanmayan bi müteahhit tarafından 600 milyon liraya satın alındı. Kenan Evren'in "hamamda kızlar"ı *Hürriyet*'in tatil ekinde yayınlanan "bayram hamamları" fotoğrafından arakladığı iddia edildi. Kenan Evren "ne yapsaydım yani, kızları hamama götürüp, öyle mi resim yapsaydım" dedi.

1998...
Kenan Evren'in "Denizli Horozu" isimli tablosu, Denizli'de açık arttırmayla satıldı, Denizlili tekstilciler, sanayiciler, ihracatçılar

kıyasıya yarıştı, 100 milyon lirayla başladı, 10 milyar liraya turizmci'de kaldı.

1998...
Kenan Evren'in "Atatürk" isimli yağlıboya tablosu, İstanbul Ceylan Intercontinental Oteli'ndeki Cumhuriyet Balosu'nda açık arttırmayla satıldı. Cumhurbaşkanı Süleyman Demirel'in de katıldığı görkemli gecede, seçkin davetliler kıran kırana kapıştı, Kenan Evren'in tablosu 250 milyon liradan başladı, 105 milyar liraya Ali Balkaner'de kaldı. Ali Balkaner, Kenan Evren'in tablosunu Cumhurbaşkanı Süleyman Demirel'e hediye etti!

1998...
105 milyar liralık fiyat, Kenan Evren'i "yaşayan en pahalı Türk ressamı" yapmıştı... Kenan Evren ise, "en yüksek ikinci fiyata satılan tablom oldu" dedi. Demek ki, 105 milyardan fazlaya satılan tablosu vardı. Ama, o tablonun kim tarafından satın alındığını açıklamadı.

1998...
Bilahare, en yüksek fiyata satılan tablonun hangisi olduğu ortaya çıktı. Kültür Bakanlığı Resim Heykel Müzesi, Kenan Evren'in "Begonvilli Duvar" tablosunu 300 milyar liraya satın almıştı iyi mi! Seneler önce yaşanan bu rezaleti, bugünün Kültür Bakanı Ertuğrul Günay ortaya çıkardı, soruşturma açtı, sonra n'ooldu bilmiyorum.

1999...
Kenan Evren, *Playboy*'a çıplak poz veren, dünya ve olimpiyat şampiyonu Alman buz patenci Katarina Witt'in tablosunu yaptı. "Şelale Altında Bir Güzel" isimli tablosu için "belki sürpriz yapıp, bi sergimde gösteririm ama, kaç milyar verirlerse versinler, satmam" dedi.

2001...
Kenan Evren, İzmir'deki sergisini iptal etti. "Ekonomik kriz var, benim tablolarım en aşağı 20 milyar lira, bu ortamda kimse gelip de tablo almaz" dedi.

2001...
Kenan Evren haklıydı netekim. Fiyatlar fena gevşemişti. Kenan

Evren, Ankara'da sergi açtı, "Sigara İçen İhtiyar" isimli tablosu, anca, 1 milyar 300 milyon liraya Halis Toprak tarafından satın alındı. Gel gör ki... Kenan Evren'in "sigara içen ihtiyar"ı Fikret Otyam'ın çektiği "sigara içen ihtiyar" fotoğrafından arakladığı iddia edildi. Fikret Otyam, bir liralık sembolik tazminat davası açtı. Kazandı. Mahkûm etti. Kenan Evren "o fotoğrafı bana Mehmet Ali Birand gönderdi. Bu Mehmet Ali Birand, 32'nci Gün programını yapan Mehmet Ali Birand değil. Ankara'da yaşayan Mehmet Ali Birand isimli bi vatandaş. Slaytı da var. Söyledik mahkemeye, böyle böyle dedik, dinletemedik. Yatak odamda eskiden kalma gümüş bir lira var, tazminat olarak onu vereceğim. Sanatsal faaliyeti mahkemeye verenleri, millete havale ediyorum" dedi.

2002...
Kenan Evren, İstanbul'da sergi açtı, "asla satmam, belki gösteririm" dediği, Katarina Witt tablosunu satışa çıkardı. 10 milyar lira etiket koydu. Alıcı çıkmadı. Elinde kaldı.

2003...
Kenan Evren, İstanbul'da sergi açtı, 2 ila 4 milyar lira arasında etiket koyduğu yağlıboya tabloları, anca, 1 milyar liraya alıcı bulabildi. Suluboyaların yüzüne bile bakan olmadı. Getirdiği gibi geri götürdü.

2005...
TMSF, batık bankacı Ali Balkaner'in haczedilen mallarını sattı. Aralarında, Kenan Evren'in "portre" isimli tablosu da vardı. Verile verile, 600 lira verildi.

2006...
Malum, Türk Lirası'ndan sıfırlar atılmıştı. Kenan Evren'in sıfırları ise, daha hızlı erimişti. İzmir'de sergi açtı, bin lira etiket koyduğu tabloları, 500 liraya zorla gitti.

2007...
Kenan Evren'in yakın dostu Mustafa Deliveli'ye hediye ettiği ve Lidya Oteli'nin borçlarından ötürü el konulan "Orman", "Ağaç" ve "Sazlıklı göl" isimli tabloları, icra yoluyla satışa sunuldu. 3'üne birden istene istene toplam 5 bin lira istendi. Alıcı çıkmadı. Fiyat indirildi. Gene alıcı çıkmadı.

2009...
Cumhurbaşkanlığı, Çankaya Köşkü'nde sergilemek üzere, portresi bulunmayan eski cumhurbaşkanlarının yağlıboya tablosunu yaptırmak istedi, Mimar Sinan Güzel Sanatlar Üniversitesi'ne başvurdu. "Yaşayan en pahalı ressam" Kenan Evren'in tablosunu yapacak ressam bulunamadı! Üniversite Senatosu'nun kararını nazik bi dille açıklayan rektör, "bizden mezun hiçbir ressam, Kenan Evren'in tablosunu yapmaz" dedi.

2010...
Kenan Evren'in Akbank Kültür Sanat Eğitim Merkezi tarafından 1993'te kuşe kâğıda bastırılan Kenan Evren Resim Sergisi Kataloğu, internette sadece 14 liraya satışa sunuldu. Kimse almadı.

2011...
Kenan Evren'in İş Bankası tarafından 1994'te kuşe kâğıda bastırılan Kenan Evren Resim Sergisi Kataloğu, internette 5 liraya satışa sunuldu, 5 lira! Kimse almadı.

Güç ondayken...
50 milyon.
110...
500...
600...
Yok mu arttıran?
10 milyar.
105 milyar.
300 milyar.
Devran dönünce?
600 lira.
500 lira.
14 lira.
5 lira.
Sıfır.

2012...
Böyle bu işler. Değmesin yağlı boya!

Vatandaşa SİT'tir...

SİT alanı diye bi şey var.
Sittinsene ev yapamazsın oraya.
Yapmaya kalk...
"SİT'tir" derler.

Ahşap evde oturuyorsun.
İki tane çivi çakacaksın.
Hele bi dene...
"SİT'tir" çekerler mahkeme celbiyle.

Bazen de...
"SİT'tir, git" derler.

Mesela, Ankara'da öyle dediler. Hamamönü'nde yaşayan vatandaşlara, "tarihi evleri istimlâk edeceğiz, boşaltın" diye mektup gönderdiler. Resmi evrakın üzerinde "SİT'tir"i gören vatandaşlar, tası tarağı topladı, gitti mecburen.

Bilahare, ortaya çıktı ki...
Sportif Bakanımız, bi ev, bi de arsa almış, vatandaşa "SİT'tir" denilen bölgeden.

Üstelik...
"SİT'tir" mektubunu gönderen, SİT alanlarını koruma müdürüne satın aldırmış, vekâleten.

E elin ağzı torba değil tabii.
Patladı manşetlerden.
Vay efendim neymiş...
23 bin liraya alınan ev, 300 bin lira olmuş da, böyle rezalet olur muymuş filan.

Kardeşim!
Sit' em edecekseniz Başbakan'a edin sit'em... Koyduğu parayı 2 senede 12 katına çıkarmayı beceren adamı, niye Spor Bakanlığı'nda heba ediyor da, Ekonomi Bakanı yapmıyor acilen?

İsim	Şehir	Spor

19 Mayıs
Gençlik ve Spor
Atatürk'ü
an-ma Bayramı

Citius Altius Fortius

Hayaldi gerçek oldu, 2020 olimpiyatları İstanbul'da başladı sayın seyirciler...

Açılışı, biri İngiltere Kraliçesi'nin elinden, biri Suudi Kralı'nın elinden olmak üzere, iki altın madalyası bulunan Cumhurbaşkanımızın yapması bekleniyordu. Ancak, olimpiyatlar illa Kayseri'de yapılsın diye ısrar ettiği için, küstü, gelmedi. Böylece, açılış kurdelesini, dünya güreş tarihinde hiç güreşmediği halde "altın kemer" takılan tek insan, Başbakanımız kesti.

Boru hattı bölücü teröristler tarafından havaya uçurulduğu için, doğalgazla çalışan olimpiyat meşalesi söndü. Meşalenin yerine, idareten, mangal monte edildi.

İstiklal Marşı yerine "aynı sudan içmişiz biz, aynı dağın yeliyiz biz" şarkısı çalındı.

RTÜK, genel ahlaka aykırı olduğu gerekçesiyle, olimpiyat halkalarının gösterilmesini yasakladı. Televizyon kanallarımız, halkaları buzladı.

Ramazan ayına denk gelen tören geçişinde, sakız çiğneyen atletimiz, oruçlu olmadığı için dövüldü. Bilahare, atletimizin Etiyopyalı devşirme olduğu, Müslüman olmadığı ortaya çıktı.

Olimpiyatımızın sembolü, maskotumuz, kene...
Polonya kafilesini ısırdı, iki judocu öldü.

Şort giyiyorlar diye belediye otobüsünde yumruklu saldırıya uğrayan voleybolcu kızlarımız, sahaya haşemayla çıktıkları için diskalifiye edildi.

Ülkemizi dört çarpı 100 karışık yüzmede, Derya Büyükuncu, Nihat Doğan, Pascal Nouma ve son Survivor'a katılan uzaylı sporcumuz Mustafa Topaloğlu temsil etti. Nihat Doğan, kelebek stiliyle yüzmeye çalışırken boğulma tehlikesi yaşayıp, kelebek gibi çırpınınca, Nihat Doğan hayranları havuza atladı. Çıkan arbede sırasında, ısınma hareketleri yapan İtalyan kadın yüzücülere parmak atıldı. Bir önceki yarışa katılan Alman yüzücüler kusmaya başlayınca, suya kanalizasyon karıştığı tespit edildi, havuz mühürlendi.

Halterdeki madalyaları, tesislerimizin ihalesini omuzlayan müteahhitlerimiz topladı. Badmington salonunu silkmede 50 milyon dolar silken müteahhidimiz bronz, basketbol salonunu koparmada 150 milyon dolan koparan müteahhidimiz gümüş, olimpiyat stadından toplam 350 milyon dolar kaldıran müteahhidimiz ise, altın aldı... O kadar uğraşıp, silke silke anca üçer beşer milyon dolar silkebilenler, dereceye giremedi.

Karşılamayı unuttuğumuz için bavullarıyla sokakta kalan ve Kızılay çadırlarında barınan Hollanda kafilesinin, olimpiyat köyündeki odalarına gecekonducuların yerleştiği ortaya çıktı. Zabıtanın müdahalesi sırasında, çatılardan kiremit yerine, disk ve gülle yağdı. Olimpik malzemenin Danimarka ve Japon kafilelerinden araklandığı anlaşıldı. 500 metre ötedeki kepçe operatörüne saplanan cirit, olimpiyat rekoru olarak tescil edildi. Olaylar yatıştıktan sonra yapılan aramada, olimpiyat köyünün telefonlarında böcek, yatak odalarında gizli kamera bulundu. Kadın masa tenisçisiyle erkek boksörünün seks kasedi internete düşen İspanya, durumu protesto ederek, olimpiyattan çekildi.

Beyoğlu'nda gezmeye çıkan Rus eskrimciler, sahte votkadan hayatını kaybetti, sutopçu kör oldu. İlaçlı kolayla uyutulup tecavüze uğrayan Rumen jimnastikçiler, jandarmaya sığındı.

Kenyalı maratoncular E5 etabında ortadan kayboldu... Maratoncuların yanında koşarak şarj aleti satmaya çalışan çocukların ifadesine başvuran polis, Tekirdağ'da operasyon düzenledi. Terk edilmiş bi kamyonun kasasında bulunan Kenyalı maratoncuların, adam başı 300 dolara mülteci kaçıran çete tarafından yanlışlıkla "aha işte bunlar" diye, yoldan toplandığı anlaşıldı.

Açlara yardım ayağıyla tribünlerden bağış toplayan Somalili sporcuların, Somalili sporcu olmadıkları, yüzlerini gözlerini boyayan doğma büyüme Hacıhüsrevli oldukları ortaya çıktı.

Salı Pazarı'nda yapılan baskında, Çin kafilesinden çalınan toplar, eşofmanlar ele geçirildi.

Litvanya-Küba maçı öncesinde, Kübalı pivota 200 bin dolar indirmeye çalışan Bulgar bahis şebekesine suçüstü yapıldı. Bulgar bahisçiler, şike davasında "gizli tanık" olmaları karşılığında serbest bırakıldı. Ancak... Mahkemeye gelip "parayı Aziz Yıldırım'dan aldık" diyen bahisçiler, Fenerbahçe'nin renklerini bilemedi, yeşil-mavi dedi. Üstelik aynı itirafçılar, Aziz Yıldırım diye, yanlışlıkla, davayı takip eden bir gazeteciyi teşhis etti.

Usain Bolt'un gözüne laser tutuldu.

Jamaika'nın itirazı üzerine, tribünler boşaltıldı, atletizm finallerinin, olimpiyat tarihinde ilk kez, sadece kadın ve çocuklar tarafından seyredilmesine karar verildi. Gel gör ki, Usain Bolt'un gözüne gene laser tutuldu. Hatta, bu defa pet şişe de atıldı. Bolt'un kaşı yarıldı.

Spor Bakanımızın, olimpiyat köyünü restore ediyoruz ayaklarıyla, olimpiyat köyü arazisinden "villa" aldığı ortaya çıktı.

Aynı Spor Bakanımız, 100 metre, 200 metre ve 400 metrede "sonuncu" olan atletlerimizin, dünya ve olimpiyat rekorları kırdığını açıkladı. Dünya şoke oldu. Dünya Olimpiyat Komitesi tarafından yapılan inceleme neticesinde, derecelerin ÖSYM tarafından tutulduğu anlaşıldı.

Hedef tahtaları sağa sola ateş açan magandalar tarafından delik deşik edildiği için, okçuluk müsabakaları yapılamadı.

Bisikletçilere, Haliç Köprüsü'nde sarhoş şoför daldı. Kürekçilere Kadıköy-Eminönü vapuru çarptı. Çılgın Proce Kanalı'ndaki yelkencilere, tanker bindirdi. Bu sayede... Malta, olimpiyat tarihindeki ilk altın madalyasını Malta bandıralı tankeri sayesinde kazandı.

Derhal soruşturma açıldı. Madalyayı Malta'ya kaptırmamıza sebep olan kazayı "organize ettikleri" gerekçesiyle Deniz Kuvvetleri ve Donanma Komutanımız tutuklandı. Soruşturmanın selameti için, Genelkurmay Başkanı'yla Hava Kuvvetleri Komutanımız da içeri atıldı.

"Atıcılık" branşımız ise, gururumuz oldu... Kasımpaşalı şampiyonumuz hem altın, hem gümüş, hem bronz kazandı. Yalaka gazteciler tarafından "muhteşem atıyorsunuz" diye omuzlara alınan şampiyonumuz "siz arkamda olduğunuz sürece daha çooook atarım" dedi.

Bizim Alcatraz

Ulucanlar, müze oldu.
Deniz orada yatmıştı.
Yusuf, Hüseyin...
Orada asıldılar.
Bülent Ecevit, Muhsin Yazıcıoğlu orada yattılar, sağcı solcu, Mustafa Pehlivanoğlu, Necdet Adalı... Nazım Hikmet, Necip Fazıl, Fakir Baykurt, Kemal Tahir, Halikarnas Balıkçısı.

Darağacı var, orijinal.
19 can, yağlı urgan.

Tecrit hücresi var.
Nasılmış acaba diye hissetmek istersen, kelepçelenip içeri tıkılıyorsun, drann diye örtüyorlar demir kapıyı, bir saat kalıyorsun... Anlıyorsun saat denilen kavramın seneden uzun olduğunu.

Ki, o tecrit hücresinden çıkınca... "Bugün beni ilk defa güneşe çıkardılar, ve ben, ömrümde ilk defa gökyüzünün bu kadar benden uzak, bu kadar mavi, bu kadar geniş olduğuna şaşarak, kımıldamadan durdum, sonra saygıyla toprağa oturdum, dayadım sırtımı duvara, bu anda ne düşmek dalgalara, ne baş aşağı, ne baş yukarı, bu anda ne kavga, ne hürriyet, ne karım... Toprak, güneş ve ben, bahtiyarım" demiş Nazım... Anlamaya çalışıyorsun.

Kulaklık var. Takıyorsun... Beynine saplanmış tornavidayı kanırtırcasına, işkence dinliyorsun.

Kişisel eşyalar var... Muhsin Yazıcıoğlu'nun seccadesi, Bülent Ecevit'in kasketi, Hüseyin İnan'ın idamdan sonra jiletle kesilip çıkarılan fanilası, Deniz Gezmiş'in cigarası.

Ranzalarda, son mektuplar... "Gün gelecek hiç bitmeyecek, gün gelecek sana kavuşacağım. Ağlamayı bil, gülmeyi unutma, cezaevini sev demiyorum ama, bu kötü yataklarını asla unutma. Zincir soğuk, zindan yaş, belki biraz üşürüz, hele başım zindandan çıksın, görüşürüz" diyen satırlar.

Ve, bi şey daha var...
4'üncü koğuşun duvarında.
Poster.

"Nedir o poster"e geleceğiz elbette ama, 4'üncü koğuş deyip geçmemek lazım... Utanç Müzesi'nin simgesi, 4'üncü koğuş... 80 kişi kapasiteli güya, 200 kişiyi tıkmışlar oraya, ranzaları bitiştirip, ayaklı-başlı yatmışlar, yer kalmadığı için, mecburen nöbetleşe uyumuşlar.

Başarısız firar için kazılan tünellerden biri de, 4'üncü koğuşta... Ve, ölüm orucuna yattıkları için tutukluların diri diri yakıldığı, sözde "hayata dönüş" operasyonunun başladığı koğuş o.

İşte o koğuşun...
İdeolojilerden, yasadışı örgütlerden ibaret sanılan o 4'üncü koğuşun duvarında bi poster var.

Fenerbahçe posteri!

1988-1989 sezonunda şampiyon olan Fenerbahçe'nin posteri... Schumacher, Oğuz Çetin, Şenol Ustaömer, Hasan Vezir, Turhan

Sofuoğlu, Nezihi Tosuncuk, Müjdat Yetkiner, Hakan Tecimer, İsmail Kartal, Aykut Kocaman, Rıdvan Dilmen.

Kime ait, kim yapıştırmış oraya, bilinmiyor. Cezaevi boşaltıldıktan sonra yapılan temizlik sırasında 4'üncü koğuşun duvarında bulunmuş... Müzeye dahil edilmiş.

Belli ki, müebbete mahkûm Alcatraz Kuşçusu'nu hayata bağlayan kanarya gibi... Kanarya posteriyle hayata tutunmuş 4'üncü koğuştan biri.

Ve "memlekete zararlı" diye zulmedilen insanların "milli" futbolcularla gurur duyduğunu... Tecrit atmosferinde "derbi nasıl biter?" diye sohbet ettiklerini, Galatasaraylı, Beşiktaşlı diye birbirlerine takıldıklarını düşünüyorum... Yüreğime kıymık batıyor.

Yazının burasına kadarını muhtemelen hatırlamışsınızdır... Ulucanlar müze olduğunda yazmıştım. Ve, öylesine enteresan bi gelişme oldu ki, devamını yazmaya karar verdim.

Çünkü...
23 sene sonra...
Ulucanlar'ın duvarındaki o efsane poster, Oğuz Çetin, Aykut Kocaman, Rıdvan Dilmen, Turhan Sofuoğlu, Hasan Vezir, Hakan Tecimer... Silivri'ye geldi iyi mi!

"Milli" gururlarımız, Saffet Sancaklı, Semih Yuvakuran, Engin İpekoğlu, Selçuk Yula, Şenol Çorlu, Erdi Demir, Ogün Altıparmak, Aydın Örs'le beraber... Duruşmayı izlediler.

Alcatraz Kuşçusu'nu hayata bağlayan kanarya gibi... Kanarya'yla hayata tutundu Silivri.

Ve, içerdeki posterleri dışardaki duvarlara yapıştırılan efsane bi kadro daha var orada... Genelkurmay Başkanı, şeref madalyalı subaylar, saygın profesörler, gazeteciler, halkın "özgür" iradesiyle seçilmiş milletvekilleri... Bakalım, ne zaman müze olacak Silivri.

Şike

İddianamenin kolonlarından biri, sahte menajerler... Futbol Federasyonu sınav açıyor. Kazanan menajer oluyor, futbolcu alım-satımında aracılık yapıp, komisyon kapıyor.
Polis, soruların satıldığını tespit ediyor. İki arkadaş telekulağa yakalanıyor.
Diyaloglar şöyle...

– Geldik buraya, sorular var, cevaplar yok, 17 bin 500 dolar yatıracağız, kusura bakmayın dedim, sırf sorular için 17 bin 500 dolar veremem dedim, girersem karambole girerim öyle de mi?
– Soruları ne zaman veriyor?
– Hemen veriyor.
– Cevapları bellidir.
– Bilmiyorlar ki cevapları.
– Soruyu veren adam cevabı bilmez mi yavv?
– Bilmiyom, ben vermedim parayı.
– Du bakalım görücez.

– Çağırdılar şimdi, cevapları almaya gidiyorum... 20 sorunun 14'ünü cevaplamak zorundaymışım. Nasıl yapacağım ben bunları abi?
– Al da, ondan sonra.
– Alınca parayı öyle vericem de mi? Sınavda nasıl yapacam ben bunları?
– Bu gece bi şey yap.
– Parmaklarıma mı yazayım?
– Öyle olmaz... Kim getiriyor sana bunları, onunla bi konuş bakalım ne diycek?

– 15 cevap var, zaten 14 geçiyomuş, öbür 5 soruyu da salla dedi, yanlış doğruyu götürmüyomuş, nasıl yapacaz şimdi bunu?
– Uzun mu cevaplar?
– Ne cevabı lan, şık şık, A, B, C, sıralı verdi bana zaten, 1, 2, 3, 15'e kadar, 15 sorunun cevabını verdi.
– Tamam, ezberle işte.
– Garanti olsun diye parmaklarımın arasına yazayım mı? Nasıl ezberliycez bunları?

– Heyecanlanacak bi şey yok, kaç tane A var, kaç tane C var, ne var? A'ları yazacaksın, sonra B'leri yazacaksın, sonra C'leri yazacaksın.
– 1'in cevabı A mesela, 1 yazacağım. 3'ünki mesela A... 1 yazacağım.
– Hayır... Mesela, 1, 3, 4 A'ysa, onları A yazacaksın.
– Öbürküleri de öbür şekilde yazacam de mi?
– Ezberle onu sen.
– Bende spor ayakkabısı var abi, içi beyaz, içi dediğim iç ayakkabının içi değil, iç kısmına rakamlarla yazdım hepsini, sol ayağımı hafif dışa kıvırdığım zaman hepsini okuyabiliyorum, görmezler, o kadar da sıkı değil zaten, hemen yapıp çıkmayayım de mi? Zaten ilk 3 soruyu ezbere biliyorum, ilk 3 soru C, A, A...
– İyi, dikkat et.

Netice?
13 aldı iyi mi!

Üstelik, bu arkadaş gibi sınava giren süper zekâların hepsi 13'te kalmıştı... Geriye kalan 5 soruyu denk getiremedikleri gibi, belli ki, doğru diye ellerine tutuşturulan cevaplar da aslında yanlıştı. E tabii soruların araklandığı ortaya çıktı, toplu kopya nedeniyle sınav iptal edildi.

Bizimki huylandı.
Gene aradı öbürünü...

– Bi bit yeniği çıkar mı lan bu işten...
– Bekle, sakin ol.
– Parayı geri alma şansımız yok mu?
– Bekle dedim.
– İptal olan imtihanda belge de alamayız öyle de mi?
– Telefonda konuşma.
– Senle de mi konuşmayayım?

Hani şike'ye şifreli olarak "inşaat" deniyormuş ya... Bu da olsa olsa "kereste"si herhalde!

Sonra ahalimiz merak ediyor, bunların transfer ettiği topçular niye hep "odun" çıkıyor diye.

Ve, futbola bu kadar kafa yoran ahalimiz, şunu hiç merak etmiyor: Üniversite sınav soruları çalındı, Anadolu lisesi soruları çalındı, KPSS soruları çalındı, bu iş tamam da, o iş n'ooldu?

AZİZim sen kimsin NESİN?

Hrant Dink'i öldürene 22 sene verdiler. Münevver'in kafasını testereyle kesip, çöpe atana 24 sene... Henüz 13 yaşındaki N.Ç.'ye tecavüz eden sapıklara iyi hal'lerinden ötürü 4 sene yeterli bulundu. İnsanları boğup oturma odasına gömenleri serbest bıraktılar, insanları otelde diri diri yakanları zaman aşımından affettiler. Rüşvetten tutuklu sanığı tahliye etmek için rüşvet isteyen savcı, alt tarafı 2 ay meslekten uzaklaştırıldı. 13 milyon liralık Hazine arazisini, avanta alıp 4 bin liraya tescil eden hâkim ise, 2 ay 15 gün uzaklaştırmayla kurtuldu. 8 kişiyi 49 dakikada katarakt ameliyatı yapıp, hepsini kör eden doktor, başka şehre tayin edilirken... Katarakt ameliyatı olması gereken kadının rahmini alan doktora hepi topu 3 ay hapis isteniyor. Kuvözdeki bebeler öldü, klimadan; üniversiteliler rahmetli oldu, kombiden; uçak düştü, radardan; sürat yaptırılan dandik tren şarampole uçtu, contadan; ruhsatsız fabrika patladı, kazandan; Kuran kursu çöktü, tüpten; çocuklar lağıma düşüp can verdi, rögardan dediler... Marmara depreminde 20 bin kişi hayatını kaybetti, 2100 dava açıldı, 1800'ü affa girdi, 110'u zamanaşımına uğradı, 189'unun cezası ertelendi, sadece 1'i günah keçisi ilan edildi, Veli Göçer, o da 7 senede yırttı. Ağca bile... Papa'yı vurdu anca 19 sene yattı, Abdi İpekçi'yi katletti, 10 senede sıyırdı, çıktı.

Aziz Yıldırım...
138 sene isteniyor.

Gazeteci vursaydı, Münevver'i doğrasaydı, N.Ç.'nin ırzına geçseydi, domuz bağı yapıp, Madımak'a kibrit çaksaydı, rüşvet alsaydı, göz çıkarıp, sakat bıraksaydı, uçak düşürüp, tren uçursaydı, çürük stat dikip, Papa'yı mıhlasaydı... 52 sene daha az yerdi.

İster misin, soykırım'ı da Azizi Yıldırım'a bağlasınlar...

Avrasya maratonu

Galiba 1988'di.
Yeni Asır'dayım.
Galatasaray'ın Avusturya'da maçı var, taraftarlar için İzmir'den uçak kalkıyor. Enteresandı... 100 küsur taraftar Afyon Sandıklı'dan gelmişti. Galatasaray'a adeta sevgi seli vardı Afyon Sandıklı'da... Maçtan sonra vaziyet anlaşıldı. Herkes döndü, Afyon Sandıklılılar hariç! Çünkü, uyanığın biri maça gidicez ayaklarıyla toplu vize almış, 100 küsur işsiz Sandıklılı kapağı Avusturya'ya atmıştı. Takım stada, bunlar hemşoların yanına... Ara ki bulasın tabii.

Bugün koşulacak Avrasya maratonuna bu gözle bakmakta fayda var. Beş bin civarında Afrikalı atletin kayıt yaptırdığı söyleniyor... Beş yüz Afrikalı katılırsa, ne ala!

Organizasyon komitesine "maratona katılmak istiyorum" diye mektup yazıyorlar, davet mektubu gönderiliyor, mektubu kapan, soluğu Türkiye'de alıyor, sonra araziye uyuyorlar.

Antalya'da 200 tanesi enselendi mesela... Atletizm federasyonu bi inceledi ki, milli atlet olduğunu iddia edip Runtalya maratonuna gelmek isteyenleri, memleketleri Kenya'da tanıyan yok.
Trabzon maratonunda altı Etiyopyalı yakalandı. Son günlerde gecekondularda don-atlet basılan Tanzanyalılara bakılırsa, dünya mülteci rekoru kırılacak gibi görülüyor İstanbul'da.

Aslına bakarsanız, sportif olarak tırışkadan sayılsa bile, organizasyon açısından dünyanın en önemli maratonu Avrasya... Yetkililerimiz alt tarafı 850 dolarlık üyelik aidatını ödemeyi unuttuğu için, Dünya Maraton Birliği takviminden çıkarılan dünyadaki ilk ve tek maraton!

Bilahare... Metro çalışması nedeniyle resmi güzergâhı değiştirdiler, normalde 42 kilometre 195 metre olması gereken parkur da değişmiş oldu. Ancak, uzadı mı, kısaldı mı, net olarak tespit edilemedi. Çünkü, atletizm federasyonundan ölçümcü getirilmediği ortaya çıktı. Gazeteciler sordu, yetkili arkadaşlar "önemli bi fark olmadığı kanısındayız" açıklaması yaptı.

2007'de... 15 kilometrelik kadınlar kategorisinin madalya anonsu yapıldı, İngiliz atlet birinci ilan edildi. İngiliz atlet "nooo, nooo" diye bağırırken... Rumen atlet kan-ter içinde kürsüye koştu, "kardeşim, açık ara ben kazandım, İngiliz benden anca iki dakka sonra bitirebildi" diye itiraz etti. Derhal incelendi... Meğer, atletlerin ayaklarına taktıkları çip'leri karıştırmışlardı.

Benzer hadise, 2009'da yaşandı. Belediye Başkanı Kadir Topbaş'la Vali Muammer Güler, tekerlekli sandalye kategorisini kazananlara kupalarını ve para ödülleri verdi. "Ayıptır, ayıppp" diye bağıran Bağcılar Engelliler Kulübü sporcuları, polis tarafından derdest edilip, tören alanından kovuldu. Halbuki, sporcular haklıydı. Başkan ve Vali'nin ödül verdiği yarışmacı, tekerlekli sandalyeyle değil, "akülü" tekerlekli sandalyeyle katılmıştı! Hatta, polis tarafından yapılan soruşturma neticesinde, Gülhane Parkı'nda tekerlekli sandalyeden inip, akülü sandalyeye bindiği tespit edildi. Üstelik, tekerlekli sandalye kategorisine katılan sporcular 42 kilometre koşarken, akülü'yle katılan, sadece 15 kilometre koşmuştu!

En şahanesi, 2008'di... Masterler kategorisi koşuldu. Okan Güler kazandı. "Bravo" dediler. Kupa verdiler. Ertesi gün... Maratoncuların ayaklarına bağlanan mikroçip'ler kontrol edildi. Okan Güler'in son 21 kilometreyi 59 dakika gibi dünya rekoruna yakın sürede koştuğu görüldü. "Kim bu Okan Güler?" diye merak ettiler. Başvuru formuna baktılar. Mesleğini "amigo" olarak yazdırmıştı. İkâmetgah adresi de "Fikirtepe Trabzon Kıraathanesi"ydi. Çünkü o... Rambo'ydu. Fenerbahçe'nin bazen komik, bazen trajikomik vukuatlarıyla ünlü, tatlı belası... İlk 10 kilometreyi anca 1 saat 50 dakikada koşmuş, sahil yolunu takip edip Bakırköy'den dönmesi gerekirken, zırt diye karşı şeride dalmış, rakipleri daha giderken, çoktan dönüşe geçmiş, maratonu açık ara kazanmıştı. Rezalet ötesiydi... Fellik fellik Rambo'yu aradılar. İki gün sonra bulabildiler. "Kupayı geri ver" dediler. "Denize attım" dedi. Üstüne para istedi! "Birinci olduğum için bana 60 bin dolar vermeniz lazım, verin 60 bin dolarımı, ben de size kartondan kupa yapıp vereyim" dedi. Baktılar ki, çare yok, yeni bi kupa yaptırdılar, yarışın gerçek birincisine verdiler. Rambo'daki kupa hâlâ kayıp.

Voleybol

Deniyor ki:
Voleybolcu şortlu kızı belediye otobüsünde dövdüler, herkes yazdı, sen yazmadın.

E yazayım.

Atletizmde...
84 bin erkek sporcumuz var.
44 bin kadın sporcumuz var.
Anca yarısı kadar.

Basketbolda...
129 bin erkek.
31 bin kadın.
4'te 1'den az.

Judo 3'e 1.
Halter 7'ye 1.
Boks 10'a 1.
Güreş 30'a 1.

Yüzme desen...
42 bin erkek.
26 bin kadın.

Hentbol 2'ye 1
Okçu, kayakçı, binici 3'e 1
Masa tenisi, golf 4'e 1
Eskrim, kano, kürek 5'e 1
Yelken, su topu 6'ya 1
Atıcılık 8'e 1
Bisiklet 10'a 1

Peki ya voleybol?

İşte, zurnanın zırt dediği yer burasıdır... Gençlik ve Spor Genel Müdürlüğü'nün lisans verilerine göre, "68 bin erkek" voleybolcuya karşılık, "78 bin kadın" voleybolcumuz var!

Yani?
Toplumda erkeklerle eşit sayıda bulunmalarına rağmen... Siyasetten iş dünyasına, sanattan bilime, eğitimden spora kadar, kadınlarımızın "kadın-erkek eşitliği"ni ve dolayısıyla "fırsat eşitliği"ni yakaladığı tek alan, voleyboldur.

Kadın voleybolcularımızın, uluslararası platformda çok başarılı olmasının... Hatta, erkeklerden daha önce ve daha başarılı olmasının... Gelişmiş ülkelerden her konuda nal toplayan Türkiye'nin, sadece kadın voleybolunda kora kor mücadele etmesinin sırrı budur.

(Bakın "başarının sırrı" dedim, tarihimizde görülmemiş bi örnek anlatayım size... İzmirli kızımız Sinem Sınmaz, liselere giriş sınavında Türkiye birincisi oldu. İstanbul'dakiler dahil, bütün seçkin liseler kuyruğa girdi, bana gel diye... İzmir Amerikan Koleji'ni tercih etti. Niye biliyor musunuz? "Futbolcu" olduğu için... Kaliteli eğitim pek çok lisede var ama, İzmir Amerikan Koleji'nin "kız futbol takımı" var. Orada forma giymek istiyor. 2 saat ders çalışıyor, 3 saat futbol oynuyor. "İlklerin şehri İzmir"li olarak, onur duyuyoruz Sinem'le... Sadece başarılı bir öğrenci değil o... Atatürk'ün dediği gibi, zeki, çevik, ahlaklı bir sporcu.)

Onca eşitsizliğe rağmen, ilave et buna, kadın boksörlerimizin kadın haltercilerimizin kadın atletlerimizin dünya madalyalarını... O otobüsteki zonta'nın neden saldırdığını bulursun.

Çünkü, hadisenin ramazanla filan alakası yoktur. Zonta'lıkla alakası vardır. Sporcu kızları sevmez zontalar... Onların "özgürlüğü"nün yanında, kendilerini "ezik" hissederler. Hatta korkarlar... Bu hadisede de görüldüğü gibi "ezik bir zonta" anca "bir otobüs dolusu ezik zonta"yı arkasına alınca, saldırmaya cesaret edebilir, "tek başına bir kız"a!

(Üstelik... Voleybolcu kızımıza değil de, dünya boks şampiyonu kızımız Gülsüm Tatar'a denk geldiğini düşünsenize o zontanın... Polis tarafından aranmasına gerek kalmazdı. Hastaneye gider, yoğun bakımda çekerdik salağın darmadağın fotoğrafını!)

(Kaldı ki, bademler işi oraya getirmeye çalışıyor. Kız dayak yemedi, aksine dövdü diye yazıyorlar. Utanmasalar, otobüsü bandajlayıp, hasar belgesi diye manşete koyacaklar.)

Değerli kız babaları...
Kızınız "zontalar ülkesi"nde yaşasın istemiyorsanız, kızınızdan önce, siz cesaret gösterin.

Spor yaptırın kardeşim.
Evladınıza güvenin...
Korkmayın, şort giydirin.
Budur ilacı bu işin.

Şam'piyon

Başbakanımızın güzel bi sözü var:
Hafıza-i beşer nisyan ile malul dür.

E pat diye hafıza, beşer filan denince, ister istemez Hafız'ın oğlu Beşar geliyor insanın aklına.

Hatırlayın...
İki sene önce.
Durup dururken, aniden...
Suriye sınırındaki topraklarımız gündeme oturmuştu. İlla "burdaki mayınları temizliycez" diye tutturmuşlardı. "Hemen başlıycaz, 2014'te bitiricez" diyorlardı.

"Günler torbaya mı girdi birader, bu ne acele, yangından mal mı kaçırıyorsunuz? Niye 2014 mesela? Farz edelim 2017'ye kadar temizlesek olmaz mı?" diye soranlara... "Ottawa Sözleşmesi'ne imza attık, 2014'e kadar mutlaka temizlememiz lazım" diyorlardı.

"Bu ne biçim Ottawa şekerim... Niye illa Suriye sınırını temizlemek gerekiyor da, mesela İran sınırını temizlemek gerekmiyor? Suriye sınırındakiler mayın da, İran sınırındakiler karpuz mu?" diye kurcalayanlara pek sinirleniyor, kısaca "haysiyetsiz, faşist" diyorlardı.

Sonra?
İhaleyi İsrail'e vermeye çalıştıkları ortaya çıktı.
"Niye İsrail'e veriyoruz, biz kendimiz temizlesek olmaz mı?" diyenlere "paranın dini, milleti olmaz" diye akıl öğretip, "ırkçı" damgasını yapıştırıyorlardı.

Sonra?
Sınırı temizleyenin, sınıra 44 seneliğine oturacağı ortaya çıktı.
"Temizlesin, defolsun gitsin, toprağımızı niye veriyorsunuz, babanızın malı mı orası?" diye itiraz edenlere... "Biz hiç para ödemeyeceğiz, adam masraf yapacak, sonra organik tarım yapacak, win-win" diyorlardı.

"Evini temizlemeye gelen gündelikçi kadına, 44 seneliğine kullansın diye balkonunu veriyor musun kardeşim?" şeklindeki sorumuza ise... Çok düşünüyor ama, verecek cevap bulamıyorlardı!

Sonra?
Mahkemelik falan oldu.
Beceremediler.
Hafıza-i beşer meselesi...
Unutuldu, gitti.

Peki ya, iki sene sonra?

Bizim yalakalar, Suriye'ye ne kadar da "hümanist" şekilde yaklaştığımızı, "insanlık dersi" verdiğimizi yazarken... İngiliz ve Alman basını bangır bangır şunu yazıyor:
"Türkiye, ordusunu Suriye'ye sokacak, Kamışlı kentinin ötesine, Deir El Zor'a kadar ilerleyip, bu bölgelerde yaşayan Kürt kökenli Suriyeliler için sınır boyunca tampon bölge oluşturacak."

Buyrun burdan yakın.
Mayın temizliycez ayaklarıyla...
Tamponu bu tarafa döşeyemediler.
O tarafa döşetecekler.

Siz gene de canınızı sıkmayın...
Organik tarım yapmak içindir.

Gençlik ve Spor Bayramı

Sakın an-ma diyemiyorlar...
Ne diyorlar?
Ankara statta kutlasın.
Öbür şehirler okulda kutlasın.
Niye?
Hava soğuk oluyor diye.

Meteoroloji Genel Müdürlüğü'nün resmi internet sitesine girin, veri değerlendirme bölümünü tıklayın, son 35 senenin istatistiklerini okuyun, mayıs ayının "skor" ortalamaları şöyle...

Ankara 16 derece
Adana 22 derece
Antalya 21 derece
Bursa 18 derece
Diyarbakır 19
Edirne 18 derece
Gaziantep 19 derece
Hatay 21 derece
Iğdır 18 derece
İstanbul 17 derece
İzmir 21 derece
Malatya 18 derece
Mardin 20 derece
Mersin 22 derece
Siirt 20 derece
Şanlıurfa 22 derece
Şırnak 17 derece
Samsun'un...
19 Mayıs ortalaması
17 derece.
36 dereceyi gördüğü seneler var.

Mevzu soğuksa...
En soğuğu Ankara.

Meteoroloji Genel Müdürlüğü'nün tahminler bölümünde enteresan bir çalışması daha var, "stadyum"ların hava raporunu veriyor. Mesela bu satırların yazıldığı kış ortasında... Ankara 19 Mayıs Stadı, sıfır derece'yken, Samsun 19 Mayıs Stadı, altı derece!

E bu durumda...
Hangi "hava" raporuna dayanarak, soğuk olur diye öbür şehirleri okulda tutuyorsun da, Ankaralı çocukları stada gönderiyorsun? Eskimo mudur Ankaralı çocuklar?